MAGABOOK
시나리오 #5
2017년 봄

contents

시나리오는 삶이고 자존심이다

'이화우 휘날릴 제 울며 잡고 이별한 님/

추풍낙엽에 저도 날 그리는가/

천리에 외로운 꿈만 오락가락하노라/

L형, 문득 매창의 시가 떠오르며 L형이 생각나는 건, 그 언젠가 충무로 초막집에서 뚝배기 하나 달랑 놓고 소주를 아껴 마시며 매창 이야기에 열을 올리던 그때가 그리운가 보오.

L형, 그립소. 정말 그립소. 요즘처럼 L형이 사무치도록 그리울 줄은 전에는 미처 몰랐소.

아니, 사실 그동안 L형을 잊고 살았소. 어쩌다 가끔 생각날 적이 있었지만, 사느라 바빠 당신을 생각할 겨를이 없었던 것이 사실이오.

그런데 요즘에 와서 L형이 부쩍 생각나는 건 L형이 영화계를 등지고 떠나던 그때보다도 더 영화계가 시나리오에 대한 소중함을 잊어가고 있기 때문이오. 따라서 시나리오 작가들도 영화에 대한 의욕과 열정을 자꾸만 잃어가면서 시나리오 작가로서 갈 방향을 잡지 못하고 있어 L형 당신이 더욱 그립구려.

"다시는 영화계로 돌아오지 않겠다"고 칼 같은 선언을 하고 버버리 코트 자락 봄비에 적시며 뒤도 안 돌아보고 떠나버린 당신의 뒷모습이 아직도 눈가에 생생하오.

L형, 요즘은 정말 당신 같은 뚝심 있고 대쪽 같은 좋은 시나리오 작가가 꼭 필요한데 말이오.

동아일보 신춘문예 시나리오 '녹슨 선(線)'으로 등단하여 '당신'으로 제16회 아시아영화제 최우수 각본상, '집념'으로 제16회 대종상 각본 상을 받고 세상에 거칠 것이 없고 두려울 것이 없던 당신은 시나리오에 대해서만은 남다른 열정과 애정으로 똘똘 뭉쳐 있었지요. 당신은 정말 영화의 화신이었소.

영화가 가진 민중에 대한 직접적인 소구력에 남보다 강한 애정과 자부심을 가졌던 L형. 시나리오 전편에 흐르는 속도감과 박진감으로 극을 압도했던 당신의 시나리오는 당시에 많은 제작자와 감독을 사로잡았었지요.

그러나 L형, 당신은 늘 춥고 외로웠소.

당신의 시나리오에 매료돼 돈을 싸 들고 따라다니는 제작자와 감독들이 줄을 섰었지만 당신은 당신이 부르는 고료에서 한 푼도 깎을 수 없을 뿐 아니라 흥행 수입에 5%는 인센티브로 내놔야 한다며 시나리오에 저작권이 없던 당시로선 파격적인 저작권료를 주장한 참 대찬 작가였지요. 그리고 L형, "시나리오는 흥정의 대상이 아니다. 시나리오는 내 혼이고 자존심이다"라고 일갈하던 당신의 그 시퍼런 시나리오에 대한 자긍심과 작가 정신에 참 많은 시나리오 작가가 작가 할 맛이 났었지요.

그러나 L형, 당신의 주머니에는 늘 먼지뿐이었고 차비가 없어 한강변 집에서 충무로까지 항시 걸어서 다녔지요. 고료 조금만 깎아줘도 조그만 자가용 한 대는 굴리고 다녔을 텐데…. 당신은 굶어 죽어도 시나리오 고료 깎자고 덤비는 제작자나 감독들에게는 언제나 "시나리오 싸게 사서 창고에 처박을 싸구려 영화 만들 거면 차라리 딴 장사를 하시오"라고 일갈하고 차갑게 돌아섰지요.

며칠을 굶고도 전혀 내색하지 않았던 L형.

난다 긴다 하는 유명 영화배우, 제작자, 감독, 시나리오 작가들이 분주히 오가던 충무로의 청맥, 스타, 태극다방. 그 영화인들의 거리에 L형 당신은 커피값이 없어 늘 비켜서 다녔지요,

충무로 화려한 영화의 거리에서 조금 떨어진 외진 곳, 중부경찰서에서 을지로 쪽으로 가다 보면 쌍용빌딩이 있고, 그 옆에 '애플'이라는 조그만 찻집이 있었지요.

L형과 난 가끔 그 외진 찻집에서 만났지요.

그날도 봄비에 버버리 코트자락을 적시며 L형이 원고 뭉치를 옆에 끼고 '애플'로 들어섰지요.

"어떻게 됐어요, 원고 팔았어요?"

L형은 대답 없이 봄비 내리는 창밖만 바라보고 있었지요.

낌새가 또 인센티브 5%를 주장하다가 원고를 팔지 못한 게 분명했어요.

난 나가서 맥주나 한잔하자고 일어섰지요.

L형은 마치 생각하는 사람 로댕의 조각상처럼 미동도 않고 그대로 비 오는 창밖만 내다보고 앉아 있었지요.

난 찻값을 계산하고 밖으로 나와 L형을 기다렸지만, 당신은 나오지 않았고 내가 다시 들어갔을 때 난 당신의 맑은 눈알 속에 맺힌 눈물을 처음 보았지요.

정말 태산이 무너져도 꿈쩍 않을 당신의 눈에 맺힌 눈물은 내겐 정말 큰 울림이었지요.

그보다 더 큰 놀람과 아픔은 L형 당신의 그다음 이야기들이었지요.

그렇게 태산처럼 무겁던 당신의 입이 열리고 당신의 말 한 마디 한 마디는 나에게 정말 화산 같은 폭발이었고 충격으로 기억해요.

L형, 당신은 그날 그 시나리오를 꼭 팔았어야 할 절체절명의 절박한 아주 피 말리는 까닭이 있었다고 했어요.

집에서는 아내와 자식들이 당신이 원고료 받아오기를 눈 빠지게 기다리고 있었고, 중국집 주인아저씨는 당신과 당신 가족들이 2년 동안 외상으로 먹은 짜장면과 우동값을 목매게 기다리고 있었기 때문이지요.

2년 전 아니 정확히 말하면 6개월 전, L형은 중국집 주인아저씨와 굳게 약속했다지요.

"우리 가족, 나와 내 아내 그리고 아들과 딸 이렇게 네 식구 딱 반년 간만 더 다른 것 말고 짜장면과 우동 두 가지 음식만 하루 두 끼씩 외상으로 먹게 해주시요…."

그렇게 사정을 해서 약속하고 반년이 지나고 또 반년이 더 지나 1년도 아니고 2년 동안 당신 가족들은 하루에 짜장면과 우동 딱 두 가지 음식만을 먹고 살았지요.

짬뽕도 안 되고 간짜장, 볶음밥은 500원이 비싸서 더더욱 안 되고 짜장면과 우동만…. 그렇게 가족들이 먹은 중국집 외상 2년째, 외상값 갚기로 한 날이 바로 오늘이었는데 당신은 그 시나리오에 걸맞은 인센티브를 달라는 고집 때문에 또 원고료를 못 받았군요.

그래서 로댕 같은 당신의 그 차가운 얼굴에 눈물이 어렸군요.

그보다 L형, 말이 그렇지 짜장면하고 우동 그걸 매일 매끼 2년 동안 먹는다는 것, 그건 정말 가족들이 얼마나 지겨운 고통이었는지 아마 짜장면과 우동만 매일 매끼 먹어보지 않은 사람은 아마 그 고통을 알지 못할 거요.

짜장면과 우동을 일주일 아니 한 달만 먹어도 웬만한 사람들은 아마다 토하고 졸도하고 말았을 거요.

아무튼 카이로회담보다 더 지독한 가족과 중국집 약속이 바로 오늘, 오늘이 2년 약속이 끝나는 그날인데 이제 정말 어쩔 셈이요.

왜 시나리오를 헐값에라도 팔지 그랬소? 왜 왜… 그래서 가족들 그 넌더리 나는 짜장면과 우동 2년 먹였으면 됐고, 중국집과 한 약속도 지키지 그랬소.

그러나 L형, 그날 당신은 말했소.

"시나리오가 제값을 받지 않으면 제작자나 감독들이 시나리오 작가를 우습게 알아요. 시나리오를 얕잡아보는 자들은 필경 영화도 엉망으로 만든다고…. 내가 가족과 함께 굶어 죽어도 시나리오 작가로서 그런 자들한테 얕잡아 보이고 싶지 않아요."

그리고 당신은 말했소. "시나리오는 내 삶이고 자존심"이라고! 내 몸뚱이는 헐값에 팔 수 있지만 시나리오만은 귀공자보다 더 소중하게 아주 귀한 대접을 받아야 해요. 시나리오를 우습게 아는 자들은 영화도 개판으로 망쳐놓고 결국 시나리오가 나빠서 영화 버렸다고 시나리오 탓하고 원망한다니까요.

모든 영화는 시나리오가 있어야 시작되는 거고, 시나리오는 영화의 핵심 축이고 기본인데 그 시나리오를 아주 귀하게 대접하지 않는다면 그건 영화의 기본 상식을 모르는 사람이에요. 그런 소중한 시나리오로 영화를 제작해서 흥행 수입을 올리면 그 번 돈에 5%만 달라는데 그걸 아까워 못 준다는 건 모리배나 다름없는 거 아니냐고…. 그런 자들한테 시나리오를 헐값에 준다는 건 돼지에게 진주를 주는 격이라고…. 난 그렇게 시나리오를 배신하지는 못해요!

L형은 입술이 하얗게 말라 있었다. 그리고 한마디 덧붙였다.

"M형, 난 이제 영화계 아니 시나리오를 안 쓰겠어요. 떠날 거예요. 작품 대접은 안 해주지만 작가를 대접해주는 데로 가겠어. M형도 알겠지만 대사 한 마디 한 마디를 뱉어내는데 피를 말리며 심장이 멎어들 정도로 산고를 겪어가며 쓰는 시나리오가 제대로 대접받지 못하면 우리 영화 정말 발전 못 해요. 시나리오 작가에게 투자하는 건 인재에게 투자하는 거예요. 시나리오를 이렇게 푸대접하니까 저작권이 확립된 방송계로 시나리오 작가들이 빠져나가는 거예요. 시나리오계도 저작권이 확보되지 않으면 암흑기가 올 거예요. 하지만 난 정말 시나리오가 좋아요. 시나리오를 쓰고 싶어요. 근데 나 혼자 죽는 건 괜찮은데 가족들이 무슨 죄냐고…. 2년을 짜장면, 우동 딱 두 가지만 먹였는데…, 아들놈이 쌀밥이 먹고 싶다고 그렇게 보챘는데 이젠 그걸 해주고 싶어요."

L형은 이미 빈 커피잔을 들었다가 내려놓고 엽차를 몇 모금 마시고 내 손을 꼭 잡고 아주 작은 소리로 속삭이듯 말했다.

"M형, 버리고 가는 것 같아 미안해요. 삼육이랑 유림이, 송장배하고 몇은 남아서 영화를 지켜야지…."

그날 L형은 시나리오를 경시하는 풍조가 정 떨어진다면서 다시는 영화계로 돌아오지 않겠다며 봄비를 맞으며 그렇게 홀연히 충무로를 떠나 방송계로 가버렸지요.

그렇게 가버린 L형은 바로 중국집으로 가 3개월만 짜장면, 우동을 외상으로 더 달라고 사정하고 가족들에게도 3개월만 더 짜장면과 우동을 먹자고 설득했다고 한다.

그때 제일 힘들었던 것은 짜장면, 우동 먹기 싫다고 우는 애들을 달래며 자기도 울고 아내도 소리 없이 울었다고 했다.

그리고 그는 정말 3개월 동안 미친 듯이 방송 원고 쓰기에 매달렸다고 했다.

그 원고가 〈대원군〉 40부작이었다.

L형은 정말 잘 쓰는 작가였다.

시나리오계 아니 영화계로서는 정말 놓쳐서는 안 되는 아까운 작가 정신이 투철한 작가였다.

〈대원군〉 방송 원고 40부 전작은 단 한 자도 안 고치고 방영됐고, 그 뒤로 L형은 방송 작가로 승승장구하더니 〈개벽〉〈거상 김상옥〉〈심봤다〉〈동의보감〉 등 걸작을 남겼다.

방송 작가로 잘나가던 때 L형은 가끔 시나리오가 생각나 충무로를 들렀고, 나를 만나면 L형은 입속으로 중얼거렸다.

'아직도 시나리오 대접 못 받지? 참 큰일이야. 그래도 방송 대본 쓸 때보다 시나리오 쓸 때가 글 쓰는 거 같았는데….'

L형은 방송국에서도 리딩을 할 때면 대사 한 마디 한 마디 놓치지 않고 감청을 하며 자신의 글이 왜곡되거나 도둑맞을까 봐 눈을 부릅떴다고 한다. 그렇게 뼈를 깎듯 원고에 매달리다가 한밤중에 심장이 터져 그토록 사랑하던 글과 작별했다.

L형, 진정 작가였던 당신은 지금 하늘나라 어디쯤 있소?

그곳에서도 이 영화계 아니 시나리오계를 보고 있을 테지요.

L형이 떠난 지 수십 년이 지났지만 지금 영화계는 아직도 시나리오에 대한 소중함을 미처 깨닫지 못하고 있다오.

아니 시나리오는 거의 잊혀가고 있소. 마치 강대국이 약소국을 식민지 삼던 그 아주 옛날 미개한 시절처럼 시나리오는 영화의 식민지같이 심한 푸대접을 받고 있어 미칠 지경이오.

영화 대본의 표지에서조차 시나리오 작가의 이름은 찾아보기 힘들고 영화 포스터나 팸플릿, 더구나 영화의 본편 자막에서도 시나리오 작가 이름은 현미경으로 들여다봐야 보일 듯 말 듯 시나리오 작가의 이름은 찾아보기 힘들다오.

더욱이 요즘 감독이 각본을 겸하는 게 유행이고 추세라는데 어쩌다 영화계가 이런 끔찍한 지경에까지 이르렀나 싶소. 시나리오 작가는 글로써 영화에 필요한 제반 설계도를 짜내는 사람이고 감독은 그 설계도를 보고 영상을 만들어내는 사람이 아닌가요. 감독이 각본 감독 다 한다는 것, 이건 마치 오케스트라에서 지휘자가 피아노도 치고 바이올린도 켜고 혼자 다 하다가 오케스트라를 망쳐놓는 것과 같은 꼴 아닙니까.

L형, 요즘은 이런 예도 있었다니까요. 감독 지망생과 시나리오 작가 지망생이 가난한 나머지 한 1년간 동거를 하며 시나리오를 써가지고 마침내 감독 데뷔를 했대요. 운이 좋았는지 그 영화가 대박을 터트렸는데 그 영화에 동거했던 시나리오 작가의 이름은 빠지고 각본·감독으로 감독 혼자 이름이 오른 거예요. 영화가 히트를 치자 그 감독은 딴 여자와 결혼을 했다는군요. 그러니까 그 감독과 동거하며 눈물과 땀, 피를 쏟고, 뼈를 깎으며 시나리오를 쓴 여류 작가는 이름 빼앗기고 이것저것 다 망치고 쓰레기처럼 버림받은 거지요. 작가가 이름을 빼앗긴 것은 민족이 나라를 빼앗긴 거와 같고, 인간이 목숨을 빼앗긴 것과 무엇이 다르겠습니까. 이런 감독은 감독이기 전에 인간이기를 포기한 거 아닙니까?

'L형, 뭐라고요? 관운장이 휘두르던 청룡언월도를 꺼내 들고 하늘에서 뛰어 내려오겠다고요?

L형! 이런 비인간적인 감독까지 합세해서 감독과 각본을 겸하는 물결이 대세를 이루면서 한국 영화의 질적인 하락이 우려됩니다. 미국이나 유럽 영화 선진국들 다 안 그런데 유독 우리나라는 심하다는 생각이 드는군요.

요즘 각본과 감독 겸해서 어디 명작 나온 거 있냐고요? 관객 천만이 넘으면 다 명작이냐고요?

불과 10~20년 전만 해도 시나리오는 시나리오 작가가 쓰고 감독은 감독만 했어요. 신상옥, 홍성기, 유현목, 김기영, 김수용, 정진우, 설태호, 임권택, 이만희 감독 등 기라성 같은 감독들이 모두 감독만 했고, 시나리오는 시나리오 작가들에 맡겼잖아요. 그때 시나리오 작가들은 정말 책임지고 땀과 눈물 그리고 피로써 영혼을 흔들듯이 시나리오를 썼어요. 그런 시나리오가 영화화된 당시에는 많은 불후의 명작이 나오지 않았냐고요.

L형, 귀 좀 바싹 대봐요. 사실 말이죠, 각본 감독이 추세가 된 것 말예요. 거대 자금을 가지고 영화계로 뛰어든 대기업, 제작 투자 배급사 때문이기도 해요. 이 대기업들이 영화에서 가장 소중한 시나리오부터 만들려니 우선 시나리오를 모르기도 하거니와 시나리오를 잘 만들려면 돈 들어야지 시간 많이 걸리지…. 아무튼 어렵게 시나리오를 겨우 끝내고 감독을 선택하면 감독이 시나리오 수정하자고 하지요. 그러면 또 돈 들고 시간 걸리고 하니까 아예 영화를 총괄할 감독에게 시나리오까지 맡겨버리고 감독이 좋다고 하면 기업 측에선 그냥 감독만 믿고 맡기는 거지요. 그렇게 만든 영화가 대기업이 갖고 있는 수천 개의 스크린에서 개봉하니까 관객이 볼 것은 수천 개 스크린마다 같은 영화가 상영되고, 울며 겨자 먹기 식으로 보다 보니 관객들이 그 영화에만 천만 드는 거 아닙니까.

L형, 대기업이나 감독들의 불가피한 입장을 전혀 이해하지 못하는 건 아니에요. 그러나 호랑이에게 물려가도 정신은 바짝 차리란 말이 있듯이 돈 버는 것도 좋고 감독하는 것도 좋은데 영화 예술에 종사하는 영화인으로서 자긍심, 아니 장인 정신 같은 거 좀 가지면 안 됩니까. 그리고 그들의 틈바구니에서 아얏! 소리도 못 하고 고사당하고 있는 시나리오 작가도 좀 생각해야 하지 않나요?

'닭 모가지를 비틀어도 새벽은 온다고…' 아무리 시나리오를 푸대접해도 반드시 시나리오 작가가 정당한 저작권을 확보하고 대우받을 그날을 향해 뛸 겁니다. 시나리오는 꼭 부활합니다.

시나리오 표준계약서가 아직 전면 활성화가 되고 있지 않지만 이미 장관 고시 됐고, 대기업들도 차츰 시나리오 작가의 소중함을 인식해가고 있는 이상 곧 시나리오 작가들이 정말 대접받는 그날이 올 것을 믿습니다.

L형! 한국시나리오작가협회는 4월 27일 전주국제영화제에서 '시나리오 데이' 행사를 야무지고 알차게 개최할 겁니다.

깨끗한 도시 전주시와 전주국제영화제 관계자 여러분의 배려로 열리는 이번 행사에서는 시나리오의 위상과 시나리오 작가의 권위가 아마 한껏 높아지는 계기가 될 거예요.

L형, 환생하시어 그날 꼭 오세요.

당신이 그렇게 좋아하던 시나리오, 당신의 고향, 시나리오가 축복받는 날이에요.

그날은 정말 시나리오가 영화의 황태자가 돼서 L형을 멋지게 맞이할게요.

그리고 L형, 우리 작가들은 다 같이 시나리오 축가 '시나리오 핫 데이'를 힘차게 부를 겁니다.

기대해주세요.

사단법인 한국시나리오작가협회
이사장 문상훈

배우가 사랑한 시나리오

| 박원상 |

지난 밤, 열아홉 살 제 큰아이가 울었습니다. 살아가야 할 의미를 모르겠답니다. 그게 너무 힘들어 모든 걸 내려놓고 싶답니다. 울고 있는 큰아이를 안아주며 이 아이에게 가슴으로 해줄 수 있는 말이 쉬 떠오르지 않아 속상했습니다.

어쩌겠습니까? 이 지독한 시간도 결국 이 아이의 시간이겠지요.

밴드경연대회에서 우연히 만난 여학생에게 어린 성우는 온 마음을 빼앗겨버립니다. 그 여학생을 위해 노래를 만들고, 비 오는 저녁 그 여학생의 집 앞에서 그녀를 기다립니다. 저기서 음악 선생님과 함께 웃으며 그녀가 옵니다. 그녀의 마음에는 어린 성우가 없었습니다. 그녀를 위해 만든 노래는 비에 젖고 어린 성우는 그녀를 떠납니다.

비 오는 그날 저녁, 어린 성우가 만난 절망의 벽은 얼마나 두꺼웠을까요?

요즘 부쩍 힘들어하는 제 큰아이를 보면서 제 어린 시절을 기억해보려 애쓰는 날이 많아졌습니다.

숭실대학교 독어독문과 졸업.
〈와이키키 브라더스〉의 바람둥이 건반 주자,
〈범죄의 재구성〉의 타고난 여자 킬러 제비,
〈알포인트〉의 순박한 찐빵 마 병장, 〈댄서의
순정〉의 비열한 악역 마상두, 〈안녕, 형아〉의
슬프지만 희망을 놓지 않는 아빠 등등 다양한
영화에서 인상 깊은 연기를 선보이고 있다.

지금의 제 큰아이 나이 그리고 비 오는 어느 저녁 골목길을 서성이는 어린 성우의 나이, 그 나이쯤 우연히 만난 연극 한 편, 그렇게 연극에 젖어들고 연극에 등 떠밀려 지금까지 참 오랜 시간을 걸어왔네요.

와이키키 브라더스.

영화 속 제 큰아이 또래들이 좌충우돌 멋진 밴드를 꿈꾸며 천둥벌거숭이로 해변을 뛰어다니던 모습이 떠오릅니다.

시간이 흘러 영화 속 소년들은 어른이 되고, 누구는 약사로 누구는 사회운동가로 누구는 공무원으로 또 누구는 음악에 등 떠밀려 밤무대 가수로….

공무원이 된 친구가 음악에 여전히 등 떠밀린 채 살고 있는 친구에게 술에 취해 물어봅니다.

"넌 행복하니?"

"……."

"우리 중에 하고 싶은 거 하면서 사는 놈, 너밖에 없잖아."
"……."

"그래서 넌 행복하냐고?"

"……."

인생의 절반도 넘게 살아왔는데 솔직히 아직도 잘 모르겠습니다.
울고 있는 아이에게 건넬 말이 잘 떠오르지 않습니다.
그저 너의 길 위에서, 너의 시간들을….
오랜만에 꺼내 본 〈와이키키 브라더스〉 비디오테이프 표지에 이런
말이 적혀 있네요.

–막다른 길… 그러나 되돌아갈 수 있다는 희망.–

오늘 밤엔 큰아이와 이 영화를 함께 봐야겠습니다.

와이키키 브라더스
Waikiki Brothers, 2001
109분. 드라마. 2001.10.27 개봉

전주의 봄은 시네마 천국

| 송길한 |

칼바람 매서운 한파에도 등이 굽은 매화나무는 꿋꿋하게 인동의 꽃을 피워낸다. 정녕 봄을 이기는 겨울은 없나 보다.

혼탁한 세상에 분노만 들끓었던 누추한 겨울은 가고, 올해도 어김없이 찾아온 봄은 끝내주게 화사하기만 하다. 계절의 여왕 5월도 눈앞이다. 이 좋은 계절, 18년째 국제영화제가 열리는 내 고향 전주의 봄은 축제 인파 가득한 '영화의 거리' 상영관마다 온 세계 영화가 다투어 만개한다. 그야말로 시네마 천국이다. 창립한 지 엊그제 같은데 어느덧 늠름하고 의젓한 청년으로 성장한 전주국제영화제, 그 미래 또한 창창하고 짱짱하다. 이젠 세계 모든 영화인과 모든 영화제와도 행보를 같이하는 개성 넘치는 영화제로서 '대안(alternative)'과 '독립'의 초심을 잃지 않는 올곧은 안목과 내공도 튼실하다. 규모나 화려함보다는 내실을 기하는 영양가 높은 알찬 영화제로 대중과의 소통도 그 어느 때보다 유연하다. 어디에 내놓아도 매력 있고 당당한 영화제가 된 것이다.

말 그대로 전주는 '우아한 cinepolis(영화도시)'다.

'영혼이 자유로운 영화제가 전주국제영화제입니다. 영화의 본질은 영화를 만드는 기술이 아닌, 자유로운 표현에 있습니다.'

문화계 블랙리스트에 오른 독립 다큐 전문 배급사 '시네마 달'의 세월호 관련 다큐멘터리 〈다이빙 벨〉의 상영 파동으로 부산국제영화제가 존폐 위기까지 몰렸던 지난해, 제17회를 맞은 전주국제영화제 개막식에서 영화제 조직위원장인 김승수 전주시장이 식장을 가득 메운 영화인들과 시네필들에게 선포했던 오프닝 멘트다. 신념에 찬 그 메시지는 그 자리에 참석한 모든 영화인뿐 아니라 대외적으로도 의미심장한 울림을 주었다. 유연하면서도 끈끈한 팀워크로 알려진 영화제 집행부 (집행위원장 이충직, 부집행위원장 민성욱, 수석 프로그래머 김영진, 프로그래머 이상용, 프로그래머 장병원) 이들이 선정한 제18회 전주국제영화제 슬로건은 '영화 표현의 해방구'다.

해방구? 뭔지 저항적이면서도 파격적인 어휘가 영화도 보기 전에 야릇한 기대와 긴장을 느끼게 한다. 파격이라면, 그 수위가 어디까지일까? 도대체 어떤 영화들일까?

우선 프로그래머들이 선정한 이번 영화제의 프로그램 경향부터 살펴보기로 하겠다.

선정 작품은 50여 개국, 210여 편이다.

1. 거장 감독들의 신작 초청

세계 영화계에서 명성을 확고히 하고 있는 거장 감독들의 신작과 작가를 초청해 작품 상영 및 마스터클래스를 통해 작가의 세계를 이해할 수 있는 프로그램 편성이다. 특별전 프로그램으로 편성된 알렉세이 게르만, 마이클 윈터바텀을 비롯해 제임스 그레이, 마하마트 살레 하룬, 안드레이 콘찰롭스키, 짐 자무시 등 저명한 거장들의 작품을 대거 상영한다.

2. '영화 표현의 해방구'라는 슬로건에 맞는 담대함과 급진성을 보여주는 프로그램

주제와 스타일, 표현의 수위 면에서 최전선을 구가하고 있는 작품들로 신설된 섹션이다. 이 섹션에는 영화제 프리미어와 편수 제한으로 경쟁 부문에 포함되지 못한 신인 감독들의 작품을 집중적으로 배치할 참이다.

영화 예술을 저지하는 그 어떤 것도 용납할 수 없다는 래디컬한 프로젝트로 시의적절하다.

3. 영화의 경계를 질문하는 독립 영화, 대안 흐름을 보여주는 프로그램

영화 외의 미술, 미디어 아트, 음악, 건축, 디자인 등 인접 예술 매체와의 다양한 교류를 보여주는 작품들을 상영한다. 건축과 영화의 관계를 다룬 하인츠 메이히홀츠의 〈스트리트 스케이프스〉, 연극과 애니메이션, 영화의 합일(合一)을 보여주는 리티판의 〈익사일〉, 미술과 영화의 접목을 시각화한 패트릭 보카높스키 등의 작품이 상영된다. 그들의 다양한 주제 의식, 실험적인 스타일, 재기 발랄한 상상력이 관객의 머리와 감성을 일깨워주리라 믿는다.

4. 유수 영화제에서 호평받는 작품을 초청해 최신 경향을 살피는 프로그램

올해 베를린국제영화제 황금곰상 수상작인 헝가리의 일디코 옌예디의 〈온 바디 앤 소울〉, 칸영화제 수상작인 크리스티안 문주의 〈바칼로레아〉, 베니스영화제 수상작인 〈파라다이스〉〈언테임드〉 등 작품을 초청해 상영한다.

최신 수상작들을 일괄해 볼 수 있는 기회는 어느 영화제에서나 그리 흔치 않을 것이다. 이들 작품 가운데 〈온 바디 앤 소울〉은 그랑프리 시상식 바로 전날에 프로그래머들이 초청 예약을 마친 작품이다. 그들의 예민한 안목과 발 빠른 민첩성이 아찔하게 빛난다. 예매 필수 프로젝트가 아닐지 싶다.

5. 일본, 중국 등 아시아의 젊은 재능 대거 발굴

일본과 중국 등 동아시아의 미래를 이끌고 갈 젊고 유능한 감독들을 발견해 자국의 전통적 경향을 벗어난 그들만의 새로운 의식, 새로운 스타일을 확인할 수 있는 참신한 작품들을 소개한다. 칼날같이 시퍼런 뉴웨이브의 혁명적 감성이 기다려지는 프로젝트다.

6. 전주국제영화제가 지속적으로 생산하는 영화 〈전주시네마 2017(전 디지털 3인3색)〉의 또 다른 변화

2000년 영화제 출범과 동시에 시작된 옴니버스 단편 제작 프로그램 〈디지털 삼인삼색〉을 2014년 15회를 기점으로 세 작품 모두 장편으로 지원 제작하는 프로젝트다. 초기에 참여한 장위엔, 지아장커, 차이밍량, 아오야마 신지를 비롯해 홍상수, 가오세 나오미, 라브 디아즈, 아피찻퐁 위라세타쿤, 왕빙, 스와 노브히로, 장률, 리산드로 알론조, 류승완, 봉준호, 호유왕 등 많은 감독이 이제 각기 자국을 대표하는 국제적인 감독으로 성장했다. 장편 프로그램으로 전환 후 올해 네 번째를 맞는 '전주시네마 2017' 프로젝트는 세 작품 모두 한국 독립 영화라는 점이 특징이다.

작품을 선정한 김영진 수석 프로그래머는 '한국 독립 영화의 가능성이 폭발할 수 있는 시기가 곧 도래할 것'이라는 데 방점을 두고 있다.

7. 임권택 감독의 부서진 영화 〈비구니〉의 발굴과 복원판 특별 상영

제작사 태흥영화사(대표 이태원)와 한국영상자료원이 발굴해 디지털 리마스터링한 임권택 감독의 1984년 작품 〈비구니〉가 전주국제영화제에서 복원 제작을 맡아 최초로 세상에 공개된다.

〈비구니〉는 임권택 감독, 정일성 촬영감독과 더불어 한국 영화의 중흥을 이끌어온 태흥영화사가 창립 기념작으로 제작한 작품으로 당시 세 작품을 만들 만한 제작비를 투자한 대형 프로젝트였고, 주인공을 맡은 김지미 씨가 삭발까지 하고 출연해 화제가 되었다. 이렇듯 의욕과 열정이 넘쳤던 영화가 뜻밖에도 비구니 측의 항의에 부닥쳐 촬영을 중단해야 했다. 이 영화는 이미 사전에 각본 심의까지 마치고, 촬영 중인데도 비구니를 모독하는 외설적 내용이라고 지적, 제작을 즉시 중단하라고 서울 시가에까지 몰려와 시위를 하고 급기야 법정 공방까지 갔다. 영화인들은 전체 대회를 열어 창작의 자유를 외쳤고, 한국예술인총연합회 또한 사태를 맹렬히 비판하며 창작의 자유 성명서를 냈다.

얼핏 보면 영화와 종교의 전쟁 같았다. 그러나 비구니 측과 종단의 뜻은 다른 데 있었다. 불교를 탄압한 신군부 파쇼정권의 법란에 대한 종단과 비구니 측의 응어리진 저항이 영화 〈비구니〉를 빌미로 터져나온 것이다. 사태는 사회적으로 파문이 커졌고, 관계 기관의 회유와 압력이 가중되는 가운데 제작사는 끝내 중단 선언을 하고야 말았다. 당시 〈비구니〉에 참여한 영화인들의 가슴엔 큰 상처로 남아 오늘날까지도 쉽사리 지워지지 않았을 것이다. 부처도 남의 순수한 예술 창작을 말이 아닌 힘으로, 결과도 나오기 전에 부서뜨리는 비구니 측의 폭거를 목도했다면, 자비를 거두고 돌아앉았을 것이다.

8. 시나리오 작가 송길한 특별전

시나리오 작가의 회고전은 국내외 영화제 어디에도 거의 없는 것 같다. 작가와 감독의 경계가 사라진 지 오래고, 시나리오도 결국엔 영화 안에 수렴되기 때문일 것이다. 그럼에도 전주국제영화제가 작가 특별전을 프로그래밍한 뜻은 위축된 작가들의 사기와 위상을 제고(提高)하려는 데 있지 않나 싶다.

영화제의 팽팽한 프로그램에 혹여 누가 되지는 않나, 기쁨이나 보람보다는 우려가 앞선다. 작가로서 깊은 고마움을 표한다. 미흡한 시나리오들을 걸출한 결과물로 승화해준 것은 거의 임권택 감독의 덕이며, 그분께도 새삼 감사의 인사를 전한다.

9. 부대 행사로 '시나리오 작가 포럼' 개최

한국시나리오작가협회의 숙원인 '시나리오 작가 포럼'을 전주시네마에서 개최한다. 시나리오 창작의 비약적인 발전을 모색하는 토론의 장이 되길 바라며, 시나리오 작가들의 친목과 결속을 다지는 행사가 되길 소망한다.

"전주는 내게 가장 특별한 곳이오. 나의 선조들은 이 땅에 터를 두고 꿈을 펼쳤고, 나는 그 뜻을 잊지 않고 이 땅에 조선왕조를 세웠소. 젊은 날 전쟁에서 승리하고 돌아오는 길에 전주 오목대에 들러 여러 종친들과 축하연을 벌이던 기억이 아직도 생생하오. 유구한 세월이 흘렀지만 전주 곳곳에서 나의 기운을 만날 수 있소. 많은 후손이 조선의 뿌리가 전주라는 것을 기억해주어 매우 기쁘고 감격스럽소. 그러니 이 땅에 함께 있다는 것은 조선을 안고 있는 것과 마찬가지 아니겠소이까. 먼 길 온 만큼 많이 듣고 기쁘게 놀다 가길 바라오." 태조 이성계 / 조선 건국의 시조

　이상으로 전주국제영화제의 프로그램 경향을 살펴보았다. '영화제
는 영화로 말한다'는 영화제의 기본 방향을 충실히 따르면서도 '해방구'
의 슬로건답게 대담하고 다채로운 프로그램을 밀도 있게 선정한 전주
국제영화제의 집행부와 프로그래머들의 무한한 잠재력과 노고가 빛난
다. 모든 일은 적어도 10년은 지나야 진면목을 드러내나 보다. 지난
14회 때부터 대내외적으로 획기적인 변혁과 겸양의 미덕을 고루 갖춘
전주국제영화제가 비로소 비약적인 발전을 거듭하더니 18회의 청년기
를 맞으며 더욱 풍성한 축제로 영화의 거리는 물론 온 시가에 가득 성
황의 꽃이 만발하리라 기대하며 창립 멤버의 한 사람으로 감회가 새롭
다. 문득 1999년 겨울, 전주국제영화제 초창기 무렵이 기억에 생생하
게 스친다. 천 년 고도의 전통도시 전주에서 가장 진보적인 영화제가
태동한다는 소식이 흘러나왔을 때 많은 사람이 기대보다는 회의적이고

우려 또한 컸다. 중앙의 언론 매체들도 전주의 시도에 시큰둥하고 시답잖다는 눈치였다. 그러나 당시 영화제 운영위원의 한 사람이었던 필자는 그들의 반응에 전혀 괘념치 않았다. 전주에서 출생해 서울로 이사하기 전까지 고향 전주에서 청소년 시절을 보낸 필자로선 전주에 대한 나름 깊은 믿음이 있었기 때문이었다. 전주는 태조 이성계의 본향으로 그의 어진(초상화)이 전주의 궁전인 '경기전'에 600여 년 동안 봉안되었고, 그 고색창연한 고궁 길 건너편엔 서구 문화의 상징인 전동성당이 외형적인 아름다움뿐만 아니라 동정(童貞) 부부의 순교자가 나온 국내 가톨릭 제1성지(聖地)로 우뚝 서 있다. 경기전 옆길 건너엔 동학 농민 운동을 이끈 급진적 주동자 전봉준을 기리는 기념관이 설립 중이었고, 그 뒤로 700여 채의 한옥이 밀집해 있는 한옥마을엔 시민들의 실제 주거지로 전통문화를 지키며 살아가고 있었다. 푸른 용포 차림에 깊고 장엄한 기품이 살아 숨 쉬는 듯한 태조의 어진과 상투 머리에 분노에 찬 눈을 부릅뜨고 쏘아보는 농민혁명가 전봉준 그리고 핍박에 맞섰던 사랑의 혁명가 예수.

유교, 천도교, 기독교로 상징되는 정신세계가 서로 다른 이 세 인물을 기리는 건물이 한동네에 트라이앵글을 이루고 있는 이 대척점의 아이러니를 전주 시민들은 덤덤하게 수용하고 누구에게도 편파적이지 않았다. 필자는 그런 전주의 조화와 포용의 힘을 짐짓 굳게 믿고 있었던 것이다.

반면에 반골(反骨)의 급진적인 사람들도 많았지만, 자존심만 건들지 않으면 그들도 누구나 아우르는 통섭의 포용력이 있었다. 대선 때 DJ에게 90%를 넘는 전국 최상위 지지율을 보낸 전주 시민들의 잠재적 진보 성향과 본래의 것은 지키되 늘 뜨겁게 꿈틀대는 새로움에 대한 갈망을 전주는 안으로 지니고 있었다. 당연히 패션 감각이 어느 도시보다 유별나고, 끼와 저마다의 재능 또한 뛰어난 도시가 전주였다.

전주는 해방 이후부터 한국전쟁 이후까지 한국 영화의 메카로 불릴 만큼 1950년대와 1960년대에 영화제작의 중심지였다. 지역 영화인들이 설립한 '우주영화사'는 이미 영화제작의 독자적 시스템을 구축하고 있었다. '끊어진 항로'(1948), '마음의 고향'(1949, 윤용규), '성벽을 뚫고'(1949, 한형모), '애정산맥'(1953, 이만흥), '탁류'(1954), '아리랑'(1954, 이강천), '피아골'(1955, 이강천), '애수의 남행열차'(1963, 강중환) 등 다수의 영화가 전주를 중심으로 만들어졌다. 또 한국 최초의 컬러 영화 '선화공주'(1957, 최성관)도 전주에서 만들어졌다. 그중에서도 빨치산의 시간(屍姦)까지 그린 이강천 감독의 〈피아골〉은 리얼리즘 영화의 백미로 오늘까지 한국 영화 걸작 중 하나로 꼽힌다. 느닷없이 태극기가 휘날리는 라스트 신 한 컷만 빼고….

필자도 유실된 한두 작품을 제외하고 나머지는 청소년 시절에 전주에서 관람했던 영화들이다. 비록 1회로 끝나긴 했지만 1959년에 '전북영화상'이라는 한국 영화 최초의 영화상도 전주에서 시상되었다. 이 시상식은 대종상보다 3년이나 앞선 것이다. 전주는 명실상부 한국 영화의 르네상스 시기에 그 중심을 튼튼하게 지키고 있었다. 그만큼 영화에 대한 열정이 남달랐던 전주는 1960년대로 접어들면서 대도시 위주로 본거지가 이동하며 영화인들이 대거 충무로로 거취를 옮겼고, 이와 함께 전주도 서서히 사람들에게 잊힌 역사가 되었다.

그러던 중 1999년에 당시 우석대학교 장명수 총장이 이강천 감독의 영화 〈피아골〉의 제명을 딴 '피아골 영화제'를 제안했고, 지역의 문화계 원로들도 영화제 기획에 적극적으로 동참했다. 처음 제안된 '피아골 영화제'는 제1회 '전북영화상'처럼 시상식 형식의 소규모 영화제였다. 장명수 총장은 영화제 기획을 전주시에 알리고 지원을 요청했다. 당시 김완주 전주시장은 지역 문화계 인사들의 간곡한 요청을 받아들여 수용키로 결정했다. 전주시에서는 영화제 예산을 집행하기 위해 공청회를 열고 자문을 구하는 등 절차를 밟았다. 문화계 인사들과 전문가들이 참석한 수차례의 공청회와 세미나 등을 통해 의견을 수렴했다. 그 결과 지방에서 성공하기 힘든 시상식보다는 국제영화제가 전주시와 지역민들에게 좀 더 가치 있고 의미 있을 것이라는 결론을 내렸다. 이러한 영화제의 방향 전환에 김은정 기자(당시 전북일보 문화부장)와 김소영(한예종 영상이론과 교수) 등의 노고가 컸다. 1999년 전주시 지원으로 전주에서 국제영화제가 개최되는 것이 확정되었다. 전주국제영화제를 통해 전주의 영화 역사 전통을 계승 발전시키는 재도약의 발판을 마련하고, 영화의 본고향이자 대안 독립 영화의 근거지로 자리 잡아 유수의 알찬 영화제로 성장시켜 보려는 것이 당시 김완주 전주시장의 야심 찬 비전이었다.

그러나 전주시가 국제영화제를 목표로 상향 책정된 당시 예산은 9억7000만 원으로 최소 19억 원의 예산이 필요하다는 분석 결과엔 훨씬 못 미쳤다. 그럼에도 우선 창립 준비를 서둘렀다. 곧바로 이사회가 구성되고 초대 집행위원장으로 최민 한예종 영상원장을 선출하고, 사무국장으로 민성욱 교수가 임명되었다. 그리고 영화제의 핵심인 프로그래머는 김소영 교수와 정성일 영화평론가(〈KINO〉 영화지 편집장)가 공동으로 맡게 되었다. 그들은 영화제 명칭을 '전주 얼터너티브 국제영화제'로 내세웠으나 필자는 완강히 반대했다. 당시에 부천의 '판타스틱'도 낯설어하는데 '얼터너티브(alternative)'는 총무로 영화인들에게도 개념이 익숙지 않을 터이고, 대중에겐 친근감도 떨어지고 와닿지 않을 것이 뻔하기 때문이었다. 개최지가 전주이니 '전주국제영화제'로 쉽게 가자는 필자의 제안에 만장일치로 명칭이 결정되었다.

필자는 영화제에서 기획한 '지역영화사 전주(Local Film History Jeonju)의 다큐멘터리를 찍기 위해 변영주 감독과 함께 서둘러 취재에 나섰다. 앞서 언급한 전주를 중심으로 제작된 영화들을 바탕으로

작품들의 제작 과정과 당시의 시대적 분위기를 담기 위해 영화 미술을
담당했던 하반영 화백, 당시 백도극장 시절부터 지금까지 영사기사를
하고 있는 나이 든 분을 만나 인터뷰했다. 그 밖에 증언을 할 만한 사
람들은 이미 고인이 되었거나 행방조차 알 수 없었다. 변영주 감독과
곳곳을 헤매다가 인근 남원에서 월매의 집과 감옥의 오픈 세트를 지어
놓고 〈춘향뎐〉을 촬영 중인 임권택 감독을 인사차 찾아갔다. 정일성
촬영감독도 무척 반가워했다. 변영주 감독이 임권택 감독에게 전주에
대해 인터뷰를 했다. '정이 많고 인심들이 순후해서 촬영이 있을 때면
한두 번은 들리는데 전주에서 일을 하면 마음이 편해요.' 임권택 감독

의 답변이다. 서로 일정이 바쁜 터에 우린 안부만 확인하고 헤어졌다. 꿈결 같다.

영화제는 조직이 안정화되는 것처럼 보였지만 역시 예산 문제가 다시 발목을 붙잡았다. 영화제 준비가 난항을 맞아 모두 어려워하고 있던 시기에 당시 한승헌 감사원장이 구세주처럼 나타나 기업의 스폰서 유치를 적극 도와주었고, 예상 이상의 기업들 후원으로 21억이 넘는 예산을 확보하고 영화제를 시작할 수 있었다. 뜻이 바르면 길이 있나 보다. 변영주 감독과 필자는 그동안 찍던 다큐멘터리에 박차를 가했다. 편집 등 후반 작업이 만만찮았다. 다행히도 전주 인근이 출생지인 배우 진희경이 내레이터를 맡아주어 작품은 완성되었다. 자료들이 유실되어 만족치는 않았지만, 우리가 하고자 하는 얘기는 다 담긴 것 같았다. 왜 전주가 국제영화제를 하려고 하는지⋯ 전주 시내 곳곳을 헤매고, 눈보라 치는 김제 벌판까지 왕복했던 그해 겨울이 지금도 눈에 선하다.

이윽고 2000년 뉴밀레니엄 시대를 여는 새봄이 왔다. 영화제 개막 전날, 영화의 거리 극장에선 전야제로 전주 시민 후원의 밤이 열렸다. 초저녁부터 인산인해를 이룬 극장에 임권택 감독, 정일성 촬영감독, 이태원 대표가 완성된 '춘향뎐' 필름과 함께 도착했다. 필자도 감동 그 자체였다. 임권택 감독 일행은 무대에 올라 시민들에게 인사하고, 전주국제영화제의 출범을 축하하며 시민들의 적극적인 후원을 당부했다.

필자는 지금도 그 밤을 잊지 못하고, 그분들 일행의 따뜻한 배려를 지울 수가 없다. 다음 날 마침내 전주국제영화제의 개막일이 다가왔다. 시민들로 가득한 영화의 거리에 신상옥 감독과 최은희 씨 내외와 유현목 감독 등 원로 영화인들과 중견 영화인들이 일렬로 나란히 팔짱을 끼고 보무도 당당히 축하 퍼레이드를 벌였다.

시민들의 환호와 함께 전주 상공엔 요란한 폭죽이 터지고 바야흐로 불꽃놀이가 시작되었다. 잊히지 않는 광경이다. 그날 저녁, 드디어 고대했던 제1회 전주국제영화제의 개막식이 메인 상영관인 전북대학교 문화관에서 김완주 시장의 개막 선포와 함께 열렸다. 안성기 배우의 사회로 진행된 축제는 신상옥 감독, 최은희 씨, 임권택 감독, 정일성 촬영감독, 왕가위 감독, 로저 코먼 감독 등 수많은 국내외 영화인들이 영화제를 축하하기 위해 개막식장을 가득 메웠다. 개막작으로 홍상수 감독의 〈오!수정〉이 상영되었고, 이후 6박 7일 동안 23개국 150편의 영화가 다양한 섹션을 통해 관객의 호응을 얻었다. 특히 이단적 러시아 영화의 중심인 알렉산더 소쿠로프의 〈스톤〉과 1980년대 대만 신랑차오(新浪潮-뉴웨이브)의 대표 주자였던 후샤우시엔 감독의 오마주가 기억에 남는다. 헝가리의 벨라타르 감독의 몬스터피스(monster piece)로 알려진 〈사탄 탱고〉가 심야 상영 섹션인 '미드나이트 스페셜'에 7시간 18분 동안 상영되어 전대미문의 러닝 타임으로 화제가 되기도 했다. 미국 B급 영화의 대가 로저 코먼 감독의 전주 방문은 밤을 잊은 관객들에게 최고의 선물이 되었다. 제1회 전주국제영화제의 시작은 성공적이라는 객관적 평가도 많았지만, 아쉽다는 지적 또한 많았다.

그렇다. 앞으로 넘어야 할 산이 많은 영화제였다. 그럼에도 영화제 첫 출항의 메시지는 많은 관객과 전주 시민들의 의식 속에 선명하게 각인되었다. 전통도시의 보수성을 벗어나 어떤 거센 새 물결도 받아들일 수 있다는 통섭의 정신이었다. 그것은 젊은이들의 기운 속에 자발적으로 싹텄고, 국내외 영화인들이나 시네필들 또한 진보성과 확실한 차별성에 역점을 둔 전주국제영화제의 신선함에 우호적이었기 때문이다. 그렇듯 모든 참여자와 묵묵히 영화제의 성장을 지켜보는 전주 시민들의 내밀한 관심으로 매년 험준한 과정들을 극복해가며 어언 18회를 눈앞에 두고 있다. 실로 지난한 세월이었다. 로마가 하루에 이루어진 것이 아니듯 유난히도 고통이 많았던 전주국제영화제의 오늘은, 그동안 집행부와 프로그래머들의 잦은 교체와 시행착오로 난파 위기를 겪기도 했고, 혹독한 통과의례를 거치며 앓아야 했던 숱한 성장통들, 그것마저 동력 삼아 전진 또 전진하며 고난의 행군을 해온 모든 집행부와 모든 프로그래머, 모든 스태프, 나이 어린 새내기 자원봉사자에 이르기까지 모든 구성원의 노고에 찬 땀방울과 뜨거운 눈물의 총체적 결실이 아닌지 싶다. 시작부터 단 한 회도 빠짐없이 영화제를 지켜본 관찰자로서 그 지난했던 여정을 돌이켜보니 필자도 부지불식 목구멍이 맵다. 그동안 전주국제영화제를 위해 보이지 않게 헌신했던 임권택 감독 부

부에게 '명예전주시민증'을 증정하고, 한옥마을의 연못에 크고 묵직한 잉어를 주선해 '장수'와 '백년해로'를 기원하며 방생을 권했던 송하진 시장(현 전라북도지사)의 따뜻한 배려 또한 잊지 않는다. 이제 모든 것이 안정되고 잠재력과 내공이 출중한 전주국제영화제에 한 마디만 덧붙인다. 모쪼록 화끈하고 실속 있는 프로그램으로, 잘해서 오래가는 영화제가 되길 소망한다. 필자 또한 내 고향 전주를 잊을 수 없듯, 전주국제영화제도 내 삶의 한 축으로 깊이 뿌리내린 지 오래인 듯싶다.

'영화는 이승에서 마지막으로 먹을 수 있는 내 봄날의 모유(母乳)다' 라고 예찬한다면 과장된 잠꼬대일까? 마음은 봄날의 시네마 천국 전주를 향해 달려가고 있다.

| 송길한 |

작가 약력

1970년 동아일보 신춘문예 시나리오 〈흑조 (黑潮)〉 당선, 영화화 후 시나리오 작가로 활동 중.

대표작

〈마지막 날의 언약〉 〈둘도 없는 너〉 〈낯선 곳에서 하룻밤〉 〈짝코〉 〈만다라〉 〈우상의 눈물〉 〈나비 품에서 울었다〉 〈삐에로와 국화〉 〈불의 딸〉 〈안개 마을〉 〈비구니〉 〈길소뜸〉 〈티켓〉 〈씨받이〉 〈아메리카 아메리카〉 〈불의 나라〉 〈명자 아키코 소냐〉 〈서울 만신〉 등 70여 작품 집필

수상

– 〈짝코〉 〈만다라〉 〈불의 딸〉 〈티켓〉 대종상 각본상
– 〈만다라〉 〈길소뜸〉 백상예술대상
– 〈백구야 훨훨 날지 마라〉 〈길소뜸〉 영평상 각본상
– 〈씨받이〉 작가협회 시나리오 대상

현재

– 전주국제영화제 고문
– 서강대 영상대학원 초빙 교수
– (사) 한국시나리오작가협회 부이사장

한국 영화 시나리오 걸작선〈4〉

갯마을

1965.11.19 개봉

감　독 | 김수용
원　작 | 오영수
각　본 | 신봉승
출　연 | 신영균, 고은아, 황정순,
　　　　이낙훈, 이민자

S#1. 흐르는 전원 풍경

달리는 열차에서 내다본 연변의 풍경이 아름답게 흘러간다.
산을 낀 초가 마을이며
유유히 흐르는 강이며
모래를 적시는 파도를 잡는 동안

내레이션 사람은 극도로 팽창된 문명 속에서만 발버둥 칠 필요가 없다.
번잡하고 소란한 도시를 떠나 아름답고 풍요한 자연 속에 묻혀 있는 전설
같은 이야기에 귀를 기울여 잠시 휴식할 수도 있는 것이다.
서울을 떠난 특급열차는 8시간이면 종착역 부산에 도착한다. 거기서
또다시 완행열차로 30분간 북상하면 경상남도 동래군 일광면
이천이라는 갯마을에 도착한다.

S#2. 포구(갯마을)

찰싹이는 파도!
조용히 밀려와서 모래를 적셔놓고 조용히 밀려간다.
아름답고 조용한 전원적 서정이 넘치는 초가 20여 호가 멀리 보인다.

내레이션 이 갯마을은 파도 소리에 해가 뜨고 파도 소리에 달이 지는 마을이며
저주를 안고 사는 여인들의 마을이기도 하다……

S#3. 갯마을

가지런히 돌각담 밑으로 밀려온 파도가 찰싹대고
시원한 고선을 그리는 갈매기 떼.
돌담 밑으로 부지런히 뛰어가는 아이들……
칠성도 숙이도 보인다.

S#4. 축항

이름뿐인 축항.
마을에서 포구 쪽으로 10미터 남짓 밀려나온 시멘트다.
그 양옆으로 원양출어를 나갈 돛배가 20여 척.
많은 사람이 출항에 바쁜 듯 분주하게 움직이고 축항에는 전송 나온 가족
들이 붐빈다. 임신한 순임의 배가 크고 인상적이다.
순임의 남편인 어부A가 순임의 배를 쓰다듬으며

어부A 꼭 시키는 대로 할 끼라……
순임 지난밤 꿈이 좋지 않았어예……
어부A 그까짓 꿈 타령 치워버려라……(조용하게) 보래이 꼭 그대로 할 끼라.
순임 …… 예 ……

고개를 끄덕인다.

어부A (배를 매만지며) 내가 나오거든 고추를 달고 나오거라……
들어가거라……

어부A는 배에 올라탄다.
탄탄하게 생긴 상수(34)가 이 배 저 배를 건너다보며 소리친다.

상수 거 바람나거든 돛을 내리고 서둘지 말아야 하네…….
길들인 예편네들 생과부 만들지 말고…….
상수 왜 상수는 안 나갈 끼가?
상수 꿈자리가 사나와서 그만둘랍니다…….
어부A 만날 꾸는 개꿈 가지고 뭘 그래?

우스개로 던지는 말이다.

상수 뱃놈이 꿈자리 사나우면 배 타지 말아야지 별수 있나…… 원 빌어먹을……. 새로 만든 구두도 잃어버리고 사람 없는 뒷간에 빠졌으니 목숨인들 붙어나겠나? 이런 꿈이면 누구도 안 탈걸세…… 칵 퉤!

소리소리 지르던 상수가 가래를 돋우며 뱉는다.
깔깔거리는 가족들.
우렁찬 뱃노래가 한쪽에서 시작되면 몇 척의 배는 움직인다.

어부 이봐 상수……
상수 왜 그래?
어부 성구네 형제가 안 나왔구먼…… 어서 좀 불러다 주게……
상수 (사방을 돌아다보며) 원 녀석 장갈 들더니 아주 고기잡이는 잊어버리려나…… 내 다녀옴세…….

두리번거리며 마을 쪽으로 걷는 상수의 눈.
걸음걸이…… 모두가 우악스러운 사내 같다.

S#5 돌담 각

돌로 세운 담들이 옹기종기 이어나간 양편에 초가지붕이 올망졸망 들어섰다.
급히 올라오는 상수.
내려오는 성칠과 마주친다.

성칠 형님 나오십니까?
상수 아 형님이구 나발이구…… 일찍일찍 나와서 뱃머릴 잡으면 누가 때려잡아? 엉!
성칠 원 형님두……
상수 여봐, 새신랑은 오늘 배 안 탄대나?

성칠 왜요…… 곧 나올 낍니더……
상수 거 뭘 하느라고 여태 있수……

가래침을 뱉더니 더욱 요란하게 돌각담을 끼고 돈다.

S#6. 성구의 집

마당으로 들어서는 상수
생각할 여유도 없이 성구 방의 문고리를 잡아 젖힌다.

S#7. 성구의 방 안

성구는 해순을 안고 앉아 미친 듯이 볼을 비비고 있다.

S#8. 성구의 방 밖

기막힌 얼굴이 된 상수는 거세게 문을 닫아버리고,
마당 한가운데 아이와 쪼그리고 앉으며

상수 (어처구니없게) 여보게 성구…… 대강 마치고 나와……
해가 중천에 떴어……

대답이 없자 상수는 곰방대에 담배를 담으며

상수 아 그런 일이야 서둘러서 해치우잖고 돛 올리는데 그럴 게 뭐야……
(문에다 대고) 아 이 사람아 아주 배 한 척 잡아놓고 그럴 텐가……

못마땅하게 소릴 지른다.
방문이 열리고 허리춤을 움켜쥔 성구가 히죽 웃으며 나온다.

S#9. 축항

출항할 배는 모두 나가고 성구를 기다리는 배만 한 척 남았다.
애들도 흩어지는 판이다.
배에 오르자 움직이는 배.

상수 (큰 소리로) 거 풍어 소식이라도 싣고 와!
어부 (배 위에서) 아 뜰 때마다 풍어라드냐?

배 앞쪽에 서 있던 성구는 무엇을 보았는지 마구 손을 흔들며……

성구 여보…… 이번 고기 팔면 장롱이나 하나 살 끼다…… 장롱 말이다…….

S#10. 성황당

무성하게 잎을 드리운 노목 뒤에 숨어 순박한 웃음을 보내며 흔드는 듯 마는 듯 손을 들어 보이는 해순.

S#11. 타이틀 백(A)

포구를 빠져나가는 성구의 배.
축항에 서 있는 상수의 L.S.
출렁이는 바다의 물결 위로 스태프 자막이 임포즈 되었다가 사라지면

S#12. 타이틀 백(B)

성구의 배에서 바라보는 갯마을의 정경 위로 캐스트가 차례로 떠올랐다가
사라진다.
F.O

S#13. (F.I.) 바닷가

바위에 부딪쳐 포말이 되는 파도에서 PAN하면
못 쓰게 된 배(목선)가 비스듬히 놓여 있고 칠성이가 출항하는 시늉을 하
고 이별을 아쉬워하는 듯 숙이가 손을 흔든다.

칠성 (어른스럽게) 여보, 이번에 고등어 잡아오면 임자 양단 두루마기 한 벌 합
시다…….
숙이 내 생각일랑 말고 당신이나 조심하시소…….
칠성 헛헛…… 고마워 고마워.

숙이는 칠성에게 슬며시 다가서며,

숙이 (칠성에게) 칠성이 과부가 뭐야?
칠성 과부? 그건 울 엄마 이름이어다…….
숙이 그런데 울 엄마보고도 과부래…….
칠성 아냐…… 인제 나도 이 배 타고 나갔다가 돌아오지 않으면 너도 과부가 되
는 거야.
칠성 야! 돛을 올려라! (하늘을 돌아다보며) 어째 바다 날씨가 시원치 않다.
(다른 사람의 음성으로) 이 사람아 뱃놈이 이 정도 바람 가지고 뭘 그래…… (다
시 숙에게) …… 여보, 여보, 어서 들어가 봐…… 애기 울겠어…….

하고 뱃노래를 곁들면서 노 젓는 시늉을 한다. 잔잔한 바람 소리와 노 젓
는 소리가 절정으로 S.I. 된다.

S#14. 축항

시멘트로 만든 축항.
윤 노인과 박 노인이 꼬니를 누고 있다.

윤 노인 거 왜 을축년 바람 때만 해도 그랬지…… 용왕님만 노하시면 속절없는 거야.

박 노인 암 여부가 없지…… (수평선을 보며) 여봐 저 구름 좀 보라니…….

윤 노인 (침통하게) 음…….

박 노인 아무래도 심상치 않아…… 저 물빛도 좀 보라니까…….

바람이 점점 세어진다.

S#15. 노목

성황당 뒤에 서 있는 노목이 불어오는 바람을 가누지 못하고 몹시 흔들린다.

S#16. 바위

점점 커가는 파도가 바위에 부딪쳐 부서진다.

S#17. 축항

밀려온 파도는 축항을 뒤엎을 듯이 노한다.

S#18. 몽타주

문을 열고, 하늘을 보는 가족들.
뛰어나와 바다를 보는 사람들.
분주하게 움직이는 아낙들.

S#19. 하늘

검은 구름이 몰려온다.
번쩍이는 번개.
천지를 진동하는 천둥.

S#20. 들판

폭우에 휩쓸리는 나무.
무서운 비바람에 흔들리는 나무.
벼락이 떨어지며 고목 하나에 불이 붙는다.
쏟아지는 비! 비!
몰아치는 바람.

S#21. 길(밤)

돌각담으로 된 골목길을 달리는 해순.
숨은 하늘에 치닫고
옷은 비에 젖어 나신이나 다름없고…….
넘어지며 달린다.
번개! 천둥…….

S#22. 성황당(밤-비)

비틀거리는 해순이가 올라와서
당목 앞에 꿇어앉으며 원망스러운 눈초리로

해순 서낭님예…… 서낭님예…….

몇 번 부르더니 쏟아지는 빗속에서 몇 번이고 절을 한다.
잠시 후 순임이가 올라와서 해순이와 같이 절을 한다.

S#23. 하늘(밤-비)

먹장 같은 구름에 뒤덮여 검기만 하다.
파도 소리와 바람 소리뿐이다.
크게 번개가 친다.

S#24. 노한 밤바다

노도 속에서 비바람과 싸우는 선원들.
처절한 성구의 얼굴.
무엇인가 소리치지만 들리지 않는다.
선미의 키를 잡으며 이를 악무는 성칠.
분주한 선원들의 모습.
더욱더 거센 파도.
흔들리는 뱃사람들…….
파도에 쓰러지고
흔들림에 넘어지고…….
이윽고 배는 나뭇잎처럼 덜렁 들렸다가 넘어간다.

S#25. 성황당(밤-비)

제정신이 아닌 모습으로 절을 하는 아낙들.

S#26. 윤 노인의 집 앞(밤-비)

윤 노인이 나온다.
순임이 따라 나오며

순임 아버지예, 이 빗속에 어디로 나가신다는 깁니꺼……

윤 노인 마 퍼뜩 다녀올 끼다…….

순임 내일 아침에 가시면 안 될까요…….

상수 (가며) 앙이다. 거침 아무래도 무슨 일 내겠다…….

나간다.

S#27. 축항(밤-비)

파도가 휘몰아치는 축항을 위험스럽게 걸어온다.
빈 배에 걸려 있는 그물을 벗기려는 순간 윤 노인은 파도에 빨려 축항 밖
으로 떨어진다.
잠깐 허우적거리는 듯하더니 노도에 휩쓸려버린다.

S#28. 성황당(밤-비)

더욱더 거센 비바람.
아우성치듯 흔들거리는 당목. 가지가 꺾어진다.
O.I

S#29. 아침 바다

어젯밤의 폭풍우는 어디로 갔는지 자취도 없고 바다는 잔잔하다.
모래밭을 적시는 잔잔한 파도.

S#30. 갯마을

상수가 급히 걸으며

상수 배가 온다…… 배가 온다…… 배가 돌아와요…….

아낙들과 아이들이 하나하나 나온다.

상수 배가 온다…… 배가 온다…….

S#31. 골목(A)

나오는 해순이.

Ⓔ 배가 온다…… 배가 온다…….

S#32. 골목(B)

맥이 없는 순임이가 나온다.
멍청하고 바보 같은 얼굴이다.

S#33. 해안

나직한 언덕.
아낙들과 아이들이 몰려 있다.
해순이가 사람 사이를 뚫고 앞으로 나온다.
상수의 눈초리가 해순의 몸을 재빠르게 훑어간다.

S#34. 바다

잔잔한 바다.
멀리 배가 오고 있다.

S#35. 해안(L.S.)

아낙과 아이들이 축항 쪽으로 몰린다.
뒤따르는 사람들.
모두가 초조한 됨됨이다.

S#36. 축항

달려오는 사람들……

칠성네 앙이 한 사람만 오지 않나…….

해순이, 순임이가 침울한 얼굴이 된다.

S#37. 바다

축항 가까이 들어오는 배.
뒤집힌 뱃등에 올라앉은 사람은 성칠이다.
부러진 노로 젓고 있다.

S#38. 축항

서 있는 사람들은 웅성이기 시작한다.

상수 야! 야 성칠아…… 성칠아…….

하며 로프를 던진다.
당기는 상수.
조금 빠르게 밀려오는 성칠이가 탄 배.
급기야 성칠이가 축항에 올라와서 쓰러진다.
몰리는 사람들.

상수 비켜! 비켜웃! 야, 비켜!

쓰러진 성칠을 업고 걷는다.
뒤따르는 해순이의 표정이 겁에 질려 있다.
뒤따르는 아이들.
O.I.

S#39. 해순의 집 마당

상수가 기진한 성칠을 업고 들어온다.
어머니는 성칠의 여기저기를 만지며……

어머니 성칠아…… 성칠아…… 네 형…… 네 형은 어찌 되었노…… 응, 성칠
아…….

해순이가 안방 문을 연다.
들어가는 일행.

S#40. 해순의 집, 안방

상수가 아랫목에 성칠을 눕히고,

상수 성칠이…… 성칠이…… 야, 정신 좀 차려라…… 느그 집이 앙이가…….
어머니 얘, 성칠아…… 성칠아, 집이다…… 네 형, 네 형은 어찌 됐노 말이다.
응, 성칠아…….
상수 보소…… 냉수 좀 떠오소…… 퍼뜩, 예…….

해순이가 급히 나간다.

S#41. 마당

사람들로 꽉 찼다.
해순이가 부들부들 떨며 나와서 부엌 쪽으로 간다.

아낙 새댁…… 색시…… 누구누구 죽었다는교…….
해순 …….

오직 허탈할 뿐이다.

칠성네 (달려 들어오며) 새댁 되련님이 살아왔다꼬! 참말이가……?
해순 (고개만 끄덕인다) …….
칠성네 어디…… 내가 좀 만나봐야지 쓰겠는데…….
해순 (막으며) 아직도 정신없어요…….
칠성네 저런…….

S#42. 해순의 집, 안방

상수가 흔들고 있다.

상수 그만 눈 좀 떠라…… 느그 집이다…….

조용히 눈을 뜨는 성칠

상수 성칠아 내가 누군지 알겠나?

어머니는 조용히 성칠의 손을 잡는다.

상수 (밖에 대고) 보소…… 보소 새댁 퍼뜩 들어오소…….

물을 떠 들고 들어온다.

어머니 성칠아, 형 말이다, 형은 우예 됐노…….
성칠 (멍청하게 한참 보다가) …… 다 죽었습니다. 으흐흐…….

해순은 들고 있던 물사발을 떨구고 그 자리에 꼬꾸라져 운다.

상수 성칠아, 살아온 녀석이 울긴 뭐…… 뱃놈 죽을 때 범에게 물려갔다는 소리 못 들었나…… 배가 파산할 때 모두 어떻게 된지 모르나?
성칠 그 바람 속에 뭐가 보입디까?! 나도 형님 좀 찾으려고 아우성을 쳤지만…… 눈앞에서 형님이 날 부르는데 갈 수가 있어야제…… (흐느끼며) 나중에는 형님이 형수…… 형수 이름을 부르면서 해순아 바다에는 가지 마라꼬 안 캅니꺼. 그러고는 어찌 됐는가 몰라예…….
어머니 어이구…… 자식 착실히도 애빌 닮았구나…….

허탈해진다.

해순 어머니…… 어흐흐…….

상수가 곰방대에 불을 댕기고, 성칠은 돌아누워 흐느낀다.
어머니 무릎에서 서럽게 흐느끼는 해순이 애처롭다.

어머니 (눈물을 마루 흘리며) 아가야 울지 마라. 바다에서 사는 팔자란 이렇찮노. 나노 느그 아버지가 돌아오지 않던 날 죽고 싶더라만 이렇게 살아 안 있나…… 그저 네 나이에 청상이 되다니…… 그게 불쌍키는 하다만…… 예쁜 색시 얻었다꼬 그렇게도 좋아하드만 불쌍한 성구야…….

허공을 바라보며 허탈하게 지껄인다.

해순 흐흐흑…….

목이 멘다.

어머니 아가야 참는 기라. 참아야 하는 기라…… 내사 느그 아버지가 돌아오지 않을 때 앞이 캄캄해졌지만 이를 갈아 물었든 기라…… 바다에 사는 년이 그렇지 우예겠노…….

상수 성구 어머니, 뭐 일이 이렇게 된 바에야 서둘러 혼백이나 건집시다…… 장사 푸닥거릴 해야지 별수 있습니꺼…….

어머니 그러세…… 상수가 잘 좀 주선해줄 끼라…….

상수 그랍시다…….

일어서서 나간다.

S#43. 동 마당

아이들이며 아낙들이 서 있다.
우는 아낙도 있다.

상수 (나오며) 이런 옘병. 삼 년에 똥줄이 앉아 터질 것들…… 아 가아! 가란 말이야.

아이들 우르르 달아난다.

상수 (나가며) 아 사람이 죽었으면 혼백 건질 생각들은 않고…… 구경은 제기랄…….

아낙A (상수를 따르며) 상수, 상수, 우리 집은 우예 됐는교?

애처롭게 물으면서 따른다.

상수 (그저 무감각하게) 죽었다지 않어…… 뱃놈이 바다에서 죽지 산에서 죽나…… 칵 퉤…….

아낙은 그대로 돌담에 기대어 울음을 터뜨린다.

아낙 에이구에이구.

S#44. 성황당

멍청히 앉아 바다를 내다보는 순임.
당목과 추녀 끝을 연결한 새끼줄엔 남자의 신을 상징하는 목신이 여남은 개 달려 있다. 목신을 통하여 바다를 보며 돌아오지 않는 서방을 생각한다는 것인지도 모른다.
지금 순임이가 부른 배를 안고 그러한 모양으로 바다를 보고 있는 것이다.
저만치서 상수가 온다.
그 뒤에 애들이 따라온다.

상수 이봐 이봐…… 순임이 가서 혼백 건질 준비를 해야지…… 뱃놈 여편네야, 으레 한 번은 겪는 거야.
순임 …….

조용히 상수를 쳐다보며 히죽이 웃는다.

상수 웃지 말고 가서 혼백 뜰 쌀이나 씻어…….

순임이는 조용히 일어나며 목신을 하나 떼려 한다.

상수 (질겁하며) 아니! 순임이!
목신을 못 만지게 하고

상수 아 벼락을 맞으려고 그걸 건드려? 어서 내려가자…… 어서…….

순임을 감싸듯이 데리고 내려간다.

상수 (돌아다보며) 아, 떨어진 것도 줍지 못하는 건데 그걸 따고 성할 것 같애?…… (아이들을 보고) …… 에 요놈의 자식들…… 뭐가 구경이냐! 앙!

아이들 멈칫 서면 상수는 순임을 데리고 내려간다.

S#45. 해순의 집(안방)

해순이와 어머니가 성구의 혼백을 건질 쌀을 씻고 있다.
깨끗한 쌀을 성구가 쓰던 식기에 담고 그 식기를 한지에 싸고 그 위를 노끈으로 묶는다.
들 수 있도록 끈을 약 3미터 정도로 남긴다.
이 작업이 계속되는 동안.

어머니 아가야, 이런 말 물어보는 게 이상타만 성구가 떠나면서 무슨 말 없었냐?
해순 …….

눈물을 흘리느라고 대답할 겨를이 없다.
-WIPE-

S#46. 해순의 방(회상 밤)

성구가 떠나기 전날 밤이다.
홑이불 위에 반신을 드러낸 해순과 성구가 조용히 속삭인다.

해순 ……바다는 지금 물때가 한창이지예.

성구 와 신풀이가 하고 싶나?

해순 당신 떠나면 전복이나 좀 딸랍니더.

성구 그만둬! 해순이는 인제부터 바닷물 묻히지 말아.

해순 집에서 놀면 뭘 하는교 딸래예…….

그 응석이 어찌나 귀여운지 성구의 간장을 녹인다.

성구 (장난스럽게) 떽, 어른이 얘기하면 들어야지…….

해순 (더욱 귀엽게) 싫어예 내일은 가고 말 테니…….

성구 요게…….

하며 우악스럽게 해순을 끌어당겨 안는다.
격렬한 러브신이다.
문틈으로 새어드는 달빛이 아름답다.

성구 (포옹을 풀며) 아버지는 어린 나를 바다로 데리고 다니면서…… 사람은 믿지 못해도 바다를 믿는 놈이 진짜 뱃놈이라고 말씀하시는 거야…… 해순이 바다를 믿는 거야…….

해순 그러게 신풀이가 하고 싶다는 거 아닌교.

성구 해순이는 믿기만 해…… 바다엔 나가지 말래지 않어…….

해순 와 그카십니까…….

성구 난 말야. 해순이처럼 이쁜 여자가 벌거벗고 다니는 게 싫어. 내 말 알갔나…….

다시 안기는 해순.
성구는 한쪽 발로 이불을 차낸다.
드러나는 두 사람의 몸.

S#47. 해순의 집(안방)

회상이 끝났다.
울먹이는 해순이가 혼백식기를 만진다.

어머니 자식도…… 저그 아버지가 떠나던 날도 바다를 믿고 살자 카더니만……
어쩌면 애비 말만 믿겠노…….

해순 어무니예…… 도련님만 가지고는 살림이 어렵겠어예…… 그러니 지도 혼
백이나 건지고 바다에 나갈랍니더…….

어머니 (한숨 쉬고) 아가야…… 시집온 지 한 달 만에 청상과부가 된 것만도 원
통한데 시댁 식구 때문에 바다에 나간대서야 쓰겠나…….

해순 아니라예…… 지도 바다에서 안 컸습니꺼…… 지도 보재기(海水)의 딸이라
예…….

Ⓔ 아가야, 나가보자. 무당이 나선 모양이라…….

해순 예…….

S#48. 축항

큼직한 배가 한 척 매어져 있다.
성칠이와 낯익은 어부들은 이미 배를 탔다.
성칠이는 맥이 없는 탓에 난간에 앉아 있다.
이들의 시선으로
무녀가 횟대(旗)를 들고 온다.
횟대에는 남우대성 일로왕보살이라는 글씨가 쓰인 한지가 날린다.
뒤에는 장구와 징을 든 사나이가 따르고…….

S#49. 골목

골목을 빠져나오는 해순이와 어머니.

식기를 든 해순이의 걸음은 조심스럽다.

S#50. 다시 축항

배에 오르는 무녀 일행.
잠시 후 어머니와 해순이가 오른다.
배는 미끄러지듯 떠난다.
무녀는 들고 있던 횟대를 뱃머리에다 세운다.

S#51. 배 위

무녀는 식기(주-혼백식기가 아니고 용왕식기임)를 두 손에 들고 주문을 외운다.
해순이는 울고,
어머니는 해순이를 감싸 안고,
성칠은 노를 저으면서 애절한 형수(해순)의 모습을 눈물겹게 바라본다.

무녀 (유창하게) 동해는 강용왕네, 남해는 광이왕용왕님…… 서해는 강패왕용왕님, 북에는 각흑왕용왕님…… 물 밑에 옹녀각시용왕…… 물 위에 주체당용왕님이요. 박씨 영가에서 용왕님 전에 허참 받으러 왔습니다…….

하면서 들고 있던 식기를 던진다.
어머니와 해순이는 절을 하고 빈다.
무녀는 뱃머리에 꽂혀 있는 횟대를 뽑아서 가운데에 세우고 그 앞에 앉으며 불경을 외운다.

무녀 법성계를 외우시면 물에 빠진 수중고혼도 육로로 환생하나이다. 법성원은 무인상 제물보도 본래 중…… 무여무성 절일채 등지소집 부여경…… 직습심경 민요경…… (해순일 보며) 어서 불러라…… 어서 불러…… 수중고혼 외롭단다.

해순은 혼백식기를 무녀에게 준다.
무녀는 긴 줄을 쥐고 식기를 물에 담근다.

무녀 (끈을 쥔 채) 경상남도 동래군 일광면 이천리 박씨 집안에 계유생 박성구 육로로 환생하옵소서…….
해순 (그만 울음을 터뜨린다) 어흐흐흐…….
어머니 (눈을 감고–속삭이듯) 어서 환생하옵소서…….

성칠의 표정에도 짙은 설움이 감긴다.

S#52. 축항 머리

동리 구경꾼들이 잔뜩 모여 섰다.
칠성네도 숙이네도…….

칠성네 에이그…… 불쌍타…… 참말로 청상인데…… 인제 어찌 살동…… 모를 일이다.
숙이네 쯧쯧…….

이들 시선으로
황혼이 깔린 저녁 바다.
고기 비늘처럼 빛나는 수면 위로 성칠의 배가 미끄러지듯 들어온다(실루엣으로).
(같은 곳)
배는 좀 더 가깝게 들어왔다.
해순이의 울음소리가 이곳까지 들린다.
눈물을 흘리는 아낙들…….
배 위에서 해순이와 어머니가 속옷을 돌린다.
이윽고 들어와 닿는 배.

해순이와 어머니가 속옷을 흔들면서 내린다.
이들은 해순이의 집 쪽으로 가며 계속해서 소리친다.
혼백식기는 무녀가 들고 뒤따른다.

어머니 성구야…… 성구야. 어서 집에 가자. 어서 오너라…….
해순 여보…… 여보…… 퍼떡 오시소…… 집에 저녁상 봐났어예…… 저기 보이는 게 우리 집 아닌교…… 여보, 빨리 오소…….

그러는 해순이의 눈에 마구 눈물이 흘러내린다.

숙이네 (눈물을 닦으며) 애처러바서 어디 보고 섰겠나…….
칠성네 에이그…….

S#53. 성황당

멍청한 순임이가 목신을 사이로 바다를 내려다보고 있다.

해순의 소리Ⓔ 여보…… 이쪽으로 오소…… 이쪽입니더.
어머니의 소리Ⓔ 성구야…… 성구야…… 퍼떡 온나…….

순임은 이 소리를 듣고 백치 같은 웃음을 웃는 듯하더니 그쳐버리고
그저 멍청히 바다를 본다.
바로 여기를 혼백이 끄는 대열이 지나간다.
굳은 표정으로 이들이 가는 쪽으로 고개만 돌리는 순임.

S#54. 해순이의 집(마당)

조그마한 대문에 들어선 어머니와 해순이 아직도 속옷을 흔든다.

어머니 성구야…… 성구야. 여기가 집이 앙이가.

해순 보소…… 보소…… 여기가 집이라예…… 여기가 우리가 살던 집이라
예…… 여보…….

성칠이가 들고 들어온 혼백식기를 해순에게 준다.

해순 보소…… 여기가 우리가 살던 집이라예…… 날로는 우예 살라고 그게 가
고 마는교…… 날로는 우예 살라고예…… 네, 여보…… 어흐흐…… 말 좀 하시
소…… 말 좀 하시소…… 으흐흐.

마루에 앉아 혼백식기를 안고 오장을 찢어내듯 흐느낀다.
보고 있는 모든 사람도 흐느낀다.
F.O

S#55. (F.I) 우물가

새벽안개가 흐르는 갯마을의 공동 우물가.
물 긷는 아낙들이 모여든다. 물동이를 인 사람, 물지게를 진 사람, 가지각
색이다.
칠성네가 두레박질을 하고 있는데 해순이가 물지게를 지고 다가온다.

숙이네 (칠성네에게) 온 빠르기도 하지…… 자넨 잠도 안 자는가베…….
칠성네 10년도 넘겨 묵은 과부가 잠이 올 끼 머구.
숙이네 (물지게를 내리며) 에그 멀기도 하지…… 물 안 먹고 살아갔음 오직 좋겠
나…….
칠성네 샘물 푸기 싫음 바닷물을 마시면 안 되나…….
숙이네 서방이 바닷물 먹고 죽었는데 내도 그래 죽으면 니사 누굴 믿고 살라카
노…….
칠성네 미친년 지랄한다…….

두레박을 넘긴다.

숙이네 좀 쉬고 있거라…… 같이 가면 안 좋겠나.

칠성네 옹이야…… (쉴 차비를 하며)…… 물지게 안 지는 데가 있으면 서방이라도 하나 얻어갈까 부다.

숙이네 아따 원, 서방 생각이 그렇게 간절하면 내가 홀애비 하나 물어다 줄까?

칠성네 홀애비는 삼태기로 가져다줘도 싫다…… 팔팔한 총각이 얼마든지 안 있나…….

숙이네 에이그, 늙은 주제에 총각 타령은 제기…… 아무거면 어때…….

칠성네 니도 나만치 늙어봐라…… 총각 생각이 날 때가 많은 거라.

숙이네 새댁 물통 좀 들어대게…… 내가 퍼줄게…….

해순 제가 푸지예.

숙이네 앙이나. 옛말에 과부가 과부 사정 안다고 안 카나…… 이리 내라…….

해순 아니에요…… 제가 풀 깁니더…….

숙이네 과부가 된 걸로 치면 내가 먼전데 어른 말을 잘 들어야 하는 기데이…… 퍼뜩 내놔라마…….

할 수 없이 물통을 들여놓으면 숙이네가 물을 퍼준다.

S#56. 다리

다리 너머로는 노송들의 나뭇잎이 푸르고 밑으로는 아침 햇살을 받은 바다가 빛난다. 칠성 모를 앞세운 물지게의 행렬이 아름답게 지나간다.

S#57. 골목

로프를 메고 돌아오던 성칠이가 해순이를 보고 달려간다.

성칠 아주머니, 지게 이리 주이소.

해순 아니라예…… 그냥 두시소.

성칠 글쎄 이리 주시소. 어서요.

해순 개않심더…… 먼저 들어가시소.

성칠 아주머니. 형님도 안 계신데 고된 일은 그만두시소.

해순 …….

성칠 이리 주시라카이. 전 지금도 형님 목소리가 귀에 쟁쟁합니다…… 어서 벗어놓으시소…… 어서예.

머뭇거리는 해순에게서 물지게를 빼앗더니 어깨에 메고

성칠 자, 가입시더…… 아주머니 무거웠지예…….

해순 아니예.

성칠 내일부터 물지게는 지가 다니겠습니더…… 이렇게 무거운 걸 아주머니 어찌 해냈는고.

해순 …….

두 사람은 나란히 걸어 돌각담이 쌓인 언덕길을 걸어간다.

S#58. 해변

갈매기 한 쌍이 한유하게 날아오른다.
숙이가 혼자서 모래성을 쌓고 있는데 칠성네가 지나가며

칠성네 숙아…… 엄마 집에 있드나?

숙 예.

칠성네 퍼뜩 가서 미역 캐러 나오라 캐라…… (혼자 소리로 걸으면서) 서방도 없는 년이 집구석에 들어앉아 천장만 쳐다볼 끼다…… 벽만 볼 끼다…….

S#59. 방바위 근처

잠수에서 솟아오르는 해순.
파둥파둥한 살결이 드러난다.
따 올린 전복을 호박에 달린 그물에 넣고 다시 물속으로 들어간다.
다시 올라온다.
헤엄을 쳐서 바위로 올라온다.
휴- 숨을 쉬며 바위에 앉아 머리칼을 씻어 올린다.

성구의 소리 해순이는 바다를 믿기만 해…… 그렇지만 난 해순이처럼 이쁜 여자
가 벌거벗고 다니는 게 싫어…….

순간 해순은 성구가 있는 듯 몸을 가린다.

S#60. 방바위

상수가 지나가다가 발을 멈춘다.
바위 사이에 꽂혀 있는 옷.
해순의 옷이다.
상수는 그 옷을 꺼내어 냄새를 맡아보더니 도로 꽂아놓고 두리번거리며
바위로 올라간다.
올라간 상수의 시선으로 은빛 같은 해순의 몸뚱이가 보인다.

상수 아…….

자기도 모르게 감탄의 소리가 새어나온다.

상수 (혼자 소리로) 성구란 녀석 복도 많다.

마른침을 꿀꺽 삼킨다.
상수는 슬슬 해순이가 있는 곳으로 간다.

해순은 다시 물로 들어간다.

상수 (해순이가 앉았던 자리에 앉아 따다 놓은 전복 알을 발라 먹으며) 해순이…… 많이 잡았는데…….

해순 (물에서) 먹지 마…… 먹음 안 돼.

상수 해순이가 따서 그런지 맛이 별난데…… 헛헛.

해순은 보기 싫다는 듯이 잠수해버리고 만다.

S#61. 해순의 방(밤)

해순이가 멍청하게 누워 있는데 후리막에서 들리는 꽹과리 소리가 요란하게 울린다.

해순 …….

몸을 일으킨다.

S#62. 골목(A)

달려나오는 아낙들.
손에는 광주리를 들었다.
꽹과리 소리가 들린다.

S#63. 골목(B)

골목길.
칠성네가 광주리를 들고 뛴다.
꽹과리가 울린다.

S#64. 모래사장

광주리를 든 아낙들이 뛴다.
파도를 밟을 때마다 물결이 튄다.
꽹과리 소리가 들린다.

S#65. 해순의 집 앞(밤)

분주하게 달려온 숙이네가 해순의 방을 향해서 소리친다.

숙이네 새댁…… 새댁 안 가…….
해순의ⓔ 같이 가요! 숙이 엄마…….
숙이네 (웃으며) 다들 갔다. 퍼뜩 나오지 않고 뭘 꼬물대노…….
해순의ⓔ 아따 빨리 간다고 짓을 많이 줍디까.
숙이네 듣기 싫다마…… 퍼뜩 나오거라…….

잠시 후에 해순이가 광주리를 들고 나온다.
숙이네가 해순의 치마를 덜렁 들어 보이며

숙이네 홑치마만 입고 올 것이지 속치마는 와 입고 나오노…….
해순 (민망해져서) 망측해라…… 사내들 틈에 설 겐데…….
숙이네 밤인데 알 게 뭐고…… 철벙대고 적시면 빨기만 구찮채…… 어서 가자.

두 사람은 뛰듯이 달린다.

S#66. 모래밭

치마를 날리면서 달리는 아낙들의 발들.
맨발이다.

치마가 날릴 때마다 다리가 드러난다.
꽹과리 소리는 더욱 요란스럽다.

S#67. 후리막

두 갈래의 로프 줄이 당겨진다.
줄마다 아낙들이 개미 떼처럼 달려들었다.
앞에서 칼데라를 흔드는지 불빛이 아롱거린다.

남자들 에헤야 데야…….
아낙들 에헤야 데야…….
남자들 에헤야 데야…….
아낙들 에헤야 데야…….

급히 달려온 숙이네와 해순이.

숙이네 아무 데나 매달려서 당길 거다.

두 사람은 적당한 사이에 끼어들어 로프를 당긴다.

S#68. 로프 안쪽(밤)

상수가 누군가를 찾는 듯한 눈초리로 로프를 당기는 아낙들을 살피면서
다가온다.

Ⓔ 에헤야 데야…….
Ⓔ 에헤야 데야…….

그 소리의 템포는 조금씩 빨라진다.

S#69. 당겨지는 로프(밤)

에헤야 데야를 부르면서 로프를 당기는 해순이.
해순이의 손을 우악스럽게 잡는 굵직한 남자의 손.

해순 헉……!

소스라치게 놀라며 쳐다본다.
상수의 손이다.

상수 에헤야 데야…… 에헤야 데야……

모르는 것처럼 히죽히죽 웃으며 해순이의 손과 로프를 함께 당긴다.
해순은 상수의 우악스러운 손 밑에 깔린 자기 손을 빼기 위해서 애를
쓴다.
행여 누가 볼세라 조심스럽게 사방을 두리번거리면서…….
그러나 상수의 한쪽 손은 해순의 허리를 감는다.

ⓔ 에헤야 데야 에헤야 데야…….

소리의 템포는 점점 빨라진다.
간신히 빠져나온 해순은 로프 바로 밑 사람의 가랑이 사이를 쏜살같이 빠
져나간다.

S#70. 바다 안(밤)

허리까지 차는 바닷물.
숨 가쁘게 물에 들어온 해순이가 혼자서 줄을 당긴다.
가슴이 콩 뛰듯 한다.

해순 (혼자서) 에헤야 데야…… 에헤야 데야…….

S#71. 그물(INSERT)

그물에 걸린 수만 마리의 멸치 떼.
달빛을 받아 고깃배가 한층 은빛으로 빛난다.

S#72. 해변(밤)

로프는 점점 뭍으로 올라온다.

아낙들 얏세 얏세…….
사내들 얏세 얏세…….

이윽고 모두들 로프를 놓는다.

S#73. 다른 곳(밤)

산더미처럼 쌓인 멸치 떼…….
상수와 몇몇 청년들이 삽으로 멸치를 나누어주고 있다.

칠성네 (광주리를 들이대며) 에이그, 삽질도 제기, 좀 푹푹 퍼라.
상수 (힐끗 쳐다보며) 서방 대신 메루치만 먹을 끼가…….

하며 반삽을 광주리에 담는다.

칠성네 (광주리를 들며) 에이그, 좀 더 주면 내캉 살라 칼까 봐 그러나…… 좀 더 도…….
상수 옛다, 모르겠다.

하며 삽으로 서너 마리의 멸치를 떠준다.

칠성네 (약 오른 듯) 치워버려라마…….

다음은 해순이 차례다.

상수 해순이가?

삽에다 침을 탁 뱉고 한 삽 수북이 뜬다.
외면하는 해순.

상수 고기 주는 사람은 안 보고 어디를 보나 말다…….

해순이는 부끄러운 듯 얼른 광주리를 들고 나선다.

S#74. 모래밭

잔파도가 찰랑인다.
칠성이네, 숙이네, 해순이가 광주리를 인 채 파도를 밟으면서 걷는다.
옷들은 물에 젖어 그대로 곡선미를 드러낸다.

숙이네 새댁은 웬 짓이 그리 많노…….

넌지시 해순을 살핀다.

해순 …….

귀밑까지 달아오르는 듯.

칠성네 마 상수 녀석 눈치가 암만 해도 이상트라…… 나는 같이 살자 캐도 요것 밖에 안 주더라.

숙이네 그러니 늙으면 죽으라고 안 하드나…… 상수가 새댁을 좋아하는 눈치 아 니드나…….

칠성네 와 앙이라…… 얼굴 잘났겠다…… 마음도 새파랄 낀데…….

해순 성님네들…… 듣기 싫어예…….

숙이네 (웃으며) 에이고 조 능청…… 그때가 좋은 기라 호호호…….

해순 아이 참…….

칠성네 좋으면 좋다고 할 끼재…….

S#75. 숙이네 집 근처(밤)

칠성네는 없어지고 해순이와 숙이네가 온다.

숙이네 새댁…… 아까 상수한테 손을 잡혔재…….

해순 아니라예…….

숙이네 후리막 재미란 그 지매가 아닌가베…….

해순 성님…….

숙이네 와?

해순 짓 좀 나누어드릴까예.

숙이네 내사 받고 싶어도 몬 받겠는 기라…….

해순 와예?

숙이네 상수 녀석이 새댁 짓을 얻었다고 밤에 찾아오면 우야노 말이다.

그러면서도 광주리를 들이댄다.
해순이는 짓을 반쯤 쏟아준다.

숙이네 어서 가거라…….

해순 편히 주무시소…….

숙이네 (집으로 들어가며) 옹이야…….

해순이는 조용히 걷는다.

S#76. 해순의 집(밤)

바구니를 들고 들어오는 해순.
안방 문이 열리며 어머니가 내다본다.

어머니 수고 많았다…….
해순 아니예…….

해순이는 짓 바구니를 치우고

해순 어머니 예…… 민물에 몸 좀 씻고 올랍니데…….
어머니 고된데…… 어서 다녀옹이라…….
해순 예.

조용히 나간다.

S#77. 냇가(밤)

해순이는 옷을 벗고 물에 들어가서 아랫도리를 씻는다.
그리고 물에 주저앉는다.
이때 해순의 등 뒤에 다가오는 인기척.
흠칫 놀라며 몸을 움츠리는 해순.

해순 누구요!
상수 (다가오며) 상수 앙이가…….

해순 (급히 일어서며) 가까이 오지 말아예······.

상수 놀랄 것 없어······ 나도 몸 좀 씻을라고 왔는데······.

해순 슬슬 피한다.

상수는 비호같이 달려든다.

물에서 첨벙거리는 두 사람.

그러나 해순은 간신히 빠져나간다.

물속을 뛰는 해순.

첨벙거리며 뒤따르는 상수.

S#78. 풀밭(밤)

뛰어나온 해순은 급히 벗어놓은 옷을 집어 들고 뛴다.

달려와서 해순을 잡아 쓰러뜨리고

상수 가만 좀 있거라······.

해순 아이 아이······ 이거 놓으소······.

상수 너같이 젊은 게 청상과부로 늙을 끼가······ 해순아······ 해순아······.

마구 뭉긴다.

구르는 두 개의 몸뚱이.

상수 난 네가 혼자 사는 게 불쌍해서 안 카나······.

해순 이거 놔요······ 이거 놔요······.

상수 해순이 내 말 한 번만 들을 끼다······ 해순이······.

발버둥 치는 해순이.

사납고 거친 상수의 숨소리.

바로 이때다.

ⓔ 여보! 여보!

깜짝 놀라서 몸을 일으키는 상수.
다가오는 그림자, 바로 순임이다.
실성한 소리로

순임 여보…… 뭘 해…….

히죽이 웃는다.

상수 아니 저년이…….

그동안 해순이는 옷을 집어 들고 뛰듯이 사라진다.

S#79. 해순의 집(밤)

한걸음으로 뛰어온 해순.
숨은 가쁘고 가슴도 뛰는 모양이다.
조용히 자기 방으로 들어간다.

S#80. 해순의 방(밤)

입술을 만져도 보고 상수의 손이 스쳐간 곳을 만져도 본다.
피곤한 듯 자리에 눕는다.
문은 열린 채로다.

S#81. 동 마당(밤)

지나가던 성칠이가 형수의 방을 들여다본다.

탐스럽게 누워 자는 해순이.
성칠은 물끄러미 바라본다.
그러고 나서 조용히 형수 방의 문을 닫아주고 자기 방으로 들어간다.

S#82. 동 대문 밖(밤)

상수가 사방을 두리번거리며 걸어와서 해순의 집으로 들어간다.

S#83. 해순의 방 앞(밤)

조용히 다가서는 상수.
문에 귀를 대고 방 안 소리를 엿듣는다.
마른침을 삼키며 소리 나지 않게 문을 열고 안으로 들어간다.
문소리가 쾅 하고 난다.
성칠의 방문이 열리며 성칠이가 얼굴을 내밀고 이상한 듯이 두리번거린다.
아무래도 마음이 놓이지 않는 듯이 마루에 나와 섰다가 형수 방 쪽으로 온다.
놓여 있는 상수의 고무신.
쓸쓸해지는 성칠.

S#84. 해순의 방(밤)

자고 있는 해순이를 물끄러미 바라보던 상수는 해순을 안아버린다.

해순 어머…….
상수 쉬잇…….

해볼 수 없는 해순.

성칠이도 있고 시어머니도 있는 데선 어쩔 수 없다.

상수 해순이…… 해순이…….

S#85. 동 밖(밤)

마루에 앉아 있는 성칠.
방 안에서 새어나오는 숨소리.
성칠의 눈에서 눈물이 고였다가 흘러내린다.
침통한 표정이다.

어머니의ⓔ 그 방에 누고…… 아가 방에 누가 왔나?

S#86. 해순의 방(밤)

상수의 억센 품에 안긴 해순.
어쩔 수 없이 상수를 끌어안는다.

어머니의ⓔ 누고…… 누가 왔나…….
해순 (안긴 채 밖에 대고) 안니예…… 뒷간에 갈라 캅니더…….

S#87. 동 밖(밤)

그 소리에 더욱 서러워지는 성칠.
소리 없이 흐느낀다.

어머니의ⓔ 얘야 잘 때는 문을 꼭 닫아걸고 자거라…….
해순의ⓔ 예…… 나중에 걸 낍니더…….

성칠은 일어선다.

한숨을 내뱉고 상수의 신짝을 집어 들고 힘껏 던진다.

나머지 한 짝도 던진다.

눈물을 닦으며 자기 방으로 간다.

무엇인가 소중한 것을 잃은 듯한 허탈감에 젖으면서.

S#88. 축항

시멘트 바닥에 주저앉아 낚시를 만지고 있는 박 노인.

그 곁에 어부C.

그리고 숙이네도 있다.

박 노인 숙이네 거 순임이 산달이 언제라든가……

숙이네 오늘내일 오늘내일한 지가 벌써 여러 날 되지 않았는교…….

어부C 웬 놈의 팔자가 그리 사나워서 서방은 물에 빠져 죽고 시애비는 파도에 밀려 죽는고…….

박 노인 신기할 것 없어…… 상수 어머니 봐…… 해방되던 을유년에 상수 애비를 잃더니 올 들어 아들까지 잃지 않았나…… 바다라는 게 그런 거야…….

어부C 빌어먹을…… 청상과부 된 해순이나 순임이는 훌쩍 떠나버림 될 것을…….

박 노인 몹쓸 소리 바달 믿고 살아야지…… 그래도 바다는 사람을 버리지 않어…… 나도 자식새끼 세 놈을 바다에 던졌지만 바달 버리진 않았어…… 숙이네를 봐…….

숙이네 숙이 아범을 죽이고는 차마 못 살 것 같더니 이래저래 10년이 흐르지 않았는교…….

박 노인 암 바다에서 났으면 바다에서 살아야지…… 쿨룩쿨룩…….

구릿빛 얼굴에 굵직한 주름을 그었지만 탄탄한 박 노인이다.

어부C 그래도 젊은 것들은 새서방 만나 살 곳을 찾아야지 파도만 믿고 어찌 사는교…… 순임이를 보시소…… 실성해가지고 참말로 그 꼴은 가련해서 못 보겠임더…….

S#89. 길

순임이가 금방 터질 듯한 배를 안고 걷는다.
진통이 오는지 길바닥에 잠시 주저앉아 고통을 참는다.

순임 아이구…… 아이구…….

여기에 나타나는 칠성과 숙.
둘은 얼굴을 마주 보고 선다.

순임 아이이구 배야…….
칠성 (숙에게) 숙아, 순임이가 와 카는지 아노…….

숙이는 고개를 살래살래 젓는다.

칠성 애기 날려고 안 카나…… 배가 아프면 애기 날라는 기다…….
숙이 …….

순박한 눈알만 굴린다.
간신히 일어난 순임이 좀 빠른 걸음으로 걷는다.

칠성 가보자…….

숙이의 손을 잡아끌면서 순임의 뒤를 따른다.

S#90. 순임의 집

황급히 뛰어 들어오는 순임.
뒤따라온 칠성과 숙이.

S#91. 순임의 방

들어서자마자 배를 안고 데굴데굴 구르는 순임.

순임 (신음) 아이구 아이구 어무이예…… 아이구 배야…….

S#92. 동 밖

순임의 신음 소리가 고통스럽게 들린다.
칠성은 배를 안고 몸을 틀어본다.

숙이 배 아프나?
칠성 아이구…… 아이구…….

데굴데굴 구르는 시늉.
급기야 으앙! 하는 갓난아기 울음소리.

칠성 (놀란 듯) 숙아! 나왔다, 나온 기라…….
숙이 뭐가?
칠성 애기가 나온 기라……. (대문 밖으로)

뛰어가며

칠성 나왔다…… 나왔다……

숙이 (같이 뛰며) 나왔다…… 나왔다…….

S#93. 길

달리는 칠성

칠성 나왔다…… 순임이네 애기가 나왔다…….
숙이 (그 뒤를 달리며) 나왔다.

걸어오던 아낙들이 웬 수선이냐는 듯이 고개를 저으며 걷는다.

S#94. 바닷가

갓 잡은 아나고의 배를 따고 있는 칠성네.

칠성의Ⓔ 나왔다, 어무니 나왔임더……
칠성네 (돌아보며) 뭐가 나와…… 아 넘어진다…….

달려온 칠성은 애기가 나왔다는 몸짓을 크게 하며

칠성 수, 순임이가 애기를 낳았다…….
칠성네 아니, 뭐…… 바라지할 사라도 없을 텐데…… 얘 고기 좀 봐라…….

S#95. 축항

아직도 낚시를 보고 있는 박 노인, 숙이네, 어부C
숙이가 달려오며

숙이 나왔다…… 나왔다…….

세 사람은 달려오는 숙이를 본다.

숙이 어무니예, 순임이가 애기를 낳았어예…….
숙이네 뭐? 저런…….

부리나케 뛰어간다.

어부C (무료하게) 뱃놈 하나 느는구나…… 잡아가고 보내주고 용왕님 장난도
참…….
박 노인 늘어야 하네…… 저기 저 바다를 봐…… 지금 사람 가지곤 어림두 없
네…… 바다를 이기자면 뱃놈을 낳아야지…….

S#96. 순임의 집

대문으로 들어 달리는 칠성네.
그리고 숙이네.
이 순간 방문이 열리며 파리한 순임이가 나오려는 듯 문설주를 잡고 힘을
쓴다.

순임 살면 뭘 해…… 살면 으흐흐…….
칠성네 (놀라서) 아 산모가 어쩌자구…… 자 들어가세…….
숙이네 성님이 들어가요…… 국은 내가 끓이지…….
칠성네 그러지 자 들어가세…… 산모가 바닷바람을 쐬면 쓰겠나…….

하며 순임을 데리고 방으로 들어가다가

칠성네 헉…… 맙소사…….

질겁을 하고 뛰어나온다.

생글생글 웃는 순임.

칠성네 (허둥지둥) 여봐 숙이네…… 숙이네…….
숙이네 (부엌에서 나오며) 와예…… 어데 아픈교…… 내가 들어갈까예…….
칠성네 (너무 놀라서 말이 안 나오는 듯) 들어가지 말게…… 들어가지 말어…….
숙이네 (놀란다) 와예?
칠성네 애길 죽였어…… 애길…… 발로 밟아 죽였어…….
숙이네 엉……?

놀라면서 전신에 맥이 빠진 듯한 모습들.

칠성네 어째 좀 실성한 듯이 성황당에만 앉았더라니…… 그예…….
숙이네 에이그…… 바닷년 팔자가 기박하다더니.

이 순간 난폭하게 열리는 문.
기절할 듯 놀라는 칠성네와 숙이네.
노한 순임의 얼굴이 쑥 나온다.
파도.
바위를 때려 부서지는 노도, 노도!
더욱더 일그러지는 순임의 노한 얼굴이 무섭도록 처절하다.

S#97. 모래밭

곰방대를 물고 앉아 수평선을 내다보는 상수.
연기를 길게 내뿜는다.

어머니의ⓔ 거기 누고…… 누고…….
해순의ⓔ 뒷간에 갑니더…….

무표정하게 일어나더니 슬슬 발을 옮긴다.
새겨진 발자국이 잔잔하게 밀려오는 파도에 지워진다.
그 뒤를 소리 없이 달려오는 칠성.

S#98. 방바위(안쪽)

바위가 병풍처럼 둘러섰다.
그 한가운데 20~30평 정도의 백사장.
지금 해순이가 자리에 한천을 말리고 있는 것이다.
윗도리를 벗은 해순이의 몸.
햇볕에 그을린 살결에 건강미가 넘쳐흐른다.
상수가 해순이의 등 뒤에 다가온다.

상수 해순이…….

해순이는 들은 체 만 체 일만 한다.

상수는 한 발 다가앉으며.

상수 해순이 내캉 살자…….

상수의 이글거리는 눈동자.

해순 (몸을 약간 비켜 앉으며) …… 저리 비키소…….
상수 성구도 없는데 멋한다고 고생하겠노…….
해순 …….
상수 내하고 뭍에 가서 살자…… 바다보다야 안 낫겠나?
해순 …….
상수 응야…… 해순아…….

상수의 손이 해순의 허리를 감는다.
해순은 상수의 손을 치면서 다시 비켜 앉는다.

상수 (따라 앉으며) 해순이, 우리 날 받아 잔치하자…….

해순 싫에…… 싫에, 난 싫에…….

상수 (침을 삼키며) 성구가 죽은 바다를 맨날 볼 게 뭐고…….

해순 비키라 마…….

상수 해순이 그럼 내말 한 번만 들어…….

해순 무슨 말…….

이미 상수는 해순이의 몸에 팔을 감고 끌어당긴다.
해순은 상수의 손가락을 비틀며

해순 놔라…… 놔라…… 참말로 이거 못 놓을 끼가…….

상수 내말 안 들으면 소문 낼 끼다…… 너하고 내하고 그렇고 그렇다고 말이다…….

해순 허…….

실로 놀라운 얘기다.
숨어서 보는 칠성이가 히죽이 웃는다.
해순은 순간 허리에 차고 있는 조개 칼을 뽑아 든다.

해순 내한테 손대면 찌를 끼다그마…….

흠칫 놀라며 약간 물러앉은 상수.

상수 손 안 댈게 내 말, 내 말 한 번 들어달라카니.

해순 (위협하듯) 소문 낼 텐 안 낼 텐…….

상수 안 낸다…… 안 낸다…….

해순 나보고 알은 척할 텐 안 할 텐……

상수 내말 들으면 안 낸닥 안 카나……

하며 해순의 앞으로 한 발 다가선다.
이번에는 해순이 쪽에서 약간 물러선다.

상수 해순이…….

해순 (물러서서 칼을 고쳐 잡으며) 더 오지 마라…… 더 오면 참말로 찌른다.

상수 (그만 해순이가 귀여운 듯) 해순이 정말 찔리고 싶다. 네게 찔리면 원이 없다.

다가선다.
바위틈에서 보고 있던 칠성이가 흠칫 놀란다.

상수 참말이다…….

상수는 더욱더 다가서며

상수 요기를 찔러라…… 요기를 말이다…….

한 손으로 자기 목을 가리키며 다가선다.

상수 내사 네 칼에 찔리면 나도 해순이를 안고 죽을 수 있다…….

해순 (죽을 지경이다) 참말이다!

상수 (목을 내대며) 요기를 칵 찔러라…… 그래야 빨리 죽을 기다.

해순 (겁이 난다) 안 찌를 게 오지 마…….

상수 난 찔리고 싶다…… 어서 찔러라, 너와 같이 죽으면 나도 좋다…….

그 빛나는 상수의 눈동자.

이글거리며 타고 있다.
해순이는 어쩔 수 없이 칼을 내던지며.

해순 참 못됐다…….

상수는 내던진 칼을 주워 들고 칼날을 만지며

상수 내 칼 좀 갈아다 줄까…… 이 칼로야 어디 죽이겠나…….
해순 어쩌면 저리 못됐을꼬 말이다…….
상수 해순이…… 전복 따듯 목을 싹 도리게스리 이 칼 갈아다 줄까…….
해순 흉측하다, 꼭 섬도둑 같은 소리만 하고 있네…….
상수 허허…….
해순 난 갈 테야…….
상수 (앞을 막으며) 날 죽이고 가거라…….
해순 그러면 어쩌란 말이고…….
상수 내캉 살자카니…….

하면서 해순을 억세게 끌어안고 모래밭을 뒹군다.

상수 해순이, 해순이, 바다를 뜨자…… 바다를 뜨잔 말이다…….

급기야 해순의 손도 상수의 허리를 으스러지게 끌어안는다.
바위에 숨어서 멋모르고 구경하는 칠성.

S#99. 파도

조용히 밀려와서 바위를 덮어버린다.
터지는 물거품.

S#100. 몽타주

나뒹구는 해순과 상수의 몸뚱이.
바위에 부딪치는 파도.
해순과 상수의 몸에 흐르는 땀이 햇볕에 빛난다.
밀려오는 파도가 모래를 씻고.

S#101. 방바위 모래밭

격렬한 러브신.
땀난 상수의 등에 모래가 엉겼다(접자). 이 영화에 D.E. 되었던 파도가
벗어지면

상수 해순이 내캉 살자…… 새파란 청상으로 어찌 늙갔노 말이다…….
해순 안 된다…… 난 바다를 버릴 수 없다.
상수 버려야 한다…… 버려야 한다…….

더욱더 거세게 끌어안는 상수.

S#102. 바다(황혼)

저녁노을에 빛나는 바다.
여기저기 해녀들이 잠수를 하는 것이 보인다.
바다에는 모닥불이 타고 있다.
O.L.

S#103. 모래밭(밤)

달빛에 물든 밤바다.

조용한 파도 소리가 적적하다.

카메라는 이러한 바다에서 PAN 하면 물가에 모여 앉은 숙이네와 해순.

그리고 아낙A, B

하루의 피곤을 씻어보기나 하듯 모여 앉아 시시덕거린다.

숙이네 달 밝은 날 파도 소리를 들으면…….

아낙A 와에 죽은 서방 목소리도 들리나…….

숙이네 (섹시하게) 서방 목소리라도 들으면서 잘 수 있으면 오죽 좋겠나…….

아낙B (웃으며) 목소릴 듣지 말고 새서방 맞아들이면 될 게 앙이가…….

숙이네 늙은 나룻년한테 오지 않아 안 얻지 서방 싫달까 봐…….

아낙A 저러면서 수절은 어찌 했노…….

숙이네 남의 눈 때문에 수절하지 하고 싶어서 수절하는지 아나베…….

여기에 칠성네가 다가서며

칠성네 과부년들이 모여서 뭘 시시닥거리노……?

숙이네 아이구 과부 아닌 게 저러면 밉지나 않재…….

칠성네는 이들의 사이에 끼어 앉으면서

칠성네 과부도 과부 나름이지…… 내사 벌써 사십이 넘지 않았나…… (책망하듯) 이년들 괘니들 서방 생각이 나서 자지 않고…….

아낙B 성님도 서방 생각이 나서 나왔재…….

칠성네 시끄럽다 이년들아…… 사십 과부는 참고 견데도 삼십 과부는 못 참는다…….

아낙A 성님은 서방 없이도 살라는교…….

칠성네 네년들에게나 물어봐라…… 야들아 사내 녀석들 한 두름 몰아올 테니 서방 본 듯 하겠나…….

숙이네 성님이나 실컨 하소…….

까르르 웃는 웃음소리.

그 소리가 파도를 따라 밀려가는 듯한다.

숙이네는 해순의 넓적한 허벅지를 탁 치면서

숙이네 아따, 그 베개 편하게도 생겼다…….

하며 해순의 허벅지를 베고 누워버린다.

아낙B 그 베개 임자는 어디 가고 안 오노 말이다…….

숙이네 (조용히 노래 부른다) 북망산 찾아가서 무덤 안고 통곡해도 너 왔느냐 없네.

아낙들 에헤야 데야, 샛바람 치거던 밀물에 돌아오소…….

칠성네 백분 청노에 빚은 떡이 쫄깃쫄깃 맛있건만 임 없는 빈 방 안에 혼자 먹기 목이 메네.

아낙들 에헤야 데야, 샛바람 치거던 밀물에 돌아오소…….

아낙A 다시 갔던 기러기도 옛집 찾아오건만은…… 우리 님은 어딜 가고 돌아올 줄 모르던가…….

아낙들 에헤야 데야 샛바람 치거던 밀물에 돌아오소…….

이 과부타령을 부르는 동안 해순의 얼굴에는 눈물이 흘러내리고 부르는 과부들도 점차 목이 멘다.

애처로운 분위기다.

S#104. 바닷가(밤)

밤모래를 적시는 파도를 따라 PAN 하면서

Ⓔ 집집마다 불을 끄고 자손 바람도 하건마는…… 우리 님은 어딜 갔나 하늘을 봐야 별을 따재……

허밍 에헤야 데야 샛바람 치거던 밀물에 돌아오소…….

S#105. 성황당(밤)

죽을 듯한 순임이가 멍청히 목신을 보고 앉아 있다. 바람결에 실려오는 과부타령…….

Ⓔ 해 바뀌면 복조래 장수조래 사라고 하건마는 여보시우 조래장수님 건지는 조래는 안 줍니까…….
허밍 에헤야 데야 샛바람 치거던 밀물에 돌아오소…….

앉아 있던 순임이가 하체의 힘을 가누지 못하면서 일어난다.
그리고 미친 듯이 목신을 딴다.
고무신을 벗어 양손에 들고 목신을 한 아름 안고 걷는다.

S#106. 모래밭(밤)

과부들이 모여 앉은 곳.
노래를 마친 과부들이 서로 비어오는 마음을 가누지 못하고
잠시 말이 없다가…….

칠성네 (무료히) 달도 밝아라…….
숙이네 (쓸쓸하게) 밝으면 뭘 하나…… 내한테는 비출 데가 없는데…….
아낙A 팔자들도 기구하지…….

저만치 순임이가 오고 있다.

아낙B 저기 순임이가 앙이가…….
칠성네 (누웠다가 일어나며) 뭐라고 저누마가 미쳤나…….

점점 가까워지는 순임.

숙이네 앙이…… 목신을 뜯어 들고…….
칠성네 상사 귀신이 들었구나…….
해순 …….

마치 자기의 설움처럼 눈물이 흐른다.
이윽고 목신을 안은 순임은 이들 과부가 앉은 중간을 따고 걷는다.
말없이 걷는 것이다.
과부들은 숨을 죽이고 순임이를 주시한다.
(일제히 고개를 돌린다−순임의 방향으로)
순임이 멀어지면

해순 형님예…… 말려야 안 되는교…….

겁에 질린 채 한 마디 한다.

숙이네 내버려둬라…… 서방귀신이 붙어서 저러는데…….
칠성네 에이그, 우예 될라꼬 목신을 따는고…….
숙이네 그건 죽은 서방이 시켜서 하는 기라…….

조용한 파도가 약간 높아진다.

S#107. 다른 곳

목신을 안고 고무신을 든 순임은 바다로 들어간다.
점점 깊은 곳으로 들어간다.
무릎, 허리……, 가슴……, 목까지 물에 들어간다.
조용히 들어간다.

큼직한 파도가 순임의 머리를 때리며 밀려간다.

S#108. 모래 위(밤)

크게 밀려오는 파도!
그 파도가 밀려가면 모래밭에는 순임의 고무신 한 쪽이 남는다.
놓인 고무신 한 짝!
순임의 고혼일까.
바닷가 여인의 운명일까……
조용하고 무더운 한여름의 바닷가에 달빛만이 조용히 쏟아진다.

S#109. (F.I.) 축항

출항 나갔던 배들이 들어온다.
어떤 배는 이미 들어오고, 이제 돌아오는 배도 있다.
들어오는 배는 풍어를 알리는 크고 작은 깃발이 나부낀다.
축항에는 가족들이 둘러섰다.
먼저 들어온 배에서 상수와 어부C, D가 내린다.
어깨에 로프를 멘 어부D, 어부C와 상수는 손에 큼직한 고기를 들었다.

어부C 여보게 상수 내가 술 한잔 살 테니 그 기막히다는 얘길 해줄 끼지?
상수 (돌아보며 넌지시) 무슨 얘길요.
어부C 아 우리가 알면 기막히다는 얘기 안 있나…… 알고 지내는 게 좋은 기
라…….
상수 좌우간 주막에 가봅시다…….

세 사람은 나란히 걸어간다.

어부D 거 요즘 상수 얼굴이 훤해졌어…….

상수 (얼굴이 문지르며) 뭘요…….

은근히 좋아서 들고 있던 고기로 칠성의 얼굴을 슬쩍 때린다.

칠성 그 고기 나 주소…….
상수 예끼 이놈…….
칠성 그럼 나 소문 낼 기라요.
상수 (알아차리고) 옹이야 소문은 날수록 좋은 기다.
칠성 (확인하듯) 소문 내도 안 때려주지예…….
상수 (마침 잘됐다는 듯이) 옹이야…… 나팔 불듯이 자꾸 불기만 하는 기라…….

신나는 모양인지 웃기만 하는 상수.

어부C …… 저놈 뭐가 좋은지…… 꼭 허파에 바람 든 것 같지 않나…….
어부D 하오…….

S#110. 주막(안)

허술한 목로 술집이다.
들어오는 상수는 주모의 가슴에 고기를 확 던진다.

주모 어서 오소…… (고기를 놀라며 받고)…… 에이그 깜작이야…….
상수 (무엇인가 즐겁기만 한 듯)…… 거거 시원한 회 좀 쳐주소…….

어부C도 고기를 던지며.

어부C 이놈으론 매운탕이나 끓여주소…….

모두들 목로에 주저앉는다.

상수 보소…… 막걸리 좀 주소…….
어부C 자네 아무래도 무슨 일 내지…….
상수 (좋지만) 뭘 말입니까…….
어부D 공연히 좋아가지고설랑…… 거 대체 무슨 얘긴가…….

주모가 막걸리 주전자와 사발을 들어다 놓으며

주모 상수 양반은 뭐가 좋아서 그러나…….
상수 잠시 있다가 내 얘기 들어보고 놀라지 마소…….

S#111. 바다

얕은 곳에서 숙이가 놀고 있다.

칠성 (다가오며) 숙아! 숙아, 너 좀 이리 온나…….
숙이 (나오면서) 와?
칠성 느그 너구리한테 가서 상수 아저씨하고 해순이 아줌마하고 한 짝이라고 하고 온나…….
숙이 한 짝이 뭐고……?
칠성 마 그렇게만 말하면 느그 어머니는 알아들을 끼다…….
숙이 나 싫어…….
칠성 와? 와 싫노…….
숙이 상수 아저씨에게 매 맞는다…….
칠성 개안타…… 상수 아저씨가 나팔 불듯 자꾸 불라고 했다. 퍼뜩 갔다 온나…….
숙이 참말이재?
칠성 옹이야. 나를 믿으면 되는 기라…….

해놓고 뛰어간다.
숙이도 칠성이와 반대쪽으로 뛴다.

S#112. 방바위 있는 곳

바위에서 조금 떨어진 곳에 칠성네와 아낙A, B가 잠수를 하고 있다.
방바위에 올라서는 칠성.
마치 나팔 불듯 손을 입에 대고 소리친다.

칠성 보소! 보소오…… 보소…….
칠성네 (물에서) 와카노?
칠성 (신난다) 상수 아저씨와 해순이 아줌마가 한 짝이 됐어요…… 한 짝이래
요…….

해놓고 뛰어 내려간다.

S#113. 주막

거나하게 취한 어부C, D와 상수.
상수는 신이 나서 떠든다.

상수 아니 내가 거짓말해요…… 참말이야…… 고것이 참…… 성구란 놈 그것을
놔두고 우예 죽었노 말이다…….
어부C 예끼 사람…… 난 무슨 소린가 했드니만…… 괜히 그러구 다니다가 성칠
이한테 매 맞지…….
상수 매를예…… 웃기지 마소…….

여기에 성칠이가 로프를 메고 들어선다.
상수의 등 쪽이기 때문에 어부 C, D는 알지만 상수는 모른다.

상수 (떠들썩하게) 헤헤…… 참 나하고 해순이는 말야…… 성구 집에서 일이 끝났어요…… 헤헤 성구 어머니가 "거 누고…… 거 누고"…… 하고 묻는데 해순이는 "뒷간에 갑니더"…… 이랬단 말요…… 하긴 아무리 내 밑에 깔려 있다 해도 뒷간에 갔다면 끝날 기 아닙니꺼, 헤헤 방바위 있지예…… 거기서는 대낮에 일을 치른 김니더…….

어부C 예끼…… 원…….

어부D (성칠의 눈치를 보며) 아, 해순이는 그런 새댁이 아녀…….

상수 허허 참…… 나는 뱃놈이 아니야. 아 뭍에 나가면 뭐든지 할 수 있어! 마누라 잃고 바닷가를 굴러왔지만 말야. 나도 여편네 하나는 잘 멕여 살린다…… 해순인 내 거란 말야!

어부C 예끼, 뜨내기 사공 녀석 입버릇 해가지구.

상수 아따 난 뜨내기다…… 난 뜨내기다…… 하지만 서방 잃은 과부는 불쌍해서 못 보는 기라…….

어부D 닥쳐라 인마!

술을 끼얹는다.

상수 이러지들 마소…… 아, 해순이는 여자가 아닌교…… 마 서방 싫다는 여자는 없심더…….

하고 사발을 들이켜려는 순간 격분한 성칠이가 상수의 술사발을 내려친다.
깨어지는 술사발.

상수 (히죽이 웃으며) 아! 참 성칠이, 내가 얘기한다는 게 그만…….

성칠 쌍놈의 자식…… 이리 좀 나온나…….

하며 상수의 멱살을 잡아본다.

어부C 성칠이 괜한 야길 갖고설랑…… 차아, 참을 기다…….

어부D 여보게 성칠이…….

성칠 놔욋! 이놈의 자식은 아주 죽여버려야재…… 아 놔욋! 놔!

상수의 멱살을 잡아끌고 밖으로 간다.

S#114. 주막 앞

성칠 이놈의 자식…… 아직도 뱃놈이 사람 잡는다는 소리를 모르는갑다…….

상수 성칠이…… 성칠이…….

돌각담 옆으로 간다.

S#115. 돌각담

상수를 끌고 와서 돌각담에 세워놓고 있는 힘을 다해서 후려친다.
다시 한번 크게 치려는 성칠이 주먹을 불끈 쥔다.
그러나 손은 나가지 않고 눈물부터 흘러내린다.

성칠 (울먹이며) 이 자식아, 와 가만히 데불고 가지 않고 소문부터 내나 말이다…… 응 이 자식아…….

상수 …….

형수를 아끼는 성칠의 마음에 감탄하는 상수.

성칠 마 알고 있는 기다…… 내사 처음부터 알고 안 있었나…… (조용히)…… 상수야 소문을 내면 우리 형수가 우예 되노 말이다…… 와 그냥 데불고 가지 않았노 말이다…….

상수 성칠아…….

성칠 (눈물이 주르륵 흐른다) 어무니한테 얘기해볼 테니…… 내일 아침에 데리고 떠나거라…… (울먹인다)…… 우리 형님만치만 끔찍이 생각해주란 말이다…… 망할 자식…….

하며 조용히 자리를 뜬다.
성칠의 가는 모습을 물끄러미 보고 선 상수.
바보 같은 자기 생각을 후회하는 듯하다.

S#116. 바닷가

칠성네를 중심으로 아낙들이 걸어온다.

아낙A 점잖은 개가 뭘 어쩐다고 망측한 소문도 다 있재…….
칠성네 와, 배 아프나…… 지금 세월은 수절하는 게 자랑이 못 된다.…….
아낙B 그래도…….
칠성네 차바려라…… 해순이 같은 젊은 애를 청상으로 늙으란 말가…… 차라리 순임이처럼 미쳐 죽은 게 나은 기라…… 서방 없이 살아서 뭐할 끼고…….

이때 해순이가 다가온다.
해기를 들고 있다.

해순 (멋모르고) 지금들 오십니꺼…….

아낙A, B는 새침하다.

칠성네 지금 나가는 길이가…….
해순 예…….
칠성네 퍼떡 다녀옹이라…….

해순은 의아한 얼굴로 아낙A, B를 둘러보면서 걷는다.

S#117. 해순의 집(마루)

어머니와 성칠이가 앉아 있다.

성칠 어무니요 아무래도 형수더러 개가하라고 해야 안 되겠습니꺼……

어머니 개가야 제 마음인데…… 내가 우예 그런 소리를 하겠노…….

성칠 청상으로 늙으라기에는 나이가 아깝기도 하고…… 형수는 수절하기 어려울 겁니더…….

어머니 하지만 네 형 삼년상은 보내야 안 되겠나…….

성칠 그까짓 혼백도 없는 제사는 차려서 뭘 합니꺼…… 저녁에라도 형수 오거든 마땅한 자리에 개가하라고 하시소…….

어머니 (무엇인가 생각하는 게 있는 듯) 와 무슨 소리가 들리드나…….

성칠 아니라예…… 상수가 형수를 좋아하고 있는 눈칩디더…….

어머니 그래? 상수란 놈도 미쳤지…… 첫제사도 안 지난 상주를 갖고…….

성칠 어무니예 요즘 세월에는 수절하는 여자는 없임더…… 형수 장례를 봐서 보내드립시더…… 상수도 형수를 끔찍이 생각하고 있습디더…….

어머니 …….

한숨을 쉰다.

S#118. 방바위 위

해순이가 쓸쓸히 앉아 있다.
갈매기 한 마리가 날아다닌다.
깊은 한숨을 쉰다.

S#119. 노송이 있는 곳(밤)

상수가 누굴 기다리는지 초조하게 서성대고 있다.
어둠 속에서 해구를 든 해순이가 나타난다.

상수 (반갑게) 해순이…….

해순 …….

그냥 선다.

상수 아무래도 내일 아침에는 여기를 떠나야겠어…….

해순 무슨 일로…….

상수 글쎄 그런 일이 있다니까…… 같이 가주겠어?

해순 …… 난 못 가예…… 어머니를 두고는 못 갈 끼라예…….

상수 집에는 성칠이가 안 있나…… 어머니는 성칠이가 편안하게 모실 끼다…….

해순 그래도…….

상수 마을에 소문이 쫙 깔렸다. 이젠 창피해도 여긴 못 있는 기다…….

해순 소문 안 내기로 했는데…… 누가…….

상수 내가 낸 기 아니야…… 성칠이도 벌써 알고 있던데…….

해순 네…… 도련님이…….

상수 그러니 할 수 없지 않어. 내일 새벽에 이리로 나와. 내 기다리고 있을 게…….

해순 나는 못 갈 낍니더…… 혼자서 가시소…….

걷는다. 상수가 말을 막는다.

상수 고집 피우지 말구…… 철천지원수가 진 바다에서 뭣 때문에 살어…… 해순인 과부가 되면 못 써…….

해순 듣기 싫어예…….

손을 뿌리치고 간다.

상수 (해순이 등에 대고) 내일 새벽에 기다릴 끼다…… 꼭 나온나 어이……

해순은 대답 없이 총총히 걸음을 옮긴다.

S#120. 해순의 집(밤)

대문을 들어서는 해순.
성칠이 나타나며

성칠 늦었임더…… 해구 이리 주소…….
해순 괜찮아예…….
성칠 (친절하게) 이제부터 바닷일 그만두시소…… 제가 안 있습니꺼…… 이리
주시소…….

반강제로 해구를 받아 들고 가며,

성칠 형수예…… 어무니 방에 들어가 보시소…….
해순 (조심스럽게) 와예…….
성칠 어무니가 말씀드릴 게 있다 캅디더…….

걱정이 태산처럼 스쳐간다.
해순은 조용히 안방 쪽으로 간다. 문을 열고 들어간다.

S#121. 해순의 집 안방(밤)

누워 있던 어머니가 들어오는 해순이를 보고 일어난다.

해순 그냥 누워 계시소- 부르셨습니껴?

어머니 오냐, 게 좀 앉거라!

해순은 겁을 집어먹은 듯 앉는다.

어머니 성구 첫제사나 지내고 개가를 시키려고 마음먹었다만…….

해순 (소스라치게 놀라며) 네?

어머니 새파란 청상이 어찌 혼자 늙겠노!

해순 어머니!

어머니 가면 편한 자리가 있을 낀데- 니도 짐작이 가는 데가 있을 끼라-.

해순 으흐흐흐…….

참았던 울음이 터진다.

어머니 얘, 나도 지금까지 수절해 왔지만 그것처럼 참기 어려운 일도 없느니라…… 하긴 말이 있을 때 훌쩍 떠나는 게 편킨 하지-.

해순 아니에요, 어머니- 어머니 잘못했어요…….

어머니 과부가 과부 심정 안다카는데- 이걸 가지고 상수를 따라가거라.

하고 끼고 있던 은반지를 빼서 해순의 손에 꼭 쥐어주며

어머니 얘야, 상수만한 사람도 쉽지 않을 끼라.

해순 어머니…….

그만 어머니의 무릎에 엎드려 서럽게 느껴 운다.

어머니 상수야 진짜 바닷놈이 아니래서 마음이 놓인다─끔찍이도 예편네를 귀여워했다니까 니도 귀염받고 살 수 있을 끼다.

어머니 객지에 들어온 뜨내기가 돼서 께름직하다마는…… 바닷놈이 아닌데……

그만하면 됐지…….

S#122. 동 밖(밤)

마루에 앉은 성칠이도 눈물을 흘리며 방 안 얘기를 듣는다.

어머니ⓔ 아가야! 성구 아버지가 안 계신데 널 맞아들였구나…… 그때 얼마나
기뻤는지 아느냐! 그런데 석 달을 못 채우고 헤어지는구나……
해순ⓔ 어머니 안 가요. 전 안 갈랍니더. 어흐흐…….
어머니ⓔ 가야 한다- 네가 잘되는 길을 내가 왜 막나- 네 시동생 성칠이도 형
수를 끔찍이도 생각했느니라…….

성칠이도 눈물을 흘린다.

S#123. 다시 방 안(밤)

아직도 시어머니의 무릎에 얼굴을 묻고 있는 해순.

어머니 그만 해둬라…… 세월이 달라졌으니까 새서방 찾아 개가하는 게 조금도
흉은 못 된다…….

O.I.

S#124. 해순의 방(밤)

어머니가 준 은반지를 만지며 시름없이 눈물을 흘리고 있다.
- 환청 되는 파도 소리.
- 영화에 파도가 덮이면서 해순의 회상이 시작된다.

S#125. 해변

어린 시절의 해순(8)은 물장구를 치고 놀고 있다.
젊은 해순 모가 해구(해녀 차림)를 들고 와서

해순 모 해순아! 해순아!
해순 어무이!

하며 달려 나온다.
손을 잡고 걸으면서

해순 어무이 집에 언제 가!
해순 모 우리 집은 바단데 바다에서 살아야지…….
해순 모 남의 애들은 아버지도 있는데…….
해순 모 우리 해순은 바다가 아버지다…… 바다에 안길 때마다 아버지에게 안기거니 하면 되는 거야…….
해순 (의아하다는 듯) 바다가 아버지야?
해순 모 그럼…….

S#126. 해순 모의 방

해순(19)의 머리를 빗겨주며 해순 모는 말한다.

해순 모 해순아, 시집가거든 가장을 잘 섬겨야 한다…….

끄덕이는 해순.

해순 모 너는 어려서부터 바다에서 자라왔어…… 미역 냄시와 갯바람을 마시면서 말야…… 바다를 볼 때마다 아버지 생각을 해라…….

다시 한번 끄덕이는 해순.
어느덧 해순 모도 울고 있는 것이다.

S#127. 해순의 집

초례상머리에 마주 선 성구와 해순. 맞절을 한다.
이 광경을 본 해순 모는 시름없이 운다.
O.L.

S#128. 축항

해순 모가 떠나는 날이다.
성구와 해순이가 전별을 나왔다.
어머니도 나왔다.

어머니 (해순 모에게) 사돈댁 아무 걱정 마시오…… 해순이는 내 며느리가 아닝
교…….
해순 모 고맙심더…….
성구 장모님…… 그냥 여기서 같이 살지 않으시구…….
해순 모 아닐세…… 해순아 나 좀…….

해순이를 뱃머리로 데리고 가서

해순 모 이런 말은 안 하고 가려고 했다만…… 해순아 너 하나 기르느라고 20년
동안 고향 땅을 밟지 못했구나…… 이젠 마음 놓고 간다.
해순 그럼 우리도 집이…….
해순 모 (눈물을 흘리며) 그래, 우리도 집이 있었다…… 난 여기 와서 어쩌다가
너를 낳았구나…… 어린 너를 그냥 두고 떠날 수도 없었고…… 데리고 살 수도
없었던 거야…….

해순 (놀란다) 어무이…….

해순 모 용서해달라는 얘기밖에 없구나…… 해순아, 넌 이제 가장을 섬기는 몸이니 아예 에미 생각은 마라!

해순 어무이!

해순 모의 가슴에 안긴다.

해순 모 (해순이를 밀어내며) 몹쓸 에미라고 욕해도 좋으니 에밀 찾지 마라…… 그렇기 때문에 넌 아버지처럼 바다에서 살아야 한다…….

눈물을 닦으며 급히 배에 오른다.
배가 밀려나간다.

해순 어무이…… 어무이예…….

마구 소리치는 해순.
떠나는 배 위에서 들어가라는 듯 손짓을 하는 해순 모.

해순 어무이예 가지 마소…… 여기도 바다가 앙입니꺼 가지 마소…… 어무이…… 어흐흐.

그대로 축항에 주저앉아 우는 순임의 모습 위로
다시 한번 파도가 D.E. 되며

S#129. 해순의 방

회상에서 깨어나는 해순.
깊은 한숨을 내뱉는다.
창문이 점점 밝아온다.

S#130. 노송 있는 곳(새벽)

아침 안개가 흐르고 있다.
상수가 보따리를 깔고 앉아 해순을 초조하게 기다린다.
해순이 온다.

상수 (반갑게) 해순이 잘 왔어…… 잘 왔어…… 어서 떠나자…….
해순 …….

상수는 해순의 허리를 안아주며 걷는다.

S#131. 약간 떨어진 곳(새벽)

이 광경을 지켜보고 있는 성칠.
마구 눈물이 흐른다.

성칠 형…… 형, 형수가 가요…… 형.

떠나는 사람들의 뒤를 따르는 성칠

S#132. 언덕 위

올라온 성칠이가 사라져가는 상수와 해순을 본다.
눈물이 흐른다.
성칠의 관선으로.

S#133. 부감

멀리 상수와 해순이가 간다.

해순은 차마 바다를 떠나기 어렵다는 듯.
몇 번이고 돌아선다.
돌아서면 상수가 세우고 돌아서면 상수가 바로 세운다.

S#134. 다시 언덕

서 있는 성칠

성칠 (무심히) 잘 가시오. 아주머니…… 잘 가시오…….

굵은 눈물이 줄기줄기 성칠의 볼을 적신다.
F.O.

S#135. (F.I.) 채석장이 있는 산허리

줄줄이 이어간 암산.
해순이가 주막을 향해서 걷는다.
요란한 폭음이 울린다.
공중 높이 치솟는 돌덩이들…….
기를 흔드는 사람,
숨어 있던 인부들이 하나하나 나타난다.

S#136. 대폿집(안)

채석장 인부들을 상대로 하는 대폿집이다.
해순이가 이 집 일을 거들어주고 있다.

노파 (해순에게) 이봐요 일광 댁…….
해순 네…….

노파 미역나물 좀 씻어와야겠는데…….

해순 그러죠 뭐…….

하며 시렁에 있는 미역 두루미를 들고 나간다.

S#137. 샘터

다가온 해순이 미역을 씻는다.

씻고 있는 미역에서 바다 향수를 느끼는 듯 만져보고 다시 만져보곤 한다.

작대기를 든 감독(현장)이 다가오며

감독 허…… 그 미역 한번 먹음직스럽다…….

하고 가까운 데 앉는다.

감독 그 미역나물 무칠 건가…….

해순 예…….

감독 그럼 오늘 저녁엔 나도 술 한잔 먹으러 가야겠군…….

해순 오세요…… 맛있게 무쳐드릴게요…….

감독 뭐 술이나 마시러 가봤자…… 별 재미가 없더군…… 일광 댁이 술이나 따라준다면 몰라도 말야…….

해순 망측한 소리 작작해요…….

감독 아 망측하다니…… 술집 일이라고 볼라치면 술도 따르지 뭘 그래…….

해순 …….

새침해서 미역을 씻는다.

S#138. 언덕

지게를 지고 돌아오는 인부들.
상수도 끼어 있다.

인부A (샘터를 보며) 허허…… 여보게 상수…… 상수…… 저것 좀 보게…….

상수 샘터 광경을 보고 감정이 솟구친다.

상수 여보…… 여보…… 해순아…….

해순이가 쳐다본다.

상수 (손짓을 하며) 들어가아! 퍼뜩 들어가지 뭘 해…….

가래침을 칵 뱉고 걷는다.

인부B 여보게 상수. 감독 눈치가 암만 해도 이상하지…….
상수 …… 우리 마누라에게 손대는 놈은 아주 없애버릴 테다…… 내가 인마 상처하고 나서 얼마나 울었는지 알아?
인부B 상처하면 울지 누군 웃나……?
상수 난 달러! 바닷가에 나가서 뜨내기 뱃놈이라고 설움받으면서 해순일 얻었어…… 난 이제 아무것도 부러운 게 없어…….
인부A 미친놈…… 여편네 자랑은 제기랄…….
상수 (화를 낸다) 난 달러 인마…… 이 세상천지를 뒤져봐라. 해순이 같은 여자가 있나…….

하루의 피로를 잊는 귀로의 즐거움이 흐른다.

S#139. 상수의 거처

집이라기보다 판자로 누빈 헛간 같은 곳이다.
채석장의 인부들에게 주어진 바라크.
들어온 상수가 지게를 팽개치고 방으로 들어간다.

S#140. 동(안)

들어온 상수.
곰방대에다 담배를 담는다.

해순E 여보, 저녁상 봐드릴까예…….
상수 암…… 봐 올려야지…….

하며 부엌 쪽 문을 열어놓고 저녁상을 놓는 해순의 모습을 즐겁게 보고 있다.

해순 문 닫고 계세요…… 빨랑 봐 올릴 테니…….
상수 (담배를 피며) 하루 종일 못 봤는데 옷 입은 거라도 봐야지…… 헛 헛…….
해순 아이 망측해라…… 퍼떡 닫으시소. 남자가 그라믄 못 쓰는 깁니더……
상수 헛헛…… 고것 참…….

문을 닫고 뒤로 물러앉는다.

S#141. 동 부엌

분주하게 밥상을 차리는 해순.
웬만히 차려지면 옷매무새를 고치고 상을 든다.

S#142. 동 방 안

밥상을 들고 들어오는 해순.

해순 미역나물이 있어예…… 어찌나 바다 냄새가 나는지 바다가 보고 싶어서 혼
났어예…….
상수 바다 생각이 아니라 성구 생각이 났지…….
해순 아니라예…… 바다는 제 친정집이 아닌교…….

하면서 식기를 열어놓고 어서 먹으라는 시늉이다.

상수 시장하다…….

수저를 들고 한술 뜨려는 순간 해순의 얼굴을 본다.
웃는 해순.

상수 (수저를 놓으며) 가만있자…… 밥보다야…….

하며 밥상을 윗목으로 치운다.

해순 아니 안 잡수시게요…….
상수 먹긴 먹어야지…… 하나…….

해순의 쪽으로 기어와서, 우악스럽게 해순이를 안고 쓰러진다.

해순 아이 간지러…… 간지러워요…… 어서 밥 잡수세요…….
상수 깍정아…… 내가 널 얼마나 생각하는데…… 깍정아…….

두 사람은 격정적인 모습으로 쓸어안는다.
O.L.

S#143. 대폿집(밤)

인부들이 떼를 지어 앉아서 한창 마시는 판국이다.
감독도 혼자 앉아 마신다.

인부B 여보 할머니…… 일광 댁 어디 갔쑤…….
노파 신랑 저녁상 보러 갔지 어딜 갔어……
인부A 일 나는구나 일 나…….
노파 아따 저놈의 청승 해가지고…….

이때에 머리를 쓸어 올리며 해순이가 들어온다.

인부A 이봐…… 일광 댁 이리 와 이리 와서 한잔 따르라구…….

곱게 눈을 흘리는 해순.

인부B 아 오라니까…… 자아…….
노파 아 시끄러워…… 일광 댁은 작부가 아니야…….
감독 여기 미역나물 좀 주슈…….

해순이가 돌아본다.
눈을 찔끔하는 감독.
돌아서는 해순.

노파 (미역나물을 주며) 감독님 가져다드려요…….
감독 해순이…… 좀 앉지…….

하며 해순의 손을 잡는다.

해순 와카심니꺼…….

감독 앉아서 술이나 한잔 따르라니까…….

해순 놓으시소…… 놓으시소…….

감독과 해순이가 실랑이를 치는 바람에 감독의 술상이 넘어진다.

감독 아니 이년이…….

질리는 해순.
인부들의 관선이 집중된다.

감독 (자기 옷을 가리키며) 이거 못 털어? 못 터냐 말야…….

해순은 기가 죽은 채 감독의 옷을 턴다.
감독은 해순의 몸을 끌어안는다.

Ⓔ 야!

문에 상수가 들어선 것이다.
그 우악스러운 눈에 불이 흐르는 것 같다.

상수 야! 이 잡놈의 새끼야, 그 손 못 놔! 엉!

감독 아니 이놈이…….

상수 야아! 이 새끼야…… 엇다 손을 대니…… 엇다 손을 대…… 맛 좀 봐라……
맛 좀 봐! 뱃놈 맛 좀 보라구…… 어디다 손을 대느냐 말야. 이 쌍놈아…….

미친 듯이 소리를 지르며 술상을 집어 던진다.
박살이 나는 기물들.

노파 아니 여보게…….

상수 이놈 새끼 너 한번 죽어봐라…… 네가 해순이에게 손을 대…… 이놈의 새
끼야…….

이번에는 감독을 후려친다.
또 친다, 쓰러진 감독에게 술상을 집어 던진다.

해순 (울상이다) 여보…… 여보…….

상수 비켜! 이런 놈의 자석은 죽여야 하는 거라……

미친 듯이 아우성치던 상수가 대폿집을 박살 내놓고야 정신을 가다듬는
다. 오들오들 떨고 있는 해순의 손을 잡으며,

상수 해순이 가자…… 여기 아니면 어때…… 산으로 가자. 사람 없는 산에 가서
단둘이 살자…… 해순…….

그러나 해순이만은 소중이 감싸 안고 부서진 대폿집을 나간다.
O.L.

S#144. 산길(밤)

나무 사이를 빠져나가는 검은 그림자.
상수와 해순이다.

해순 산에 가면 우리가 살 집이 있능교?

상수 없으면 짓고 살지…… 난 말야 해순이를 남에게 보이고도 싶지 않아졌
어…… 내 혼자서 보고 내 혼자서 만져야겠어…….

해순 당신은 욕심쟁이야…….

상수 아무렴 어때…… 해순이…… 해순이 내 곁에 있어야 되는 거야…….

해순 …….

두 사람은 마주 보고 섰다가 와락 끌어안는다.
산새가 지저귀는 소리
F.O.

S#145. (F.I.) 산허리

산, 산, 산…….
어디를 둘러봐도 산뿐이다.
화전민이 지나간 듯한 공지에 토담집이 한 채 호적하게 놓여 있다.
호미를 든 해순이가 토담집에서 나와 어디론가 걸어간다.

S#146. 밭

수수밭 곁에 공터가 있다.
해순은 공터에 앉으며 호미로 바랭이 같은 잡초를 제거하면서 밭을 매고
있다.
수수밭이 바람에 불려 쏴- 쏴- 파도 소리를 낸다.
멀리서 나무 찍는 소리가 탕! 탕! 울려온다.
해순은 머리를 쓸어 올리면서 나무 찍는 곳으로 고개를 돌린다.

S#147. 숲

나무를 찍는 상수.
자루에 침을 뱉으면서 도끼질을 한다.
베잠방이의 등에 땀이 솟아올랐다.

S#148. 다시 밭

수숫대가 바람에 흔들린다.
쏴— 쏴— 하는 소리가 파도 소리처럼 들린다.
땀에 젖은 해순이는 수숫대를 바라본다.
쏴! 쏴! 하는 바람 소리는 완전히 파도 소리로 환청 된다.
아른하게 D.E. 되는 바다.
해순은 눈을 크게 뜬다.
파도가 밀려올 때마다 수숫대 소리가 마음을 심란하게 한다.
해순은 호미를 던지고 뛴다.

S#149. 산허리

경사진 산허리를 미끄러져 넘어지며 기어오르는 해순.
파도 소리는 더욱더 크게 환청 된다.

S#150. 산정

바위 위를 오르는 해순.
사방을 둘러본다.
그러나 바다는 보이지 않는다.
눈물이 볼을 적신다.
눈물을 씻으며 무료하게 바위에 앉는 해순.

해순 …….

더욱더 거세게 들리는 파도 소리.
갈매기 소리도 겹친다.
다시 고개를 드는 해순.
관계가 온통 바다가 되어 밀려온다.

S#151. 갯마을

갯마을이 산뜻하게 떠오른다.

S#152. 성칠의 집

머리에 수건을 맨 어머니가 허탈하게 앉았고 성칠은 마당에 돛을 내놓고
손질하고 있다.

어머니 에이그…… 그 돛은 와 만지노…… 니는 배 타지 마라!
성칠 바닷놈이 배 안 타고 뭘 탈 낍니꺼…….
어머니 이젠 바다가 무서워서 안 카나…… 이러다간 씨지것다…… 네 형수만 있
어도 좋으련만…….
성칠 형수 걱정은 마소…… 상수도 형수를 끔찍이 생각하고 있을 낍니더…….

한숨을 쉬는 어머니.

S#153. 토담집 앞(밤)

모닥불이 타오른다. 가마니를 깔고 상 없이 밥을 먹고 있는 해순과 상수.

상수 그렇게 바다가 보고 싶나?
해순 …….

약간 조심스럽게 고개를 끄덕인다.

상수 잊어버려라! 성구를 삼키고 또 수많은 사람들을 삼켜버린 곳이 바다가 아
냐…… 잊어버려. 우린 산에서 사는 거다…… 아무도 없는 데서 단둘이서 말
야…….

해순 잊으려 하면 생각이 더 납니더…… 시어머니도 보고 싶고예−.

상수 걱정할 것 없다. 또 언제 죽을지는 모르겠다만 성칠이도 배를 타는데…….

해순 (향수에 젖어) …… 수수밭에 가면 수숫대가 모두 미역밭 같고…… 콩밭에 가면 콩밭이 왼통 바다로 안 보이는교…….

상수 …….

어처구니없는 듯하면서도 지극히 동정적인 모습으로 해순을 본다.

해순 (울먹해지며) 바람 소리가 파도 소리로 들리는 기라예…… 오늘 낮에도 바다가 보고 싶어 산에 올라갔습니더…… 갈매기 소리는 들리는데 바다는 안 보입니더…….

상수 그만두자아…… 해순이…….

조용히 해순이를 감싸 안으면서

상수 잊자! 잊어버리고 나랑 단둘이서 살자.

간신히 끄덕이는 해순.

S#154. 몽타주

나무를 찍는 상수.
풀을 매는 해순.
아름드리나무 밑에서 점심을 먹는 해순과 상수.

S#155. 밭

비지땀을 흘리면서 바랭이 풀을 매고 있는 해순.
쏴아− 하고 수숫대가 흔들린다.

파도 소리도 들린다.
멍청해지는 해순의 얼굴에 'D.E.' 되는 바닷가의 점경.
모두들 모여 앉아 '과부타령'을 부르던 모습 은은하게 S.I. 되는 과부타령.

ⓔ …… 백분청노예 빚은 떡이 쫄깃쫄깃 맛있건만 임 없는 빈방 안에 혼자 먹기
목이 메네…….
허밍 에헤야 데야 샛바람 치거던 밀물에 돌아오소…….
ⓔ 다시 갔던 기러기도 옛집 찾아 오건마는…… 우리 님은 어딜 가고 돌아올 줄
모르던가…….
허밍 에헤야 데야 샛바람 치거던 밀물에 돌아오소…….

아른하게 흘러가듯 들리는 과부타령−.
해순은 머리칼을 쓸어 올리며 다시 풀을 맨다.

ⓔ 탕! 탕! 탕!

이번에는 상수의 나무 찍는 소리가 산울림을 타고 들린다.
일손이 멎은 해순.

S#156. 산허리

측량판을 세워놓고 지형 조사를 하고 있는 채석장의 기사들.
엽총을 멘 감독이 사방을 돌아본다.

ⓔ 상수의 나무 찍는 소리가 탕, 탕, 들려온다.

무슨 생각이 나는 듯 사방을 둘러보는 감독.

감독 먼저들 내려가게.

기사 안 내려가시게요?

감독 좀 돌아보고 가겠어……

Ⓔ 나무 찍는 소리가 탕! 탕!

회심의 미소를 짓는다.

S#157. 숲

비지땀을 흘리며 도끼질을 하는 상수.

S#158. 밭

일하고 있는 해순.

Ⓔ   **일광 댁!**

흠칫 놀라서 돌아보는 해순.
채석장에서의 감독이 엽총을 들고 서 있다.

감독 허허…… 여기서 살고 있군!

해순 (놀라면서 간신히) 여기까지 우예 오셨습니꺼?

감독 산 좀 둘러보러 왔지…….

해순 …….

다가오는 감독.
해순은 뒷걸음친다.
웃으면서 다가서는 감독.
해순은 겁을 집어먹고 띈다.
같이 뛰는 감독.

S#159. 길

오솔길이다.
상수가 나무를 지고 온다.

Ⓔ 사람 살려…….

놀라는 상수.
지게를 벗어 던지고 소리 난 쪽으로 뛴다.

S#160. 절벽 근처(A)

해순이가 달아나고 있다.
감독이 해순이를 쫓고 있다.
저만치 뒤에서 상수가 달려온다.

상수 (멈춰 서며) 야! 야 인마! 야!

소리를 쳐놓고 다시 달린다.

S#161. 절벽

쫓고 쫓기는 해순과 감독!
상수가 점점 가까워진다.

상수 야! 야 인마!

소리를 치면서 난폭하게 달려온다.
달리는 상수의 발!

발!
그 발이 돌을 밟는 순간…… 돌이 구른다.
상수의 몸이 구른다.
순식간에 상수는 절벽으로 떨어진다.

Ⓔ 으악 하는 비명!

달리던 해순의 걸음이 뚝 멎는다.

해순 (울부짖듯) 여보오! 여보오!

S#162. 절벽 밑

상수의 시체가 피투성이로 쓰러져 있다.
저만치에서 해순이가 소리치며 오고 있다.

해순 여보오…… 여보오…….

다가와서 흠칫 놀라는 해순.

해순 여보- 여보-.

상수를 흔든다.

해순 여보- (이미 늦었음을 알고)…… 여보 으…… 어흐흐…… 여보. 바다를 잊
고 살자카더니 우예 된 일입니꺼…… 우예 할라꼬 이리 됐습니꺼…… 여보! 바다
안 보더라도 당신과 산에서 살라꼬 안 했습니꺼…… 여보 어흐흐…….

실성을 할 듯 상수를 어루만지며 운다.

S#163. 들판

앞뒤가 산으로 막힌 들판.
정신 나간 사람처럼 꽃을 꺾고 있는 해순.
실은 울고 있는 것이다.

S#164. 움막

꽃을 안고 들어오는 해순.

S#165. 동 안

꽃을 안고 들어온다.
누워 있는 상수의 시체.
물끄러미 상수의 죽은 얼굴을 내려다보던 해순은 안고 있는 꽃을 따서 상
수의 몸 둘레에 놓는다.
한숨을 크게 한 번 쉬고 밖으로 나간다.
O.I.

S#166. 들판

마치 손수레처럼 만든 가마니 위에 짚으로 싸 동인 상수의 시신을 올려놓
고 끌고 가는 해순.
상수를 싼 짚 가장자리에는 빨간색 노란색 파란색 꽃들이 꽂혀 있다.
그저 앞만 보고 가마니를 끌고 가는 해순.
처절한 모습이다.
마구 흘러내리는 눈물.
그와 같은 해순의 얼굴에.
웃는 상수.

노한 상수.
인상 깊었던 상수가 주마등처럼 스쳐가고 나중에는 성구와 상수의 모습이
범벅이 되어 스쳐간다.
눈을 감았다 뜨는 해순.
다시 걷는다.

S#167. 나직한 산허리

바로 상수가 영원히 누울 유택이 마련되어 있다.
과히 깊지는 않지만 미리 파놓은 곳이다.
저만치서 해순이가 상수의 시체를 끌고 오는 것이 보인다.
천둥 번개가 요란하게 친다.
비가 오기 시작한다.

S#168. 무덤(비)

한결 세어진 빗줄기.
비를 맞으며 상수를 어루만지는 해순— 급기야 상수의 시체를 밀어 넣는
다.
행여 빗물이 잠길세라 마구 흙을 덮는 해순.
빗발이 더욱더 세어지고— 해순의 옷이 젖는다.
흙을 덮어놓은 해순은 그 자리를 밟는다(봉분을 만들 수는 없다.)
누런 황토를 밟는 해순의 발— 빗물에 범벅이 된 황토는 해순의 발목을 잡
아당기는 듯이 수레기가 된다.
빗물에 젖은 해순의 몸은 나신이나 다름없다.
마구 우는 해순이지만 그 소리는 요란한 비바람 속에 잠겼음인지 들리지
않는다.

S#169. 산길(비)

해순이가 비를 맞고 걷는다.
은은히 들려오는 '과부타령'의 허밍 코러스.

S#170. 산정(비)

올라서는 바위에 앉는다.
들려오는 허밍 코러스의 과부타령, 비바람이 거세게 휘몰아친다.
들리는 파도 소리.
거품을 물고 일어오는 파도의 환청, 해순은 귀를 막고 아우성친다.
소리는 안 들린다.
더욱더 거세게 몰아치는 비바람 소리.
해순은 조용히 일어서서 산을 내려온다.
O.L.

S#171. 들길

보퉁이를 옆에 끼고 걷는 해순.
바다를 찾아가는 것이다.

S#172. 바다가 보이는 언덕

해순이가 올라온다.
그녀의 관계로 들어오는 바다.
바다 냄새-
크게 숨을 들이마시는 해순의 얼굴에 눈물이 쏟아진다.

S#173. 성칠의 집

돛을 메고 나오는 성칠.

어머니 (울며) 성칠아!

성칠 어머니 걱정 마시소! 바다를 믿어야 먹고살지예……

어머니 조심해라─ 에그…….

하늘을 쳐다본다.

맑게 갠 하늘에 흰 구름이 둥실 떠 있다.

성칠 어머니 나오지 마소! 뭣 좀 잡아와야 형님 제사를 지내지예…….

어머니 오냐─.

성칠 큰 놈으로 잡아올 낍니더…….

돛을 멘 채 대문으로 나간다.

S#174. 모래밭

밀려오는 파도를 밟으며 칠성네와 숙이네가 걸어온다.

숙이네 오늘 출어는 성칠이도 간다재……

칠성네 뱃놈이 배 타지 우짜겠노……

Ⓔ 형님!

이들이 돌아보면 작은 보퉁이를 든 해순이 서 있다.

칠성네 (반갑고 놀랍다) 아이 새댁 앙이가…….

숙이네 새댁.

그대로 달려가서 서로 얼싸안고 법석이다.

해순 인제는 형님들하고 살랍니더…….

칠성네 상수도 잘 있나?

해순 (눈물을 쏟으며) 죽었임더…….

숙이네 에이그…… 쯧쯧…….

해순 바다에서 살래예ㅡ.

칠성네 오는 길이면 시어머니 못 만났겠네ㅡ.

끄덕이는 해순.

칠성네 축항에 가봐라! 새댁이 떠나고 성칠이는 바다에 보내지도 않았는데……
제삿날이 다가온다고 배를 타라캤다드라ㅡ.

해순 ……(혼잣말로) 도련님이예…….

그대로 모래밭을 뛰어간다.

S#175. 축항

배들이 떠나간다.
성칠의 배도 미끄러지듯 바다로 떠나간다.
달려오는 해순.

해순 도련님, 도련님예.

S#176. 배 위

놀라는 성칠
얼굴에 꽃 같은 미소가 피어난다.

성칠 형수님! 형수님! 참말로 잘 오셨임더, 큰 놈으로 골라서 한 배 채워올 낍니
더…….

S#177. 다시 축항

멍청히 서 있는 해순.

해순 (혼잣말로) 살아서 돌아오이소, 살아서예ㅡ.

흘러내리는 눈물을 닦으며 마을 쪽으로 걷는다.

내레이션 갯마을의 돌각담 밑으로는 예나 지금이나 파도가 밀려온다. 바다로 인해 남편을 잃고 바다로 인해 자식을 잃은 수많은 아낙이 저주와 운명을 되씹으며 바다에 모여 산다. 이 전설 같은 삽화는 바다와 함께 부풀어간다. 갯마을의 아침은 파도에 실려 오고, 갯마을의 저녁은 물결에 실려 온다. 또한 바다의 아낙들은 바다와 함께 살아간다.

멀어진 해순의 모습.
돌각담 밑으로는 여전히 파도가 찰싹이고 있다.
눈부시게 더욱 눈부시게 파도는 밀려오는 것이다.

끝.

KAFA 토마 비스갱(Thoms Bidegain) 마스터클래스
칸이 사랑한 작가를 서울에서 만나다

KAFA 토마 비스갱(Thoms Bidegain) 마스터클래스

일시 : 2016. 11. 10 (목) 3시~4시 45분
장소 : CGV 명동역 씨네라이브러리
모더레이터 : 이화정 씨네21 기자
주최 : 한국영화진흥위원회, 한국영화아카데미
공동 주최 : CGV아트하우스, 씨네21
후원 : 주한 프랑스대사관, 유니프랑스
기록 : 이은진 작가

안녕하세요. 저는 씨네 21의 이화정 기자입니다. 〈카우보이〉 영화는 재미있게 보셨나요? 오늘 이 작품을 감독하신 토마 비스갱 님을 모시고 이야기를 나누어보도록 하겠습니다.

토마 비스갱 님은 자크 오디아르 감독의 서버를 만들고 그의 영화 다수의 작품을 관통하는 주제 의식과 현실 문제 등 여러 가지를 상의하면서 작업한 시나리오 작가이기도 합니다. 그리고 시나리오 작가 이전에 배급에서 연출까지 영화계의 다양한 역할을 맡으면서 꾸준히 자기 영화 세계를 구축해오신 분이기도 합니다.

Q. 이 자리에 오신 소감은 어떠신가요?

한국은 첫 방문인데 한국에 오게 돼 아주 기쁘게 생각합니다. 한국 영화가 프랑스에서도 많은 인기를 얻고 있고 저 또한 한국 영화를 많이 즐겨 본 팬으로서 한국의 KAFA에서 저를 초청해주셔서 무척 기쁩니다. 오늘은 제가 시나리오 작가로서 오래 활동했기 때문에 시나리오에 대해 많은 이야기를 나누었으면 합니다.

Q. 〈카우보이〉를 쓰면서 자크 오디아르 감독에게 협업 제의를 안 하시고 직접 연출하신 계기가 있나요?

제가 직접 시나리오를 작품으로 연출하면서 중요하게 생각한 건 배우와 함께 호흡하고 배우와 함께 일해야 한다는 것입니다. 시나리오를 작품화하다 보면 한 장면을 열 번이고 스무 번이고 고치게 되는데 그것 자체도 한계가 있었습니다. 하지만 제가 연출로 직접 촬영장에 가서 배우한테 귓속말로 아! 이건 이렇게 했으면 좋겠다고 하면 배우가 그걸 바로 연기로 보여주는 효과가 있습니다. 제가 글로 표현하지 못한 것들을 배우들과 호흡하면서 표현하고 싶었습니다.

저는 항상 미국의 고전 영화를 많이 즐겨 봤는데 그때마다 가지고 있던 생각이 이런 웨스턴 스타일의 서부극을 현재의 이야기로 해보고 싶었습니다. 이 각본은 나를 위한 노래라고 생각했고, 나만의 노래라면 내가 불러봐야겠다는 생각으로 이 작품을 연출하게 되었습니다.

Q. 배우를 캐스팅하는 과정을 듣고 싶습니다. 토마 비스갱 작가님 사진을 보면 프랑스의 후덕한 아저씬데 실제로 보니 배우처럼 멋있으시네요. 혹시 영화에서 자신이 직접 연기를 하고 싶진 않으셨나요?

사실 제가 연기를 잘할 수 있는 배우는 아니라고 생각합니다. 연기를 잘 못하지만 항상 배우와 같이 있는 것을 좋아합니다. 장르 영화가 필요로 하는 캐스팅은 일상생활에서도 내면에 매력이 숨어 있는 배우들입니다. 제가 한 〈예언자〉나 〈카우보이〉를 비롯한 여러 영화들의 캐스팅을 보면 주인공의 성격을 잘 받아들이고 캐릭터의 매력을 잘 살릴수 있는 배우들이었습니다.

매력이 명확하게 겉으로 드러나지 않지만 내면의 매력이 숨어 있는 배우를 찾는 것이 중요한데 〈카우보이〉에서 아들 조지를 연기한 피네건 올드필드가 적절했다고 생각합니다. 영화에서도 열일곱 살의 청소년이 주인공으로 변모하는 과정을 그려야 했는데 그 과정에서 캐릭터가 가지고 있는 매력을 드러나게 하는 것이 관건이었습니다.

Q. 나의 노래라는 의미의 첫 작품으로 서부극을 택한 이유는 무엇입니까?

이 이야기를 하자면 초등학생 때로 돌아가야 할 것 같습니다. 그 당시 저와 가장 친했던 친구 어머니가 1930~1950년대 미국 영화를 상영하던 영화관에서 일하셨습니다. 그래서 10년 동안 매일매일 다양한 장르(코미디, 누아르, 뮤지컬, 서부극 등)의 영화를 공짜로 보게 됐는데 그 당시 저는 남성미가 넘치는 배우들이 나오는 서부극을 무척 좋아했습니다. 그때부터 지금까지 제 영화 세계관이나 가치관은 장르 영화였습니다. 지금은 장르 영화를 통해 우리가 사는 세상을 보여주고 싶습니다. 그래서 제가 썼던 갱스터, 멜로드라마, 전기, 지금의 서부극까지 모든 시나리오는 장르 영화에 기반을 둔 것입니다.

저는 장르를 민주적인 것이라고 생각합니다. 모든 관객이 영화에 몰입할 수 있도록 해주는 장치입니다. 다시 말하면 장르라는 기차에 모두를 태우고 기차가 출발하면 수없이 많고 다양한 이야기를 전개할 수 있기 때문입니다.

〈카우보이〉는 '딸을 찾는 아버지'라는 간단한 이야기에서 출발합니다. 시작은 심플하고 그래서 쉽게 들어서지만 막상 들어가면 그 안에 다양한 사람들이 등장하고 지역사회의 복잡한 이야기가 펼쳐집니다.

제가 봉준호 감독의 〈살인의 추억〉이나 〈괴물〉이란 영화를 재미있게 본 것은 일단 정서나 향수가 다른데도 장르라는 것을 통해 한국에 대해 많은 것을 알고 배울 수 있었기 때문입니다.

5000킬로미터 떨어진 타지에서 이 영화를 봤지만 그의 영화를 통해 다양한 이야기를 듣고 이해할 수 있었습니다.

Q. 〈카우보이〉라는 소재를 채택한 이유와 과정들을 어떻게 발전시켰는지?
실제 사건에서 착안해 시나리오를 쓰셨나요?

일단은 실화를 바탕으로 한 이야기는 아니고 극화된 영화입니다.
항상 각본을 쓰다 보면 시나리오가 어떤 이미지를 나타낼까 생각합니다.
〈카우보이〉란 영화는 떠나보낸 사람과 남은 사람들의 지역사회에 대한 이야기로 15년이라는 긴 세월을 거쳐 전개되는데 하나의 지역사회 안에서 '캘리'라는 여자아이가 사라지면서 지역사회가 균형을 잃고 세대를 거치면서 잃어버린 균형을 되찾아가는 과정을 그리고 있습니다. 제가 이 영화에서 나타내고자 하는 것은 서방세계와 알카에다 같은 현재의 세계대전입니다. 지금도 문화나 문명 간의 충돌이 많이 일어나고 있는데 이것을 가장 극적으로 보여줄 수 있는 것이 과거 카우보이와 아메리칸 인디언들의 갈등이라고 생각했습니다.

저는 항상 비유, 은유 같은 것을 찾아서 우리가 살고 있는 세상에 보여주기 위해 영화에서 세상의 축소판을 찾습니다. 그 예로 〈디판〉에서는 감옥으로 그리고 〈카우보이〉에서는 카우보이 문화 자체를 축소판으로 표현했습니다. 영화 〈카우보이〉의 후반부를 보면 카우보이 문화 사회에서 서로 소통하는 모습을 찾는데 이것도 그 당시에 그들이 살고 있는 세상을 반영한 것이고 또한 영화 중반을 보면 카우보이 사회에서 이슬람 여자를 대하는 주민들의 다양한 모습을 볼 수 있는데 그것 또한 당시의 정서를 반영한 것으로 생각합니다.

Q. 〈카우보이〉를 보면 주인공이라고 믿고 따라가던 사람이 너무 빨리 주연 선상에서 사라지는데 시나리오 작가로서 토마 비스갱 님이 봤을 때는 이 시나리오는 어떻게 보면 하지 말아야 했던 것이 아닌가? 라는 생각도 드는데, 연출자로서 토마 비스갱은 또 전개가 달랐을 거라는 생각도 들고 이 두 가지 포지션에 대해 이 부분을 어떻게 모색해나갔고, 또한 어떤 설정을 생각하고 끝까지 나아갈 수 있었는지 그리고 또 투자에 대한 고민은 없었나요?

제가 시나리오 작가로서 참고로 하는 정석이 있는데 그 책의 2페이지를 보면 하지 말아야 할 것들이 나오는데 '말 경주를 할 때 경주마를 바꾸면 안 된다.' 다시 말하면 '영화 중간에 주인공을 바꾸면 안 된다'라는 내용이 나옵니다. 영화 속에서 어떤 사람을 찾는다고 하면 아는 사람이어야 하고 아빠가 떠나고 시대가 바뀐다고 하면 그것을 알 수 있도록 장치를 해야 한다고 생각합니다. 제가 시나리오를 쓰면서 가장 중요하게 생각하는 것은 플롯과 줄거리가 하나여야 한다는 것입니다.

시나리오 작업이 쉽진 않지만 제가 쓰면서 생각하는 것은 모든 사물이나 현상이 우리의 예측과는 달리 항상 빗나간다는 것입니다. 어떤 분들은 이 영화를 아버지의 이야기라고 생각하겠지만 저는 아들의 이야기라고 생각합니다.

현대의 많은 미국 영화나 프랑스 영화도 마찬가지고 스토리 자체가 규격화돼 있는 경향이 있습니다. 그런 면에서 우리가 보는 TV 드라마 경우는 영화와는 달리 내러티브에서 유연성을 가지고 있습니다.

드라마를 보면 시간이 앞뒤로 바뀌기도 하고 한 회 전체가 꿈일 수도 있고, 4회 차에 주인공의 절반이 죽을 수 있는 다양한 경우가 있습니다. 관객 역시 이런 드라마에 익숙해져 있는데 제 영화 〈카우보이〉의 내러티브 반전도 충분히 유연함을 표현할 수 있다고 생각했습니다.

Q. 프로덕션 과정상에 어려움이 있었을 텐데, 자크 오디아르 감독과 협업할 때 두 분이 매일매일의 촬영을 보고 다시 시나리오를 수정하는 그런 과정을 끊임없이 거쳐 작품이 탄생한다고 알려져 있어요.
두 분만의 시나리오가 따로 있는지?
자크 오디아르 없이 이번 작품을 연출하셨는데 현장에서의 어려움이 무엇이었는지? 처음 썼던 시나리오에 변화가 있었는지?

시나리오 작가는 단순히 이야기만 쓰는 것이 아니라 영화를 쓴다고 생각합니다. 각자의 방법이 있겠지만 저는 시나리오 작가가 시나리오를 써서 감독에게 주고, 그걸 그대로 감독이 연출하는 것은 있을 수 없다고 생각합니다. 그래서 계속 작품을 고쳐나가는 것이며 오디아르 감독과도 매일매일 촬영한 장면을 보고, 시나리오를 고치는 식으로 작업을 해왔습니다. 처음 시나리오에는 대치됐던 장면이 논의를 거쳐 화해의 장면으로 바뀐 적도 있는데 〈생 로랑〉의 베르트랑 보넬로 감독과도 같은 방식으로 작업했습니다.

자크 오디아르 감독과의 첫 작품이었던 〈내 심장이 건너뛴 박동〉도 내가 쓴 시나리오가 있고 오디아르 감독과 대화를 통해 만든 별도의 시나리오가 따로 존재하고 플랜 B처럼 별도의 문서로 보관합니다.

플랜 B의 문서에는 배우들과 리허설을 하면서 바꾼 내용이나 제작하면서 수정한 내용, 시나리오를 수정한 내용 등 모든 것이 기록돼 있습니다. 별도의 시나리오는 신들로 구성돼 있는데, 여기에는 뺄 것도 있지만 편집 후반 작업에 유용하게 쓰이게 됩니다. 그래서 〈카우보이〉의 시나리오를 쓴 작가 노아 데브레하고 작업할 때도 오디아르 감독과 한 방법으로 연출을 했습니다.

〈카우보이〉 영화를 보면 중반에 아들 키드가 독백으로 누나에 대해 얘기하는 대사가 나오는 데 원래 시나리오에는 없었고, 별도의 시나리오에 있던 부분입니다. 이야기 전개상에는 큰 영향을 주진 않지만 영화를 더욱더 풍성하게 하고 영화 전체에 색채를 입일 수 있는 그런 장면이라고 생각합니다.

〈카우보이〉가
〈나의 딸, 나의 누나〉로 제목을 바꾸어 개봉했습니다.

Q. 시나리오 작가로 전업한 계기가 무엇인가요?

원래 제가 영화계에서 처음 한 일은 영화를 배급하고 제작하는 일이었습니다. 배급이나 제작하는 모든 일이 훗날 시나리오를 쓰는 데 많은 도움이 되었고 배급 일을 하면서 자연스럽게 관객이 선호하는 영화도 파악할 수 있었습니다.

시나리오 작가가 된 계기를 말하자면 제가 영화를 제작하려 했는데 제작 과정에서 여러 가지 문제로 지옥 같은 1년여의 시간을 겪고 있을 때였습니다. 뉴욕에서 만난 촬영감독과 같이 밥을 먹으면서 대화를 하는데 일주일 만에 나오미 와츠와 영화를 만들게 됐다고 하는 겁니다. '나는 1년 동안 힘들게 해도 안 됐는데 어떻게 일주일 만에 영화를 기획하고 제작할 수 있지?'라는 생각을 했습니다. 그래서 나도 일주일 만에 스토리를 만들어야겠다고 생각하고 호텔에서 시나리오를 썼습니다. 8일 뒤 제작자와 감독을 만나 시나리오를 얘기하고 점심을 먹었는데 다 먹고 난 후 오케이를 해주었습니다.

그래서 3개월 뒤에 영화 촬영을 하게 되었습니다.

시나리오를 쓸 때 가장 중요한 것은 스토리보다 영화와 제작에 관해 먼저 생각해야 한다는 겁니다. 즉 영화의 규모, 장르, 위치, 내용이라는 하나의 박스를 만들고 여기에 넣을 수 있는 스토리를 만들어야 한다는 겁니다. 이런 과정들이 중요한데 여기서 우리가 안고 갈 수밖에 없는 여러 가지 리스크 중 하나는 이야기는 너무 많은데 넣을 수 있는 포맷이 없는 일이 종종 발생합니다.

Q. 〈예언자〉를 자크 오디아르 감독과 공동작업으로 시나리오를 쓰다가 초반 시나리오 분량이 20장밖에 안 돼 오디아르 감독조차 포기하려 했는데 이 적은 분량뿐인 시나리오를 어떻게 발전시키게 되었습니까?

〈예언자〉 같은 경우는 특별한 케이스입니다.

〈예언자〉의 원래 스토리는 예언을 하는 점성술사 같은 예언자가 실제로 등장하고 감옥에서 영화의 사분의 일 정도의 시간을 보내고 나가서 활동을 하는 시나리오였습니다.

그 시나리오 중 저는 감옥에서 하는 여러 가지 행동에 흥미를 느끼고 감옥에서 시작해 감옥에서 끝을 내야겠다고 생각했습니다.

그래서 장르와 포맷을 다시 정리하고 3년이라는 오랜 시간 동안 시나리오 작업을 한 끝에 확실한 감옥 영화로 만들었습니다.

이 시나리오로 오디아르 감독과 작업을 하고 시나리오 작가로 활동을 시작했습니다.

저는 영화학교를 졸업하지 않았고 시나리오 작법 책도 보지 않았습니다. 단지 영화계에서 일한 경험을 바탕으로 시나리오를 씁니다.

제가 작법 책을 기피하는 이유는 누군가가 쓴 작법 책을 여러 사람이 보고 시나리오를 쓰고 영화를 만들면 비슷한 감성의 영화들이 나오지 않을까 하는 생각 때문입니다.

하나의 스토리라는 것은 각기 개성을 가진 살아 있는 유기체라고 생각하는데 시나리오는 주인공과 상황을 통해 전달해야 하므로 규격화된 시나리오 작성법으로 쓴다고 해서 좋은 시나리오가 나온다고 생각하진 않습니다.

내가 시나리오를 쓰면서 중요하게 생각하는 요건이 있는데 첫 번째는 본 이야기보단 누군가 보지 못한 이야기 두 번째가 세상에 대한 이야기로 이 두 가지지만 무엇보다 가장 중요한 것은 항상 영화에 대해 생각해야 한다는 겁니다. 사실 뉴스나 티브이를 보면 많은 이야기를 접합니다. 하지만 그 이야기들을 영화로 만든다고 해서 다 좋은 영화로 탄생하는 경우는 많지 않다고 생각합니다.

Q. 지금까지 토마 비스갱 작가님의 작품을 보면 리얼한 사건 리얼한 세계의 모습을 담고 있지만 그 안에서 시나리오 작가로서 혹은 연출가로서 다툼이 있을 것 같은데 과연 리얼함을 기반으로 리얼함으로만 가면 장르 영화로서 관객을 집중하지 못하게 하는 요소가 될 수도 있고 그래서 영화의 정의나 흥미로운 이야기를 넣어 접점선을 유지하는 것이 중요하다고 생각되는데요.

〈러스트 앤 본〉을 보면 굉장히 자극적인 설정이 나오잖아요. 그 영화 뒷얘기를 들어보면 실제 인물은 두 다리가 다 있는데 영화로 전개를 할 때는 극적인 것을 보여주기 위해 주인공의 두 다리가 잘리는 선택을 하고 그런 것들을 계속 찾는 스토리텔러로서의 역할이 있을 것 같아요. 토마 비스갱 작가님은 어떻게 이 부분을 조화롭게 하고 어떤 부분에 중점을 두고 스토리를 전개하는지 그리고 당신이 생각하는 스토리는 무엇인가요?

영화라는 것은 항상 균형이 중요하다고 생각합니다.

스토리와 배우의 균형이나 현실성과 과감한 비현실의 균형 같은 것으로 〈예언자〉 경우는 유령이 등장하지만 영화는 매우 현실적입니다.

괴물이 나오는 영화나 상상을 초월하는 존재들이 나오는 영화들도 항상 현실에 기반을 둬야 하고 모든 영화를 만들 때는 현실과 비현실의 균형을 찾는 것이 중요하다고 생각합니다.

〈러스트 앤 본〉의 첫 장면을 보면 이런 대사가 나옵니다. '아이들의 눈으로'라고 하면서 아이들의 모습이 나오는데 사실 이 영화는 굉장히 거칠고 폭력적이며 다리가 없는 주인공이 나오는데 이런 모든 영상은 혼란에 빠진 아이의 눈으로 보는 것을 암시한 겁니다.

그리고 〈카우보이〉를 보면 앞 장면에 폭포가 나오면서 인디언이 손을 올렸다 내렸다 하는 장면이 나오는데 그 장면은 옛날이야기를 하는 것처럼 보여주기 위한 것입니다. 마치 전래동화를 들려주는 것처럼 말이죠. 〈카우보이〉는 다양한 일들이 전개되다가 마지막 엔딩은 소박하고 단순하게 끝나는데 이것이 아까 말한 스토리를 쓰기 전에 '어느 정도 이 영화를 현실적으로 만들 것인가'라는 영화를 정의하는 단계에 포함됩니다.

작가는 하늘을 날 것인가? 아니면 땅으로 떨어질 것인가? 등 현실감을 어느 정도 포함시킬지를 중요하게 생각해야 합니다.

〈카우보이〉에서는 모든 이야기가 주인공의 시선과 눈높이에서 전개되고 주인공이 모르는 것은 관객도 모르고 주인공이 아는 것만 관객이 알게 됩니다. 어떤 관점으로 보는 것이 중요한데 만약에 관점의 결핍이 일어나면 점점 신들이 과장되게 표현되고 주인공 자체가 스스로 어디로 갈지 혼란스럽기 때문에 지루한 장면들이 나타나게 됩니다. 예를 들면 LA에서 화산이 터져 20만 명이 죽고 화성인이 나타났는데도 지루한 장면들이 있는 반면 주인공이 집 하나를 잃어버렸을 뿐인데 관객 입장에서는 마치 큰 사건처럼 공감하는 것들이 있습니다. 이와 같이 일어나는 사건의 규모가 중요한 것이 아니라 관객과의 거리나 호흡이 중요하다고 생각합니다.

Q. 장르를 쓸 때 어떻게 정하는지?

장르 영화를 쓸 때는 장르의 규칙을 아는 것이 중요합니다.

예를 들면 〈생로랑〉은 한 인물의 전기인데 우선 전기에 대한 영화라고 생각하는 것이 중요합니다. 전기 같은 경우 한 인물의 사실을 그대로 그리는 것이지만 우리가 그 인물의 생전의 사실을 다 알 수는 없다고 생각합니다.

전기는 성장 과정만 쓰면 시나리오가 지루해지기 때문에 〈생로랑〉이라는 영화를 놓고 처음 감독과 얘기할 때 그가 디자이너가 되어가는 과정보다는 디자이너가 되기 위해 그가 치른 대가에 중점을 두었습니다.

장르 영화를 만들 때 중요한 것은 규칙을 알고 발생할 수 있는 모든 문제점을 최대한 피하는 것이라고 생각합니다. 많은 영화를 보면 악역이 나오는데 나중에 주인공과 화해하고 다시 다투고 후반부에 죽는 경우가 많은데 〈예언자〉에서도 죽긴 죽는데 암에 걸려 죽는다는 것이 다릅니다. 이렇게 되면 〈예언자〉의 이야기가 아니고 주변 이야기가 됩니다. 재차 강조하면 장르에 대한 규칙을 아는 것도 중요하지만 그 규칙을 그대로 적용하라는 것이 아닙니다.

자신에게 맞게 변형해서 발전시키는 것이 중요합니다.

또 우리가 예측한 대로 하는 것이 아니고 반전이 있어야 합니다.

예를 들면 〈디판〉의 경우는 사회적 다큐로 시작하지만 결말은 할리우드 액션으로 끝나서 처음에 사람들이 예측한 것과는 달리 반전을 주었고 〈생로랑〉 역시 다큐로 시작해서 오페라로 끝납니다.

Q. 신에서 신으로 어떻게 넘어가는지?

〈러스트 앤 본〉 경우는 신 32를 써야지만 신 33으로 넘어갈 수 있는 그런 구조였습니다. 둘이 잠을 잘 것인가 말 것인가라는 기대감에 관객을 계속 고민하게 하고 그런 관객들을 주인공이 계속 이끌고 갑니다. 스토리라는 것은 관객이 계속 주인공을 따라가야 하고 주인공이 강요하거나 강조하면 안 되며 영화를 비중 있게 만드는 것은 캐릭터의 시각이라고 생각합니다. 어떤 스토리나 모든 사건이 등장인물들을 통해 전개돼야 한다고 생각합니다.

Q. 〈카우보이〉에 대해 장르의 변형에 대한 수용도를 얘기하셨는데 드라마와 영화는 시간이 다른데 극 중 인물이 많이 바뀌는 것이 효율적인지? 그리고 아버지의 영화가 아닌 아들의 영화라고 생각하신 이유는 무엇입니까?

네 편의 영화가 이 영화에 있다고 생각합니다.

처음은 여성이 사라지는 추리극이고 영화 중반부터는 가족드라마가 되고 세 번째는 딸을 찾아 떠나는 모험극 그리고 마지막으로 사랑 영화입니다.

가장 어려웠던 점은 이 네 편의 영화에 일관성을 두는 것이었는데 영화 중반에 시각이 바뀝니다. 저는 이 영화를 아빠의 이야기이자 아들의 이야기라고 말하고 싶습니다.

만약 제가 하나의 시선을 가지고 스토리를 이야기한다고 하면 하나의 주인공을 통해 이러한 이야기를 전개해나가야 하는데 이 영화는 두 개의 관점이었습니다.

가장 중요한 것은 두 관점을 하나로 묶어주기 위한 요소를 찾다가 모험이라는 것을 찾았고, 아버지나 아들의 이야기가 아닌 그 둘의 케미를 찾기 위해 떠나는 여정이나 모험에 이야기입니다.

영화상의 주인공과 스토리의 엔딩을 만들어야 하는데 이 두 가지는 다르다고 생각합니다.

이 영화에서 주인공 키드의 엔딩은 키드가 가정을 이루는 것이고, 스토리의 엔딩은 키드가 누나를 찾게 되는 것입니다.

〈예언자〉는 스토리의 엔딩은 주인공이 감옥에서 왕이 되는 것이고, 주인공의 엔딩은 감옥에서 나와 여자와 아이가 같이 길을 떠나는 겁니다.

영화 속 모든 캐릭터는 1차 목표인 주 목표와 2차 목표인 부목표가 있다고 생각합니다.

1차 목표는 내부적으로 자신의 문제 즉 주인공과 연결된 일을 해결하는 것이고, 2차 목표는 스토리와 연결된 일을 해결하는 것이라고 생각하는데 여기서 주인공의 목표는 관객에게 잘 보이지 않습니다.

〈러스트 앤 본〉의 첫 장면은 추운 날씨에 어떤 남자의 뒤를 아이가 따라가는데 그 아이를 보고 그 남자가 빨리 오라고 재촉하는 것이 보입니다.

우리는 잘 인식하지 못하지만 이 첫 장면을 보면 이 남자의 1차 목표는 좋은 아빠가 되는 겁니다. 그리고 영화가 전개되면서 2차 목표로 돈을 많이 버는 거지만 궁극적으로 영화가 끝나면 '주인공은 1차 목표를 달성했는가?'라고 자문합니다.

〈예언자〉를 보면 주인공이 일자무식에 노숙자 같은 사람으로 첫 장면에 가족도 없이 노숙자 생활을 하는 사람인데 이 사람의 1차 목표를 보면 가정을 꾸리고 세상을 살아가는 것이라고 생각하게 됩니다. 엔딩에서 가족이 생기게 되는데 이 영화 중반을 보면 1차 목표와 2차 목표의 교차점이 생깁니다.

〈카우보이〉에서도 키드가 항상 외롭게 살고 자라는데 가정을 꾸리면서 누나 캘리를 찾지 않습니다. 그 지점이 1차 목표와 2차 목표가 교차하는 지점이라고 생각합니다.

Q. 캐릭터 소개를 한 장으로 효과적으로 잘 보여주시는데 〈카우보이〉에서 일생을 통틀어 누나를 찾아야만 했는지 궁금합니다. 그리고 아들인 키드에게 누나가 없어졌을 때 동생에게 누나는 어떤 의미였나요?

아까 말씀드린 규칙으로 돌아오면 우리가 항상 보는 것이 전부가 되면 안 됩니다. 이 영화의 첫 대사가 "캘리 어디 있는지 아냐?"였습니다.

이 대사로 아빠가 딸에 대해 잘 모른다는 느낌을 주었습니다. 우리의 생각과는 다르게 행복한 가정이 아니었고 아빠의 죽음으로 아들이 죄책감을 갖고 누나를 찾는 우리의 생각과는 다른 상황들이 벌어집니다. 그리고 영화 중간중간 아빠와 아들의 비슷하지만 다른 모습을 볼 수 있는데 똑같이 누나를 찾는 장면에서 아빠는 아내의 만류를 뿌리치고 가정을 버리고 딸을 찾아 떠나지만 아들은 파키스탄 아내와 가정을 지키고 떠나지 못합니다.

여기서 전달하고 싶었던 것은 우리보단 다음 세대가 현명할 것이고 결론은 여자의 말을 잘 들어야 한다는 것입니다.

누나는 키드의 어릴 적 기억이고 추억입니다. 아버지와 같이 누나를 찾아 떠나는 키드의 모습으로 사람들이 더 나은 삶에 대한 욕망을 표현하고 싶었습니다.

Q. 시나리오를 쓸 때 모니터나 리서치는 어떻게 하십니까?
그리고 시나리오를 쓰시다가 막힐 때 어떤 식으로 영감을 얻으시는지?

사전 연구를 많이 하진 않습니다.

〈예언자〉는 교도소에서 형을 살고 나온 지인에게 배식이 어떻게 나오는지 또 운동장은 어떤지 그리고 거기 있는 사람들은 뭐하는지 또 감옥의 구조 등에 대한 간단한 질문만 하고 많은 질문을 하진 않았습니다.

자세한 자료 조사를 하면 창작적인 부분이 많이 없어진다고 생각합니다.

일단 캐릭터의 시각을 가지고 캐릭터를 따라가는 것이 중요하다고 생각합니다.

시나리오를 쓰다가 막히면 그냥 버려두고 산책을 합니다.

또 다른 방법은 스토리를 전개하다가 막히면 앞으로 돌아가서 캐릭터 정의를 다시 합니다. 이러면 훨씬 더 앞으로 나갈 수 있습니다.

그러다 또 막히면 다시 앞으로 돌아가 캐릭터를 정의하는데 이 방법을 쓰면서 이야기를 전개해나가면 캐릭터의 시각이 더 넓어지고 강해지는데 그것뿐만 아니라 이야기를 줄일 때도 이 방법을 쓰면 효과적입니다.

Q. 마지막으로 다음 작품을 자크 오디아르 감독하고 같이하는 걸로 알고 있는데 시나리오 작가로서의 계획과 연출가로서 차기작 계획은 무엇입니까?

다음 작품은 자크 오디아르 감독과 같이합니다. 공동 각본이고 배경은 1850년대의 캘리포니아의 금광을 다룬 〈골드러쉬〉라는 정통 서부극입니다. 미카엘 로스캄 감독이 연출하는 갱스터 영화 〈불 헤드〉라는 작품도 썼고, HBO 미니시리즈 각본을 하나 썼는데 1976년에 일어난 사건들을 다루는 4시간짜리 미니시리즈로 그 내용이 납치당한 사람들의 이야기입니다. 여기까지는 각본입니다. 저의 연출 차기작은 무인도에 고립된 사람들에 대한 영화를 준비 중입니다. 서로 사랑하는 두 커플에 대한 이야기인데 초반에만 사랑합니다.

마무리

작가님의 차기작이 어떻게 전개될지 궁금하네요.

참석하신 여러분 토마 비스갱 작가님에게서 시나리오 비결을 훔쳐가셨나요?

오늘 이 자리에서 자신의 시나리오와 영화에 대해 말씀해주셔서 진심으로 감사합니다.

다음에 또 뵐 수 있는 기회가 마련되었으면 좋겠습니다.

네, 저도 한국에서 영화를 공부하는 분들과 만나뵙고 이야기를 나눌 수 있어서 즐거운 시간이었습니다. 감사합니다.

| KAFA 토마 비스갱(Thoms Bidegain) 마스터클래스 |

작가 소개
토마 비스갱(Thoms Bidegain)
〈예언자〉 (2009) 칸 심사위원 대상
〈러스트 앤 본〉 (2012) 칸 경쟁 진출
〈디판〉 (2015) 칸 황금종려상
〈카우보이〉 (2015) 세자르상 4개 부문 노미네이트, 도빌 미국영화제 감독상
〈미라클 벨리에〉 〈생로랑〉 등 시나리오 집필

시나리오로
보는 영화
〈4〉

죽여주는 여자
The Bacchus Womanw

2016.10.06 개봉

감　독 | 이재용

각　본 | 이재용

출　연 | 윤여정(소영), 전무송(재우),
　　　　윤계상(도훈), 안아주(티나),
　　　　박규채(세비르송),

Prologue.

어느 늦여름 화창한 날 숲 속.
바람에 일렁이는 초록의 무성한 나뭇잎 사이로 파란 하늘 풍경이 길게 이어지다가 풀숲 사이 홀로 피어 있는 하얀 구절초 한 송이로 이어진다.

1. EXT. 종로의 어느 건물 앞(낮)

산부인과로 올라가는 계단 입구에 배낭을 멘 아이(7세)가 불안한 표정으로 이따금씩 계단 위를 올려다보며 서 있다.
1층에 귀금속 상점이 있고 2층엔 산부인과가 있는 종로의 어느 건물 앞.
저만치서 나이에 걸맞지 않은 하늘하늘한 원피스를 입은 노년의 여자, 소영(65세)이 걸어와 계단을 오르려는데 아이가 눈에 들어온다.
소영과 눈이 마주친 아이는 소영의 눈길을 피하더니 옆으로 한 걸음 옮긴다.
대수롭지 않게 그냥 올라가려다 잠시 멈칫하는 소영.

소영 얘, 너 왜 혼자 이러고 있어? 엄마는 어디 갔어?

아이가 경계심을 보이며 눈길도 주지 않자
심드렁한 표정으로 계단을 오르는 소영.

2. INT. 산부인과 진료실(낮)

30대 후반의 남자 의사가 무심히 묻는다.

30대 의사 언제부터 증세가 나타나셨어요?
소영 요 며칠 오줌 눌 때 저릿하고 따끔거리더라고요.

30대 의사 팬티에 누런 게 묻어나기도 하고요?

소영 …네.

30대 의사 최근에 성관계는 언제…?

소영 (짧게 한숨) 임질이죠?

30대 의사 네, 그럴 가능성이 높습니다. 우선 소변 검사부터 하시죠.

소영 (혼잣말) 개새끼… 내가 미친년이지.

(의사에게) 선생님, 빨리 좀 낫게 해주세요.

주사도 놔주시고요.

3. INT. 산부인과 대기실(낮)

간호사에게 처방전을 받아 들고 병원을 나서려던 소영.

갑자기 뒤에서 소란스러운 소리가 난다.

동남아계 여자 You never call me 5 years.

30대 의사 진정하시고요.

소리에 돌아보는 소영.

동남아계로 보이는 여자(27세)가 소영을 진료한 30대 의사의 팔을 붙잡으며

동남아계 여자 How could you do that!

30대 의사 (팔을 뿌리치며 애써 침착하게) 왜 이러세요!

실랑이를 벌이는 의사와 여자를 쳐다보는 소영.

그 뒤로 경비가 기웃거린다.

동남아계 여자 (애원하듯이) Oh, Please.

30대 의사 (경비를 바라보며) 아저씨!

동남아계 여자 Minho is your son! Please. He came here with me.
30대 의사 (밀쳐내며) 나가세요.

경비가 다가와 여자를 끌어내려고 붙잡자
순간 주머니에서 가위를 꺼내 돌아서려는 의사를 부여잡고
가슴팍을 힘껏 찌른다.
놀란 얼굴로 '윽' 하고 짧게 신음 소리를 내더니
가슴을 움켜쥐고 쓰러지는 30대 의사.
누군가 비명을 지르며 이내 병원 안은 어수선해진다.

간호사 뭐하는 짓이에요?!
경비 이 여자가…

제 풀에 놀란 여자가 가위를 떨어뜨린다.
황망한 표정으로 여자를 붙잡고 있는 경비.
하얀 의사 가운 위로 피가 번져 나온다.

간호사 (의사를 부축하며) 선생님! 괜찮으세요?

놀란 소영이 도망치듯 병원 문을 열고 나간다.

4. INT. 산부인과 건물 앞(낮)

황급히 계단을 내려와 한숨을 돌리다
아까 본 아이와 눈이 마주치는 소영.
그때 다급한 발소리와 함께 여자가 계단을 급히 뛰어 내려오다
이내 경비와 간호사에게 붙잡힌다.
놀란 얼굴로 계단 위를 올려다보는 소영과 민호.
여자가 경비와 간호사로부터 필사적으로 달아나려 안간힘을 쓰다

계단 아래에 있던 아이를 발견한다.

아이 (여자에게 다가가며) 엄마!! nanay!

경비와 간호사에게 붙잡혀 발버둥 치는 여자.

여자 (필리핀어) 민호야, 저리 가! Minho, takbo! Dali!!

여자의 시선을 따라 아이를 발견한 경비.

경비 (위협하듯) 야, 너도 이리 와!

울먹이며 다가가려는 민호.

여자 (필리핀어) 오지 마. 저리 가! Umalis ka na! Alis!

울상이 되어 어쩔 줄 몰라 하는 아이.
걱정스러운 표정으로 아이와 여자를 번갈아 보는 소영.
손을 뻗어 잡으러 다가오는 경비를 보고 놀란 아이가
잽싸게 소영을 지나쳐 오른쪽으로 달아난다.
아이가 달아난 쪽을 바라보는 소영.
골목을 벗어나 달아나는 아이.
경비와 간호사가 여자를 끌고 올라간다.
아이의 뒷모습과 끌려 올라가는 여자를 번갈아 보는 소영.
순간 차가 끼익- 하고 날카롭게 차 바퀴 소리가 난다.
소리에 놀라 아이가 달아난 쪽으로 돌아보는 소영.
아이는 사라지고 없고 차 한 대가 정지해 있다.
경악하는 소영.
이내 벌떡 일어나는 아이.

뒤도 안 돌아보고 달아나 골목길로 모습을 감춘다.
황망한 얼굴로 아이가 달아난 쪽을 보다 병원 입구를 힐끗 보고
서둘러 화면을 빠져나가는 소영.

5. EXT. 골목길(낮)

민호가 골목길에 세워져 있는 리어카 뒤에 숨어
겁에 질린 얼굴로 가쁜 숨을 몰아쉰다.
그때 갑자기 민호의 목덜미를 거머쥐는 손.

소영 괜찮아? 안 다쳤어?

민호가 화들짝 놀라 올려다보면 소영이다.
소영의 손아귀에서 빠져나가려는 민호를 진정시키는 소영.

소영 가만 있어봐.

민호가 멀쩡한지 둘러보다가 문득 시선을 돌리는 소영.
큰길 쪽에서 한 남자와 간호사가 두리번거리며 뛰어 지나간다.
민호를 황급히 자신의 품으로 숨기더니 골목길 안쪽으로 사라지는 소영.

6. EXT. 소영의 집(낮)

멀리 남산타워가 보이는 이태원 주택가.
낡은 집들이 빼곡히 모여 있는 재개발 지역.
자그마한 마당이 있는 70년대식 2층 양옥집 테라스에
티나(40대)가 선베드를 펼쳐놓고 앉아 머리에 롤을 말고
발톱에 매니큐어를 칠하고 있다.
소영이 민호의 손을 꼭 잡고 골목을 지나 대문을 열고 들어선다.

티나 (소영을 내려다보며 중저음의 목소리로) 일찍 퇴근하시네.

낯설고 겁먹은 표정의 민호.

소영 물건에 하자가 생겨서 못 팔고 들어왔어.

티나 왜 또? 어디 아파?

소영 묻지 마. 짜증 나니까.

티나 (일어서며 갸우뚱) 걘 뭐야?

소영 길에서 한 마리 주워왔어.

티나 (뜨악한 표정으로) 뭐래니. 아웅. 출근하기 싫어.

소영이 마당을 가로질러 자기 방 쪽으로 향하는데,
그때 도훈(33세)이 라면이 든 봉지를 들고 대문을 들어선다.
휴대폰에서 눈도 떼지 않고 자기 방 쪽으로 걸어가는 도훈.

소영 어이, 인사 좀 하지?

도훈 (그제야 사람 좋게 웃으며) 아! 안녕하세요. 히히.

7. INT. 소영의 방(낮)

현관 안으로 들어서는 소영과 민호.
민호가 머뭇대자 들어오라고 손짓하는 소영.
세간살이로 가득한 낡고 옹색한 소영의 방,
구석구석에 오래된 미제 물건들이 눈에 띈다.
편한 옷으로 갈아입는 소영.
민호는 방 한구석에 우두커니 서서
여전히 경계의 눈빛으로 소영과 방 안을 둘러본다.

소영 계속 말 안 할 거야?

(여전히 말이 없자) 잉글리시? 왓 추 네임?

민호 ….

소영 웨어 아 유 프롬?

민호 …

답답한 표정으로 고개를 절레절레하다,
피가 배어나온 민호의 오른손을 보고 놀라는 소영.
안타까운 표정으로 민호의 팔을 걷어보니 긁힌 채 피가 배어나와 있다.
놀라는 소영, 안쓰러운 표정을 짓더니 돌아서 서랍 쪽으로 간다.

CUT TO.

소영 (소독약을 발라주며) 내가 미쳤지, 너를 왜 데려왔다니.

CUT TO.

화장대 앞에 앉아 이런저런 약들을 챙겨 먹고는
거울을 보며 화장을 지우는 소영.
앞에 놓인 밥상을 외면한 채 한쪽 구석에 쭈그려 앉아 있는 민호.
소영은 이미 먹었는지 밥공기 하나는 비어 있다.

소영 안 먹으면 너만 손해야.

소영 (먹는 시늉을 하며) 잇, 잇, 허뤼!

그제야 슬그머니 숟가락을 드는 민호.
바라보는 소영.

CUT TO.

이부자리를 다 펴고 고개를 돌리는 소영.
배낭을 품에 안고 민호가 구석에 곤히 잠들어 있다.

소영이 민호에게 다가가 물끄러미 배낭을 쳐다보다 조심스레 배낭을 빼
낸다.
민호의 배낭을 열어보는 소영.
배낭 안에서 옷가지 몇 개와 속옷과 양말, 그림일기장, 동화책 등이 나온다.
그림일기장을 열어보다 가족사진 한 장을 발견하는 소영.
산부인과 의사의 젊은 시절 모습과 앳돼 보이는 필리핀 여자,
그리고 민호로 추정되는 아기가 환하게 웃으며 찍은 사진이다.

8. EXT. 소영의 집 마당(낮)

민호의 손을 잡고 계단 앞에 서서 생각에 잠겨 있는 소영.

9. EXT/INT. 티나의 현관 앞 / 방 안(낮)

계단을 올라오는 소영과 민호.

소영 (현관문을 열며) 티나야.

서슴없이 티나의 집 안으로 들어가는 소영.

소영 (집 안을 들여다보며) 티나 안에 있어?

방 안에서 들려오는 티나 목소리.

티나(소리) 누구야?!

방문이 열리면 화장이 번진 채 부스스한 얼굴로 티나가 나온다.

소영 나야, 이것아.

티나 (문을 닫고 기대서서) 아웅, 왜 깨우고 그래~

소영 해가 중천에 뜬 게 언젠데 아직까지 자.

티나 (담배를 피워 물며) 으… 머리야.

아웅, 나 새벽에 잠들었단 말야.

소영 또 퍼 마셨구먼. 오늘 얘 좀 봐줘.

티나 응? (난처해하며) 싫어. 나 애 볼 줄 몰라.

그때 안방 문이 열리며 팔뚝에 문신을 한 곱슬머리 중년 남자가
팬티 바람으로 잠에서 덜 깬 표정으로 나오다가 소영을 보고 당황해한다.

곱슬머리 중년남 (문을 닫으며) 아… 스미마생.

소영 누가 와 있었구먼.

관둬. 아래층 총각한테 맡기지 뭐.

10. EXT. 도훈의 문 앞 마당(낮)

난감한 표정으로 소영과 민호를 번갈아 보는 도훈.

소영 빨리 들어올게, 응? 티나네는 누가 와 있더라고.

도훈 그래요? 혹시 곱슬머리?

소영 응

도훈 (삐죽대며) 쳇, 또 그놈의 재일 교포 야쿠자구먼.

소영 왜 삐죽거려. 네가 뭔 상관이야. 오늘 부탁 좀 하자.

도훈 (마지못해) 알겠어요. 어이, 잘 지내보자. 너 이름이 뭐야?

소영 얘 한국말 못 하는 것 같아.

도훈 엥? 나보고 어쩌라고…

소영 그냥 데리고만 있어줘. 때 되면 뭐라도 좀 먹이고.

도훈 네?! 나도 귀찮아서 굶는 마당에.

소영 에이, 빼지 말고!

(가방을 뒤져 담배 두 갑을 꺼내주며) 좀 봐줘.

도훈 알겠어요.

11. EXT. 종로 탑골공원(낮)

다수의 노인들이 비둘기처럼 군데군데 무리 지어 모여 있는 공원 풍경.
공원 한쪽 인적이 드문 작은 덤불 뒤로 나이 든 여자 몇몇이
주변을 배회하는 노인들에게 추파를 던지며 서성인다.
노인1이 나이 든 여자들의 면면을 살피며 어슬렁거리고
노인1에게 선택받으려 나름대로 어필해보는 여자들.
그중 눈썹 문신이 짙은 한 여자가 노인1에게 다가간다.

눈썹 문신녀 제가 박카스 한 병 드려도 될까요?

노인1이 경계하듯 물러서며 눈썹 문신녀를 아래위로 훑어본다.

눈썹 문신녀 (콧소리로 은근히) 저도 잘해요.

대답 없이 어색하게 웃고는 두리번거리는 노인1의 눈에 소영이 들어온다.
소영은 그들 무리와 몇 걸음 떨어져 후미진 돌담 옆에 서 있다.
새침한 표정으로 괜히 무심한 척 딴전을 피우는 소영.
노인1이 소영에게 다가간다.

노인1 (목소리를 낮추며) 혹시…그쪽이 죽여준다는 그…

배시시 미소를 지으며 고개를 끄덕이고는 슬며시 걷기 시작하는 소영.
노인1이 멈칫대자 몇 발짝 걷던 소영은 뒤돌아 쳐다본다.
그제야 소영의 뒤를 쫓아가는 노인1.
소영과 노인1이 함께 걸어 지나가자 눈썹 문신녀가 입을 삐죽거린다.

12. INT. 모텔방(낮)

노인1이 박카스 병을 들고 침대에 앉아 있다.
커튼을 쳐서 방을 어둡게 하는 소영, 가방에서 양초와 소주를 꺼내더니
초에 불을 붙이고 입을 헹구듯 소주 한 모금을 천천히 마신다.

소영 저… 오늘은 좀 색다르게 재밌게 해드려도 될까요?
노인1 …?
소영 사정이 있어서 밑으론 못 할 거 같아서요.
노인1 왜 안 되는데?
소영 …멘스 중이라. 달거리요.
노인1 아! 그렇구먼. 에이 왜 하필…
소영 미리 말씀드리지 못해 죄송해요. 아무튼 잘 해드릴게요.
노인1 할 수 없지 뭐. 그 대신 돈값은 해야 돼.
소영 물론이죠.

가방을 열면 박카스 몇 병과 담배 몇 갑이 보이고
그 밑에서 성기를 부풀리는 압착기와 주사기, 알약이 든 통 등을 꺼내
노인1에게 들어 보이는 소영.

소영 필요하시면 말씀하세요.
노인1 필요 없어.
소영 네.

소영이 노인1의 손에 든 박카스 병을 탁자에 놓고는 무릎을 꿇더니
노인의 허리띠를 풀고 지퍼를 내린다.
모텔에 비치된 로션을 손바닥 가득 짜내 능숙하게 두 손에 펴 바르고,
노인1의 가랑이 사이로 손을 집어넣는 소영, 부드럽게 마사지를 시작한다.

13. EXT. 종로 3가 거리(낮)

거리로 나선 소영, 골목길을 걸으며 주위를 둘러보다
약간 상기된 얼굴로 서성이는 한 젊은이(35세)와 몇 번 눈이 마주친다.
잠시 멈춰 서서 젊은이를 바라보다 슬며시 그에게 다가가는 소영.

소영 (다정하게) 누구 기다려요?
젊은이 아… 뭐…
소영 나랑 연애하고 갈래요?
젊은이 연애요?
소영 연애 몰라요? 잘 해줄게, 가요. 안 비싸.
젊은이 얼만데요?

이때 소영의 전화벨이 울린다.
도훈에게서 온 전화임을 확인하고는 무시하는 소영.

소영 원래 4만원씩은 받아야 하는데 젊은이는 잘생겼으니까
3만원만 받을게요. 모텔비도 포함이야.

젊은이가 머뭇대자 소영이 그의 팔을 잡아 이끈다.

14. INT. 모텔방(낮)

젊은이가 방문 앞에서 어쩔 줄을 모르고 서 있다.
커튼을 치는 소리가 들린다.

소영 씻어야 되면 씻어. 말 놔도 되지?
젊은이 (긴장한 채) 아, 네. 씻고 왔습니다.
소영 (꺼내 놓은 초에 불을 붙이며) 그럼 좀 앉아 있어.

초를 내려놓고 손을 씻으러 화장실로 들어가는 소영.
화장실 쪽을 의식하며 잽싸게 TV 위에 가방을 올려놓는 젊은이.
가방 모퉁이를 침대 쪽으로 향하게 놓는다.
가방에서는 고프로 카메라가 몰래 돌아가고 있다.

젊은이 (시치미를 떼며) 이 일은 오래 하셨어요?

소영 (화장실에서 소리) 그게 왜 궁금해?

젊은이 (침대에 앉으며) 아니, 그냥 저…

소영 (돌아오며 건성으로) 얼마 안 됐어.

젊은이 네, 이 일은 어쩌다 하게 되셨어요?

대답 대신 웃어 보이고 마는 소영.
이때, 탁자 위 휴폰이대 시끄럽게 울린다.
움찔하는 젊은이.
수신인을 확인하고는 전화를 끊어버리는 소영.

소영 (소주병을 열고 한 모금 마시며) 미국 유학 간 아들 공부시키느라 하는 거
야. 석사 받을 때까지만 하려고.

젊은이 오오, 그러시구나. 혹시 하루에 얼마나 버세요?

대답 대신 젊은이를 빤히 바라보는데, 또다시 소영의 휴대폰이 울린다.
돌아앉아 입을 가리고 전화를 받는 소영.

소영 왜 자꾸!? (듣다가 난감해하며) …나 지금 바빠.
알아서 좀 잘 달래봐. 좀 이따 전화할게.

소영이 서둘러 전화를 끊는다.
젊은이에게 다가와 옆에 앉아 서둘러 바지 지퍼를 내리려 한다.

젊은이 (저지하며) 잠깐만요. 저··· 드릴 말씀이 있는데요.

소영 미안, 전화 때문에 그러지? 이제부터 집중할게.

젊은이 사실은요···

소영 왜에? (흘기며) 대화를 해야 흥분하는 스타일?

젊은이 (조심스레) 그게 아니고요. 종로에서 성매매 하시는 '박카스 할머니'들에 대한 다큐멘터리를 찍으려고 할머님들 인터뷰를 하고 있어요. 그래서 부탁을 좀 드리려고···

소영 (안색이 변하며) 뭐? 뭘 찍어?

젊은이 (준비된 멘트) 대한민국이 세계 경제규모 11위인데도 노인 빈곤율은 OECD 최하위 국가이고 아직도 이렇게 어두운 그늘에서 신음하는 노인분들이 많다는 사실이 정말 말도 안 되게 어처구니없는···

소영 (벌떡 일어서며) 뭐 이런 새끼가 다 있어.

당혹스러운 소영, 돌아서 주섬주섬 가방을 챙긴다.
도망치듯 방을 나서다 말고 돌아서는 소영.

소영 내놔.

젊은이 네?

소영 모텔비는 내놔. 만 원.

젊은이 (황급히 지갑에서 만 원을 꺼내주며) 여기···

소영 (빤히 쳐다보며) 그리고! 할머니 할머니 하지 말아요.
듣는 할머니 기분 나쁘니까!

문을 세게 닫고 나가는 소영.

15. INT. 모텔방(낮)

슬리브 차림의 소영이 무릎을 꿇고 앉아 일회용 주사기 바늘을 작은 갈색 병에 꽂더니 주사액을 뽑아 침대에 바지를 내린 채 걸터앉아 있는 어느 나이 든 남자의 사타구니에 주사를 놓는다.

CUT TO.
소영이 손에 로션을 바르려 하자
남자가 소영의 머리를 잡고 가랑이 사이로 당긴다.

CUT TO.
남자의 가랑이 사이에서 머리를 아래위로 분주히 움직이는 소영.
남자의 신음이 점점 커지더니 두 손으로 소영의 머리를 감싸 쥐고 흔든다.

CUT TO.
절정의 신음을 내는 남자.
숙였던 고개를 들고는 숨을 몰아 내쉬더니 화장실로 가는 소영.
화장실 안에서 수돗물을 틀고 입을 헹구는 소리가 들린다.

16. INT. 모텔 프런트(낮)

소영이 손에 쥐고 있던 만 원짜리 몇 장 중(3만원) 한 장을
창구로 밀어 넣고는 총총히 걸어 나간다.

17. EXT. 소영의 집 마당(저녁)

마당에 들어선 소영이 도훈의 방 창문 앞으로 다가선다.

소영 이봐, 도훈이!

대답이 없어 소영이 창문을 열어본다.
방에는 아무도 없다.
방 한쪽 작업대 위에 색칠을 하다 만 성인용 피겨들이 놓여 있고

모니터 주변 벽엔 노출이 심한 만화 캐릭터들이 출력되어 붙어 있다.
방 한쪽에 놓인 밥상 위에는 건드리지도 않은 라면이 불어 있다.

CUT TO.

소영 난데. …뭐라고? 지금 어디야?

18. EXT. 소영의 집 아래 계단(밤)

소영이 급하게 계단을 내려와 골목으로 접어든다.

도훈 누님!

소영이 몸을 돌려보면 도훈이 급하게 다가온다.

소영 (다급하게) 어떻게 된 거야?
도훈 잠깐 라면 끓이러 나간 사이에 애가 없어졌어요.
소영 (울상이 되어) 으이구, 잘 좀 데리고 있으라니까.
도훈 잘 데리고 있었어요! 종일 일도 제대로 못 하고.
소영 얼마나 됐는데?
도훈 한 삼사십 분? 집 근처는 다 돌아봤고요.
소영 (둘러보며 난감) 얘를 어딜 가서 찾나.
발 달린 애가 가만히 서 있을 리도 없고.
도훈 경찰서에 신고라도 할까요?
소영 (잠시 고민하다) 좀만 더 찾아보고.
도훈 저는 이쪽을 돌아볼 테니까
누님은 저 골목으로 가보세요.

소영과 도훈이 서둘러 헤어져 골목을 뛰어간다.

19. EXT. 이태원의 다른 거리 몽타주 신(밤)

아이를 찾아 골목을 뛰어가는 소영.
세탁소에 들러 아이의 인상착의를 설명하는 소영.
주인이 갸웃거리자 다시 뛰어가는 소영.
모스크를 등지고 낙담한 표정으로 힘없이 걸어오는 소영,
휴대폰이 울린다.

소영 (다급하게) 찾았어?

20. INT. 이태원 주점 골목 필리핀 여행사(밤)

시무룩한 표정으로 한쪽 벽에 기대어 서 있는 민호.
민호 옆에서 도훈과 한 필리핀 남자가 얘기를 나누고 있다.
골목을 뛰어 올라오는 소영, 여행사로 뛰어 들어간다.
문에 달린 종소리와 함께 소영이 여행사로 뛰어 들어온다.
민호를 바라보고 안도의 숨을 내쉬는 소영.

소영 다행이다, 찾았으니.
도훈 요 앞에서 기웃거리고 있더라고요.
필리핀 남자 (어눌한 한국말로) 엄마를 잃어버렸다고 했어요.
소영 애가 말을 하던가요?
필리핀 남자 네.
소영 혹시 필리핀 사람이에요?
필리핀 남자 네.
소영 아! 그렇구나. 내가 얘 엄마를 찾아주려고 하는 거예요.
필리핀 남자 친척이에요?
소영 그건 아니고… 애 엄마한테 복잡한 일이 생겨서
내가 당분간 데리고 있는 거예요.

도훈 어? 어떤 필리핀 여자가 무슨 의사를 칼로 찌른 사연
인터넷에서 봤는데…혹시?

도훈의 말을 들은 필리핀 남자는 당황한 기색이 역력하다.

소영 뉴스에 나왔어? 칼 아니고 가위였어.
도훈 아무튼 맞죠? 와! 신기하다!
뉴스에서 본 사건이 이렇게 연결되다니… 잘됐네!
같은 필리핀 사람이니까 애를 좀 맡아주시면 되겠다!
필리핀 남자 (난감해하며)…사정이 있어서 안 되는데요. 미안합니다.
도훈 같은 동포끼리 너무하네!
소영 사정이 있다잖아.
필리핀 남자 미안합니다.
소영 괜찮아요. 내가 데리고 있으면 돼요.
필리핀 남자 잠깐만요.

여행사 문을 열고 황급히 나가는 필리핀 남자.

CUT TO.
필리핀 남자가 과자를 담은 비닐 봉투를 들고 여행사로 뛰어 들어와 민호
에게 안겨준다.

필리핀 남자 (민호에게 필리핀 말로) 이 할머니가 엄마를 찾아주실 거야. Si
lola na ang maghahanap sa nanay mo.
할머니 집에 가서 말 잘 듣고 있어. 알았지?
Makinig ka kay lola, ha? Naiintindihan mo ba?

두려움이 가시지 않은 얼굴로 눈치를 살피다 천천히 고개를 끄덕이는
민호.

필리핀 남자가 휴대폰을 뒤지더니 전화번호 화면을 소영에게 보여준다.

필리핀 남자 이리로 연락해보세요.

소영, 눈을 게슴츠레 뜨고 읽어보려 하지만 잘 보이지 않자 도훈을 돌아본다.

소영 뭐라고 쓰여 있는 거야?
도훈 …이주여성 긴급지원센터?

21. INT. 소영의 방(밤)

계란 프라이와 구운 소시지, 김치와 멸치볶음으로 소박하게 차려진 밥상.

소영(소리) (두 가지 병을 번갈아 내밀며) 케첩? 마요네즈?

밥상 앞에 앉아 소영을 물끄러미 쳐다보는 민호.
민호가 별 대꾸를 하지 않자 소영이 계란 프라이 접시에 두 가지 다 짜서 놓는다. 손에 포크를 쥐어주자 눈치를 살피며 계란을 먹기 시작하는 민호.
창밖에서 고양이가 울어댄다.

소영 (민호에게) 고양이도 배고픈가 보다.
(들창 쪽을 보며) 쫌만 기다려~

자리에서 일어나는 소영.

22. INT. 소영의 방(낮)

거울 앞에 앉아 머리를 묶으며 나갈 채비를 하는 소영.

한쪽 구석에 앉아 신기한 듯 소영을 바라보는 민호.
소영이 민호 쪽으로 몸을 돌려 화장대에 놓여 있는 부분 가발을 가지고 머리 모양을 우습게 만들거나, 수염처럼 붙이는 둥 장난을 친다.
피식 웃는 민호.

23. EXT. 소영의 집 마당(낮)

민호의 손을 잡고 소영이 도훈의 창문을 조심스레 두드린다.

소영 방에 있어? …도훈이.
아딘두(소리) 아까 나갔어요.

소영이 뒤쪽을 돌아보면 젊은 흑인 여자, 아딘두(27세)가 속옷들을 널고 있다.
임신을 했는지 배가 많이 불러 있는 아딘두.

소영 그래? 그래서 대답이 없었구먼…
아딘두 (하얀 이를 드러내고 환하게 웃으며) 안냐하세요.
소영 안녕, 아딘두.
아딘두 (민호에게도 친절하게) 안냐하세요.
민호 (얼결에 서툰 한국말로) 안뇽하세요.
제 일름은 강민호입니다.
소영 (놀란 얼굴로) 니 이름이 민호야!?

다시 입을 닫고 눈만 깜빡이는 민호.

24. EXT. 종로 탑골공원(낮)

공원 한쪽 덤불 뒤로 난 오솔길에 서서 주변을 살피는 소영.

노인 하나가 소영을 보고 미소를 지으며 다가온다.

노인2 윤 여사, 오랜만이야.

소영 어머, 오빠. 오랜만에 나오셨네요.

노인2 (우쭐) 작은딸이 태국 여행을 보내줘서 다녀오느라고.
거 박카스 한 병 줘 봐.

소영 (눈치를 살피며)…박카스만?

노인2가 느끼하게 웃으며 바지 주머니에 손을 넣고 주먹을 흔들어 보인다.
소영이 눈을 흘기며 먼저 걷기 시작하자 노인2가 따라간다.
근처에 서서 과자를 먹고 있던 민호가 소영을 따라 걷는다.
노인2가 민호가 따라오는 것을 알아채고 의아해한다.

노인2 (소영에게) 아는 애야?

소영 네.

노인2 그럼 어쩌자고?

소영 염려 마세요. 프런트에 잠깐 맡기면 돼요.

께름칙한 표정으로 엉거주춤 소영의 뒤를 쫓아가는 노인2.

25. INT. 모텔 프런트 앞(낮)

민호의 손을 잡고 모텔 프런트 창구 너머로
50대 후반으로 보이는 여주인에게 당부하는 소영.

소영 금방 나올게. 얌전하게 있을 거야.
(민호에게) 아이 컴 백. 웨이트 히어. 오케이?

바나나와 초코우유가 든 봉지를 모텔 주인에게 주며 당부하는 소영.

프런트 창구 옆 방문을 열고 민호를 들여보내고 2층으로 올라간다.
기다리던 노인2가 소영을 따라간다.

26. INT. 모텔방(낮)

소영이 가방에서 무언가를 주섬주섬 꺼내놓고 있고
외투를 벗은 노인2가 바지를 벗으려 하고 있다.
소영이 초에 불을 붙이려는 순간, 모텔방 전화벨이 울린다.
전화를 받는 소영.

소영 에이씨…알았어.
(전화기를 황급히 내려놓으며) 오빠, 단속 떴대.
노인2 뭐? (당황하며) 그럼 어떻게 해야 되는 거야?
소영 둘이 같이 있는 것만 안 들키면 되니까 나 먼저 나갈게요.
(리모컨으로 TV를 켜며) 그냥 테레비 보는 척하고 계셔.

어처구니없어 하며 옷을 주섬주섬 챙겨 입는 노인2.
촛불을 끄고 황급히 기구들을 챙기고 방을 나서는 소영.

27. EXT. 모텔 복도(낮)

복도 끝, 방문을 열고 나오는 소영.
문이 반쯤 열린 방 안에서 단속반과 실랑이를 벌이는 소리가 들려온다.

경찰관(소리) 그대로 계시라고요! 삼만 원 받으셨죠?
나이 든 여자(소리) 안 받았어요.
경찰관(소리) 그럼 이 돈 뭐예요.
나이 든 여자(소리) 내 돈이에요.

시치미를 떼고 바쁜 걸음으로 달아나는 소영.

28. EXT. 모텔 프런트 앞(낮)

프런트에서 서둘러 민호를 데리고 모텔 현관으로 걸어 나오는 소영.
그때 한 남자가 휴대폰으로 통화를 하며 모텔로 들어온다.

경찰관 205호는 어떻게 됐어? 거기도 가봐.

조마조마한 표정으로 경찰관을 지나쳐 현관을 빠져나가는 소영.
경찰관이 계속 통화를 하며 의혹의 눈길로 소영을 돌아본다.

29. EXT. 모텔 앞(낮)

모텔을 나와 골목으로 가려는데 경찰차가 서 있자
황급히 방향을 바꿔 다른 쪽 골목으로 걸어가는 소영과 민호.

30. EXT. 모텔 근처 골목(낮)

골목길을 걸어가는 소영과 민호.

소영 오늘도 공쳤네.
노 워크. 노 머니.

31. EXT. 인터내셔널 슈퍼(낮)

인도 남자가 운영하는 이태원의 인터내셔널 슈퍼마켓.
소영의 옆방에 세 들어 사는 흑인 여자 아딘두가 슈퍼마켓 유니폼을 입고
슈퍼 앞에 진열된 물건들을 정리하고 있다.

소영이 민호의 손을 잡고 슈퍼 앞으로 걸어와 아딘두에게 다가간다.

소영 아딘두야, 니네 퐁퐁 있어?

아딘두 (환하게 웃으며) 안냐하세요.

소영 퐁퐁 있냐고? 퐁퐁

아딘두 폰퐁?

소영 퐁퐁 몰라? (닦는 시늉을 하며) 그릇 닦는 거.

아딘두 아!

아딘두가 퐁퐁을 가지러 슈퍼 안으로 뛰어 들어간다.
민호가 아이스크림 냉장고 앞에서 눈을 떼지 못하고 서 있다.

소영 (민호와 아이스크림을 번갈아 보다가) 유 원트?

미안한 표정을 지으며 고개를 슬며시 끄덕이는 민호.
곱게 눈을 흘기며 아이스크림을 집어 장바구니에 담는 소영.
그제야 얼굴이 펴지며 말갛게 웃는 민호.
아이스크림 하나를 더 꺼내 드는 소영.

32. EXT. 소영의 집으로 가는 길(낮)

소영과 민호가 손을 잡고 아이스크림을 먹으며 골목길을 걸어온다.

33. EXT. 소영의 집 마당(낮)

티나가 2층 테라스에서 물조리개로 화단에 물을 주고 있다.
운동하는 도훈의 기합 소리에 슬그머니 마당을 내려다보는 티나.
마당에서 도훈이 벤치프레스 의자에 누워 역기를 들고 있다.

CUT TO.
열심히 역기를 들고 있는 도훈.
담배에 불을 붙여 들고 계단을 내려오는 티나.

티나 (계단 난간에 기대며) 뭐 하나 물어봐도 돼?

도훈 물어보세요.

티나 자기는 그거 어떻게 해결해?

도훈 뭘요?

티나 섹스 말이야. 만날 하고 싶은 나이 아냐?

도훈 (운동을 멈추며) 그러게요. 나도 죽겠어요. 만날 손 양한테 신세나 지고.

티나 (손을 흔들며) 아, 미스 손!!

티나가 피식 웃고는 담배를 끈다.

도훈 어우, 생각하니까 열 받네.

도훈이 더운 기색을 하며 허벅지에서 의족을 빼낸다.

티나 아끼면 똥 돼. 열심히 하구 살아.
(의족을 뺀 도훈을 보고는) 엄마야! 어후, 놀래라.

도훈 (티나에게 놀리듯 의족을 들이밀며) 으흐흐흐.

티나 (기겁을 하며) 아우, 빨리 끼워!

도훈 (의족을 허벅지에 끼우며) 이러니 여자들이 붙겠어요?
근데 어떻게 볼 때마다 놀라요?

티나 아우 몰라…볼 때마다 넘 이상해. 적응 안 돼.

도훈 아…그러니까… (손으로 자르는 시늉을 하며) 티나도… 잘라서 그런…거죠…? (뭔가를 상상하며) 그러네. 그럴 수 있겠네.

티나 (발끈) 죽을래? 상상하지 마!

도훈 아… 예…

마당 가운데 있는 수도에서 물조리개에 물을 받는 티나.

티나 에휴, 이렇게 하자 있는 인간인 줄 알았으면 세를 주는 게 아닌데.
(경고하듯) 집세 넉 달 밀렸다.
이달 말까지만 봐줄 거야. 더 이상은 안 돼.
도훈 아이고, 감사합니다. 내 팔자에 이런 주인을 어디서 만나겠어요?
티나 (화단에 물을 주며) 아니 다행이다.
이렇게 마음을 곱게 쓰는데 천국에 갈 수 있겠지.
도훈 (아령을 하며 놀리듯) 근데 하나님이 정해주신 걸
그렇게 마음대로 바꿔서 천국 갈 수 있으려나….
티나 (발끈) 야! 우리 교회 목사님이 나 같은 사람들도 천국 갈 수 있댔거든?
심판은 하나님이 하시는 거랬어.

소영과 민호가 마당으로 들어선다.

티나 (민호를 보고) 어머, 애를 댈구 일 나갔던 거야?
미쳤나 봐 이 언니.
소영 어떻게 해 그럼. 일은 해야 하고,
도훈이한테 매번 신세 지기도 그렇고.
티나 하긴, 이 인간이 애 정서에 좋을 리 없지.
도훈 내가 뭐요!
티나 만날 그 냄새 나는 방에 틀어박혀 뭘 하는지 알게 뭐야.
소영 애 정서라면 나도 할 말은 없지.
티나 크크. 그런가? 다음엔 제가 맡아줄게요.
도훈 티나도 그런 말 할 처진 아니지. 애가 얼마나 헷갈리겠어.
티나 헷갈리긴 뭘 헷갈려, 당연히 여자인 줄 알 텐데.
(민호의 머리를 쓰다듬으며) 그쳐 꼬맹아.

어색해하며 한 발 물러나는 민호.

도훈 크크크. 애 눈은 못 속인다니까. 벌써 알고 피하잖아요.

티나 어머 기가 막혀. 언니, 내가 남자 같아?

소영 여자 같지. 입만 안 벌리면.

티나 (삐친 얼굴로 계단을 오르며) 다들 재계약 해주나 봐라.

계단을 올라가는 티나. 도훈을 보는 소영.

소영과 눈이 마주친 도훈, 머쓱한 표정을 짓는다.

34. INT. 소영의 방(밤)

어두운 방, TV가 명멸하고 있고 소영이 팔을 괴고 누워 TV를 보고 있다.

소영 앞에 잠들어 있는 민호가 신음 소리를 내며 몸을 뒤척인다.

민호를 토닥여주던 소영, 살며시 안아준다.

35. EXT. 도훈의 방 앞(낮)

도훈의 방 문 앞에 서 있는 도훈, 소영과 민호.

소영 오늘도 당첨이야. 티나네 또 누가 와 있나 봐.

도훈 (2층 쪽을 흘긋 보고 언짢은 표정으로) 헤픈 년!

(소영에게) 근데 정말 얘를 왜 데리고 왔어요?

소영 그러게. 몰라, 나도 왜 그랬나. 그냥 그래야 할 것 같았어.

도훈 엉뚱해서 하여간.

아참, 민호 엄마 얘기 또 뉴스에 나왔어요.

소영 그래? 뭐라고!

도훈 여자 쪽에선 친자 확인 소송을 하려고 하는데

애가 없어져서 난감한가 봐요.

이주민센터로 전화는 해보셨어요?

소영 으응⋯ 해봐야지. 나 좀 다녀올게.

도훈 누님… 담배는?

소영 아참! (담배 두 갑을 내놓으며) 자!

소영이 대문으로 나간다.

도훈 (민호에게 손을 내밀며) 들어가자.

소영(소리) 잘 보고 있어!

36. EXT. 이태원 세탁소 앞(낮)

세탁소 옆으로 난 문 앞에 서서 초인종을 누르는 소영.

CUT TO.
만 원짜리 열다섯 장을 세는 동네 할머니.

소영 며칠 늦었어요. 죄송해요.

할머니 (돈을 세면서) 어쩔 수 없지 뭐. 형편 아는데…

37. INT. 산부인과 병원 주사실(낮)

엉덩이를 내놓고 엎드려 있는 소영.
주사를 준비하는 간호사가 분주히 왔다 갔다 한다.

소영 그 의사 선생님, 어떻게 됐어요?

간호사 (대수롭지 않게) 상처가 그닥 깊진 않아서
다음 주부터 출근하신대요.

소영 그나마 다행이네. 그 여자는요?

간호사 (주사액의 공기를 빼며) 구치소에 가 있다나 봐요.

소영 아… 선생님은 총각인가요?

간호사 항생제라 좀 아프실 거예요.

(엉덩이를 때리며 주사를 놓는) 총각은요.

애도 셋이나 있어요. 부잣집 사위로 들어갔잖아요.

(톤을 낮추며) 후훗, 어떻게 될지 흥미진진하네요.

필리핀에 공부하러 갔다 애나 싸질러 놓고…

무책임한 새끼들은 다 천벌을 받아야 해요.

한국 남자 놈들은 다 똑 같아. ㅇㅇㅇ

(주사기를 빼며) 잘 문지르세요.

38. EXT. 약국 앞(낮)

소영이 처방전을 들고 약국에 들어서다

마침 박카스 한 박스를 사 들고 약국을 나서던 눈썹 문신녀와 맞닥뜨린다.

눈썹 문신녀 (소영이 든 처방전을 뺏으며 비꼬듯) 어디 고장 났나 봐?

소영 왜 이래! 이리 내놔.

눈썹 문신녀, 소영의 처방전을 훑어보다 눈이 반짝인다.

눈썹 문신녀 (비웃으며) 모…노독…시엠… 로…맥사…

이럴 줄 알았어, 임질이네 임질.

39. EXT. 종로 탑골공원(낮)

소영이 공원에 들어선다.

눈썹 문신녀가 박카스 할머니 두어 명에게 뭔가 쑥덕거리고 있다.

소영이 오는 걸 눈치챈 박카스 할머니가 눈썹 문신녀에게 눈짓을 하자

힐긋 소영을 돌아보더니 하던 말을 멈춘다.

비웃는 듯한 표정의 할머니들.

상황을 짐작한 소영이 눈썹 문신녀에게 다가가 시비를 건다.

소영 뒤룩뒤룩 쪄서 굼뜬 년이 말 잘 전하는 건 잽싸기도 하다.
이 촉새 같은 년.
눈썹 문신녀 뭐 이년이 어따 대고. 한 주먹 거리도 안 되는 년이 만날
잘난 척이나 하고, 니 껀 금테라도 둘렀냐 이년아? 죽여주게 잘하면 뭐해, 밑구
녁에 드러운 병이나 걸려갖고. 하이고, 꼴좋다 이년.
소영 (당황한 기색) 뻑큐다 이년아, 이 썬 오브 비치 같은 년.
눈썹 문신녀 하이고, 누가 양키들한테 가랑이 벌리던 년 아니랄까 봐,
어디서 되도 않는 영어나 씨부리고. 개불여시 같은 년.

두 사람의 싸움을 재미난 구경처럼 싱글거리며 바라보는 주변 사람들.

소영 솔직히 부러우면 부럽다고 해 이년아.
눈썹 문신녀 어이구. 서방도 없는 년, 하나도 안 부럽다 이년아.
소영 흥, 사내구실도 못 하는 서방 열 가마가 있으면 뭐 한대.
상도덕이나 지켜 이년아, 반값으로 후려치지 말고.
눈썹 문신녀 어우, 저년 한 마디도 안 져.

재미난 구경거리에 사람들이 낄낄거리는데
그때 구경꾼들 사이로 경찰관이 나타난다.
경찰관이 온 것을 보고 소영과 박카스 할머니들이 후다닥 흩어진다.

40. INT. 버스 안(낮)

달리는 버스에 앉아 있는 소영이 무심하게 창밖을 내다보는데
무언가에 이끌린 듯 고개를 돌려보면, 눈앞에 꽃송이가 한가득이다.
꽃을 보고 절로 미소가 지어지는 소영, 천천히 올려다본다.

소영 (반가운 얼굴로) 안녕하세요.

한 노인이 꽃 배달 택배 로고가 붙은 조끼를 입고 서 있다.
소영과 눈이 마주친 노인, 재우(75세)가 소영을 알아본다.

재우 소영 씨! 이게 얼마만이요.
소영 그러게요. 잘 지내셨어요?
재우 그럼요. 보시다시피 일도 하고 있고. 크크.
소영 꽃이 예쁘네요.

이때 버스가 정류장에 정차한다는 방송이 흘러나온다.

재우 내려야 되는데⋯(목소리를 낮추며) 한번 보러 갈게요.
소영 저 이제 그쪽으로 안 나가려구요.
재우 그래요? 알았어요. 한번 봅시다.

서둘러 내리려다 잠시 멈춰 꽃을 한 송이 빼서 소영에게 던져주고 가는 재우.
버스가 출발하고, 창밖의 재우에게 인사를 하는 소영.
재우도 손을 흔들어 보인다.
꽃을 손에 들고 바라보는 소영.
F.O

41. EXT. 장충단공원 수표교(낮)

멀리 남산이 보이는 장충단공원.
수표교를 건너는 소영의 모습.
한숨을 크게 내쉬는 소영.
천천히 공원 안으로 걸어 들어간다.

42. EXT. 장충단공원(낮)

공원을 느릿느릿 배회하는 소영.
걷다가 멈춰 서는 소영.
무언가를 발견하고 발길을 옮기는 소영.
공원 체육 시설에서 운동을 하고 있는 노인3.
소영이 노인3을 향해 다가온다.
노인3을 의식하며 무심한 척 앞을 지나가는 소영.
소영이 주변을 서성대자 노인3도 흘끔흘끔 소영을 본다.
둘 사이에 약간의 긴장감이 돌고,
소영이 눈치를 보다 다가가 말을 건넨다.

소영 몸이 아주 좋으시네요.
노인3 허허허. 뭐, 틈나는 대로 열심히 합니다.
소영 (팔뚝을 보다 은근히) 만져봐도 돼요?
노인3 허허허. 그러슈.
소영 (노인의 팔뚝을 만지며) 어머, 단단해라.
노인3 이 나이에 이 정도 유지하기 쉽지 않죠. 허허허.
소영 대단하시네요. (은근히)…저 혹시… 연애하실래요?
노인3 연애요? 허허허, 연애 좋지요.
소영 (가방에서 박카스 한 병을 꺼내며) 한 병 딸까요?

박카스와 소영을 번갈아보며 의혹의 눈길을 보내는 노인3.

소영 잘 해드릴게요.
노인3 (뭐지 하는 표정을 짓다가) 에이씨, 이거 몸 파는 년 아냐!

침을 퉤 뱉고는 자리를 뜨는 노인3.
머쓱한 표정으로 혼자 남은 소영.

43. EXT. 남산 산책로(낮)

공원 한쪽으로 난 계단을 오르는 소영.

CUT TO.
소영이 계단을 올라와 산책로로 들어선다.

CUT TO.
주변을 둘러보며 천천히 걸어오던 소영.
풍경에 이끌려 전망대 난간에 다가선다.
전망대 아래로 서울 시내 풍경이 펼쳐진다.
풍경을 감상하던 소영이 무언가 발견한다.
소영의 눈에 벤치에 홀로 앉아 있는 노인4가 들어온다.
노인4를 슬쩍 보고는 잠시 생각하다 노인4에게 다가가는 소영.

소영 날씨가 좋네요.

슬그머니 노인4 옆에 앉는 소영.

노인4 (고개를 돌려 소영을 본다)······
소영 (옆에 앉으며 짐짓 감상에 젖어)
이런 가을날을 앞으로 몇 번이나 더 맞을 수 있으려나···
노인4 ······
소영 (노인이 말이 없자 어색해하며) 참 말씀이 없으시다.

노인4는 애써 입을 떼어보려 하지만 말이 나오지 않는다.
노인4의 앞섶을 털어주며 배시시 웃어 보이는 소영.

소영 (은근슬쩍 노인의 손을 잡고) 손도 참 보들보들하네요.

(손바닥을 펴 손금을 보더니) 어쩜, 말년운도 좋으시겠고…

이때 곱게 나이 든 여자(60대 중반)가 등산복 차림에
약수를 받은 물통을 들고 두 사람에게 다가온다.
인기척에 슬그머니 노인4의 손을 내려놓는 소영.
소영을 경계하며 노려보는 나이 든 여자,
그 눈길을 피해 머쓱해하며 일어나 걸어가는 소영.

복희 저기요, (소영을 불러 세우며) 혹시… 미숙 언니?

나이 든 여자의 말에 발걸음을 멈추는 소영.

복희 내가 아는 양미숙 씨 아닌가 해서…

의아한 표정으로 돌아보는 소영.

복희 (반색하며) 맞네! 언니 나 복희야! 전복희.
파주 '안나의 집'에서 같이 지내던! 미숙 언니 맞지?

미묘한 표정으로 복희를 바라보는 소영.

소영 (어색하게 웃으며)…오랜만이다.
복희 어휴, 이게 얼마만이야! 언니.
안 죽고 살아 있으니 이렇게 보는구나. 잘 지냈어?
소영 너도 참, 알아본 게 용타.
복희 코 보고 딱 알았지. 호호
소영 미숙이라는 이름… 알 사람이 없는데 누군가 했다.
복희 맞다. 언니 이름 바꿨지? 뭐였더라?

대답 않고 고개를 끄덕이는 소영.

복희 맞다, 소영이. so young! 그치?

소영 (씁쓸하게 웃어 보이며) 기억력도 좋다. 그래, 넌 해피였고.

복희 (회상에 잠기며) …그래, 난 해피였어.

복희가 노인4를 돌아보며 크게 입 모양을 해 보인다.

복희 여보, 옛날 친했던 언니를 만났어요. 옛.날.친.구.

고개를 끄덕이며 간신히 웃어 보이는 노인4.

어색하게 미소 지으며 인사하는 소영.

복희 우리 바깥양반이야.

소영 뭐? 제임스는 어떻게…

(노인4의 눈치를 보더니 놀라) 어머, 나 좀 봐.

복희 괜찮아. 이 이도 다 아는 얘긴데 뭐.

그리고 어차피 이 양반은 듣지도 못 해.

소영 아, 그렇구나.

복희 죽었어, 제임스는. 벌써 20년이 넘었네.

소영 그랬구나.

복희 근데 스티브는?

소영 치, 그 망할 놈의 새끼, 죽었는지 살았는지 알 게 뭐야.

어디서 여전히 여자나 패면서 고주망태로 살고 있겠지.

복희 그랬구나. 아들은 많이 컸겠다.

소영 으응, 잘 지내. 미국서 자리 잡고 잘 살아.

복희 잘됐네. 요즘은 많이 달라졌다고 해도

혼혈애들은 거기서 사는 게 낫지.

근데 여긴 어쩐 일이야, 이 근처 살아?

소영 으응.

복희 이렇게 가깝게 사는 줄도 모르고. 나는 저 건너편에 살아.

소영 그래. (서둘러 일어나며) 어쩌지?
나 이제 가봐야겠다. 볼일이 좀 있어서.

복희 그래? 아쉽네. 언니 연락하고 지내자.

소영 …그래. 여기 자주 오니?

복희 종종 와.

소영 알았어. 또 볼 수 있겠네. 연락할게.

소영의 뒷모습을 아쉬운 듯 바라보는 복희.

44. EXT. 남산 산책로 오솔길(해질녘)

어둑어둑한 숲길.
인적이 드문 오솔길 벤치에 힘없이 앉아 있는 소영,
주섬주섬 가방에서 찐 고구마를 꺼내 먹는다.
목이 메는지 박카스를 한 병 꺼내 마신다.

45. EXT. 소영의 집 앞 골목(해질녘)

동네 아이 몇몇이 골목길에서 뛰어놀고 있다.
담에 기댄 채 아이들 노는 걸 구경만 하고 있는 민호.
소영이 손에 과자와 음료가 담긴 비닐봉지를 들고 골목길에 들어선다.

소영 (민호를 발견하고) 민호야.

반가운 기색으로 소영에게 다가 오는 민호.
소영이 민호를 감싸 안으며 봉지를 건넨다.

민호 (씨익 웃으며) 캄사합니다.

다정하게 손을 잡고 집으로 들어가는 소영과 민호.

46. EXT. 장충단공원 수표교(낮)

수표교 밑 오솔길에서 서성이고 있는 소영.
수표교 위에서 누군가 소영을 부르면, 그 소리에 돌아본다.

47. EXT. 장충단공원 인공폭포(낮)

소영과 재우가 한적한 벤치에 앉아 있다.

소영 그동안 왜 통 안 나오셨어요.
재우 가면 뭐해. (멋쩍게 웃으며) 나 이제 그 짓도 못해.
더 이상 남자도 아닌 거지. 흐흐.
소영 (놀리듯) 제가 좀 도와드려요?
재우 허허허 아직도 그 일을 하는 거지?
소영 …먹고는 살아야 되니까.
재우 하긴, 놀면 뭐해. 뭐라도 하는 게 낫지.
소영 그쵸. 요즘 오빠 말고도 안 보이는 분들 꽤 돼요.
재우 다들 번호표 타놓고 기다리는 인생들이니
안 보이면 병들었거나 죽었거나 한 거지.
수유리 최가랑 땅딸보는 지난겨울에 장례 치렀고,
소영 (깜짝 놀라며) 어머나, 땅딸보 오빠 돌아가셨어요?
기력 좋으셨잖아요.
재우 우리 나이에 가는 건 한순간이라니까.
검침원이 밀린 전기세 받으려고 땅딸보 집에 갔는데
부엌에 쓰러져 꽁꽁 얼어 죽어 있더래.

소영 (울상이 되며) 어머나, 불쌍해라.

재우 요즘 혼자 사는 노인네들이 좀 많아?

벌이도 없고, 몸은 망가져가고…

죽지 못해 사는 사람들이 부지기수라니까.

종수는 기억나?

소영 그럼요. 그 야한 농담 잘하시던 친구분.

재우 그치. 걔도 지금 형편이 말이 아니야.

집에 틀어박혀 나오지도 않고 사람이 이상해졌어.

소영 (안쓰러운 표정) …네.

재우 자주 들여다보려고는 하는데

아무리 친해도 쉽지가 않네.

소영 네… 혹시 그분 소식은 아세요?

재우 누구…?

소영 왜 늘 맞춤양복만 입고 다니시던 분 있잖아요.

나한테 참 잘해주셨는데. 늘 후하게 주시고.

재우 누구지… 아, 세비로 송?! 그 멋쟁이 영감님?

소영 맞아요. 세비로 송! 연금을 많이 받으신다며

늘 새 돈을 (손 모양을 하며) 이만큼씩 넣고 다니셨는데.

재우 맞아. 그 양반 때문에 박카스들끼리 싸움도 나고.

소영 그랬었죠. 흐흐.

재우 풍 맞고 쓰러져서 요양병원에 누워 있더라고.

일 년도 더 됐지 아마.

소영 풍이요? 중풍?

재우 똥오줌 다 받아내고 말도 어줍고…

그게 어디 살아 있다고 할 수 있는 건가…

소영 (울상이 되어) 이를 어째…

48. INT. 요양병원(해 질 녘)

복숭아 통조림 박스를 들고 요양병원 복도를 걸어가는 소영의 뒷모습.
병실 호수를 확인하며 걷다 어느 병실 앞에 서는 소영.
코에 호스를 꽂은 채 여러 개의 링거를 맞고 있는 세비로 송(80세),
그 모습이 안쓰럽고 처량하기만 하다.
소영을 보더니 당혹스러워하다가 이내 눈물이 그렁그렁해지는 송 노인.

송 노인 (간신히 입을 떼며 어눌하게) 미… 미안…합…니다.
소영 (손을 잡아주며 안타깝게) 뭐가 미안해요.
송 노인 내… 꼴이 이…이게…

잠시 침묵이 흐르는 병실.
송 노인이 침묵을 깨고 뭐라고 중얼댄다.

소영 (잘 안 들려서 가까이 다가가며) 네?
송 노인 나… 내…냄새 나지?
소영 안 나요. 괜찮아요.
송 노인 호…혼자 먹지도 못해… 아무것도 못 해…
소영 (웃어 보이며) 호강하시네요, 남이 다 해주고.
송 노인 (슬픈 미소) 흐흐. 주…죽을래도… 혼자 못 죽어.

송 노인의 손을 주무르며 측은한 표정으로 바라보는 소영.

49. INT. 도훈의 방(낮)

작업대에 앉아 피겨에 붓으로 도색 작업을 하고 있는 도훈.

소영 같이 좀 가자.

도훈의 방문 옆에 기대 서 있는 소영.

소영 남자랑 가야 무시를 안 당해서 그래.

도훈 (피겨를 들어 보이며) 빨리 작업 끝내고 넘겨야 되는데…

소영 담배 2갑?

도훈 에휴~ 알았어요. (벗어놓은 의족을 다리에 끼우며)
담배는 됐어요. 누님 형편 내가 몰라? 갑시다, 가요.

50. INT. 이주여성 긴급지원센터(낮)

소영이 도훈, 민호와 함께 상담실 탁자에 앉아 있다.

직원 (문을 닫고 자리에 앉으며) 도대체 무슨 생각으로
애를 데리고 가셨어요?
애 엄마가 얼마나 괴로워했는데요.

소영 …죄송합니다.

직원 납치나 유괴로 처벌받을 수도 있다구요.

도훈 그만합시다. 이분이 도망치던 애를 데려다가
잘 보살피고 있었어요. 보다시피 무사하잖아요.

소영 애 엄마는 어떻게 됐어요?

직원 (진정하고는) 남자 쪽에서 상해죄로 고소를 해서
지금 구치소에 있어요. 저희 센터에서 통역과 국선 변호사를 선임해서 친자 확
인 소송을 진행 중이구요.
그런데 아이 행방을 몰라서 얼마나 애를 태웠는데요.

소영 죄송하게 됐습니다. (민호의 가족사진을 꺼내 보여주며) 근데 이 사진이
도움이 될지 모르겠네요.

직원 (반색하며) 당연히 도움이 되죠. 그리고 유전자 검사하는 데 아이의 머리
카락이 좀 필요합니다.

소영 예, 아이는 제가 당분간 더 데리고 있어도 될까요?

직원이 난감한 표정으로 소영과 도훈을 번갈아 본다.

도훈 우리 나쁜 사람들 아니에요.

51. INT. 서울구치소 면회실(낮)

초조한 표정으로 누군가를 기다리는 민호와 소영.
그때 문 열리는 소리가 들린다.
문 쪽으로 시선을 돌리는 민호와 소영.

까밀라 (비명을 지르듯) 민호야! Minho!
민호 (눈이 휘둥그레지며) …엄마! …Nanay!

면회실로 들어온 민호엄마 까밀라가
유리 칸막이로 달려들어 안타까운 표정으로 오열한다.

까밀라 (필리핀어) 민호야! 어떻게 지냈어?
엄마는 네가 걱정돼서 매일 밤 울면서 지냈어.
Minho, anak, kamusta ka na?
Sobrang nag-aalala na ako sayo.
민호 (필리핀어) 엄마! 엄마! Nanay! Nanay!

말을 잇지 못 하고 울기만 하는 민호.
모자의 눈물 상봉을 바라보는 소영과 도훈.

CUT TO.
진정한 까밀라와 민호, 칸막이를 사이에 두고 손을 맞대고 있다.

소영 (까밀라에게) 돈 워리.
히즈 오케이 윗 미. 아이 케어 힘.
까밀라 땡큐 땡큐. 캄사합니다.

52. EXT. 장충단공원 수표교(낮)

수표교 위로 사람들이 오고 가고 있다.
다리 밑 그늘에는 소영이 서성이며 지나가는 노인과
눈을 마주치려 하지만 노인은 무심히 지나쳐 간다.
실망스러운 표정의 소영이 고개를 돌려본다.

소영 (누군가를 발견했는지) 연애하고 가요! 죽여드릴게!

53. INT. 요양병원 병실(낮)

병실에 송 노인의 아들 내외(40대 후반)와 손자(17), 손녀(15)가 와 있다.

며느리 아버님, 내년 여름에나 다시 찾아뵐 수 있을 것 같아요. 그동안 건강히 계세요.
아들 자주 못 나와서 죄송해요.
미국 경기도 그다지 좋지 못해서요.

휴대폰으로 계속 문자를 보내는 손자와 헤드셋을 쓰고 건들거리는 손녀.

아들 Jason, Would you put away your mobile phone? Come on, Grace. Say goodbye to Grandpa.

마지못해 송 노인에게 다가가는 손자와 손녀.

손녀 See you, Grandpa.
손자 안뇽히 케세요우.
아들 안아도 좀 드리고.

손녀 (인상을 찌푸리며) No, he stinks, yuk.

이때 노크 소리가 들린다.

아들 들어오세요.

조심스레 문을 열고 들어오다 송 노인의 아들 가족을 발견하는 소영.
병실 내 어색한 분위기가 감돈다.
의아한 시선을 교환하는 아들 내외.

아들 …누구세요?
송 노인 (힘들게) 유…윤 여사라고. …
아들 네에… 안녕하세요.

그다지 소영을 반가워하지 않는 아들 내외.
눈을 못 마주치고 어색하게 인사를 하는 소영.

며느리 저… 잠깐 자리 좀 비켜주실래요?

송 노인과 아들 내외를 번갈아 보다 병실을 나가는 소영.

며느리 아버님, 저분 어디서 만나셨어요? 이상한 분 아녜요?
송 노인 치… 친구.
며느리 (남편과 눈빛을 주고받곤) 아버님, 저런 분들 조심하세요.
요즘 혼자 사는 노인들 노리는 할머니 꽃뱀도 있다던데…
아들 여보!
며느리 (목소리를 낮추며) 그렇잖아요. 몸도 이러신 분을
괜히 왜 만나요. 무슨 목적이 있지 않으면…

언짢은 표정으로 듣고 있는 송 노인.

54. INT. 요양병원 복도(낮)

복도에 앉아 무심히 기다리는 소영.
송 노인의 아들 가족이 병실 문을 열고 나온다.
아들은 애써 미소 지어 보이고 며느리의 표정은 냉랭하다.
손자와 손녀는 여전히 휴대폰과 음악에 몰두한 채 별 관심이 없다.

며느리 (굳은 표정으로) 오늘은 다녀가시구요.
간병인이 잘 하고 있으니까 앞으로 굳이 안 오셔도 돼요.

소영을 지나쳐 걸어가는 아들 가족.
며느리가 뒤돌아보며 소영에게 한마디.

며느리 우리 아버님 돈 없으니까 그렇게 알고 계시구요. (남편에게) 빨리 가요.
저녁 약속 늦겠다.

서둘러 가는 아들 가족.
그들의 태도가 불쾌하기만 한 소영.

아들(소리) (자기 아들 뒤통수를 때리며) Put away your fucking phone.

55. INT. 요양병원 병실(낮)

소영이 송 노인의 옆에 말없이 앉아 있다.
침묵을 깨고 송 노인이 간신히 입을 뗀다.

송 노인 고…고마워.

소영 그동안 저한테 잘 해주셨잖아요.

송 노인 애…애들이 미 미…미국식이라 조…좀 냉랭해.

소영 요즘 사람들 다 그렇죠 뭐.

'으…, 으…' 하는 신음과 함께 난감한 표정을 짓는 송 노인.

소영 왜요, 어디 불편하세요?

송 노인 가…간…병인 좀…

CUT TO.

간병인이 능숙하고 사무적으로 송 노인의 아랫도리를 닦아내고는
새 기저귀로 갈아 채운다.
시선을 외면한 채 앉아 있는 소영.

CUT TO.

침울한 표정의 송 노인.

송 노인 사 사는 게… 창피해…죽고 시…싶어.

소영 오죽하시겠어요. 그렇게 깔끔하시던 분이…

송 노인 뭐…뭐냐고 이게. (눈물이 맺히며 간절하게)
…나… 좀 도와줘.

깊은 절망감으로 눈을 질끈 감으며 흐느끼는 송 노인.
송 노인을 측은하게 바라보는 소영의 눈이 촉촉이 젖는다.

56. INT. 소영의 방(밤)

눈을 감고 잠자리에 든 소영과 민호.
한숨을 쉬며 눈을 뜨는 소영. 쉽게 잠들지 못한다.

창밖에서 고양이 울음소리가 들린다.

57. EXT. 소영의 집 마당(밤)

작은 스테인리 접시에 담긴 음식을 숟가락으로 으깨며 현관에서 나오던 소영.
인기척에 돌아본다.
트레이닝 바지를 추스르며 2층에서 후다닥 내려오는 도훈.
도훈은 소영을 의식하지 못한 채 자기 방으로 들어간다.
도훈이 들어간 쪽을 보다 다시 고양이를 찾으려 둘러보는 소영.

소영 (목소리를 낮춰) 나비야~

58. INT. 종로6가 종묘사(낮)

씨앗, 농약, 비료 등을 파는 종묘사.
가게를 둘러보며 걸어 들어오는 소영.

주인 찾으시는 거 있으세요?
소영 저, 우리 집 마당 감나무에 어찌나 벌레가 많이 꼬이는지…
이럴 땐 어떻게 해야 돼요?
주인 (플라스틱 살충제를 하나 꺼내주며) 이거 쓰시면 돼요.

살충제를 받아드는 소영.
농약이 든 봉지를 가방에 넣으며 가게를 나와서 길을 걸어가는 소영.

59. INT. 요양병원 병실(밤)

침대 옆에 앉아 눈을 감고 있는 송 노인을 말없이 바라보고 있는 소영.

CUT TO.
송 노인의 손을 잡은 채 고개를 떨구고 있는 소영.
긴 침묵을 깨고 송 노인이 소영을 쳐다보며 입을 달싹거린다.

송 노인 …여봐…

고개를 들어 송 노인을 응시하는 소영.
송 노인이 결심한 듯 눈을 천천히 깜박인다.

CUT TO.
떨리는 손으로 농약 병을 열어 송 노인의 입에 조금씩 흘려 넣는 소영.
눈을 감은 채 액체를 삼키는 송 노인.
농약을 들이켜다 헛구역질을 하는 송 노인.
소영이 놀라 하던 행동을 멈춘다.
괴로운 표정을 애써 감추며 간절한 눈빛으로 고개를 끄덕인다.
살짝 시선을 외면한 채 단호한 표정으로 마저 흘려 넣는 소영.

CUT TO.
힘없이 소파에 앉아 있는 소영.
침대에 평화롭게 누워 있는 송 노인.

60. INT. 요양병원 복도(밤)

고요한 텅 빈 복도.
잠시 후 상기된 얼굴로 소영이 병실 문을 열고 복도를 살핀다.
복도에 아무도 없음을 확인하고
애써 침착한 표정으로 간호 데스크 반대편 복도로 걸어 나가는 소영.

61. EXT. 남산 산책로 숲(낮)

prologue에서 보았던 바람에 일렁이는 나무와 파란 하늘이 보인다.
나무들은 단풍이 들었다.
아무 느낌 없이 노인5와 섹스를 하는 소영의 무표정한 얼굴 C.U.
살며시 눈을 감는 소영, 머리맡에 흰색 구절초가 한 송이 피어 있다.

62. EXT. 남산 산책로(낮)

숲에서 빠져나와 걸어가는 소영과 노인5.
아무 일 없었던 듯 헤어져 걸어가는 소영과 노인5.

63. EXT. 장충단공원 인공폭포(낮)

커다란 나무 밑 벤치에 허탈하게 앉아 있는 소영.
일전에 만난 젊은 영화감독이 다가와 말을 건다.

젊은 감독 할머님!

놀란 눈으로 젊은이를 올려다보는 소영.

젊은 감독 저 기억나세요?

젊은이를 기억해내고는 기분 나쁜 표정으로 서둘러 자리를 뜨는 소영.

젊은 감독 (쫓아오며) 할머님!
소영 (휙 돌아서 쏘아붙이며) 할머니라고 하지 말랬지!

다시 빠르게 걸으며 달아나는 소영.
소영을 뒤쫓는 젊은 감독.

젊은 감독 죄송해요. 잠시만 제 얘기 좀 들어주세요.

소영 듣긴 뭘 들어줘! 내 얘기 캐내러 와놓고.

딴 데 가서 알아봐.

젊은 감독 이모님, 일부러 여기까지 왔는데… 부탁드립니다.

소영 (멈춰 서서 단호하게) 내가 먹고살려고 하는 일이니

그다지 부끄럽진 않은데, 대놓고 쪽팔릴 마음은 없어.

젊은 감독 예쁘게 나오시게 해드릴게요.

어이없어 하며 고개를 절레절레 흔들고는 다시 급히 걸어가는 소영.

젊은 감독 (쫓아가며) 좀 도와주세요. 네?

소영 (마지못해 멈춰 서며) 아이씨, 귀찮게 왜 이래.

64. EXT. 남산 산책로 근처 슈퍼 앞(낮)

동네 슈퍼 앞 플라스틱 테이블에 맥주를 앞에 놓고 앉아 있는 젊은 감독과
소영. 젊은 감독 옆에 세워진 비디오카메라가 돌아가고 있다.

소영 (쏘아붙이듯) 나 보고 뭔 얘기를 하라고…

젊은 감독 (눈을 빛내며) 진실된 얘기요. 진정성 있는 이모님의…

소영 진실 좋아하네, 사람들은 진실에는 별 관심이 없어요.

그리고 이모라고 부르지 마. 너무 싫어.

젊은 감독 그럼 뭐라고 불러드릴까요? 선생님? 여사님?

소영 부르지 마.

CUT TO.

소영 (마시던 맥주잔을 내려놓고) 그러다 종로로 나온 건 5년쯤 됐어.

먹고는 살아야겠고, 다들 손가락질하지만 나 같은 늙은 여자가 벌어먹고

살 수 있는 게 많은 줄 알아?

꼴에 폐지나 빈 병 주우면서 살긴 죽기보다 싫더라고.

CUT TO.

소영 전생에 무슨 죄를 졌는지 난 평생을 내가 벌어먹고 살았어. 어릴 땐 남의
집 식모도 살아봤고
공장도 다녀봤고 그러다 돈 벌이가 괜찮다고 해서
동두천 미군 부대까지 흘러 들어갔는데…

젊은 감독 아, 그럼 양공주가 되신…? 미군을 상대로…

소영 그럼 일본군을 상대하냐? 나 그렇게 나이 많지 않아.

젊은 감독 …아, 네.

소영 (잠시 멈칫했다가) 그만할래. 너무 지껄였어.

젊은 감독 아, 그러지 마시고 잠깐 쉬었다 하시죠. 한 잔 더 하세요.

소영 (듣지도 않고) 됐어, 괜히 붙잡혀 하루 공쳤네.

소영 근데 이런 걸 왜 만들어. 누가 본다고!
사랑 얘기 같은 거 해. 좋잖아, 사랑 얘기.
러브 스토리나 로마의 휴일 같은.

젊은 감독 그럼 다음번에 찾아뵈면 사랑 얘기 해주실래요?

소영 (눈을 흘기며) 지랄하네. 바랄 걸 바래라.
돈 되는 거 해. 나처럼 늙어서 개고생하지 말구.

젊은 감독 아, 예. 허허.

머쓱해하며 하늘색 봉투를 하나 내미는 젊은 감독.
소영이 슬쩍 들여다보면 5만 원이 들어 있다.
잠시 망설이다 씁쓸하게 웃고는 돈을 가방에 챙겨 넣는 소영.

소영 잘 받을게. 나 간다.

젊은 감독 고맙습니다. 좋은 작품으로 보답할게요.

새침한 표정으로 멀어져가는 소영.

65. INT. 이태원 KFC(밤)

사람들로 붐비는 KFC.
카운터 앞에서 망설이며 메뉴판을 살펴보는 소영.

KFC 직원 주문하시겠습니까?

소영 치킨 좀 사가려구요.

KFC 직원 아, 테이크아웃이요. 몇 분이서 드실 건가요?

소영 애하고 둘이 먹을 건데…

KFC 직원 하프로 드릴까요?

소영 (메뉴판을 살펴보다) 예.

KFC 직원 음료는 필요 없으십니까?

소영 괜찮아요.

KFC 직원 네. 총 1만2500원이십니다.

소영 저기요. 큰 걸로 주세요.

KFC 직원 네. 점보 말씀이신 거죠?

소영 네. 큰 거.

KFC 직원 네, 점보치킨버켓 하나, 1만9800원이세요.
계산 도와드리겠습니다.

소영 (하늘색 봉투에서 이만 원을 꺼내 내밀며)
안 도와줘도 돼요. 돈 내줄 것도 아니면서 뭘 도와줘.

KFC 직원 (못 알아듣고) 네?

소영 오래 걸려요?

KFC 직원 (잔돈과 영수증을 주며) 3분 정도 걸리세요.

앉을 자리를 찾기 위해 두리번거리는 소영.
빈자리는 없고 출입문 옆 테이블에서 혼자 햄버거를 먹고 있는 흑인 장교가 눈에 들어온다. 잠시 쳐다보다 흑인 장교 옆에 슬며시 앉는다.
흑인 장교가 소영과 눈이 마주치자 미소를 지어 보인다.

흑인 장교 Hi.
소영 Hello.

소영이 흑인 장교를 한참 바라보자 흑인 장교가 머쓱해한다.

소영 You very handsome.
흑인 장교 Haha. Thank you.
소영 You american?
흑인 장교 Sure. I am an american soldier. 미쿡 군인.
소영 Ic.
흑인 장교 You know, My father is black and my mother is korean.
I am mixed blood. 튀기 사람.
KFC 직원 (소리) 점보치킨버켓 나왔습니다!
소영 (눈이 커지며) mix? where your mom?
흑인 장교 My mom? korean mom?
소영 yes.
흑인 장교 I don't know. I was adopted.

할 말을 잃고 뚫어져라 흑인 장교의 얼굴을 쳐다보는 소영.

흑인 장교 Haha, Why?
(소영이 답이 없자) Madame, Are you okay?
KFC 직원 (소리) 점보치킨버켓 시키신 분! 주문하신 거 나왔습니다!
흑인 장교 Hey, I think your chickens are ready, Madame.

그제야 일어서서 치킨을 가지러 가는 소영.

소영이 포장된 치킨을 들고 뒤돌아보면
흑인 장교는 이미 자리에 없다.
두리번거리다 문을 열고 성급히 밖으로 나가는 소영.

66. EXT. 이태원 KFC 앞(밤)

문을 열고 나오는 소영.
KFC 앞에서 두리번거리며 흑인 장교를 찾아보는 소영.
막 택시를 타고 있는 흑인 장교.
흑인 장교를 바라보는 소영.
소영과 눈이 마주치자 씩 웃어주고 손을 흔들며 떠나가는 흑인 장교.
안타까운 표정의 소영, 그가 탄 택시가 떠나간 방향을 한참 쳐다본다.

67. EXT. 소영의 집 앞 골목(밤)

치킨 봉지를 들고 힘없이 계단을 올라오는 소영.

68. EXT. 소영의 집 마당(밤)

2층에서 황급히 뛰어 내려오는 도훈.
그때 치킨 봉지를 들고 마당으로 들어서는 소영과 눈이 마주친다.
애써 어색하게 웃어 보이는 도훈.

소영 치킨 사왔어. 와서 먹어!
도훈 오호, 치킨!! 아, 단백질이 필요했어!

69. EXT. 남산 산책로(낮)

산책로에 우두커니 서 있는 소영.

옷이 후줄근하고 인상이 험한 50 전후의 사내가 소영에게 접근한다.
사내가 주변을 흘끗거리며 소영 주위를 어슬렁거린다.
애써 태연한 척하지만 어딘지 꺼림칙하게 느껴지는 소영.

사내 (소영에게 다가가며) 아줌마, 나랑 같이 갈래?

소영 네?

사내 (비릿하게 웃으며) 나 아줌마 알아.

따라오라는 고갯짓을 하고 앞서 걷기 시작하는 사내.
소영이 어쩔 줄을 몰라 머뭇거린다.
몇 발짝 걸어가다 소영이 따라오지 않는 걸 알고 돌아서서 다가오는 사내.

사내 왜, 나랑 가기 싫어?
(주머니에서 만 원짜리 몇 장을 꺼내 보이며) 나 돈 있어!

소영 (마지못해) …알았어요. 갈게요.

다시 걷기 시작하는 사내, 몇 발짝 뒤에 따라가는 소영.
아무래도 내키지 않는지 걸음을 멈추는 소영.

소영 저기요. 다음에…

사내 왜? 나랑은 하기 싫어? (소영의 어깨를 움켜쥐며) 아줌마도 내가 우스워
보여? 어?

소영 (벗어나려고 하며) 이러지 마요.

사내 사람 차별하니까 그렇지. (잡아끌며) 빨리 같이 가. 가자고.

겁에 질린 소영이 아무 말도 못 하는데,
저만치서 조깅을 하는 젊은 여자 둘이 뛰어온다.
아무 일 없었던 듯이 소영의 어깨에서 팔을 내리고는 딴전을 피운다.
그 틈을 타 소영이 서둘러 달아난다.

소영 쪽을 노려보더니 씨부렁대며 느릿느릿 자리를 뜨는 사내.

70. EXT. 장충단공원 인공폭포(낮)

공원 안, 난간 앞에 서서 한숨을 돌리는 소영.
저만치 재우가 다가오지만 눈치채지 못하고 얼이 빠진 표정으로 서 있다.

재우 여봐.

소영 (화들짝 놀라며) 아? 오셨어요.

재우 오늘은 일거리도 없고 혼자 있자니
잡생각만 들고 해서 나왔어.

소영 네에.

재우 송 영감님 소식은 들었어?

소영 (놀라며) …네?

재우 죽었대요, 그 노인네.

소영 네…

재우 (소영의 태도가 석연치 않지만) 뭘 잘못 먹었는지…
막 토를 해놓고… 기도가 막혀 죽었다나 봐.

소영 …

재우 좀 이상하긴 한데 가족끼리 쉬쉬하면서
부검도 안 하고 넘어갔다더라고.

소영 네……

재우 (몸을 돌리며) 에이, 잘 죽었어.
밤에 자다가 갔다니 잘 죽은 거지 뭐.
그렇게 고생을 하더니.

낮은 신음 소리와 함께 소영의 표정이 굳는다.

소영 (힘없이) 저세상에서는 좀 편해지셨을까요?

재우 죽으면 다 끝이지, 누가 알겠어.

에휴… 문제야 문제. 어떻게 죽어야 잘 죽는 건지…

소영 (힘없이) 좋은 데로… 가셨어야 하는데…

재우 그렇게 믿읍시다.

그리고 누워서 몇 년 더 사는 게 무슨 의미가 있어.

소영 (주절주절)…그러셔야 되는데…

재우 …?

소영 (담담히) …제가 보내드렸거든요.

재우 ??

소영 (고개를 떨구며) 그분이…너무나도 간절히 원하셔서…

재우 (작게 탄식) …아!

소영 (힘없이) 그래선 안 되는 줄 아는데…

그냥 차라리 얼른 가시는 게 낫겠더라구요.

재우 그렇긴 한데… 그러다 들키기라도 했으면 어쩔려구…

소영 그러게요. 제가 미친년이죠.

재우 (당혹감을 감추며 애써 미소) 거 참…

쓸쓸한 표정을 짓는 소영.

71. EXT. 이태원 세탁소 앞(저녁)

세탁소 옆 문 초인종을 누르는 소영.

동네 할머니(소리) 누구세요?

소영 언니, 저 소영이에요.

동네 할머니(소리) 응. 내려갈게.

무심코 고개를 돌리는 소영.

80대 중반의 허리가 굽은 노파가

손수레에 매달린 비닐봉투에 빈병을 주워 담고 있다.
손수레에는 폐지가 가득 담겨 있다. 노파를 바라보는 소영.
빈 병을 주워 담고 무거운 수레를 끌고 자리를 뜨는 노파.
노파를 물끄러미 보는데 문이 열리더니
일전에 소영이 돈을 건넸던 동네 할머니가 나온다.

할머니 이제 퇴근해?
소영 (만 원짜리 돈 뭉치를 건네며) 네.

동네 할머니가 돈을 세기 시작한다.
수레를 끌고 가는 노파 쪽으로 자꾸 시선이 가는 소영.

72. EXT. 달동네 종수의 집(낮)

허름한 집들이 다닥다닥 붙어 있는 쪽방촌.
손에 검은 비닐봉투를 든 재우가 소영과 함께
경사진 골목길을 걸어 올라온다.
미로처럼 복잡한 허름한 집 마당으로 들어서는 재우와 소영.
방문 옆 낡은 의자에 앉아 먼 산을 바라보고 있는 종수.
형편없는 몰골에 행색이 초라하다.

재우 종수야, 나 왔다.

천천히 돌아보는 종수.

재우 (종수에게 다가가며) 죽었나 살았나 보러 왔다. 인마.
종수 아직 못 죽었다. 인마.
소영 (한발 다가오며) 안녕하셨어요.

어리둥절해하는 종수.

재우 소영 씨 알지?

종수 글쎄… 잘…

재우 (소영의 눈치를 보며) 전에 파고다 공원에서 몇 번 본 적…

종수 (여전히 기억 안 나는 듯) …그랬나? 그런 것도 같고…

73. INT. 종수의 방(낮)

비좁고 남루한 종수의 방, 물건들이 너저분하게 널려 있다.
양은 소반에 막걸리와 빈대떡, 머릿고기 등이 놓여 있다.
술이 몇 순배 돌아간 느낌이다.
종수가 씹던 고기를 삼키더니
주머니에서 약봉지를 꺼내 입에 털어 넣고 물을 마신다.

재우 약은 효과가 좀 있는 것 같냐?

종수 먹는다고 먹는데 잘 모르겠어.

(울먹) 어쩌다 재수 없게 이런 드러운 병에 걸렸는지…

소영 ……!

재우 그렇지. 제일 고약한 게 걸렸어. 한잔해라.

종수 (재우에게 심각하게) 이제 내가 너도 못 알아볼 날이
올 텐데… 그땐 니가 나 좀 보내주라.

재우가 난감한 표정으로 한숨을 쉬며 소영을 쳐다본다.
재우와 눈이 마주치는 소영.

종수 (침울해지며) 어쩌다 우리가 이렇게 늙어버렸다니.

종수가 주머니에서 주섬주섬 약봉지를 꺼낸다.

소영 좀 전에 약 드셨는데…

종수 …내가요?

소영 (빈 봉지를 가리키며) 여기, 드셨잖아요.

종수 안 먹었는데.

재우 너 좀 전에 약 먹었어.

종수 그랬나…?

한숨을 쉬는 재우. 멍한 표정의 종수.
잠시 침묵이 흐른다.

소영 (슬그머니 일어나며) 저 화장실 좀 다녀올게요.

74. EXT. 종수 집 화장실 앞(밤)

방에서 조금 떨어진 화장실.
화장실에서 나오는 소영에게 재우가 다가온다.

재우 소영 씨.

CUT TO.

소영 네? (당혹) 대체 무슨 말씀이세요.

재우 한 번만 더 생각해봐요.
의지할 데 하나 없고 앞으로 지가 누군지도 모를 텐데…
저놈 처지가 너무 불쌍하잖아요.

소영 그러든지 말든지 두 분이 알아서 할 일이지
저한테 왜 이러세요.

재우 (체념하듯이) 그렇지. 말이 안 되지. 맞아요.

소영 저분 자존심은 제가 알 바 아니구요.

(완강하게) 말도 안 돼요.

75. INT. 종수의 방.(밤)

우울한 분위기의 세 사람.
말없이 막걸리를 들이켜는 재우, 종수가 갑자기 흐느끼며 울기 시작한다.

종수 내가 어쩌다 이렇게 됐다니… 흐흐흑…

난처한 표정의 소영.
소영을 바라보는 재우.
재우의 시선을 느끼고 돌아보는 소영, 머릿속이 복잡해진다.

76. EXT. 북한산 등산로(낮)

산을 오르는 소영과 재우, 그리고 종수.
종수가 힘들어하며 뒤처져 올라온다.

종수 재우야, 아직 멀었냐?
재우 조금만 더 올라가면 돼.
종수 하도 운동을 안 했더니 힘들어 죽겠다.
소영 좀 쉬었다 가시죠.
재우 (바위에 걸터앉으며) 그러지 뭐.

계단에 주저앉는 종수.

77. EXT. 북한산 절벽(낮)

인적이 드문 어느 절벽 위에 세 사람이 올라선다.

CUT TO.
바위에 걸터앉아 산 아래 풍경을 내려다보며 물을 나눠 마시는 세 사람.
먼 산을 바라보던 재우가 고개를 돌려 종수를 본다.
재우와 눈이 마주치는 종수.
소영과 종수의 눈치를 살피던 재우가 슬그머니 자리를 피해 내려간다.
내려가는 재우를 바라보는 소영과 종수, 두 사람의 눈길이 마주친다.
잠시 어색한 침묵이 흐른다.

CUT TO.
절벽으로 다가서 아래를 내려다보는 종수와 소영.
잠시 무언가 대화를 나누는 두 사람.
종수가 주위를 살펴보다 절벽을 향해 몸을 돌리자
소영이 눈을 질끈 감고 종수를 밀어버린다.
절벽으로 떨어지는 종수.
뒤도 안 돌아보고 황급히 산을 내려가는 소영.

78. EXT. 북한산 중턱(낮)

초조한 얼굴로 바위에 걸터앉아 있는 재우.
굳은 표정으로 서둘러 산길을 내려오는 소영, 재우와 맞닥뜨린다.
시선을 외면하고 앞장서 내려가는 소영.
미안한 표정으로 소영에게 따라 내려가는 재우.

79. INT. 서울 구치소(낮)

희미하게 미소 지으며 민호와 까밀라를 바라보는 소영.
유리 칸막이를 사이에 두고 애틋한 표정으로 민호의 얼굴을 쓰다듬는 까
밀라.
간간이 미소도 짓는 까밀라, 조금은 편해진 느낌이다.

필리핀어로 대화를 나누는 민호와 까밀라.
해맑은 얼굴로 귀여운 짓도 하는 민호.

80. INT. 구치소 복도(낮)

소영이 한 남자에게 인사를 한다.

직원 이분은 까밀라 바두아 씨 담당 국선 변호사님이세요.
소영 변호사님, 잘 부탁드립니다.
국선 변호사 김윤재라고 합니다.
일단 우리 쪽에서 진행 중인 친자 확인 소송의 경우,
두 사람의 유전자가 일치한다는 감정서를
법원에 제출한 상태입니다. 친부라는 것이 인정되면
민호 군이 매달 양육비를 받을 수 있을 겁니다.

얼굴이 환해지는 소영.

81. EXT. 소영의 집 옥상(밤)

남산이 보이는 옥상 풍경.
소영과 민호, 도훈 그리고 티나가 간이 테이블 위에 앉아
피자와 맥주를 펼쳐놓고 먹고 있다.

티나 도훈, 이것도 먹어봐.
도훈 무슨 맛인데?
티나 불고기 맛.
도훈 (피자 한 조각을 집어 주며) 이거 먹어,
하와이 피자.
티나 아웅, 난 파인애플 싫엉.

(휴대폰으로 시간 체크하며) 어머, 나 늦었다.

도훈 어서 가. 수고하세용~

서둘러 내려가는 티나.
'요것들 봐라'란 표정으로 도훈과 티나를 보는 소영.
소영의 시선을 의식한 도훈, 손에 들고 있는 피자를 민호에게 준다.

도훈 민호야, 너 먹어. 필리핀 사람들 파인애플 좋아하잖아.

82. EXT. 장충단공원 수표교 아래(낮)

소영이 수표교 밑을 걷고 있는데 전화가 걸려와 받는다.

소영 (얘기를 듣다가) …데이트요? 새삼 무슨…
네… 네… 그럴게요. 그럼 어디로 가면 돼요?

83. INT. 경양식 집(낮)

말쑥하게 차려입은 재우가 메뉴판을 보고 있다.
맞은편에는 소영이 어색하게 앉아 있다.

재우 먹고 싶은 거 마음껏 시켜요.

CUT TO.
식사를 하는 재우와 소영.

재우 어제가 아내 제삿날이었어. 오 년이 후딱 갔네.
소영 …네.
재우 맥주 한잔해요.

소영 괜찮아요. 이런 집은 음식값도 비쌀 텐데…

재우 오늘은 돈 생각하지 말자구. 이 정도 형편은 되니…

(웨이터에게) 여기 맥주 한 병이요.

재우 (소영에게) 오늘 집에 안 들어가도 되죠?

소영 …네?

84. INT. 호텔방(밤)

호텔방에 들어서는 두 사람.

소영 (두리번거리며) 이렇게 좋은 호텔은 처음 와봤어요.

와, 서울 시내 야경이 다 보이네요.

재우 한 잔 더 합시다. (냉장고를 열며) 어디 보자…

소영 비쌀 텐데…

재우 이리로 와서 골라봐요.

소영 (다가와 흘긋 냉장고 안을 보더니)

와… 모텔하고는 급이 다르네요.

재우 (맥주를 꺼내며) 나는 한 병 마실 건데…

소영 씨도 마셔요.

소영 (미소) 주세요. 저도 마실게요.

CUT TO.

창문 앞 소파에 마주 앉은 소영과 재우.

재우 (맥주를 한 모금 마시고는) 정말 미안하오.

소영 뭐가요.

재우 지난번 종수 일은… 정말 면목이 없구려.

시무룩해지는 소영.

재우 많이 미안해. (소영의 안색을 살피다) 그래요. 말을 맙시다.
…소영 씬 가족이 어떻게 돼요?

소영 …없어요. 혼자예요.

재우 정말? 여태껏 혼자…

소영 오빠는 자식이 없어요?

재우 …있었지. 한창 나이에 사고로 먼저 저세상으로 보냈소.

소영 (미안해지며) 어쩌다 그런 일이…

재우 지 명운이 거기까지인 거지. 자식도 가고 마누라도 가고.

소영 …사실 아들이 하나 있었어요.

재우 …!

소영 돌도 안 지난 애를… 입양 보냈어요.
젖도 다 안 뗀 그 어린 것을…

재우 그랬었구만…

소영 잠깐 살던 흑인 병사 아이었거든요.
제가 진짜 나쁜 년인 거죠.

재우 에휴, 사연 없는 인생이 어디 있겠소.

소영 평생 빌고 빌어도 용서받지 못할 거예요, 절대로.
지옥에나 가겠죠.

CUT TO.
고층 빌딩이 펼쳐진 도심 풍경
티브이에서 호들갑스러운 리얼리티 쇼 소리가 흘러나온다.
물끄러미 창밖을 바라보고 있는 소영.
물 내리는 소리가 들린다.
서 있는 소영의 뒤로 재우가 다가와 살며시 껴안는다.
어색해하지만 이내 긴장을 푸는 소영.

소영 …씻고 올게요.

재우 그럴 필요 없어요. 어차피 나는 못 해.

소영 ……

재우 …부탁 하나 좀 하려고…

소영 무슨…?

재우 그냥 들어주겠다고 해줘요.

소영 …

CUT TO.

소파 위에 나란히 앉은 두 사람.

재우 어젯밤이 집사람 기일이라 제사를 지내는데

새삼 혼자 남은 내 신세가 너무도 처량하고 비참한 거야.

무슨 미련으로 여태 이러고 살고 있는지…

평소에도 불쑥불쑥 마음을 먹어보기도 하는데…

막상 저지르려다 보니 겁도 덜컥 나고.

소영 …?

재우 곁에 아무도 없이 나 혼자 죽을 생각을 하면

너무 아득하고 무섭더라구.

소영 네?

자신의 양복 안주머니에서 하얀 통 하나를 꺼내더니, 소영에게 보여준다.

의아한 표정으로 하얀 통을 보고 재우의 얼굴을 바라보는 소영.

재우 그냥 옆에 누군가 있어주기만 해도

내가 조금은 편히 떠날 수 있을 거 같아서…

복잡한 심정으로 재우를 보는 소영.

재우가 소영의 눈을 보며 희미하게 미소를 지어 보이더니

하얀 통을 열어 파란 캡슐 두 알과 20알은 됨직한 하얀 알약들을

자신의 손바닥에 쏟아놓는다.

그중 작은 알약 하나를 소영에게 주고
빙긋 웃어 보이고 순식간에 모두 입안에 털어 넣고 맥주와 함께 삼킨다.

소영이 놀란 표정으로 재우의 팔을 붙잡아 저지해보려 하지만
입을 벌려 한 알도 남지 않았다는 것을 보여주고 씨익 웃어 보이는 재우.
절망스러운 표정의 소영.

재우 난 깨어나지 않을 긴긴 잠을 자는 거뿐이고,
소영 씬 그냥 한숨 자고 일어난다고 생각하면 되는 거요.

소영의 손바닥에 있는 수면제 한 알을 집어
소영의 입에 넣어주고는 맥주를 건네는 재우,
최면에 걸린 듯 힘없이 맥주를 들이켜는 소영.

재우 (미소) 날 위해 좋은 일을 해주는 거요. 잊지 않으리다.

소영을 부드럽게 안아주는 재우.

CUT TO.
나란히 침대에 누워 있는 두 사람.
긴장된 표정의 소영과 무표정한 재우.

CUT TO.
잠이 든 소영.
잠에 빠진 채 괴로운 표정으로 움찔대는 재우.
입으로 하얀 거품이 비친다.

CUT TO.
창문으로 아침 햇살이 길게 들어온다.

소영이 힘겹게 눈을 떠보면 재우는 미동도 않고 있다.
몸을 일으키는 소영,
재우의 얼굴을 잠시 들여다보다가 건드려보지만 아무 반응이 없자
깊은 슬픔에 잠기는 소영.
넋 나간 표정으로 하염없이 눈물을 흘리는 소영.
적막한 방 안에 덩그러니 남겨진 두 노인.

85. EXT. 도심의 거리(낮)

힘없이 걸어오는 소영.

86. EXT. 조계사 앞(낮)

힘없이 길을 걸어오다 조계사 앞에 다다른 소영, 염불 소리에 멈춰 선다.
조계사로 들어가는 소영.

87. INT. 대웅전(낮)

웅장한 조계사의 경내.
대웅전 앞으로 걸어와 서는 소영.
부처님을 올려다본다.
시주함 앞으로 다가가 가방을 여는 소영.
뭔가 손에 잡혀 의아한 표정으로 꺼내 보면 하얀 편지 봉투다.
봉투 겉면에 '소영 씨에게'라고 쓰여 있다.
봉투를 열어보는 소영.
봉투 안에는 5만 원짜리 신권 20장과 결혼반지로 보이는
오래된 남자 반지 하나, 여자 반지 하나 그리고 메모 한 장이 들어 있다.
시주함 앞에서 잠시 고민을 하다 봉투에서 지폐 몇 장을 빼내고는,
봉투와 결혼반지 한 쌍을 몽땅 시주함에 넣는다.

고개를 숙여 한참을 기도하는 소영.

88. EXT. 소영의 집(저녁)

손에 장난감과 쇼핑백을 들고 마당으로 들어서는 소영.

89. INT. 소영의 방(저녁)

민호가 엎드려 동화책을 보고 있다가 인기척에 일어나 앉는다.
방으로 들어오는 소영.
소영이 짐을 내려놓고 로봇 장난감을 꺼내 민호에게 준다.
얼굴이 환해지는 민호.

민호 캄사합니다.

신이 난 민호, 장난감을 들여다본다.
희미하게 미소 지으며 화장대 앞으로 가서 앉는 소영.
머리를 풀고 윗옷에 달아놓았던 브로치를 빼서 화장대 서랍에 집어넣는다.
서랍 속에는 싸구려 장신구들이 보이고 그 옆에 색이 바란 사진 한 장이
보이고 사진 속엔 갓난아기를 안고 있는 젊은 날의 소영이 보인다.
아기는 곱슬머리에 검은 피부색이고 소영 옆에 서 있는 남자는 사진이 찢
겨져 있어 얼굴을 알 수가 없다.
잠시 사진을 들여다보다 서랍을 닫고 시무룩한 표정으로 생각에 잠기는
소영.

90. EXT/INT. 티나의 현관 앞 / 방 안(밤)

계단을 올라 티나의 집으로 향하는 소영.

소영 티나 있어?

타월만 두른 채 헤어드라이어로 머리를 말리고 있는 도훈.
반쯤 열린 안방 문 안으로 침대가 보이고 그 위에 여자의 맨다리가 보인다.

티나(소리) 나 커피 좀~
도훈 (헤어드라이어를 내려놓으며) 오케이~
소영 (거실을 들어서며) 티나야.

소영이 거실로 들어서다 도훈과 눈이 마주친다.
깜짝 놀라 어쩔 줄을 몰라 하는 도훈.
황급히 다리를 감추고 살짝 얼굴을 내미는 티나.

티나 언니, 제발 노크 좀 해~

소영이 피식 웃더니,

소영 내일 시간들 비워놔. 다들 같이 하루 소풍이나 다녀오자고.

91. INT. 자동차 안(낮)

Insert. 자유로를 시원하게 달리는 자동차.
티나가 운전하는 차를 타고 가는 소영, 민호, 티나 그리고 도훈.

도훈 좋네~ 오랜만에 달리니까.
티나 그치?
도훈 (뒤돌아보며) 근데 오늘 우리 뭐 먹어요?
티나 언니가 쏜댔으니까 기대해보자고.

창밖을 보고 있는 소영, 옆에는 민호가 말끔한 새 옷을 입고 있다.

92. EXT. 통일전망대(낮)

환한 표정으로 회전 그네를 타고 있는 도훈, 티나, 민호.
혼자 서서 구경하고 있는 소영에게 손을 흔들어 보인다.
손을 흔들며 화답하는 소영.
즐거운 표정으로 회전목마를 타는 네 사람.
놀이동산 매점에서 음료와 간식거리를 사 들고 걸어 나오는 네 사람.
간식을 먹으며 전망대를 향해 걸어가는 네 사람.
전망대에 오른 네 사람, 다수의 방문객이 무리를 지어 구경을 하고 있다.
시야가 탁 트인 전경을 향해 걸어가는 네 사람.
구십 노인 하나가 휠체어에 앉아 망연히 북녘을 바라보고 있다.
난간으로 다가서는 네 사람.
티나는 풍경 사진을 찍고 도훈이 민호를 도와 망원경을 보게 한다.
휴전선 너머를 바라보며 감회에 젖는 소영.

티나 저 다리 건너가 북한인 건가?

소영 아니, 조금 더 가야 돼.

티나 언니 삼팔따라지랬지?

소영 하하… 그래 삼팔따라지다. 오랜만에 듣는다, 그 말.

티나 우리 사진 찍자. 모여봐.

소영 젊은 너희들이나 많이 찍어. 늙은 얼굴 찍어서 뭐하게. 난 안 찍어.

티나 남는 건 사진밖에 없다잖아요.
(소영을 잡아 이끌며) 빨리들 여기 서봐.
(옆에 서 있던 사람에게) 저희 사진 좀 찍어주세요.

도훈의 팔짱을 끼고 한껏 즐거운 표정을 짓는 티나,
애써 미소를 짓는 소영, 조심스레 손가락으로 V자를 그려 보이는 민호.

휠체어 탄 노인이 여전히 미동도 않은 채 그림처럼 북녘을 바라보고 있다.
그때 소영의 전화기가 울린다.
낯선 번호인지 갸웃하며 전화기를 들여다보다 전화를 받는다.

CUT TO.
일행과 몇 발짝 떨어져 전화 통화를 하는 소영.

소영 (얼굴이 환해지며) 그래요? 아이고 잘됐네요.
아이 엄마는 어떻게…?…아… 예…예… 감사합니다.
수고 많으셨어요. 변호사님.

전화를 끊는 소영.
도훈과 티나가 궁금해하며 다가온다.

소영 (밝은 표정으로) 민호 일이 잘 풀릴 건가 봐.
양육비를 받을 수 있게 됐대.
티나 잘됐다.
도훈 잘됐네요. (민호를 쓰다듬으며) 짜식, 축하한다.

영문을 모른 채 어른들을 올려다보는 민호.

93. INT. 임진강변 장어집(낮)

종업원이 장어가 지글지글 익고 있는 철판을 들고 소영의 테이블로 걸어
간다.

종업원 (식탁 위에 놓으며) 바로 드시면 됩니다.

철판을 놓고 나가는 종업원.

티나 어머~ 맛있겠다.

소영 천천히 많이들 먹어. 우리 먹다 죽자, 오늘.

도훈 꽤 나올 텐데… 누님, 스폰서라도 하나 물은 거유?

티나 얼씨구, 말도 참 예쁘게도 한다.

소영 음… 혼자 쓰면 안 될 것 같은 돈이 좀 생겼어.

도훈 그래? 그럼… 우리 양념도 시킬까?

소영 시켜.

도훈 야호! 여기요.

종업원이 다가온다.

도훈 여기 양념구이도 2인분 추가해주세요.

아, 그리고 복분자도 1병 주시구요!

티나 언니도 좀 먹어.

그때 한쪽 구석에 켜져 있던 티브이에서 뉴스가 보도된다.

뉴스 앵커 서울 시내 한 특급 호텔에서 금품을 노리고

혼자 사는 노인을 호텔 방으로 유인한 뒤

수면제와 함께 독극물을 먹여 살해한 사건이 벌어졌습니다.

앵커의 격앙된 목소리에 티나가 TV로 시선을 돌린다.

배수진 기자 서울의 한 특급 호텔.

로비로 노인 남녀 한 쌍이 들어섭니다.

그리고 어제 오후, 호텔 직원이 노인 남성의 시신을 발견합니다.

소리와 함께 호텔 복도를 걸어가는 한 여자의 흐릿한 모습이

CCTV 영상으로 반복되어 보인다.

배수진 기자 현장에서 수면제 통으로 보이는 플라스틱 병이 함께 발견됐습니다. CCTV에는 이 남성과 같이 묵었던 여성이 호텔을 유유히 빠져나가는 모습이 찍혔는데요.

티나가 TV를 보느라 먹지 않자 소영이 TV로 시선을 돌린다.

배수진 기자 (소리) 경찰은 노인이 전날 통장에서 현금 백만 원을 인출한 사실을 미루어보아 이 여성이 노인의 금품을 노리고 범죄를 저질렀을 가능성을 높게 보고, 노인의 휴대폰 통화 내역과 문자 메시지를 확인하는 등 유력한 용의자를 추적하고 있습니다. STB, 배수진입니다.

뉴스를 보던 소영의 얼굴이 굳어진다.

티나 (안타깝게) 츠츠.. 돈 백만 원에 어떻게 사람을 죽이지?
도훈 요즘 할마씨들 무섭네.

넋이 나간 표정으로 앉아 있는 소영.

티나 언니, 왜 그래? 뭐 안 좋은 일 있어?
도훈 누님, 괜찮아요?
소영 (그제야 정신을 차리며) 어?
도훈 갑자기 너무 다운돼 보여서…

안색을 바꾸며 웃어 보이는 소영.

소영 (혼잣말하듯) 저 노인들, 무슨 사연이 있겠지.
아무도 진짜 속사정은 모르는 거거든.
다들 그냥 거죽만 보고 지껄여들 대는 거지.
티나 ……

소영 총각, 술잔 빈 거 안 보여?

도훈 아, 예~ 죄쏭합니다.

소영의 술잔에 술을 따르는 도훈.

티나 (한잔 들이켜더니) 나도 한잔 줘.

소영 운전해야지, 그만 마셔.

티나 석 잔까진 괜찮아. 언니가 1차 썼으니까 2차는 내가 쏠게.

94. INT. 서울로 돌아오는 길(해 질 녘)

무심히 창밖을 바라보는 소영.

민호는 소영의 다리를 베고 곤히 잠들어 있고,

거나해진 도훈도 코를 골며 자고 있다.

노래를 흥얼거리며 운전을 하는 티나.

노을을 등지고 서울로 돌아오는 길.

95. INT. 트랜스젠더 바 G-spot(밤)

어두운 실내,

핀 조명이 들어오면 드레스를 입은 젊은 트랜스젠더 한 명이 무대에 오른다.

슈슈 아, 아, 아. (마이크를 톡톡 치곤) 레이디스 앤 젠틀맨,

오늘도 저희 G-spot을 찾아주셔서 감사합니다.

오늘은 특별히 우리의 왕언니, 마담 티나 황이 직접 무대에 서겠습니다. 날이면

날마다 오지 않는,

섹시 디바 티나 황의 슈퍼 스페셜 버라이어티 그랜드 쇼!!

박수로 맞아주시길 바랍니다!

무대 앞에 옹기종기 모여 앉은 직원들과 몇몇 손님이 박수를 치며 환호한다.
맨 앞줄에 앉은 소영과 민호, 도훈도 박수를 친다.
어두웠던 무대에 현란한 조명이 들어오고,
화려한 차림의 티나가 무대로 등장한다.
다시 한 박수를 치고 휘파람을 부는 관객들.
음악의 전주가 시작되고, 도훈에게 살짝 윙크를 보내는 티나.
어색하면서도 므흣한 미소를 짓는 도훈.
심수봉이 부른 '키사스, 키사스, 키사스' 가 흘러나오고,
화려한 율동을 섞어가며 립싱크로 노래를 따라 부르는 티나.
흐뭇하게 바라보는 소영, 신기해하는 민호.
노래의 1절이 끝날 무렵, 낯선 남자 두 명이 바 안으로 들어온다.
바 안을 둘러보다 소영을 발견하곤 그녀 앞에 다가서는 두 남자.
그들과 소영이 몇 마디 나누지만 노랫소리에 묻혀 들리지 않는다.
의아한 표정으로 소영 쪽을 바라보며 노래하는 티나, 자꾸 신경이 쓰인다.
소영이 천천히 일어서자 민호가 의아해하며 따라 일어서려 한다.
소영이 민호의 머리를 쓰다듬으며
옆에 앉아 있던 슈슈에게 무언가를 당부하자 슈슈가 민호의 어깨를 감싼다.
담담한 표정으로 사내들을 따라나서는 소영.
당혹한 표정으로 소영을 바라보던 도훈이 그 뒤를 따라 나간다.
노래는 이어지는데, 립싱크를 멈춘 티나가 무대에서 뛰어 내려온다.

티나 (쫓아가며) 왜들 그래요, 언니! 언니!!

96. EXT. 트랜스젠더 바 G-spot 앞(밤)

도훈과 티나 그리고 몇몇 사람이 안타깝게 지켜보는 가운데
경찰차에 오르던 소영, 잠시 뒤돌아 도훈과 티나와 눈을 마주친다.
안타까운 표정으로 소영을 바라보는 티나와 도훈.
그 뒤로 민호가 영문을 모르는 표정으로 계단을 올라온다.

민호를 발견한 소영, 미소를 지어 보이고는 차에 올라탄다.
차에 타는 소영을 바라보는 세 사람.
소영을 태운 경찰차가 멀어져간다.
눈이 푸슬푸슬 날리기 시작한다.
G-spot 골목을 빠져나오는 소영의 차.
그 뒤로 안타까운 표정의 사람들.

97. INT. 경찰차(밤)

달리는 경찰차 안.

소영 눈 온다! (옆자리의 형사2에게) 담배 한 대만 줄래요?

형사2 (쳐다보지도 않고) 담배 안 피웁니다.

소영 (조수석에 앉아 휴대폰만 들여다보는 형사1에게) 저기요.

형사1 (어정쩡한 미소를 지으며) 전 작년에 끊었는데요.

형사3 (운전 중 담뱃갑을 뒤로 건네며) 제 거 피우세요.

소영 (담배 한 개비를 꺼내며) 고맙습니다. 불도 좀…

라이터를 건네받고 불을 붙이자 형사2가 찡그리며 창문을 연다.
형사2를 힐긋 보고는 창문을 열고 담배를 한 모금 깊게 삼키더니 길게 내
뿜는 소영.

소영 (형사1에게) 저기요, 봄 돼서 감방에 가면 안 될까요?
내가 추운 건 질색이라서요. 도망가지 않을게요.

뜨악한 표정의 형사2.
피식 웃고 마는 형사1.

희미하게 미소를 지어 보이며 혼자 주절대는 소영.

소영 차라리 잘됐지 뭐. 어차피 난 요양원 갈 형편도 안 되고,
감방 가면 삼시 세끼 밥은 먹여줄 거잖아.
반찬은 뭐가 나오려나…
휴~ 올겨울은 안 추우면 좋을 텐데…

소영이 내뱉은 하얀 담배 연기가 창밖으로 빠져나와 허공으로 흩날린다.
경광등을 켠 채 달리는 경찰차가 화려한 도심 속으로 멀어져간다.

Epilogue.

〈교도소-마당 / 낮 / 가을〉
교도소 마당에 나와 걷거나 운동을 하는 여죄수들.
소영은 한쪽 구석에 쪼그리고 앉아 햇볕을 쬐고 있다.
눈을 가늘게 뜨고 하늘을 바라보는 소영의 얼굴.

〈교도소-감옥 안 / 낮 / 겨울〉
감옥 안, 무표정하게 음식을 씹고 있는 소영.
대여섯 명의 여죄수들이 군데군데 앉아 식판 위의 밥을 먹고 있다.

〈교도소-복도 / 해 질 녘 / 겨울〉
하얀 천에 덮이는 소영의 시체.
침대에 실려 복도로 이송되는 소영.

〈 납골당 / 낮〉
수십 개의 무연고자들의 유골함이 안치되어 있는 납골당.
유골함들이 즐비한 납골당의 빈자리에 안치되는 유골함 하나.
클로즈업해 보면 유골함 곁면에 글씨가 새겨져 있다.
'연고자 없음 – 양미숙 1950년 6월 19일~2017년 10월 05일'

죽여주는 여자

Q & A - 최종현 & 이재용 작가

최종현 먼저, 감독님의 단편 시절부터 오래된 팬으로서 이렇게 뵙게 되어 영광입니다. 오늘은 감독님이 아닌 작가님이란 호칭으로 인터뷰를 진행하고자 합니다. 처음에 어떤 계기로 영화에 뜻을 두고, 영화계로 들어오셨는지요?

이재용 저도 다수의 영화인들처럼 순수하게 영화를 좋아했던 10대를 보냈습니다. 물론 대학 때 영화 동아리 활동을 통해 현장 구경도 해봤지만, 직업으로 딱히 생각을 가진 건 아니었어요.

그러다가 대학 졸업을 앞두고 사회에 진출해야 하는데 그래도 내가 좋아하는 걸 조금이라도 공부해보는 게 좋겠다는 생각이 들었어요. 그래서 영화아카데미에 들어가게 되었습니다. 그리고 그때 만든 단편 작품이 포토폴리오가 되어 졸업과 동시에 영화사에 픽업되었습니다. 그당시 영화 현장은 도제 시스템이 남아 있는 시절이었는데 전 운 좋게 현장 조수 일을 건너뛴 셈이지요. 기획영화 시대가 열리면서 신씨네, 명필름 등 새로운 제작사의 태동으로 가능했던 현상입니다. 하지만 데뷔라는 타이틀은 바로 저에게 미소를 지어주지 않았습니다. 다양한 알바로 인고의 시간을 보낼 때 저를 픽업한 신씨네의 오정완 PD가 시나리오 초고의 모니터를 부탁하더군요. 그리고 그 글에서 제 생각이 담기는 스토리와 이미지가 떠올랐고 데뷔작이 되었습니다.

1998년도 이미숙, 이정재 주연의 〈정사〉를 시작으로 지금까지도 영화 일을 하면서 살고 있습니다.

* 참고로 〈정사〉의 작가는 김대우로 영상작가전문교육원 출신이다.

최종현 〈죽여주는 여자〉 제목부터 범상치 않습니다. 중의적으로 해석이 가능한데 어떻게 작명하셨으며, 이 영화의 소재는 어떤 과정을 통해서 나오게 되었는지요?

이재용 머리를 싸매고 막 짜낸 건 아니고요. 콘셉트를 생각하고 스토리를 준비하면서 윤여정 씨에게 설명을 했습니다. "박카스 할머니 이야기인데 그들 사이에 서비스로 죽여주는 여자로 소문이 나요. 그런데 진짜 사람들을 하나씩 죽이는 거죠." 이렇게 설명하다가 가제로 정했어요. 그리고 나중에 이 제목을 가지고 일부에선 코미디 제목인가? 끝내주는 몸매를 가진 여자 이야기인가? 재밌겠다 또는 적나라하니까 저급한 제목이다 말들이 많았지요. 저는 사람들의 이야기를 경청하는 편입니다. 마케팅이나 주변에서 제목으로 해도 되겠다는 말을 듣고는 그냥 밀고 나갔습니다.

결론적으로 제목은 초기 콘셉트에서부터 출발해서 만들어졌다고 봐도 되겠네요. 그리고 소재는 최근 몇 년 동안 나이 들어감과 죽음에 대한 관심이 있었습니다. 금기된 성적인 욕망과 사랑에 대한 것에 대해서도 말이지요. 그런데 이 영화의 소재가 두 가지를 다 아우르고 있더라고요.

소재라는 게 하늘에서 뚝 떨어지는 것이 아니라 저의 경우에는 평상시에 신문이나 책, 인터넷에서 관심사를 모아놓는 편인데, 어느 날 이 박카스 할머니를 접하게 되었어요. 그리고 해보고 싶다는 생각이 들었습니다. 그런데 나중에 작품이 완성되고 보니 자연스럽게 내 주요 관심사가 농축되어 있었던 거지요.

그리고 윤여정이라는 배우와 친하게 지내다 보니 주인공 롤을 맡아서 어떻게 나올지도 궁금했던 것도 같아요. 윤여정이라는 성정을 가진 사람이 소영의 환경에서 자랐다면 윤여정식의 박카스 할머니는 어떤 모습일까? 그녀만이 표현할 수 있는 박카스 할머니를 만들자. 기본적인 스토리는 기사를 통해 어디에서, 어떻게, 무엇이 이루어진다는 것을 실제 사실에서 차용했고, 캐릭터는 윤여정이라는 배우를 전적으로 가져온 겁니다. 그래서 직접 박카스 할머니들을 인터뷰하지는 않았습니다. 물론 기사나 책으로는 접했지만….

최종현 소영이라는 캐릭터가 동두천 양공주 출신입니다. 평범한 할머니로 설정하지 않고, 강한 과거사를 두었던 특별한 이유가 있으셨나요?

이재용 이 영화를 통해 직설법으로 한국의 근현대사를 관통하는 한 여자의 일생을 다루려는 의도는 없었습니다. 하지만 간접적으로 1950년에 태어나서 지금까지 살아온 한 여자의 삶 안에서 한국 근현대사를 자연스럽게 녹여서 보여주고 싶었습니다.

실제 어떤 한 사람의 샘플에서 시작된 캐릭터도 아닙니다. 하지만 소영이란 인물은 제 의도 아래 한국전쟁 이후 전쟁고아가 돼서 식모 일도 하고 공장도 다니고 동두천까지 흘러 들어갑니다.

그녀는 배운 것 없고, 기술도 없다 보니 밑바닥 언저리에서 버티다 박카스 할머니가 되는 삶을 살아가는 것입니다.

결론적으로 한국에서 전쟁을 겪은 한 여자가 할 수 있는 것이 제한된 삶을 살아오는 그 과정을 자연스럽게 담아내고자 했을 뿐 특별한 의도는 없었습니다.

최종현 소영을 연기하신 윤여정 배우의 연기 또한 인상적이었습니다. 글을 쓰시면서 캐릭터를 만드실 때 특정 배우를 연상하며 작업하시는지요?

이재용 생각하는 배우가 캐스팅된다는 보장이 없기 때문에 거의 없습니다. 대체적으로 어느 정도의 이미지를 만들고 배우를 찾는데 이 영화는 달랐습니다. 글 작업부터 윤여정이라는 배우 본연의 색깔로 극의 주인공을 만들고 싶었기 때문에 좀 특별한 거였지요.

배우에 따라서 캐릭터 색깔이 달라지는데, 윤여정이라는 배우를 알면서 그녀스러운 박카스 할머니는 특별할 수 있겠다는 믿음!

예를 들면, 무리에 한발 떨어져서 섞이려 하지 않고, 자기만의 의식과 방식이 있어서 영업전에 촛불을 켜고 소주 한 잔으로 입을 헹구고 커튼을 치는 행위들 말입니다. 그것이 제 방식인데 윤여정이라는 배우와 서로 교감을 통해 일치가 되었다고 보는 거지요. 한 가지 더 말씀드리면 켄터키 프라이드 치킨에서 소영이 점원에게 "돈도 안 주면서 뭘 도와준다고 그래?" 같은 농담은 제 스타일인데 윤여정이 아닌 다른 배우라면 설명이 필요했겠지요.

최종현

최종현 극 중 다큐멘터리 감독이 등장합니다. 소영이 그에게 "돈 되는 거 해. 나처럼 늙어서 고생하지 말고"라며 말하는 대사가 공감이 되었습니다. 감독이란 인물을 등장시켜 어떤 이야기를 담고자 하셨는지 궁금한데, 풍자나 비판의 의도가 있으셨는지요?

이재용 이 영화를 준비하는데… 솔직히 제 삶이 그들과 같지 않잖아요? 관찰자로서, 어떤 면에선 형편이 나은 존재로서, 이 영화를 만든다는 게 불경스럽기도 하고 오만하기도 하고 자괴감에 빠질 때도 있었습니다. 그들의 삶을 이용해서 영화를 만든다는 도덕적인 거리낌과 자격지심이 들 때가 있었지요. 그래서 그 캐릭터를 희화화해 그려보고 싶었어요. 감독이라는 사람이 이 소재를 가지고 막 찍는다고 할 때 그 입장을 보는 당사자들이 느끼는 가소로움. "뭘 안다고 이런 걸 찍는다는 거야?"를 보여주고 싶었죠.

영화가 진실을 담아내려고 하지만 극 중 대사에, "진실 좋아하네 사람들은 자기 보고 싶은 거만 보고, 돈 되는 거나 해라."

감독이라는 존재를 극 안의 사람들이 시니컬하게 보면서 "니는 뭘 할 수 있는데?"라는 질문을 던지고 싶었습니다.

이 사람들의 삶을 내가 얼마나 안다고, 사회를 바꿀 거야? 세상에 알려서 세상을 바꿔? 이런 사명감으로 최면을 걸 수는 있겠지만 사실 한 끗 차이잖아요. 소재주의일 수도 있고 그들의 아픔을 이용해서 자신의 성취주의가 되어 보일 수도 있고 고민하게 되잖아요. 참….

최종현 트랜스젠더, 장애인, 노인 빈곤, 코피노 문제 등 다양한 사회 취약계층 문제가 함께 등장합니다. 너무 많은 이야기를 담으려 한

게 아니냐는 지적이 있는데 이렇게 한 편의 영화 속에 종합 선물 세트처럼 모두 등장시키신 이유가 있으신지요?

이재용

이재용 제가 관심사들을 모아놓는다고 했잖아요. 그 모아놓았던 사람들의 조합이기도 합니다. 사회적 소수자, 마이너리티, 이방인 등을 모아놓았습니다. 단지 이 영화를 위해서는 아니었고요. 그런데 중심인물을 설정하고 나니 자연스럽게 그들이 눈에 들어왔습니다. 그래서 박카스 할머니를 중심에 놓고 그 주변에 서브 인물들을 배치한 거지요.

상업적인 자본과 압력에서 자유로운 형식으로 작업이 가능했기에 이런 인물들을 통해 다양한 재미를 줄 수 있다고 생각했습니다.

작가가 자신의 관심과 성향에서 벗어나기 힘들잖아요? 제가 다른 곳으론 잘 안 되는 경우라 이 조합이 탄생한 거 같기도 합니다.

최종현 리얼리즘을 기본적으로 베이스에 깔고 있는 이야기인 만큼 사실성과 진정성에 대한 고민이 크셨을 거라고 생각됩니다.

자료 조사를 위해 직접 발로 뛰는 스타일이신지? 아니면 손가락으로 뛰는 스타일이신지요?

이재용 아까 이미 말씀드렸듯이 전 자료 조사를 위해 분주히 움직이는 스타일은 아닙니다.

차분히 책상에서 신문이나 책, 인터넷 등을 통해 수집하지요.

그런데 이 영화의 공간들은 제 경험을 통해 친숙한 장소들입니다. 평소에도 자주 다니던 곳이지요. 종로, 장충단공원, 남산, 이태원 등등 머릿속에 다 있었습니다.

농담처럼 얘기하자면 〈뒷담화〉라는 영화의 발상이 그냥 컴퓨터 하나로 모든 것을 만들 수 있겠다 생각해서 연출도 인터넷을 통해서 원격으로 만들잖아요. 이제 필름도 사라졌고, 시대가 완전히 변했으니까 영화를 리서치하는 방식에도 변화가 있겠지요.

최종현 소영이 안락사를 돕고 받은 돈의 대부분을 시주하고, 자기에게 필요한 최소한의 돈만을 취하는 장면이 인상적이었습니다.

소영의 인생관을 한 번에 보여주는 것 같기도 했고요.

궁극적으로 소영을 통해 무엇을 말하고 싶으셨는지요?

그리고 소영의 빈곤이나 불법 매춘이 갖는 우리 사회 문제에 대해 작가님은 어떤 생각을 갖고 계신지요?

이재용 그녀의 심성이에요. 받아선 안 될 돈을 받았으니 일말의 상식과 양심을 가진 인물이기에 시주를 하는 것이지요. 그럼에도 몇 장은 챙기잖아요.

남들이 흉보는 직업을 가졌음에도 최소한의 자존감을 지키고 살아가는 여자라고 생각하면 될 거 같아요. 일을 할 때도 그렇고요….

소영을 통해 메시지를 전하기보단 그냥 두 가지를 생각해보고 싶었습니다.

첫째, 죽음에 관한 문제입니다.

우리 사회는 죽음에 대해 부모님과도 쉬쉬하잖아요. 불경스럽고 터부시하는데… 이제 대화를 나눌 시대가 아닌가 생각합니다.

그리고 둘째로는 어떻게 죽을 것인가에 대해 생각해보고 싶었던 것이지요.

건강하지 않은 상황에서 100세 시대를 맞는 건 불행합니다. 우리도 냉철하게 이야기할 시점이 왔습니다. 우리 사회가 왜 노인자살률이 높은지 정부에서도 고민과 대책이 필요합니다. 이런 문제들이 사회적으로 공론화되어야 한다고 생각합니다. 그리고 불법 매춘을 물어보셨는데 모든 매춘은 한국에서 불법입니다. 하지만 이 작품은 매춘의 문제를 다루기보다는 그곳으로 내몰릴 수밖에 없는 현실에 더 초점이 맞춰져 있어요. 평생을 살아오고 안락한 노후를 맞이해야 할 나이에 여전히 거리로 나서는 현실에 대해 한번 생각해보자!

그러면 과연 우리가 그 일을 하는 분들을 손가락질만 할 수 있는 것인가?

이에 대한 질문인 것입니다.

최종현 모 인터뷰에서 작가님은 이 작품이 우리 사회의 어두운 이면을 나름 밝은 시선으로 담고자 했다는 말씀이 인상적인데 구체적으로 어떤 의미인지요?

이재용 박카스 할머니와 관련된 논문을 쓰고 연구하는 K씨와 만남에서 아주 현실적인 답을 들은 게 기억이 나네요.

그분들 스스로 어둡게 이야기하지 않으신데요. "집에 누워 있으면 뭐해, 몸이나 더 아프지. 나가면 돈도 벌고…."

이 말인즉 우리 모두는 자기 합리화가 되어야 살 수 있지 않을까요?

누구나 자기 삶에 대한 합리화가 있어요. 괴로운 속내를 이야기하지 않을 뿐이지.

그냥 살아가고 있거든요. 저는 그 속내를 들어가서 파는 것보다 그 아픔을 삭이면서 살아간다는 거 그냥 그것을 본 거지요. 누군가 사회적 약자들을 불쌍하다며 동정하지만 그들은 그들대로 살아가고 농담하고 웃기도 하거든요. 겉으로 서로 상처를 긁지 않으면서 말이지요.

상처를 알기 때문에 상처를 긁지 않고 보듬어주면서 사는 모습을 보여주고 싶었어요.

이 인물들의 상처를 더 파내면서 극단으로 몰아가는 스타일의 작가도 있겠지만 그건 제 취향이 아닌 거 같아요. 그냥 인생은 살아가는 거잖아요. 그런 거 같아요. 인생!

최종현 결말이 인상적입니다. 다소 문학적이기도 한 결말인데…

왜 소영이 감옥에서 쓸쓸하게 무명인으로 죽는 결말을 쓰신 건지요? 그리고 이 작품을 리얼리즘 계열로 관람한 저로서는 절정에서 엔딩으로 가는 설정이 굉장히 파격적으로 다가옵니다.

이런 파격에는 어떤 의미를 담으려 하셨는지요?

이재용 이태원에서 담배를 피우면서 끌려가는 이후의 장면은 원래는 에필로그였습니다.

하지만 이 영화의 원동력 중 하나인 대사가 있어요.

"차라리 잘됐는지 몰라. 감옥에 가면 세끼 먹여주고, 집 걱정은 안 해도 되잖아."

감옥이 차라리 낫다고 하는 사람이라면 현실이 과연 어느 정도였을까? 그 누구도 감옥에 가고 싶은 사람은 없잖아요?

무연고자로 몇 년도 태어나 몇 년도에 죽는 그녀에게 아무도 찾아오지 않는 결말을 보여주는 게 제 느낌으로 맞겠다 싶었습니다.

물론 이태원에서 끝냈다면 더 멋있고 세련됐다고 느끼는 사람도 있겠지만 오히려 저는 그냥 더 늘렸습니다. 차갑게 끝나는 게 그녀의 현실이니까요.

그냥 삶에서 지지리 고생만 하다가 한 줌의 재로 무연고자로 사라졌을 뿐이잖아요. 대부분의 삶이 그냥 그렇게 가지요. 역사의 한 줄, 삶의 발자취 하나 없이 살아가는 게 인생이지! 그래서 그냥 그런 한 여자의 일생에 종지부를 찍어주고 싶었어요.

원래 초고에는 담배를 피우면서 허공으로 연기처럼 날아가며 끝나는 구상이었는데 말이지요.

최종현 이 영화로 한국에는 오랜만에 국제영화제 각본상이라는 영예를 안겨주셨습니다. 외국에서 반응은 어땠는지요?

그리고 좋은 작품을 쓰기 위해 작가에겐 어떤 것이 필요하다고 생각하십니까?

이재용 제 영화들이 영화제를 많이 가는 편이긴 한데, 그중 많이 간 영화 중 하나인 거 같아요.

그런데 다른 영화와는 다르게 이 영화를 본 후, 제 손을 잡아주시고 가는 관객들이 많았습니다. 우리 사회만의 문제가 아니라 당면한 세계적인 문제이기도 하니까 다들 공감이 되는 부분이 있으셨던 거지요.

전 작가 공부를 했거나 작가로 시작한 건 아니지만 대부분 모든 작품의 시나리오 작업에 참여했어요. 작은 거는 혼자 썼고 큰 거는 함께 썼고요.

책에서 배우거나 강의를 들으면서 배운 거는 아니라서 시나리오를 어떻게 쓸 것인가? 무엇인가?에 대한 답은 명확히 모르지만 제 경우만 이야기할게요. 늘 다방면에 관심사를 열어놓은 거 같아요. 사회문제라든지, 이슈 그리고 영화를 많이 봤어요. 그게 가장 좋은 교과서라고 생각합니다. 하지만 이 또한 각자 스타일의 문제라서 답은 아닐 수도 있겠지요.

최종현 시나리오 작가를 꿈꾸는 지망생들에게 해주고 싶으신 말이나, 추천해주고 싶으신 책이 있으신지요?

이재용 늘 관찰하는 습관이 일상처럼 되면 도움이 되지 않을까요?

주변 사람들을 보면서도 행동을 연구하고 왜를 붙여보면 어떨까요?

그리고 보이지 않는 이면을 궁금해하고 다른 식으로 생각해보면 어떨까요?

농담처럼 얘기하자면, 운전할 때 옆 차가 끼어들면 무조건 욕을 하잖아요. 그런데 그 운전자가 자식이 아프다거나 아니면 부모님이 위급할 수 있지요. 모든 행동에는 다 이유가 있을 텐데 주관적으로만 판단하고 생각하지 말고 좀 더 객관화 해보면 좋을 거예요.

특별히 추천할 책은 없고요. 자기 취향에 맞는 책을 읽으면 좋을 거 같습니다.

마지막으로, 좋은 영화 많이 보고 다양한 경험을 많이 해보시기 바랍니다.

최종현 〈죽여주는 여자〉를 한 문장으로 정의한다면?

이재용 죄송한데요. 그냥…음.
단답형으로 말하는 게 쉽지 않네요."

Filmography

| 이재용 감독 |

1991 〈호모비디오쿠스〉(단편)HomoVideocus 16mm, 19min 각본, 연출, 촬영, 편집
1994 〈한 도시 이야기〉(다큐멘터리) Tales of a City 감독
1998 〈정사〉 An Affair 감독
2000 〈순애보〉 Asako in Ruby Shoes 각본, 감독
2003 〈스캔들-조선남녀상열지사〉 Untold Scandal 각본, 감독
2006 〈다세포소녀〉 Dasepo Naughty Girls 각본, 감독
2009 〈여배우들〉 The Actresses 제작, 각본, 감독
2012 〈뒷담화, 감독이 미쳤어요〉 Behind the Camera
2014 〈두근두근 내 인생〉 My Brilliant Life 각본, 감독
2016 〈죽여주는 여자〉 The Baccus Lady 각본, 감독

작가의 변

인간 수명 100세 시대, 이것은 과연 우리에게 축복일까 재앙일까?
한국의 독거노인 빈곤율과 노인자살률은 OECD 국가 중 가장 높다. 한때 한국 경제 발전의 주역이었던 이 노년 세대는 사회가 떠안아야 할 부담으로 혹은 복지의 사각지대에 놓인 투명인간으로 전락해버리고 말았다. 이 영화는 앞으로 10년 안에 노인 인구가 20%를 넘는 초고령 사회로 접어드는 한국에서 외롭고 아프고 가난한 노인들이 맞닥뜨릴 냉엄한 현실과 그들에게 다가올 죽음에 대한 이야기다. 오래된 구도심과 신시가지가 공존하고 있는 거대 도시 서울. 구도심은 경제가 약진하는 속도에 맞춰 빠르게 사라져가고 있는 중이다. 곧 없어질 낡은 서울의 상징 같은 오래된 공원, 가난과 소외 속에 곧 죽어갈 운명인 노인들을 닮은 그 공원에서 70세 가깝도록 몸을 팔며 살아가는 가난한 여자를 통해 우리 모두에게 닥쳐올 노년과 죽음에 대해 진지하게 생각해보고자 한다. 그리고 이제 곧 없어질 낡은 서울과 그 안에서 부유하듯 살아가는 소수자들의 모습을 타임캡슐처럼 기록하고자 했다. 또 사회가 개인을 책임지지 못할 때, 연민과 공감으로 행하는 '조력자살'이 부도덕하기만 한 것인지에 대한 고민 또한 던져보고자 한다.

수상 이력

제20회 　　판타지아영화제 베스트여배우상, 각본상 수상
제10회 　　아시아태평양스크린어워드 심사위원상 수상

개봉 : 2017. 1. 18.
주연 : 현빈, 유해진, 김주혁
감독 : 김성훈

제작 (주)JK필름 공동제작 CJ 엔터테인먼트/영화사 이랑
제공/배급 CJ 엔터테인먼트 감독 김성훈

※ 본 이미지는 시나리오 책자의 표지 이미지입니다.

| 윤현호 |

상명대 영화과 졸업
제 51회 대종상 영화제 시나리오상 〈변호인〉
2016 sbs 작품상 (특별상) 〈리멤버-아들의 전쟁〉

주요 작품

2011 영화 〈나는 아빠다〉 각본
2013 영화 〈변호인〉 각본
2015 sbs 드라마 〈리멤버-아들의 전쟁〉 극본
2017 영화 〈공조〉 각본

시놉시스

비밀리에 제작된 위조 지폐 동판을 탈취하려는 내부 조직에 의해 작전 중 아내와 동료들을 잃게 된 특수 정예부대 출신의 북한형사 '림철령'. 동판을 찾아야만 하는 북한은 남한으로 숨어든 조직의 리더 '차기성'을 잡기 위해 역사상 최초의 남북 공조수사를 요청하고, 그 적임자로 철령을 서울에 파견한다.

한편 북한의 속내가 의심스러운 남한은 먼저 차기성을 잡기 위한 작전을 계획하고, 정직 처분 중인 생계형 형사 '강진태'에게 공조수사를 위장한 철령의 밀착 감시를 지시한다.

임무를 완수해야 하는 철령과 임무를 막아야만 하는 진태.
그들에게 주어진 시간은 단 3일,
한 팀이 될 수 없는 남북 형사의 예측불가 공조수사가 시작된다!

나의 시나리오 작업 방식

일단 소재를 찾고 소재에 맞는 기획을 하려고 노력한다. 소재와 충돌을 일으킬 수 있도록 기획을 잡으면, 시놉시스 작업에 들어간다. 나는 시놉시스보다 '시안'이라고 부른다. 시놉시스는 단번에 쓰고 끝내야 할 것 같은데 '시안'이라는 의미에는 여러 버전을 내서 비교할 의무감과 편안함이 있기 때문이다. 시안을 여러 개 뽑는다는 생각으로 이야기를 다방면에서 접근한다. 주인공 성격이나 주요 사건, 작품의 톤 앤 매너, 클라이맥스들을 이렇게도 바꿔보고, 저렇게도 바꿔봐서 여러 번 써본다. 1~2페이지 분량이라 큰 부담 없이 이야기와 캐릭터를 여러 번 스케치해볼 수 있어 좋다.

그런 시안을 여러 개 쓰고(최소 5개), 그중 하나를 택해 트리트먼트 작업에 돌입한다. 트리트먼트는 30페이지 정도를 쓰는데, 디테일을 충분히 확보한 뒤에 들어가는 것이 원칙이다. 디테일 없이 바로 트리트먼트 작업에 들어가면, 아이디어가 금방 고갈되고, 작업에 흥미를 잃는 경우가 많기 때문이다. 각종 자료를 포함해 관련 영화, 소설, 드라마를 챙겨 보고 관련된 인물이나 사건을 취재해 디테일을 마구마구 비축해놓는다. 구성안 작업도 이때 한다. 30개의 국면을 만들면 대충 영화 한 편 분량의 구성이 나온다. 1막에 8개, 2막에 16개, 3막에 8개 정도의 국면이 배치된다. 기계적인 분류이긴 해도 작업 초기 단계에서는 이런 플랫폼을 활용해 견적을 내보는 것이 중요하다.

디테일과 구성안이 완성되면 트리트먼트를 쓴다. 처음엔 울퉁불퉁한 땅을 개간한다는 느낌으로, 디테일과 사건과 캐릭터를 몽땅 투입해 마구 써 내려간다. 이때 가장 중요한 원칙은 '이전 페이지로 돌아가지 않는다!'이다. 작위적이고, 앞뒤가 맞지 않아도 일단 끝까지 써 내는 게 중요하다. 막 지른다. 이 단계의 결과물은 최종 시나리오와는 아무 관계가 없다. 트리트먼트일 뿐, 완성된 시나리오가 아니라는 인식이 중요하다. 어차피 이야기를 쓰는 과정에서 변화하고 발전할 것이다. 완벽하지 않아도 괜찮고, 그럴 필요도 없다.

그렇게 해서 글이라고 할 수 없는 뭔가가 완성되면, 작은 성취감을 느낀다. 그 성취감이 나를 다음 작업으로 이끌기 때문이다. 그다음이 가장 힘든 단계다. 임시로 완료한 트리트먼트의 처음으로 돌아가 본격적으로 이야기를 다듬어나가기 시작한다. 상충하는 아이디어를 골라내야 하고, 중복되는 아이디어를 버려야 한다. 캐릭터의 감정 톤도 세심하게 조율해야 하고, 각 국면을 분명하고 확실하게 넘어가도록 해야 한다. 개연성 체크도 중요하다. 개연성이 어긋난 작품은 장면이 결국 전체적인 문제를 만들기 때문이다.

처음 잡은 장면의 설계를 다른 방향에서도 생각해본다. 문장도 최대한 깔끔하게, 다른 사람들이 봤을 때 번개처럼 읽히도록 최선을 다한다. 그렇게 해서 30페이지 분량의 트리트먼트가 완성되면, 약간의 휴식을 취하는 동안 주위 사람들에게 모니터를 받는다. 이때 중요한 점은 모니터에 너무 휘둘리지 않아야 한다는 것. 일단은 초고를 내는 것이 중요하기 때문이다. 하나의 기획이 트리트먼트에 머물러 있는 것과 대본을 뽑아낸 것은 하늘과 땅 차이다. 트리트먼트 모니터에 타격을 입어 초고로 넘어가지 못하는 경우를 자주 봐왔는데 그럴 때 모니터는 독이나 마찬가지다.

그리고 나서야 초고에 들어간다. 트리트먼트를 장면화에 적합하도록 작성했다면, 초고는 비교적 빨리 쉽게 뽑을 수 있다. 트리트먼트에 중대한 문제가 발생하지 않았다는 전제 아래, 초고는 트리트먼트를 거의 그대로 신화한다는 생각으로 빨리 써낸다. 왜냐면 진짜 승부는 초고가 아니라 재고에서 해야 하니까.

이러한 나의 작업 방식이 갖는 특징은 트리트먼트에 굉장한 공을 들이는 정도가 될 것 같다. 이런 방법으로 〈변호인〉은 54페이지, 〈공조〉는 30페이지 정도의 트리트먼트가 나왔다.

〈공조〉 기획을 잡다

'기획'은 내가 가장 공들이고, 가장 흥미를 느끼는 단계다. 기획에 흘린 땀은 결코 작가를 배신하지 않는다. 오히려 성급한 기획은 글 작업 내내 혹독한 대가를 치르게 한다. 나는 로그라인이 흥미롭게 뽑히지 않으면 좀처럼 이후 작업이 속도가 붙지 않는다. 따라서 다시 기획을 점검하게 된다.

〈공조〉를 기획한 건, 2010년 초 무렵이었다. 당시 남북한 이야기를 하고 싶었다. 그때까지 남북 소재 영화에서 북한 캐릭터는 군인 아니면 간첩, 정치인이었다. 반면 충무로엔 형사 영화들이 넘쳐나고 있었다. 자연스레 의문과 호기심이 들었다. 북한에도 각종 범죄들이 일어날 테고, 명칭은 다르겠지만 형사라는 직업이 있을 텐데 왜 형사물에 대한 접근이 없었을까? 더 이상 군인이나 간첩, 정치물이 아닌 북한 범죄를 다루는 이야기를 하고 싶었다. 그래서 '북한 형사' 캐릭터가 탄생했다.

영화의 주요 부대는 고민되는 부분이었다. 제작 여건상 스토리의 메인 배경을 북한에서 펼칠 수는 없었다. 북한 형사를 남한으로 데리고 와야 했다. 그러려면 탈북시켜야 했다. 북한 형사가 탈북을 하면 숨어 다녀야 하고, 감정선이 위축될 수밖에 없고, 뻔한 느낌에서 벗어날 수 없었다. 이와 다른 톤 앤 매너를 보여주려 고민했다. 결국 탈북이 아닌 공식적인 루트로 북한 형사를 넘어오게 하자는 아이디어가 떠올랐다. 덕분에 '남북 최초의 비공식 공조 수사'라는 기획 포인트를 잡게 되었다.

남한 형사는 북한 형사의 콘트라스트를 강화하는 과정에서 세팅되었다. 북한 형사가 형사보다는 군인에 가깝고, 고급 슈트가 잘 어울리고, 주체격술을 구사하는 인간 병기에 말수가 극히 제한적이고, 복수가 감정 포인트였다면 이와 모두 대척점에 있는 캐릭터로 잡았다.

공모전 낙방과 영화사 계약

작가로서 내가 가진 최고의 장점은 자뻑을 하지 않는다는 점이다. 나는 언제나 나의 기획이 의심스럽고, 내 시나리오에 자신이 없다. 내

글에 만족해하는 그들의 모습을 보고서야 안도를 느낄 뿐이다. 〈공조〉
도 마찬가지였다.

〈공조〉의 가능성이 궁금해 20페이지 정도 되는 기획안을 먼저 급하
게 작성했다. 큰 배급사가 주최한 공모전에 응모했지만 최종심에서 탈
락하고 말았다. 그래도 면접까지 간 게 어디냐 하고 초고를 본격적으
로 써보려는 찰나에 JK필름에서 연락이 왔다. 〈공조〉를 계약하고 싶
다는 내용이었다. 윤제균 감독님이 면접을 보셨는데 가능성을 높이 보
신 것 같았다.

계약 이후, 애초 기획의 톤 앤 매너를 밝게 끌어올리는 작업이 주로
이뤄졌다. 나름 장르적·상업적으로 기획안을 작성했다고 생각했지만
JK필름 시선에서는 어둡고 무거운 범죄물이었다. 작가로서 동의하는
지점이었다. 두 차례 회의를 통해 수정 방향을 잡아 바로 초고 집필에
들어갔다. 문제는 이때부터였다. 처음 잡은 기획은 '연쇄 살인범을 쫓
는 남북 형사' 이야기였다. 가벼운 터치의 남북 형사 버디물로 바꾸는
일은 많은 시행착오가 따르는 작업이었다. 자연스레 작업 기간이 예상
보다 길어지기 시작했다.

영화사는 약속한 날짜에 시나리오가 나오지 않으니 작가에 대한 기
대를 버린 것 같았다. 어느 시점부터는 독촉 연락조차 아예 오지 않았
으니까. 신인 작가가 소화하기엔 (〈공조〉는 〈변호인〉 전에 쓴 시나리
오다.) 어려운 기획이라고 판단했던 것 같다. 고민의 순간이 찾아왔
다. 어차피 초고는 쓰레기니까 영화사와 약속한 마감을 지켜 신뢰를
잃지 말자! 또 나는 영화사의 하우스 작가도 아니지 않은가? 첫인상이
모든 걸 결정할 텐데, 마감을 맞추지 못하더라도 최대한 완성도 있는
초고를 보여주자! 이 둘 사이에서 후자를 택했다. '잘 쓰는 건 잘 쓰는
게 아니다. 빨리 잘 쓰는 게 잘 쓰는 거다'라는 말이 머릿속에 둥둥 떠
다녔지만.

진행 불가 통보와 기사회생

시나리오 송고가 늦어도 너무 늦었다. 시나리오를 영화사에 보내고 문자를 했을 때 냉랭한 반응이었으니까. 마감을 지키지 못한 내 잘못이었다. 문제는 일주일이 지났는데도 시나리오에 대한 피드백이 전혀 오지 않았다는 것. 거기서 이주일이 더 지났다. 아무 반응이 없었다. 물론 알았다. '노 피드백' 그 자체가 영화사의 피드백이었음을. 그런데도 나는 영화사에 전화를 넣었고, 지금 상태로는 진행 불가 통보를 받아 들었다. 더 수성해보자는 여지도 없을 만큼 가능성 제로의 글이었나? 그 순간, 좌절과 두려움이 동시에 몰려왔다. 나는 작가를 계속할 수 있을까?

며칠을 끙끙 앓아눕고 일어났다. 글쓰기에 재능이 없다고 해서 다른 일에 딱히 재능이 있는 것 같지도 않았다. 천형을 받았다는 생각으로 그냥 작가를 계속하기로 했다. 그리고 한 가지가 더 있었다.

'남북 최초의 비공식 공조 수사' 기획이 그리 나쁘지 않다는 작은 믿음 때문이었다. 지금 버전이 형편없다면 첫 신부터 마지막 엔드까지 다 뜯어고쳐서라도 다시 살려보고 싶었다. 그러려면 영화사에 권리가 있는 〈공조〉 시나리오를 다시 가져와야 했다. 떨리는 목소리로 영화사에 전화해서 받은 계약금을 모두 돌려드릴 테니 시나리오를 다시 가져가겠다고 했다. 관심을 보이는 영화사가 있어 돌려보고 싶다고. 물론 돌릴 만한 영화사는 없었다. 나의 제안에 영화사는 긍정적으로 검토해보겠다는 말로 대답을 대신했다. 〈공조〉를 다시 가져올 수 있다는 사실이 내게는 참으로 다행이면서도 한편으로는 서글프기도 했다. 내 글이 사람들에게 아무런 반향도 감정도 불러일으키지 않았다는 증명이었으니까.

그런데 다음 날 영화사에서 바로 전화가 왔다. 〈공조〉를 바로 JK필름 라인업에 올려 진행해보겠다고. 나는 너무 놀랐고, 의문이 들었다. 3주 가까이 피드백도 주지 않은 버린 시나리오였는데 갑자기 분위기가 전환되었으니까.

영화사 대표님이 이유를 말해주셨다. 사실 처음부터 시나리오를 읽어보지 않았다고. 처음 시나리오를 받았을 때, 마감을 어겨 기대가 되지 않아 기획실 직원에게 파일만 넘겼다는 거였다. 기획실 직원이 시나리오를 검토해봤지만 역시 별로라는 말에 최종 드롭을 결정했었다. 그런데 작가가 계약금을 돌려주고 시나리오를 가져가겠다고 해서 읽어봤는데 괜찮았다는 것. 그 뒤로 〈공조〉는 윤제균 감독이 각색을 하고, 감독님이 정해지고, 주연 배우를 캐스팅하는 수순으로 진행되었다. 그 야말로 기사회생이었다.

〈은밀하게 위대하게〉〈간첩〉〈동창생〉〈베를린〉 모두 2012년부터 2013년 초까지 개봉한 남북 소재 영화다. 〈공조〉가 캐스팅을 진행했던 2011년 당시 이들 영화가 크랭크인에 들어갔거나 목전에 두고 있었다. 개봉하면 가장 후발 주자가 될 가능성이 컸다. 당연히 흥행에 대한 리스크가 예상되었다. 영화사에선 고심 끝에 진행을 멈추기로 했다. 다시 유행이 돌아오는 데 5년을 예상했다. 물론 정말 5년을 기다리게 될 줄 몰랐다. 당시엔 많이 아쉬웠지만 결과적으로 영화사의 판단이 옳았다.

불확실을 예측하려는 노력

글을 쓰면 쓸수록 실감한다. 좋은 캐릭터와 구성을 만드는 비법은 따로 없다는 것. 그저 시간과 에너지를 들이붓는 것 말고는. 얼마나 오랫동안 엉덩이를 붙이고 모니터를 노려볼 수 있느냐, 한 줄도 쓰지 못한 A4를 견딜 수 있느냐에 달려 있는 것 같다.

　80장이 넘는 글을 번개처럼 '읽히게' 만드는가에 이 일의 생사가 달려 있다고 생각한다. 그런데 세상에서 제일 읽기 싫은 게 '일 때문에 읽어야 하는 남의 글' 아닌가? 게다가 이 일은 하나부터 열까지 모두 불확실하다. 내게 작가로서 재능이 있는지 없는지 불확실하고, 반년 넘게 쓰고 있는 글이 팔릴지 외장 하드에 바이트로만 존재할지 불확실하다. '갑'들의 변덕은 또 얼마나 심한가? 그들의 판단이 정확할지, 엇나갈지 불확실하다. 개봉을 해도 관객이 사랑해줄지 놀림감이 될지도 불확실하다. 온통 불확실 투성이다. 신인 작가건 프로 작가건 시나리오 작가라면 견뎌야 할 숙명이다.

　하지만 아이러니하게도 그 불확실성이 작가의 성공과 실패를 갈리게 하는 지점이다. 불확실성을 예측하려는 노력이 작가만의 지문을 만든다고 생각한다. 불확실성을 인내하는 것. 나아가 받아들이는 수준까지 온다면 작가로뿐만 아니라 한 인간으로 성장하는 계기가 될 것 같다.

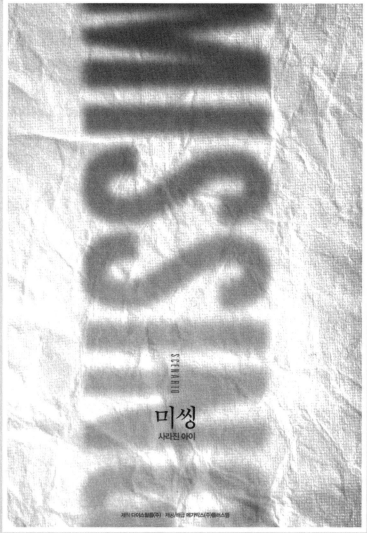

개봉 : 2016. 11. 30.
주연 : 엄지원, 공효진
감독 : 이언희

미씽
사라진 아이

SCENARIO

제작 다이스필름(주) 제공/배급 메가박스(주)플러스엠

※ 본 이미지는 시나리오 책자의 표지 이미지입니다.

| 홍은미 |

2001년 연세대학교 철학과 입학

주요 작품

2003년 단편영화 〈선화요〉 연출
　　　 -2004 서울국제청소년영화제 청소년2부(19~25세) 심사위원 특별상
　　　 -2004 대한민국청소년영화제 장려상
2004년 한국독립영화협의회 16mm Film 워크숍 67기
　　　 -단편영화 〈고해〉 〈오! 해피데이〉 연출부
2006년 일간스포츠(JES) 취재기자 입사
2009년 한국예술종합학교 전문사 영화과 시나리오 전공 입학
　　　 책 〈아저씨 록 밴드를 결성하다〉(글담출판사)
2016년 영화 〈미씽 : 사라진 여자〉(이언희 감독, 다이스필름) 각본 / 원안
2017년 영화 〈그대 이름은 장미〉(가제) (조석현 감독, 영화사 MCMC) 각본
2017년 드라마 〈조폭검사〉(류승진 감독, 스튜디오드래곤/크랭크인픽처스) 대본 작업 중

시놉시스

이혼 후 육아와 생계를 혼자 책임져야 하는 워킹맘 지선은 헌신적으로 딸을 돌봐주는 중국인 보모 한매가 있어 늘 다행이라고 생각한다.

어느 날, 퇴근 후 집에 돌아온 지선은 보모 한매와 딸 다은이가 흔적도 없이 사라져버린 것을 알게 된다.

지선은 뒤늦게 경찰과 가족에게 사실을 알리지만 아무도 그녀의 말을 믿지 않고, 오히려 양육권 소송 중 일으킨 자작극으로 의심한다.

결국 홀로 한매의 흔적을 추적하던 지선은 집 앞을 서성이는 정체불명의 남자와 주변 사람들의 이상한 증언들로 더욱 혼란에 빠지게 되고, 그녀의 실체에 가까워질수록 이름, 나이, 출신 등 모든 것이 거짓이었다는 충격적인 진실을 알게 되는데….

집필기

■ 머리로 이해한 모성의 아이러니

영화 〈미씽: 사라진 여자〉의 이야기는 '미국의 필리핀 보모와 본국(필리핀)에 버려진 아이들'이란 10여 년 전 읽은 논문에서 시작됐다.

2005년 당시 나는 호주 시드니에서 교환 학생으로 공부하던 중이었는데 철학 전공자인 데다가 영어 실력이 부족해 들을 수 있는 수업이 한정적이었다. '세계화와 여성'이라는 사회학과 수업이 내가 들을 수 있는 몇 안 되는 수업 중 하나였다. 학점을 따기 위해 울며 겨자 먹기로 수강신청을 한 셈이다. 고학년 수업이었기 때문에 수업 강도는 높았고 매일 격렬한 토론이 벌어졌다. 유일한 비백인이자(인문학 수업은 인도, 중국인 등에게 인기가 없어 호주인, 특히 백인밖에 듣지 않았다.) 동양인이며, 한국 국적(그들이 보기에 제3세계)을 가진 나에게 제3세계 여성에 대한 질문이 이어졌다. 미칠 노릇이었다. 수업 준비를 위해 매주 여러 개의 논문을 읽어야 했고 그중 하나가 '미국의 필리핀 보모와 본국에 버려진 아이들'이었다.

논문의 내용은 이렇다. 필리핀은 남성보다 여성의 노동력 값어치가 훨씬 높은데 돌봄 노동력으로 해외에 수출되기 때문이다. 정작 자신의 아이는 필리핀에 버려둔 채 미국 중산층 가정에 아이를 돌보기 위해 비행기에 몸을 싣는 필리핀 엄마들. 처음에는 필리핀에 두고 온 아이들을 생각하며 돈을 번다. 돈을 보내야 가정의 삶이 지탱되고 내 아이가 학교에 갈 수 있기 때문이다. 그러나 시간이 점점 지날수록 몇 년간 얼굴도 보지 못한 자신의 아이보다 미국에서 살을 맞대고 키우고 있는 아이를 더 사랑하게 된다. 필리핀에 버려진 아이들은 엄마의 돌봄을 받지 못하며 자라고 정서적으로 황폐해진다. 남편 역시 마찬가지다. 아내가 없는 필리핀 남자들은 성욕을 해결하기 위해 거리의 여자를 사고, 다시 돌봄을 받지 못한 아이들은 커서 거리의 여자가 되는 악순환이 반복된다는 것이다. 반면 엄마의 사랑에 필리핀 보모의 돌봄이 더해지는 미국 중산 계층의 아이들은 두 엄마의 사랑을 받으며 안정적으로 훌륭히 교육을 받으며 성장한다. 좋은 교육과 돌봄을 받은 미국의 아이들은 커서 나라에 이바지하는 훌륭한 시민이자 훌륭한 경제적 주체가 된다.

이 논문의 결론은 21세기의 세계화−자본주의는 눈에 보이는 에너지뿐 아니라 눈에 보이지 않는 '정서적 에너지' '돌봄의 에너지'마저 제3세계에서 제1세계로 이동시키며 정서적 에너지가 무너진 제3세계 국가들의 다음 세대의 도약마저 기대할 수 없는 황폐화 상황에 이르게 되고, 정서적 에너지가 넘치게 된 제1세계는 더욱더 발전할 수밖에 없는 구조라는 거다.

대학 시절 자본주의와 세계화가 화두였고 이에 대해 많은 책을 읽었지만 이렇게 미시적인 관점에서, 여성 피부에 체감되는 방법으로, 눈에 보이지 않는 에너지가 실질 경제에 미치는 영향까지 설명한 새로운 시각의 논문은 처음이었다.

필리핀 보모들이 미국 아이에 대한 사랑 때문에 죄책감을 느끼고 눈물을 흘리는 대목에서는 어쩔 수 없이 나도 눈물이 났다.

스물넷, 머리로 이해한 모성의 아이러니였다.

■ 가슴으로 이해한 모성의 아이러니

2010년, 딸 다은이를 낳았고 내 인생은 시궁창에 처박혔다. 원래부터 일중독자에 가까웠던 남편과는 육아 문제로 갈등이 폭발해 이혼 얘기가 나오고 있었다. 작가가 되겠다며 호기롭게 그만둔 직장은 애 엄마가 다신 돌아갈 수 없는, 범접할 수 없는 성 같은 곳이 됐다. 홀로 서기 위해서는 직장을 갖고 돈을 벌어야 했는데 이전과 달리 지원서를 낼 때마다 서류 전형에서 떨어졌다. 어린이집 선생님들은 애 엄마가 아이에 대한 애착이 없다고 농담 반 수군거렸고, 시댁에서는 아이를 낳자마자 사회 복귀를 꿈꾸는 며느리를 대놓고 '이상한 엄마'라 불렀다.

나는 사회와 단절된 삶에서 공포를 느꼈다. 딸아이를 안은 채 수없이 눈물을 흘렸다. 아무것도 이룬 거 없이 주저앉은 내 모습을 볼 때마다 외할머니의 저주가 떠올랐기 때문이다. "여자애들은 아무짝에 쓸모가 없다. 결혼하면 끝이다."

우리 삼남매를 키워주신 외할머니는 첫째인 오빠를 무척이나 편애했다. 아주 어린 시절부터 나와 언니에게 "오빠는 대들보, 너희 기지배들은 석가래"라고 말했다. 나는 어릴 때부터 존재를 증명해야만 했다. 영화 〈차이나타운〉의 일영(김고은)처럼 쓸모를 증명해야 한다는 강박이 평생 나를 옥죄왔다.

일을 해야겠다는 생각에 결국 조선족 입주 보모를 집에 들였다. 그런데 홀가분할 거 같았던 마음이 오히려 요동치기 시작했다. 나 대신 애와 시간을 보내는 아줌마에 대한 질투가 생겼다. 발음도 부정확하고 한여름에 감기가 걸린다고 긴팔 옷을 입히고, 나보다 더 육아에 대해 잘 아는 척하는 아줌마가 점점 맘에 들지 않았다.

때때로 아줌마는 상하이에 살고 있는 손녀의 사진을 자랑 삼아 보여줬다. 발레복을 입고 환하게 웃고 있는 여자아이의 모습을 보면서, 손녀를 사랑해주고 싶은데 한국에서 다른 아이를 보면서 돈을 벌고, 사랑 대신 돈을 중국으로 보내는 아줌마의 애환이 느껴졌다.

아줌마에게 아이를 맡기고 홀가분하게, 아주 오랜만에 심야영화를 보고 돌아오던 길, 나는 아줌마가 다은이를 데리고 도망쳤을지도 모른다는 생각에 사로잡혀 패닉에 빠진다. 왜 그런 생각이 들었는지 모르지만 그때 당시는 미칠 거 같았다. 심장이 미친 듯 날뛰고 나 자신에 대한 원망과 후회로 입은 수도 없이 중얼거렸다. 미친년, 미친년. 어떡해, 어떡해. 우리 다은 데려갔으면 어떡해. 상상만으로도 눈물이 났다. 다행히 다은이는 아줌마와 방에서 잠을 자고 있었다. 그렇지만 나의 의심과 혼란은 잠들지 않았고 불안은 더 커져만 갔다.

결국 나는 얼마 안 가 아줌마를 잘랐다. 머리로는 좋은 사람인 걸 아는데 마음으로 내 아이를 돌보게 하고 싶지 않았다. 비 오는 날 아줌마를 이태원 어느 골목에 내려주는데 트렁크를 내리는 아줌마 눈에서 눈물이 흘렀다. 나 역시 너무 죄송한 마음에 눈물이 났다. 사과에 사과를 거듭하며 아줌마를 안아드렸다.

불현듯 몇 년 전 읽은 그 논문이 떠올랐다. 머리로 이해하는 모성과 현실 속 모성은 너무나 다른 것이었다.

서른, 가슴으로 이해한 모성의 아이러니였다.

■ 2012년 이창동 선생님과의 만남

육아 문제로 휴학했던 학교에 3년 만에 복학했다. 벌써 2012년이었다.

이미 1년간 다닌 한예종에서 나는 다른 동기들에 비해 얼마나 재능이 없으며, 작가란 직업이 나와 어울리지 않는지, 글을 쓰기에는 내 엉덩이 힘이, 끈기가 얼마나 부족한지 충분히 깨달았다. 무언가 마술 같은 일이 내 인생에 이루어질 거란 기대가 없었다. 졸업장만 딸 생각이었다.

그런데 시나리오 워크숍 담당 교수님이 생각지도 못하게 이창동 선생님이었다. 이창동. 당대 최고의 이야기꾼. 내가 가장 좋아하는 영화가 〈오아시스〉였다. 살아 있는 전설과 얼굴을 맞댄 채 4시간의 수업을 듣는 단 4명의 시나리오 전공자 중 한 명이 나라는 사실이 믿기지 않았다. 나에게 주어진 마지막 기회라는 걸 직감할 수 있었다.

초안은 지금의 이야기와 조금 달랐다. 중국인 보모가 주인공이었다. 중국인 입주 보모가 아픈 자신의 딸 신장이식 수술비를 대기 위해 돌보던 한국 아이를 보이스 피싱 일당과 함께 납치하는 내용이었다. 보이스 피싱 일당은 일이 제대로 풀리지 않자 약속과 달리 아이를 죽이려 하고, 아이를 차마 죽일 수 없었던 중국인 보모가 마지막에 돌보던 아이를 구하고 결국 자신의 아이는 병원에서 죽고 마는 이야기였다. 허탈감과 죄책감에 자살을 하려던 보모, 그 보모를 살리는 건 한국 아이의 한 마디. "마마"였다.

초안을 본 이창동 선생님의 첫마디는 "누가 중국인이 주인공인 영화를 보겠느냐"는 거였다. 상업 영화의 프레임에서 아이를 잃어버린 한국인 엄마한테 더 감정이입을 하지 중국인 보모에게 감정이입을 하기 힘들다는 거였다. 그리고 "네가 그 엄마라고 생각하고 주인공을 다시 설정하라"고 조언해주셨다.

아이의 이름을 실제 내 딸 이름인 다은으로 하고, 지선이라는 아이 잃은 한국 엄마의 상황에 나를 대입했다. 기자 생활을 하다가 아이를 낳고, 직업을 잃고 나락으로 떨어진 여자. 친정으로부터 아무런 도움을 받을 수 없는 불우한 여자. 그렇지만 딸은 포기할 수 없는 여자. 갑 중의 갑인 기자 생활을 하다 을 중의 을인 드라마 홍보대행사 직원이 되는, 그것도 딸 때문에 감사하게 된 여자. 모든 조건이 나은 남편으로부터 양육권을 가져오기 위해 고군분투하는 여자. 모두 다 이상한 엄마라고 손가락질하는, 타인으로부터 엄마의 자격을 끊임없이 의심받는 여자… 지선이 그렇게 입체감을 얻었다.

위기가 많았다. 목숨 걸고 쓰겠다고 홀로 다짐했지만, 물리적으로 수업에 참여조차 할 수 없을 때가 많았다. 아기였을 때 가습기 살균제를 쓴 여파인지 아이는 자주 폐렴에 걸려 입원을 했고 침대에서 떨어져 뼈가 부러지기도 했다. 가정-시댁-친정 사적인 영역 일도 쉴 새 없이 튀어나왔다. 남편은 남편대로 직장을 다니며 해외 유학을 준비해 나의 희생을 요구했다. 글 쓰는 일이 실질적으로 돈을 버는 일이 아니었기에, 스스로에 대한 확신이 있는 일도 아니었기에 시나리오 완성을 포기하고 싶었다. "저 포기하겠습니다."

이창동 선생님이 호통을 치셨다. 도망치지 말라고. 똑바로 보라고. 절망하고 또 절망하고 또 절망하라고. 그리고 정신 차리고, 쓰고 또 쓰라고 하셨다. 선생님이 무서워서 어쩔 수 없이 졸업 작품을 썼다. 시나리오 졸업 작품집 인쇄 돌아가기 직전. 일주일 만에 쓴 시나리오를 넘겼다. 마지막 48시간은 식음을 전폐하고, 눈 한번 깜박이지 않고, 등장인물들의 아픔이 느껴져 고통스러워 울고 또 울면서도 타자를 치고 또 쳤다. (+우는 현실 속 다은이를 달래면서)…

그렇게 엉망으로 〈미씽: 사라진 여자〉의 초고였던 〈마마〉 시나리오가 완성됐다.

■ 기적 같은 일

졸업을 앞둔 추운 겨울방학. 인쇄된 작품집 500부 중 졸업발표회 때 팔리지 않고 남은 200부를 영진위 사이트에 올라온 영화사 주소로 돌렸다. 졸업 작품 중 단 한 편도 외부 영화사에 팔린 적이 없기 때문에 별 기대 없이. 관례라는 말로 스스로를 설득하며…혹시나 하는 기적을 바라는 마음으로….

방학 내내 아무 일도 일어나지 않았다. 폭설이 내리고 있는 한강에 나가 혼자 발자국을 남기며 꺼이꺼이 울었다. 몸에서 모든 게 빠져나간 거처럼 허탈했다.

그런데 정말 영화 같은 일이 벌어졌다. 절망스러웠던 졸업식 날. 모르는 번호로 문자가 왔다.

"홍은미 작가님. 다이스필름의 김성우 대표입니다. 〈마마〉 시나리오 팔렸나요?"

.

.

.

그리고 그 벚꽃이 필 때까지 〈마마〉를 사고 싶단 연락은 계속 왔다. 만나는 사람들은 나를 작가라고 불렀다. 나는 부끄러워서 홍 작가라는 말이 나올 때마다 얼굴을 붉혔다.

〈마마〉는 결국 가장 처음 인연이 닿은 다이스필름 품에 안겼다.

김성우 대표님은 〈마마〉를 "무슨 일이 있어도 자신이 들어야 하는 깃발 같은 시나리오"라고 표현했다. 운동권 386세대 대표님의 언어가 01학번인 나에게 익숙하지 않아 당황스럽기도 했지만, 감동이 있었다.

김성우 프로듀서 겸 대표님과 1년여를 더 고쳤다. 여러 고민과 토론 끝에 4.5고가 나온 뒤 나는 둘째 아이 출산 문제로 〈미씽〉 프로젝트에서 빠졌다. 〈미씽〉의 깃발은 다시 이언희 감독님의 손으로 넘겨졌다.

이언희 감독님과 배우분들, 스태프들이 손을 모아모아 광장에서 깃발을 흔들게 되기까지 3년여 간의 시간이 더 걸렸다. 메이드 되기 어려운 프로젝트였다. 옆에서 지켜보기만 한 것이 죄송스러울 정도였다.

특별한 사명감을 가지고 〈미씽〉에 임하셨던 이언희 감독님, 엄지원 님, 공효진 님, 백현익 피디님, 김성우 대표님 이하 모든 스태프분들께 지면을 빌려 진심 어린 감사를 고개 숙여 전한다.

■ 한매와 시어머니의 캐릭터 모두 나의 외할머니

마지막으로 피해자이면서 가해자가 된 한 여자의 기구한 사연에 대해 말을 해야겠다.

여자로 태어났다는 이유만으로 나를 구박했던 외할머니는 사실 젊은 시절 한매였다. 북한에서 혈혈단신 남으로 내려온, 의지할 곳이 없어 나이 많은 남자와의 결혼을 선택한 스물여섯의 이주 여성이 바로 나의 외할머니다.

그러나 외할머니는 엄마를 낳고는 더는 아이를 가질 수 없는 몸이 됐고 남자아이를 낳지 못했다는 이유로 쫓겨났다고 한다. 엄마 말에 따르면 외할머니는 딸을 수도 없이 데려오려고 했으나 실패했다. 결국 외할머니는 엄마가 성인이 되어서야 함께 살 수 있었다고 한다. 그리고 우리 삼남매를 살뜰히 키웠다.

세상에 단 하나밖에 없는 피붙이인 딸이 낳은 첫아이가 아들이었을 때 외할머니는 기뻐서 울었을 거 같다. 한스러웠던 과거를 보상받는 기분이었을 거 같다.

외할머니는 한매처럼 고향 북한이 그리울 때마다 재봉틀을 돌리며 일본어로 동요를 불렀다. 어린 시절 얼마나 신바람 나게 과수원을 뛰어다녔는지를 얘기하며 소학교에서 소풍을 가면서 부르던 노래들을 나에게 불러줬다. 가끔 일본어 노래를 하면서 눈물을 훔쳤다. 북에 두고 온 자식들을 보고픈 마음을 바느질과 노래로 달래던 외할머니의 모습이 한매란 캐릭터를 만드는 데 큰 도움이 됐다는 걸 꼭 말하고 싶다. 외할머니 박순자 여사께 깊은 사랑과 감사의 말을 전한다.

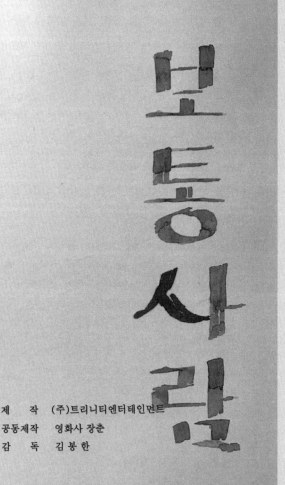

개봉 : 2017. 3. 23.
주연 : 손현주, 장혁
감독 : 김봉한

보통사람

제　　작　（주）트리니티엔터테인먼트

공동제작　영화사 장춘

감　　독　김봉한

※ 본 이미지는 시나리오 책자의 표지 이미지입니다.

| 조사무엘 |

서강대학교 신문방송학과 졸업

주요 작품

〈싸움의 기술〉〈가루지기〉〈음치 클리닉〉〈악인은 살아 있다〉（각색）
〈보통사람〉〈헬머니〉〈마파도2〉（각본）

시놉시스

열심히 범인 잡아 국가에 충성하는 강력계 형사이자 사랑하는 아내, 아들과 함께 2층 양옥집에서 번듯하게 살아보는 것이 소원인 평범한 가장 성진. 그날도 불철주야 범인 검거에 나섰던 성진은 우연히 검거한 수상한 용의자 태성이 대한민국 최초의 연쇄 살인범일 수도 있다는 정황을 포착하게 되고, 이로 인해 안기부 실장 규남이 주도하는 은밀한 공작에 자신도 모르는 사이 깊숙이 가담하게 된다. 한편 성진과는 가족과도 같은 막역한 사이인 사유일보 기자 재진은 취재 중 이 사건의 수상한 낌새를 눈치채고 성진에게 이쯤에서 손을 떼는 것이 좋겠다고 말하지만, 다리가 불편한 아들의 수술을 약속받은 성진은 규남의 불편한 제안을 받아들이고 만다. 아버지로서 할 수밖에 없었던 선택, 이것이 도리어 성진과 가족들을 더욱 위험에 빠트리고 그의 삶을 송두리째 흔들기 시작한다.

집필기

드라마, 코미디 장르의 시나리오를 써오다가 처음으로 범죄 스릴러물의 각색을 막 마친 참이었다. 각색한 작품 관계자의 소개로 〈보통사람〉의 연출자인 김봉한 감독을 만났다. 2014년 초였다. 김봉한 감독이 10여 년 동안 간직하고 있던 아이템은 대한민국 최초 연쇄 살인 사건의 범인 김대두의 이야기로, 1970년대 중반 농촌을 떠난 젊은이가 도시 빈민의 삶을 살다가 우발적 살인에 이어 살인마가 되는 과정을 다룬 르포적 시나리오였다. 제작진은 이 아이템을 사건 조작의 이야기로 바꾸고 싶다는 의견을 주었고, 그렇다면 그간의 시나리오를 버리고 모든 걸 새로 써야 했다. 그렇게 각색 제의를 받고 나간 미팅에서 새로운 시나리오 각본 작업이 시작되었다.

군부독재의 서슬이 시퍼렇던 1975년. 주로 외떨어진 집에서 노인과 아이를 포함한 17명의 사람을 죽이고, 현재 가치로 고작 200만 원 정도인 2만 몇천 원 상당의 현금과 금품을 훔친 전대미문의 강도 살인 사건인, '외딴집 연쇄 살인 사건', 이른바 '살인마 김대두'의 헤드라인으로도 기억되는 이 사건은 기본적인 자료 조사만으로도 미심쩍은 부분이 많았다. 김대두 검거일인 10월 8일 바로 다음 날인 10월 9일 조간신문에 총 9건에 이르는 사건의 일지가 헤드라인은 물론 사회면 전체를 할애하여 일목요연하게 보도된 점. 살인 장소를 시간 순으로 연결했을 때 지도상에 커다란 별표가 만들어질 정도로 일관성이 없는 동선과 긴 이동 거리. 열다섯 살에 국민학교를 졸업한 범인의 지능과 160이 되지 않는 키로 군대를 면제받고, 손가락이 붙어 자유롭지 않았던 범인이 건장한 30대 남성을 포함한 일가족을 망치로 살해한 점 등이 그러했다. 그뿐 아니라 정치적·사회적 맥락도 마찬가지였다. 불과 얼마 전, 긴급조치 9호가 선포되었고, 김대중 의원은 민주구국선언 주도로 5년형을 받아 구속되었다. 보도 당일은 김옥선 의원이 국회 회의록에서 삭제될 정도로 강경했던 정부 비판 발언을 한 날이었다. 불안정한 정국이었다. 이 이슈들은 몇 달 간격으로 중첩되며 1년 내내 정국을 떠들썩하게 했다. 김대두의 연쇄 살인이 다양한 살인 사건을 한데 묶어 규모를 키운 조작 사건일지 모른다는 의문은 자연스레 떠올랐다. 이 모든 것은 정황증거에 불과하지만 작가적 상상력을 불러일으키기엔 충분했다.

연쇄 살인 사건 조작에 휘말린 일선 형사를 주인공으로 플롯 구성이 시작되었고, 박정희 정권 아래 유신헌법을 반대하는 이를 영장 없이 체포한다는 내용의 긴급조치 9호가 선포된 1975년의 시대상을 반영해 군부독재, 중앙정보부, 사건 조작, 정치 공작 등의 소재가 자연스럽게 결합되기 시작했다. 시나리오를 쓰다 보면 소재와 아이템 안에 이미 그에 걸맞은 캐릭터와 주제가 모두 들어 있다는 생각이 들 때가 있는데, 〈보통사람〉 역시 그랬다.

우선 시대와 그 시대를 사는 인물들을 이해하기 위해 자료 조사를 시작했다. 가장 도움이 된 것은 당시의 신문 보도였다. 1975년 전체 기사를 찬찬히 읽으며 당시의 시대상과 가치를 파악했다. 동시에 그 시절의 노래를 듣고 당시의 영화를 보며 내가 겪어보지 못한 1970년대 중반의 대한민국을 몸에 익히기 시작했다. 이 과정을 통해 월남전 참전 특채 경찰을 주인공으로 정하고, 김대두가 검거된 전농동이 관할인 동대문경찰서(청량리서)와 남산에 위치한 중앙정보부, 야권 성향의 신문사, 정관계 인사의 주요 동선인 요정 등의 공간적 배경을 설정했다.

실화 사건, 실존 인물을 모티프로 했지만 실명을 사용하기 힘든 점, 아울러 공식적인 수사 결과가 존재하고 이미 완결된 사건인 점을 고려할 때 사건의 진실을 파헤치는 스릴러로는 풀 수 없다고 판단했고, 기본적인 정의와 인권이 무시되는 시대를 살아가는 평범한 인물의 드라마로 방향을 잡았다. 한 인간의 욕망과 노력이 시대의 거대한 흐름을 극복하기 힘들었던 시대에 대한 인식은, 자연스레 누아르 장르의 컨벤션을 결합하게 만들었다. 불의한 공권력의 일부로 생존을 위한 타협을 피할 수 없는 인물, 비겁함과 정의감이 공존하는 인물을 묘사하기 위해 적합한 틀이라 판단했고 그렇게 기본 플롯이 구성되었다.

큰 방향이 정해지자 나머지는 사실상 시간문제였다. 인물의 심연을 들여다보고 플롯을 구성하고 사건을 배치하는 시간이 이어졌다. 자료 조사부터 시놉시스, 트리트먼트 그리고 집필 직전의 신 리스트까지 완성하는 데 4~5개월의 시간이 흘렀다. 그리고 드디어 집필에 들어갔다. 첫 신을 쓸 때의 그 감정이 여전히 생생하다. 첫 신은 주인공 성진이 월남전 당시의 하릴없는 무용담을 길게 늘어놓는 장면이었다. 이는 성진의 캐릭터를 가볍게 스케치하는 장면이자 후반부 중요한 고백의 단서가 되는 복선이었다. 그렇게 후반부 인식의 전환까지 결정되자 다른 작업은 수월하게 진행되었다. 다만 지문이나 대사 하나하나에서 당시의 분위기가 느껴지도록 신경 쓰면서 써 내려갔던 기억이 있다. 그렇게 3개월여의 시간이 지난 뒤 초고가 완성되었다. 드라마 장르를 근간으로 누아르적 장치가 결합된 플롯이었기 때문에 자연스레 구원에 이르지 못한 채 비극적인 최후를 맞는 성진의 모습으로 마무리를 지었다.

하지만 여전히 후반부 위기 상황과 클라이맥스에 이르는 과정이 다소 성긴 상태였고. 이에 곧바로 2고 작업을 통해 집중적으로 2막의 후반부와 3막을 고쳐 썼다. 그렇게 완성한 2고. 자료 조사 기간을 포함해 10개월 만에 나온 2고에 이르러 〈보통사람〉 시나리오의 플롯은 완결성을 갖추었다. 이때까지는 작품의 완성도만을 위한 순수한 집필 과정이었다고 볼 수 있다.

그 이후 작업은 엔터테인먼트 시장에 던져진 수많은 시나리오의 운명을 그대로 반복하는 과정이었다. 그야말로 다종다양한 의견과 입장 수용 과정 말이다. 2고가 나온 뒤 시나리오는 배우와 투자사에 보내졌고 수많은 거절과 수정 의견을 접하게 되었다. 비극적 결말, 다소 긴 시나리오의 분량, 선과 악의 구분이 모호한 주요 인물들에 대한 수정 의견과 스릴러적인 성격을 강조해달라거나, 휴먼 드라마의 감동을 키워달라는 의견 등등. 그 어떤 시나리오와 마찬가지로 충분히 수긍이 가는 날카로운 지적부터 시나리오를 좋게 본 호의적인 의견, 아이템 자체를 달가워하지 않는 부정적 의견 등 실로 다양한 의견이 쏟아져 들어왔다.

그렇게 3고와 4고는 제작자와 투자사, 매니지먼트사와 배우 등의 의견을 보아 시나리오 분량을 조절하고, 1·2·3막의 구조를 점검하고, 보다 상업적이고 대중적인 취향을 고려하고, 캐릭터의 감정선을 다듬는 과정이 이어졌다. 수십억의 자본이 투입되고 수십, 수백 명의 관계자가 함께 만들어가는 영화 제작 과정에서 반드시 겪어야 하는 과정이었고, 이 과정에서 시나리오는 때로 방향을 잃기도 했지만 점차 더 매끄러워진 것만은 주지의 사실이다. 하지만 가장 큰 이슈가 남아 있었다. 주인공이 비극적인 결말을 맞는 이야기가 상업적으로 얼마나 수용될 수 있느냐는 것. 이 부분에 대해서는 개인적으로 상업적인 영화에 대한 기준을 손쉽게 재단할 수 없고, 대중의 취향을 예측하기도 불가능하다는 관점을 가지고 있다. 하지만 영화제작의 다양한 주체들의 의견을 수용하지 않을 수는 없었고, 기나긴 설득과 타협, 수정 과정이 이어졌다.

시나리오의 방향이나 완성도 문제로, 또 시나리오가 다루는 박정희 정권, 유신 시대를 이유로 투자가 유보되는 과정이 반복되었다. 주연 배우가 캐스팅되었다가 투자 결정이 되지 않아 본계약에 이르지 못한 경우도 있었다. 이 과정을 거치며 시나리오는 조금씩 아버지로서의 주인공이 강조되고, 미약한 한 개인이 거대한 불의에 휩싸이는 방향으로 수정되었다. 그 이듬해인 2015년 2월 즈음 4고를 끝으로 각본자로서의 역할을 마치고 시나리오 작업을 종료하게 되었다.

이후에는 원안자인 김봉한 감독이 직접 각색하며 다양한 의견들을 보다 적극적으로 수용한 버전을 내놓았다. 개인적으로 작품에 대한 애정이 각별했다. 이에 계약서에 단독 각본의 크레딧을 명시하고 작품의 마무리까지 함께하기로 약속해놓은 터였다. 다른 시나리오 작업을 하면서도 이후의 각색고를 모니터링하고 틈틈이 대사와 지문을 수정하는 작업을 병행했다. 2015년 봄 즈음으로 기억한다. 성진 역으로 배우 손현주 씨가 캐스팅되었다는 소식이 들려왔고 이제 곧 촬영에 들어갈 것만 같았다. 하지만 투자 결정은 쉽게 이루어지지 않았다. 결국 유신 시대를 다룬 시대적 배경 자체가 가장 큰 문제라는 의견이 지배적이었고, 감독에게서 작품의 시대적 배경을 제5공화국으로 바꾸자는 제안이 있다는 이야기를 듣게 됐다. 각본을 담당한 작가로서, 또 영화를 좋아하는 개인으로서도 무척이나 의아한 지점이었고, 화가 나는 부분이었다. 하지만 현실은 여전히 냉혹했다. 그 이후 '공작'이라는 시나리오는 시대적 배경을 1987년으로, 제목을 '보통사람'으로 바꾸게 되었다.

이 과정에서도 틈틈이 〈보통사람〉 시나리오의 윤색 작업을 함께했다. 2015년 11월 11일이 본 작가가 마지막으로 참여한 버전이었다. 그렇게 〈보통사람〉은 캐스팅과 투자를 완료했고, 2016년 여름 드디어 〈보통사람〉은 프리 프러덕션을 마치고 촬영에 들어갔다.

지난 3월 8일. 기술 시사를 보고 왔다. 모든 시나리오 작가가 자신의 작품을 스크린으로 처음 만날 때 느낄 법한 바로 그 감정을 나 역시 느꼈다. 빈 모니터 속에서 출발한 이야기가 감독의 연출과 배우의 연기를 통해, 촬영과 미술, 의상, 분장의 힘을 입어 실체화하고 편집, 색보정과 CG, 믹싱 등의 후반 작업을 통해 세공되어 스크린 속 환영으로 만나게 되었을 때의 그 생경한 감각. 그리고 스스로 상상하고 집필했던 캐릭터와 플롯에서 달라진 것에 대한 위화감과 다양한 해석에 의해 변화된 원작의 모습에 대한 얄궂은 감정 같은 것 말이다. 이것은 작품이 좋다 나쁘다의 차원이 아니라 작가라면 누구나 느끼는 소회일 것이다. 작품마다 느끼지만 매번 생경한 어떤 느낌. 코믹스나 소설의 원작 팬이 각색을 통해 영화화된 작품을 보며 느끼는 미묘한 감정 같은 것. 그것을 무한히 증폭시켰을 때의 그 감정 말이다. 하지만 개인적인 어떤 평과와 별개로 작품에 대한 판단은 관객의 몫이다.

이제 시나리오 작가가 겪는 거의 모든 제작 과정을 마무리하고 개봉만을 기다리고 있다. 영화제작에서 시나리오는 그 시작이자 가장 중요한 단계지만, 아울러 수많은 주체의 협업 과정의 일부이고 그렇기에 이후의 단계들에서 오는 수많은 창조적 변화와 변형을 있는 그대로 받아들여야만 한다. 개인적으로는 여전히 가장 어려운 단계지만 이제 최대한 담담한 마음으로 관객의 평가를 기다리려 한다.

원고 분량이 남아 조금 첨언해보자면, 〈보통사람〉의 작업 과정을 통해 영화제작 과정의 주체로서 작가의 역할에 대해 다시금 많은 고민을 하게 되었다. 대규모 자본이 투입된 상업 영화 제작 과정의 작가가 고려해야 할 부분이 어디까지인가에 대해서 말이다. 시나리오만 잘 쓰면 된다는 원칙적인 입장, 당연히 다양한 의견을 고려하고 설득하고 수용해야 한다는 생각, 그리고 그 이후의 역할에 대해서까지 말이다. 아이템 자체의 평가에서부터 예산이나 캐스팅의 가능성, 촬영의 용이성까지 영화제작의 모든 영역에 대한 고려와 협업이 필요하다는 점에서 상업 영화 작가의 역할은 그 폭이 생각보다 넓다. 게다가 연출을 겸하지 않는 작가라면 더더욱. 평소 상업 영화 작가의 능력 중 절반 정도는 커뮤니케이션 능력이라고 생각해왔고 여전히 그러하지만 이제는 더 나아가 피디와 감독 고유의 영역이라 느껴온 부분까지도 작가가 책임감을 느끼며 동참해야 한다는 생각을 한다.

  개인적으로 〈보통사람〉이라는 작품을 만나 집필하게 된 것을 큰 행운이라 여긴다. 또 이 과정을 통해 많은 것을 느끼고 깨달았다. 앞으로의 작품에 교훈이 될, 또 반면교사가 될 만한 많은 것을 느끼고 기억하고 있다. 매 작품이 다시 자신의 밑거름이 되는 작가의 삶이 얼마나 행복한지를 새삼 깨달으며 감사하는 순간이다. 모쪼록 작품을 좋아하는 관객과 그렇지 않은 관객의 솔직한 평가와 비판이 쏟아지기를 기대하며, 조금 더 나은 작품을 쓰기 위해 언제나 같은 마음으로 다시 모니터 앞에 앉기로 한다.

| 개봉 : 2016. 11. 16.
| 주연 : 강동원, 신은수, 이효제
| 감독 : 엄태화

CONTINUITY

가려진 시간

강동원 / 신은수 감독 엄태화

| 엄태화 |

주요 작품
2013년 〈잉투기〉 연출 및
공동각본
2014년 〈루팡〉 공동 각본
2016년 〈가려진시간〉 연출
및 공동 각본

| 조슬예 |

동국대학교
영화영상학과 졸업

주요 작품
연출 : 〈해가 지는 아침〉 〈윤희〉
〈열일곱, 그리고 여름〉
공동 각본 : 〈잉투기〉 〈소셜포비
아〉 〈루팡〉 〈가려진 시간〉
각본 : 〈영아의 침묵〉
각색 : 〈택시 운전수〉 〈소환의 밤〉

시놉시스

열세 살의 수린은 터널 공사 담당자가 된 새아버지, 도균을 따라 화노도(섬)로 이사를 오게 된다. 1년 전 불의의 교통사고로 엄마를 잃고, 도균과도 서먹한 수린은 '여기가 아닌 어딘가 다른 세계로 떠나고 싶다'는 혼자만의 공상에 빠져 있다. 그러다 보니 학교에서도 이상한 전학생 취급을 받는다. 답답한 현실의 어디에도 마음 붙이지 못하고 외롭게 지내던 중 보육원에서 살고 있는 동갑내기 성민을 만난다.

수린은 유일하게 자신의 공상 세계를 믿고 이해해주는 성민에게 조금씩 마음을 열어간다. 이후 둘만의 암호로, 둘만의 공간에서, 둘만 아는 추억을 쌓는 동안 언제나 밝고 긍정적인 성민을 더욱 좋아하고 의지하게 된다.

성민은 친구들(태식, 재욱, 상철)과 터널 공사의 발파를 구경하러 가자며, 출입이 금지된 산에 올라갈 계획을 짜고 있다. 우연히 마주친 수린도 동행한다. 산 초입, 출입금지 푯말이 붙은 철조망 앞에 도착하자 겁이 난 상철은 돌아가 버리고, 나머지 네 아이만 금지구역 안으로 들어간다. 공사 현장이 보이는 곳에 도착해 발파를 기다리던 아이들은 지루함을 참지 못하고 돌아다니다 땅속 깊숙이 위치한 동굴로 들어가게 된다. 동굴 안, 깊은 물웅덩이 속에 반짝이는 알이 있다. 태식은 어릴 적 할아버지에게서 들은 '시간을 먹는 요괴' 이야기를 들려준다. "그 요괴를 만나면 아이가 어른이 되고, 어른은 노인이 된대." 호기심에 들뜬 아이들은 알을 들고 밖으로 나간다.

수린은 없어진 머리핀을 찾기 위해 혼자서 동굴로 돌아온다. 그때, 갑작스러운 폭발음, 이어 강한 지진이 일어난다. 몸조차 가누기 힘겨운 상황, 겨우겨우 밖으로 나온다. 그런데 방금 전까지 모여 있던 남자아이들이 사라졌다. 홀로 남겨진 수린은 성민을 찾아 산길을 헤맨다. 그러나 어디에도 성민과 다른 아이들은 보이지 않는다.

실종된 아이들을 찾아 나선 경찰들이 수린을 발견하고, 병원으로 옮긴다. 그러나 계속되는 수색 작업에도 남자아이들의 행방은 묘연하다. 아이들의 부모는 답답함을 참지 못하고 수린에게 아이들 행방을 다그치듯 묻는다.

신비한 동굴과 '시간을 먹는 요괴'에 대해 아무리 열심히 설명해봐도, 수린을 믿어주는 사람은 아무도 없다. 그러던 중, 마을에서 멀리 떨어진 인적이 드문 놀이터에서 재욱의 시신이 발견된다. 점점 불신과 울분에 휩싸이는 마을. 노∰은 발파 공사 때 아이들이 사고당한 사실을 숨기기 위해 유괴 사건을 꾸며낸 것이 아니냐는 의심까지 받는다. 그런 분위기 속에서 수린은 모든 것이 혼란스럽고 두렵다. 그저 하루빨리 성민이 돌아와주길 바라는 마음뿐이다.

얼마 후, 삼십 대 정도의 낯선 남자가 수린을 찾아와 자신이 바로 '성민'이라고 주장한다. 불안정하고 어눌한, 이상한 남자. 그는 정말로 성민일까? 그렇다면 태식과 재욱은 어디로 간 것일까? 서로를 진심으로 믿어준 유일한 친구, 성민과 수린은 다시 만날 수 있을까….

시작

가려진 시간을 구상하기 전에, '어떤 오해로 인해 사형수가 된 남자와 그 오해의 발단인 소녀의 비극적인 스릴러'를 쓰고 있었다. 무겁고, 어두운 이야기였다. 트리트먼트를 완성할 즈음, 말도 안 되는 사건이 벌어졌다. 바로 세월호 참사다. 생방송으로 배가 침몰해가는 과정을 실시간으로 지켜보며 대부분의 사람이 그렇듯 나 역시 엄청난 충격에 빠졌다. 나는 초·중·고등학교 시절을 안산에서 보냈다. 지금도 부모님은 안산, 그것도 다리 하나만 건너면 단원고등학교가 있는 곳에 살고 계신다. 당시 부모님 댁을 갈 때면, 단원고 학생의 장례 버스가 많이 보였다. 그런 상황에서 가장 견디기 힘들었던 것은 희생자와 유족들을 모욕하거나 이용하려 드는 몇몇 집단, 그리고 진실을 감추는 데 급급한 정부와 언론이었다. 이런 행태들이 인간 존재에 대한 회의감까지 불러일으켰다. 시나리오고 뭐고 아무 생각이 안 났다. 한동안 모든 걸 멈추고, 아무것도 하지 않은 채 그저 시간을 흘려보냈다. 그러던 중, 문득 기존에 쓰던 이야기를 이어가는 것이 감정적으로 무척 힘들 것 같았다. 그런 무겁고, 어두운 이야기보다 누군가에게 조금이나마 위로가 될 수 있는 영화를 만들고 싶었다.

공동 작업을 하는 조슬예 작가(이하 조 작가)와 함께 처음부터 다시 시작했다. 전에 쓰던 이야기에서 성인 성민, 초등학생 수린, 두 사람의 이름과 연령 설정만 그대로 두고, '이 두 사람은 대체 어떤 관계일까?'부터 재정립하기로 했다. 이런저런 고민 끝에 '겉모습 때문에 사람들은 믿어주지 않지만, 실제로는 가장 친한 친구'로 정했다. 가장 먼저 영화 〈빅〉이 떠올랐다. '갑자기 어떤 사건을 계기로 한순간에 나이를 먹어버린다.' 우리가 정한 둘의 관계를 보여주기에 적합한 설정이라고 생각했다. 다음으로는 〈백 투 더 퓨처〉나 〈터미네이터〉 같은 타임슬립 스토리. '성인이 된 남자가 과거로 돌아가 옛 친구를 만난다.' 이것도 나름 어울리는 설정이었다. 그러나 앞서 말한 두 설정 모두 이미 많은 영화에서 다뤄졌기 때문에 좀 더 색다른, 새로운 것을 찾고 싶었다. 전부터 관심이 있었던 시간을 다룬 판타지에 대해 이런저런 생각을 해보다가, 문득 '시간이 멈춘 세계에서 성민 혼자 나이를 먹어버린 상황이면 어떨까?' 하는 생각이 떠올랐고, 바로 '이거다!'라는 확신이 들었다.

공동 작업

　나는 꽂히는 아이템이 있으면, 본능적으로 접근한다. 주제 의식보다는 소재나 어떤 순간의 감정 혹은 이미지, 장르를 가지고 어떻게 하면 재미있는 이야기가 될까를 고민하는 편이다. 그러고 나서 왜 이 이것을 선택했을까를 질문하면서 스스로를 관찰한다. 이런 식으로 계속해서 질문하다 보면, 원하지 않아도 자연스럽게 그 시기의 내 의식과 무의식이 투영되고, 그것이 주제가 된다고 믿는다. 이런 스타일이다 보니 초반에 스토리를 어떻게 시작해야 할지 막막한 경우가 많다. 그래서 소재나 장르를 정한 이후에는 사진이나 일러스트를 많이 찾아본다. 그림 속 인물들을 보며 그 프레임 바깥의 이야기를 상상하다 보면 막막하던 이야기의 숨통이 트일 때가 있기 때문이다. 그렇게 만들어진 상황들이 쌓이다 보면 자기들끼리 스스로 연결되는 경우도 있고, 캐릭터가 만들어지기도 한다. 예를 들면, 모아둔 이미지 중에 한 성인 남자와 소녀가 거대한 파도 앞에 마주 서 있는 작자 미상의 그림이 있었다. 두 사람의 모습이 위태롭기도 하고 애절해 보이기도 했다. 프레임 밖의 상황을 상상해 보았다. '두 사람은 곧 거대한 파도에 휩쓸려갈 상황이다. 그것은 마치 이들을 덮치는 세상의 풍파 같아 보였다. 그 절체절명의 순간, 갑자기 시간이 멈춘다.' 이후 이 장면을 영화의 키 이미지로 두고, 주인공이 가장 위험한 순간일 때 쓰면 어울리겠다고 생각했다. 실제로 그렇게 했다. 이런 식으로 파편적인 덩어리들을 일단 메모를 해서 저장고에 넣어둔다. 반면 조 작가는 캐릭터의 감정이 움직이는 방향에 따라 스토리를 만드는 것에 탁월함을 보이는 작가다. 내가 저장고에 넣어둔 파편적인 덩어리들을 조작가가 한데 묶어 캐릭터의 전체 감정 라인을 그린다. 그러면 나는 계속해서 태클을 걸고, 조 작가도 이에 지지 않고 또 다른 대안을 제시한다. 이런 식으로 역할

분담을 해서 작업을 해나간다. 나와 조 작가 두 사람이 이야기를 접근하는 방식이 상반되기에 초반에는 많이 부딪히기도 했지만, 이제는 어느 정도 자리를 잡은 작업 방식이다.

수린과 성민

먼저 두 주인공의 나이, 성격, 외모, 서로에게 주고받는 영향 등을 설정했다. 기존에 정해둔 것은 멈춘 세계에서 혼자 나이를 먹은 성인 남자와 초등학생 소녀의 이야기. 그렇다면 시간이 멈추기 전엔 둘이 동갑내기였을 것이다. 사실 나이는 오래 고민하지 않았다. 어린이에서 청소년으로 넘어가는 6학년, 열세 살이 좋겠다고 바로 생각했기 때문이다. 그런 다음 내가 초등학교 6학년 때를 떠올려보니 대부분의 여자아이들이 나보다 머리 하나쯤 컸던 기억이 났다. 동갑일 때의 성민과 수린이 그 정도로 키 차이가 나다가, 나중에 성민이 성인이 되어 돌아왔을 때는 수린보다 머리 하나쯤 커져있는 이미지가 재밌을 것 같았다. 반대로 성격은 어린 시절의 성민이 수린보다 조금 더 어른스럽고 듬직하지만, 어른이 되어 돌아왔을 때는 불안정하고, 약해져 있어 오히려 어린 수린이가 그를 도와주고 보살펴주는 쪽으로 정했다. 키와 대비되는 재미를 주려고 그렇게 정한 것도 있지만, 캐릭터가 처한 상황을 상상했을 때 그게 자연스러울 거라고 생각했다. 어릴 때부터 보육원에서 자란 성민은 또래 아이들에 비해 혼자서 감내해야 하는 것들이 좀 더 많았을 테고, 보육원에는 자기보다 어린 동생들이 많아서 누군가를 돌보는 것에 익숙할 것이다. 긍정적인 성격은 타고난 것 아닐까. 반면 엄마가 죽고, 새아빠와 낯선 곳으로 온 수린은 자신을 둘러싼 여러 가지 변화들을 감당하기엔 버거운 상태라 현실에서 도피해 공상의 세계에 틀어박혀 타인과의 소통에 어려움을 겪을 것이다. 어른 성민은 멈춘 세계에서 괴롭고, 외로운 시간을 보냈을 것이고, 오랜 시간을 비정상적인 공간에 있었기 때문에 시간이 흐르는 현실 세계에서 적응이 어려울 것이다. 결국 크게 보면, '어린 시절에 성민이가 보여준 믿음과 따뜻함이 수린을 지켜주고, 강하게 만들어준다. 이후 성인 성민이 돌아오면 수린이가 자신이 받았던 것들을 되돌려준다'라는 구도가 된다.

가려진 시간

처음에 시간을 어떻게 멈추게 될까. 궁금한 건 못 참고 위험한 것도 일단 해보는 아이들의 특성을 이용해보기로 했다. 그래서 나무 밑 동굴, 연못, 알 등이 정해졌다. 초고에는 알을 깨면 작은 요괴가 나오면서 시간이 멈춘다는 설정이었고, 그 요괴를 다시 잡아서 락앤락 통 같은 곳에 가두면 다시 시간이 흐른다는 규칙이 있었다. (그땐 제목도 〈시간요괴〉였다.) 이하는 초고 때 스토리다. 요괴를 통해 시간을 멈췄다 풀었다 하는 것이 자유로웠던 성민은 그것을 이용해 수린에게 여러 가지 장난을 친다. 그러나 아이들의 이런 위험한 놀이에는 언제나 대가가 따르기 마련. 시간을 멈출 때마다 요괴가 점점 커진다는 사실을 뒤늦게 알게 되고, 성장하는 요괴를 잡기가 점점 어려워진다. 위험성을 깨달은 수린이 성민에게 시간을 멈추는 것을 그만하라고 한다. 그 와중에 수린의 새아빠가 나타나서 수린을 괴롭히기 시작한다. 그래서 성민은 수린을 위해 다시 한번 시간을 멈추고 나쁜 새아빠를 혼내주려고 한다. 하지만 요괴를 놓쳐버린다. 멈춰진 시간 속에서 요괴를 잡으려고 해보지만 요괴는 잡히지 않고 바다로 들어가 버린다. 성민은 점점 나이를 먹게 된다. 수년이 흐르고 성민이가 성인이 되었을 무렵, 고래만큼 커진 요괴가 멈춰진 바다를 헤엄치는 것을 목격한다. 그리고 곧 그 요괴는 수명이 다해 죽는다. 그러면서 시간이 다시 흐르기 시작한다. 그렇게 성민은 다시 수린을 찾아오게 된다. 그러나 이 경우, 알을 깬 요괴를 깨운 사람만 시간이 멈추지 않게 되고, 마지막에 성민이 수린을 구하기 위해 다시 알을 깨는 상황이 별것 아닌 것처럼 되어버린다. 그래서 초고 이후 전반적으로 다 고쳐야 했다. 완성된 시나리오에서는 알을 깼을 때 지름 3미터가량의 원 안에 있는 사람을 제외한 다른 것들의 시간이 멈추게 되고, 보름달이 주기를 한 번 돌아 다시 보름달이 되는 데 걸리는 시간이 15년이다. 15년이 지나면 시간이 풀린다. 이렇게 설정을 바꾸게 되었다.

테마의 발견

이 이야기를 시작하는 시점부터 영화를 다 찍고 편집할 때까지 가장 어려웠던 지점은 바로 멈춘 시간 속에서 혼자 나이를 먹은 성민의 심리상태였다. 사실 그런 일을 겪은 사람의 예시도 없었을뿐더러, 성민 역할을 할 배우가 결정되어 있었다면 시나리오 단계부터 같이 만들어갔겠지만, 그럴 수 있는 상황도 아니었기에 온전히 성민의 심리를 우리의 상상력만으로 만들어내야만 했다. 심리학과 정신분석학 관련 책들을 보기도 했고, 실제로 심리상담사인 이모에게 도움을 요청하기도 했지만 쉽지 않았다. 이쯤 되니 이 캐릭터를 조금 다른 관점으로 접근할 필요가 있었다.

우리는 이 스토리 자체가 수린이라는 소녀의 머릿속을 들여다보는 이야기처럼 보이길 원했다. 그래서 한발 떨어져서 보면 관객도 수린이가 하는 말을 의심하게 되는 그런 상황을 만들고 싶었다. 어떤 큰 사건을 겪은 후 그저 친구가 돌아왔으면 좋겠다고 생각하게 된 한 소녀의 망상은 아닐까. 돌아온 성민이가 사실은 성민이가 아니라 아이들을 납치하고 살해한 범인이 아닐까. 영화의 후반부가 이런 식의 텐션을 가지고 가면 좋을 것 같다는 판단에서였다. 그래서 성민의 캐릭터도 오랜 고립 상황에서 뒤틀려버린, 건드리면 터져버릴 것 같은 위험해 보이는 캐릭터로 설정을 했었다. 전쟁 트라우마를 겪은 인물을 다루는 영화에서 참고했다. 그런데 이런 식으로 이야기를 만들다 보니 엔딩에서의 감정이 뭔지 잘 모르겠다는 생각이 들었다. 처음 시작에서 말했듯이, 스스로에게 위로가 되는, 보는 사람들의 마음도 따뜻해지는 영화가 만들고 싶었는데, 이야기를 만들다 보니 그렇게 흘러가기 쉽지 않을 것 같았다. 중요한 문제였다. 영화가 끝난 뒤 느껴야 할 감정은 무엇일까? 이 이야기를 처음 시작했을 때 나의 주된 심리는 무엇이었는가? 이야기의 시작점을 되짚다 보니 다시 세월호 참사가 떠올랐다. 물론 가려진 시간은 세월호 참사를 직접적으로 다룬다거나 그 상황을 비판하기 위해 만든 영화는 아니다. 그러나 처음 이야기를 시작했을 때 가지고 있던 주된 심리를 파악하는 것이 테마를 찾는 가장 빠른 방법이라고 생각했다.

사건 당시에는 모두가 그랬듯 '다들 빨리 구조돼서 돌아왔으면 좋겠다' 이 생각뿐이었다. 배가 침몰하는 과정을 지켜보는 동안 내내 '꼭 돌아왔으면 좋겠다. 어떻게든 그냥 살아서 돌아왔으면 좋겠다. 제발' 그 말만 계속 중얼거렸다. 주변 사람들도 모두 마찬가지였다. 이후 모든 희망이 사라졌을 때는 분노가 끓어올랐다. 그 사건을 통해 수많은 거짓만 본 기분이었다. 과연 진실은 무엇일까? 대체 그 참사는 왜 일어났나? 그들은 왜 모든 걸 감추려고만 할까? 아이들은 그저 어른들의 말을 믿었을 뿐인데, 왜 그런 끔찍한 일을 당해야만 했나? 대체 무엇을 믿고 살아가야 하나?

이런 상황들에 대한 반작용으로 이런 의문이 들었던 것 같다. 진정한 믿음이란 무엇일까. 아무런 조건이 없이도 그야말로 순수하게 믿어준다는 것은 지금 이 시대에서 얼마나 만나기 어려운 가치인가.

'아무도 믿어주지 않는, 믿기 힘든 내 이야기를 믿어주는 누군가가 있다면?'

이제야 찾은 것 같았다. 이것이 이 영화의 테마였다. 떠올려보면 새로 생각난 것이 아니었다. 여기까지 오는 동안 글을 쓰고 있는 우리의 상태를 점검하고, 소재를 정하고, 이미지를 서치하는 동안 이미 무의식 속에 자리 잡고 있었던 것이었다.

어른 성민의 캐릭터를 수정했다. 일반적으로 자라지 못한, 어딘가 미성숙한, 그렇지만 성인보다는 아이에 가까운 상태의 버전으로 만들었다. 그리고 수린이는 그의 말을 온전히 믿어준다. 하지만 세상은 아무도 이들의 말을 믿어주지 않는다. 그러나 수린이의 말이 사실은 판타지일 수도 있다는 설정을 아예 배제하지는 않았다. 8:2 혹은 9:1 정도로 '어쩌면 이 모든 게 수린이의 판타지일 수도 있겠다'는 생각을 관객이 하기 바랐다. '성민이가 진짜 범인인가?' 하는 의심이라기보다는 '성민이가 돌아왔으면 좋겠다. 어떤 모습이더라도 괜찮으니 그냥 제발 돌아와만 줬으면 좋겠다.' 이런 수린의 간절한 소망이 만들어낸 판타지로 말이다.

이야기의 확장과 세계관

이러한 성민을 수린이가 치유해주는 과정을 디테일하게 묘사하던 중 너무 둘의 관계에만 치중하다 보니, 펼쳐놓은 세계관에 비해 뭔가 너무 작은 이야기를 하고 있는 것 같다는 느낌이 들었다. 내적 갈등은 충분하니 외적 갈등을 만들어야 했다. 조금 더 사건을 키워보기로 했다. 실제로 안타고니스트를 등장시켜 아이들이 납치되는 사건을 만들어보기도 했고, 시대 배경을 전쟁 상황으로 가보려고 하기도 했다. 그럼에도 뭔가 딱 맞는 것 같다는 생각이 들지 않았다. 시간이 멈추는 세계관과 맞물리면서도 현실세계에서는 큰 사건으로 받아들여질 만한 사건이 뭐가 있을까 고민하던 중, 아이들의 집단 실종 사건에 대한 이야기가 나왔다. 성민이 혼자 그 세계로 들어가는 것이 아니라 친구들이 같이 들어가게 된다. 그렇게 되면 현실세계에서 훨씬 더 이 사건의 확장성이 커질 수 있겠다는 판단이 들었다. 그래서 태식이와 재욱이 캐릭터가 추가되었다. 그리고 성민이를 보육원에 사는 아이로 바꿨다. (초고에선 할머니와 함께 살고 있었다.) 성민이가 사라졌을 때, 그를 가장 기다리는 사람은 수린이고, 멈춘 세계에서 성민이도 자신을 알아봐줄 사람을 떠올렸을 때 수린밖에 생각이 안 나도록 하기 위해서였다.

아이들을 다 같이 멈춘 세계로 들어가게 해놓고, 고립시키고 외롭게 만들다 보니 문득 이 과정이 마치 우리가 어른이 되어가는 과정과 닮았다는 생각이 들었다. 친구들이 죽고 혼자 남게 된 성민은, 많은 사람과 함께 있지만 멈춰 있는 그들과는 소통할 수 없다. 철저히 혼자다. 감당할 수 없는 상실감과 외로움에 그는 모든 걸 내려놓고 죽음을 선택한다. 우리가 사는 세상과 닮았다. 많은 사람에게 둘러싸여 있지만 결국은 혼자 살아가는 것 같다는 생각을 한다. 그것을 깨닫고 받아들일 때 조금 어른스러워지는 것이 아닐까. 그래서 앞서 말한 것처럼 달의 주기를 통해 15년이라는 시간을 설정해두었으나, 태식의 할아버지로부터 전해진 전설로 인해 시간을 좀 더 관념적으로 표현했다.

"요괴한테 시간을 뺏기면, 아이는 어른이 되고, 어른은 노인이 된다."

기타

이야기는 구조가 크게 세 부분으로 나뉘었다. 첫 번째는 어린 성민과 수린이 만나서 교감한 뒤, 아이들과 동굴에 들어가서 실종되었다가, 어른이 된 성민이 돌아온 이야기. 두 번째는 성민, 태식, 재욱이 멈춘 세계 내에서 성장하고, 결국 성민 혼자 남아 모든 걸 포기했을 때 돌아오게 되는 이야기. 세 번째는 수린이가 성인 성민의 정체를 알리려다 오히려 유괴 살인범으로 몰리는 이야기. 이쯤 되니 덜컥 고민이 되었다, 이렇게 분절된 세 가지 이야기를 구조적으로 합치는 것이 과연 가능할까? 더군다나 메인 주인공이 어린 소녀이고 어른으로 나오는 상대 배우는 이야기가 3분의 1 지점이 지나야 등장을 한다니, 이걸 상업영화로 만들 수 있을까? 의문이 계속 들었다. 그러던 중 그 시기에 개봉한 데이비드 핀처의 〈나를 찾아줘〉를 봤다. 오랜만에 영화를 보면서 제발 끝나지 않았으면 좋겠다는 생각을 했다. 이 영화 역시 남편 시점, 아내의 시점, 두 사람이 다시 만난 이후, 이렇게 크게 세 덩어리로 나눠지는 특이한 구조를 가지고 있었는데, '이야기가 정말 재밌으면 익숙하지 않은 스타일일지라도 사람들에게 통하는구나' 하고 느꼈다. 그래서 구조에 대한 고민은 조금 내려놓고 우선 이야기를 더 재밌게 만들기 위해 노력했다.

앞부분은 아이들의 이야기다. 아이들의 모습이 그 나이 또래 아이들이 봐도 자신들의 모습처럼 보이기를 원했다. 그래서 현실적인 대사들이 중요했다. 그래서 실제 초등학생들(조작가의 조카와 친구들)을 불러 피자를 사주며 그들이 쓰는 언어를 유심히 관찰하기도 했다. 아역 배우들이 캐스팅된 후에는 계속해서 리딩과 상황극을 하면서 대사와 상황을 고쳐나갔다. 리딩 과정을 통해 아이들은 금방 친해졌고, 이미 시나리오 상황이 몸에 배어 있었기에 현장에 가서도 주눅 들지 않고 놀이처럼 편하게 연기할 수 있었다.

멈춘 세계의 이야기는 CG 못지않게 드라마가 중요했다. 15년간을 최대한 압축적으로 보여줘야 했다. 큰 감정선을 먼저 그렸다. 아이들이 신기한 세계에 흥미와 재미를 느낀다. - 점점 지루함을 느끼면서도 그 생활에 적응해나간다. - 재욱의 죽음에 첫 좌절을 느낀다. - 멈춘 세계가 성민과 태식에게 일상이 된다. - 곧 시간이 풀릴 거라는 희망이 생긴다. - 생각했던 시기를 지나자 더 큰 좌절을 느낀다. - 성민이 감정적으로 무너진 상태에서 달의 변화를 눈치채 다시 희망을 가진다. - 철저히 혼자가 된 고독 속에서 사라진 태식을 찾아다니는 것으로 마지막 끈을 놓지 않는다. - 자살한 태식을 보고, 모든 것을 놓아버린다. 이렇듯 변화무쌍한 감정들을 짧은 시간 안에 보여줘야 하는 것에 부담을 많이 느꼈다. 실제로 편집에서도 보는 사람들이 감정 변화에 어색함을 느끼지 않게 하기 위해 음악이나 편집에 신경을 많이 썼다.

어른이 된 성민이가 돌아온 이후 주요 갈등은, 고립된 성민과 수린, 그리고 이들의 말을 믿어주지 않는 현실세계와의 갈등이었다. 영화가 완성된 지금에 와서 드는 생각은, 어쩌면 이런 단순한 세팅이 보는 사람으로 하여금 다소 뻔한 이야기처럼 느껴지게 된 것이 아닐까 생각된다. 우리가 초반에 쓸 때 설정했던 수린과 불안정한 성민의 갈등 요소를 그대로 살려두되, 더 큰 외부 갈등 요소들과 맞서다 보니 자연스럽게 두 사람의 갈등이 봉합되어가는 그런 이야기로 만들었으면 텐션이 조금 더 살지 않았을까 하는 아쉬움이 있다.

영화의 엔딩은 원래 중년이 된 성민의 얼굴이 보이지 않는 상태에서, 누군가를 보는 수린의 표정만 보여주는 것이었다. 그런데 수린을 바라보는 연기를 한 강동원 배우의 눈빛이 너무나 마음에 들어 쓰지 않을 수가 없었다. 그리고 그 얼굴을 보여줄 수 밖에 없었던 또 한 가지는 그 뒤에 붙는 컷이 두 사람이 탄 배가 점점 멀어지는 쇼트였다. 원래 예정에 없던 컷을 찍은 건데, 그 장면을 쓰기 위해서는 성민의 얼굴을 보여주는 것이 자연스러웠다. 의도적으로 배 위에는 수린이와 성민 외에는 아무도 타고 있지 않은 것으로 설정했다. 이 만남 자체가 현실 세계의 만남인지 수린의 환상인지 모호하게 하고 싶었기 때문이다.

마지막으로…

영화가 시작하면, 민 박사가 쓴 책의 서문에 이런 문장이 있다.

'필자는 이 책을 통해 수린이의 이야기를 여과 없이 전달할 예정이다. 이것이 수린이를 이해하는 데 조금이라도 도움이 되길 바란다.'

앞서 말했듯 처음에는 이 스토리에서 진행되는 사건들의 진실, 말하자면 그녀가 만난 사람이 진짜 성민이냐 아니냐는 문제가 중요했었다. 그러나 점점 시나리오를 탈고해 갈수록 나의 관심이 바뀌어갔다. 이제와 이렇게 글을 정리하며 되돌아보니, 내가 〈가려진 시간〉을 통해 진정으로 보여주고 싶었던 것은, 그저 사라진 친구들이 돌아오길 바라는 열세 살 소녀 수린이의 마음이었던 것 같다.

개봉 : 2016.
주연 : 정하담·박석영
감독 : 박석영

| 박석영 |

1973년 출생.
서강대 국문과 중퇴.
뉴욕 컬럼비아 대학교 영화과 중퇴 후 2009년 전계수 감독의 〈뭘 또 그렇게까지〉의 제작부로 영화에 입문했다.
〈들꽃〉은 감독의 첫 번째 장편 연출작이다.

시놉시스

열 살 정도로 보이는 소녀가 낡은 캐리어를 들고 지방 소도시의 시외버스 터미널에 도착합니다. 이 소녀는 얼마 전 어머니를 잃었고 한 번도 만나본 적이 없는 아빠를 찾아가고 있습니다.

소녀가 도착한 마을에는 20대 초반의 여자 하담이 살고 있습니다. 작은 시골집의 단칸방을 얻어 사는 그녀의 삶은 평온해 보이나 실은 깊은 슬픔을 숨기고 있습니다. 하루 일과를 마치고 집으로 돌아가던 하담은 버스 정류장에 홀로 서 있는 소녀와 마주칩니다. 길을 묻는 소녀가 왠지 마음에 걸린 하담은 소녀와 함께 걷기 시작합니다.

하담의 인도로 소녀는 한 남자를 만나게 됩니다. 그러나 소녀의 예상과 달리 그 남자는 소녀를 자신의 딸로 받아들일 준비가 되어 있지 않습니다. 당황한 남자는 우선 하담에게 소녀를 맡겨버립니다.

그날 이후

남자는 스스로도 이해할 수 없는 방식으로 변하기 시작합니다. 딸이 아닐 수 있다는 의심이 지워지지 않음에도 그의 소녀를 향한 마음은 종잡을 수 없이 커져갑니다. 그리고 그의 변화는 한때 가족 같았던 주변 사람들을 불안하게 만듭니다. 결국 그 불안은 이들 안에서 불신과 분노를 키워내기 시작합니다.

그 혼돈 속에서 변함없이 소녀를 사랑하는 것은 하담입니다. 그것은 마치 소녀를 통해 자신의 깊은 슬픔, 어린 날 버려졌던 자신의 과거를 기억해내는 것과 같습니다. 마치 어린 나 자신을 대면하고 위로해주고 싶었던 마음으로, 하담은 소녀를 지키기 위해 최선을 다합니다.

결국

소녀를 지켜내는 것은 하담이지만

하담을 과거 속에서 풀려나게 하는 것은 소녀입니다.

둘은 이제 함께 떠나갈 용기를 냅니다.

〈재꽃〉의 시작

〈재꽃〉은 저의 두 번째 영화인 〈스틸 플라워〉의 한 장면에서 시작
되었습니다. 직장을 찾아 떠도는 20대 초반의 주인공 하담은 버려진
집 속의 어두운 거처에 누워 눈앞에 커둔 촛불을 한참 쳐다보고 있습니
다. 그날은 하담이 처음으로 자신을 위해 탭 슈즈를 산 날입니다.

저는 그 순간 하담이 일렁이는 촛불 속에서 왠지 자신의 어린 날, 부
모에게 버려졌던 그 막막한 시간을 떠올렸을 것 같았습니다. 그리고
만일 그 어린 날의 자신을 만날 수 있다면 무엇을 해주고 싶을지 생각
해보았습니다.

'네가 버려졌다는 것을 아는 척하지 않겠다. 예쁜 곳에 데려가
주고 싶다. 맛있는 것을 먹이고 싶다. 밤에 혼자 잠들게 하지 않겠
다. 탭 댄스를 가르쳐주겠다. 모든 것이 너의 잘못이 아니었다고
말해주고 싶다. 울지 않게 해주고 싶다. 많이 안아주고 싶다. 미
움이 행복을 이기게 두지 않겠다. 절대로 널 버리지 않겠다.'

결국 이런 마음들은 안보영 피디님의 표현을 빌리자면 과거의 자신
에게 친구가 되어주고 싶다는 마음이지 않을까 싶었습니다. 그렇다면
먼저 과거의 어떤 시점을 찾아 들어가야 할지 고민이었습니다. 그 힌

트는 다행히도 꽃 시리즈의 첫 영화 〈들꽃〉의 하담 역 오디션 대본에 있었습니다.

■ 하담 역 오디션 대본

하담이라는 캐릭터의 과거가 드러나는 것은 첫 번째 영화 〈들꽃〉의 오디션 대본이었습니다. 영화 속에 나오는 세 명의 소녀 중 가장 어린 역할의 정하담 배우에게 아래와 같은 독백을 지정 연기로 주었습니다. 이하는 16세의 거리의 소녀 하담이 자신이 어떻게 버려졌는지를 같이 지내게 된 수향에게 말하는 장면입니다. (오디션만을 위한 대사였고 실제 영화에는 이 장면이 없습니다.)

하담 역 (16세)

엄마가 날 데리고 어딘가로 놀러 갔어.

버스를 탄 거야. 시골길을 두둘두둘 달리는 버스.

맨 앞자리에서 난 얼마나 신이 났었는지.

언니, 난 말야, 정말 그렇게 맑은 시냇물,

그렇게 푸른 나무들을 본 적이 없어.

애기손 같은 이끼가 바위를 감싸듯 올라와 있었어.

풀에도 돌에도 나뭇잎에도 다 초롱초롱한 눈동자가 달려 있는 것처럼…

아름다운 거 예쁜 거.

사람이 아무도 내리지 않는 계곡, 정류장에 버스가 서자마자

난 엄마는 보지도 않고 뛰었어.

해가 지고 눈앞이 캄캄해질 때까지 놀다가.

갑자기 무서워졌는데…왜냐면.

엄마가 부를 때가 다 되었는데.

집 앞 놀이터에서 놀 때도 저녁이 되면.

'하담아, 하담아' 하면서 날 찾아 돌아다녔는데.

더 놀고 싶어 화장실 뒤에 숨어 있으면 꼭 내 머리채를 잡고 끌고 가곤 했는데.

정류장으로 돌아갔어.

아무도 없었어.

그리고 삼일을 풀숲에 숨어 기다렸는데.

하루에 두 번 오는 그 버스는 그 계곡에 한 번도 서지 않았어.

삼 일째 되는 밤, 알았어.

엄마는 나랑 숨바꼭질을 하려던 게 아니었던 거야.

난 시냇물에서 얼굴을 씻고 아주 천천히 걸었어.

소들이, 경운기가, 담배를 물고 있는 새카만 얼굴의 아저씨들이 내 옆을 지나갔는데.

난 더러워진 내 신발이 창피해서 더 빨리 걸었어.

그러다가 어딘가에서 쓰러졌나 봐.

그리고 여기야.

언니, 아직도 가끔 난 그때 정류장 앞 수풀 속에 숨어 있는 것 같아.

이 독백을 다시 읽어보면서 저는 어린 하담이 어머니에게 버려지고 나서의 여정을 〈재꽃〉의 시간적인 시점으로 정해야겠다는 생각이 들었습니다. 어머니에게 버려지고 홀로 한 번도 만나본 적 없는 아버지를 찾아가는 어린 소녀로 영화는 시작하고 소녀를 맞이하는 것은 현재의 하담인 것으로 시놉시스를 써 내려가기 시작했습니다.

시나리오 작업 과정

저는 지금까지 제 영화의 시나리오 작업을 누구와 함께 해본 적이 없지만 계속되는 작업에 지쳐가고 있다는 기분도 들었고 창의적인 협업자와 함께 이야기를 상상해보고 싶은 욕심도 있었습니다. 우선 러프한 원안만 있는 상태에서 하성태 작가와 안보영 피디와 함께 트리트먼트를 만들어나갔습니다. 이 과정에서 가장 중점을 둔 것은 전체적인 구조를 찾아내는 일이었습니다.

구조를 찾아가는 중 첫 번째 과정은 어린 날의 하담과 영화 속의 아빠를 찾아오는 소녀를 분리하는 것이었습니다. 그것은 영화 속의 소녀가 하담 자신일 경우 생길 시간적인 혼돈도 원치 않는 것이었지만 하담의 소녀를 향한 사랑이 자기애에 그치지 않을까 싶은 걱정 때문이었습니다. 우선 소녀에게 해별이라는 이름을 주었습니다. 해별은 실제 장해금 배우의 태명이기도 합니다.

이름을 따로 가지게 되긴 했지만 저는 하담과 해별이 여전히 서로가 서로의 과거이고 미래일 수 있는 면을 담아두고 싶었습니다. 두 캐릭터가 서로 마음으로 소리로 춤으로 공간과 시간을 넘어 서로를 듣고 있는 모습들을 통해서 영화 속에서 하담과 해별 둘이 함께 나오는 장면이나 혼자 떨어져 나오는 장면들에서도 서로가 끊임없이 공명하고 있는 정감이 살아 있기를 바랐습니다.

두 번째 과정은 소녀가 만나게 되는 아버지를 비롯한 마을 사람들의 관계와 현재를 구축하는 일이었습니다. 우선 내러티브를 전진시키는 기능적인 역할로 인물들을 표피화하고 싶지 않았고 그들의 삶이 영화가 표현하는 시점 이전의 삶이 지속되어 오고 있었다는 전제를 유지하며 각각의 인물들을 독립적으로 고민해야 했습니다.

각각의 인물들의 현재적인 삶에 대한 선명한 정보만을 채워내는 면보다 내적인 불투명함에 집중하는 시간이었습니다. 그렇게 소녀의 아버지일 수 있는 명호와 그의 오래된 동료인 철기, 철기를 사랑하는 진경. 그리고 그 모두를 감싸고자 하는 철기의 어머니 삼순의 모습이 드러났습니다.

두 달 정도의 시간을 거쳐 시나리오 초고를 마무리하면서 저는 〈재꽃〉이 하담과 해별의 직선적인 로드 무비가 명호와 해별, 명호와 철기, 철기와 진경, 철기와 삼순으로 엮여져 있는 휴먼 드라마를 관통하는 형태의 영화라는 것을 이해하게 되었습니다.

아직 미진했고 실제 촬영고와는 많은 차이가 있는 시나리오였지만 우선 몇몇 지원 사업들에 제출하기 시작했고 헌신적인 안보영 피디의 노력으로 크고 작은 지원을 받게 되었습니다. 이후 촬영까지의 시나리오 작업은 로케이션을 구체화하면서 변화되는 지점이나 확정된 캐스팅에 맞추어 다듬는 일반적인 수정 과정을 거쳤습니다.

새롭게 쓰기

제 경우 모든 최종고는 결국 촬영 현장에서 썼습니다. 그것은 〈들꽃〉을 찍을 때도 〈스틸 플라워〉를 찍을 때도 유지해온 저의 원칙이었습니다. 저는 시나리오로 써진 것은 영화의 그림자를 본 것뿐이라 생각하기도 하고 그림자가 아무리 정교하고 아름다울지라도 실제로 배우, 스태프와 함께 현장에서 역동적으로 찾아낸 혹은 발견된 순간들이 진실함에 가깝다고 믿어왔습니다.

매일 순서대로 촬영하며 시나리오를 다시 썼던 〈들꽃〉이나 20페이지 정도의 시나리오를 매일 재구성하는 과정을 거친 〈스틸 플라워〉와 비교할 때 정도의 차이는 있었지만 〈재꽃〉의 경우도 완전히 새롭게 쓰거나 매 장면을 새로운 방식으로 구성하는 과정을 거쳤습니다. 우선은 논리적인 문제를 해결하거나 예측하지 못한 현장의 변수를 풀어내는 부분이 있었지만 그보다 배우들이 글로 적힌 배역을 넘어 독자적으로 찾아낸 캐릭터의 생기 있는 측면들을 포착하고 반영하고자 하는 이유가 가장 컸습니다.

일례로 해별의 경우 원 시나리오에는 어머니를 잃고 아버지를 찾아가는 처연하고 주눅 든 아이로 인물이 그려져 있었습니다. 그러나 캐리어를 끌고 고속터미널로 향하는 첫 촬영을 진행할 때 해별 역할의 장해금 배우는 훨씬 더 당당하고 밝게 인물을 표현했고 그것이 원 캐릭터를 넘어서는 생동감을 주었기에 보다 자립적인 아이로 시나리오를 수정해나갔습니다.

현장에서의 이런 변화는 모든 캐릭터 간의 조화를 계속 다시 찾아가야 하는 상시적인 조율을 요구하는 것이었습니다. 이후 영화를 편집하고 난 후와 비교해보면 원래 시나리오의 3분의 1가량이 현장에서 완전히 재구성되었고 나머지 부분들도 대사나 상황들의 변화가 없는 장면은 거의 없었습니다. 지난한 과정이었지만 그럼에도 마지막까지 매 장면 새로운 가능성을 열어두면서 나아갈 수 있었던 것은 전적으로 배우들과 스태프들의 영화 자체에 대한 깊은 이해와 애정 덕분이었습니다.

"걔는 열한 살이에요."

이 대사는 해별이 명호의 딸이 아니라는 것이 드러난 후 그 사실을 추궁하는 어른들에게 하담이 던지는 마지막 말입니다. 저는 이 대사를 쓰지 않았습니다. 대신 정하담 배우에게 부탁했습니다. 그녀는 '하담' 역을 3년에 걸쳐 세 편의 영화를 거치며 살아냈고 저보다 더 깊이 '하담' 안에 있다는 것을 알고 또 믿고 있었기 때문입니다. 정하담 배우가 찾아낸 대답은 한없이 저를 부끄럽게 했고 마치 하담이 "나는 그때 열한 살이었어요"라고 외치는 것만 같았습니다.

2013년 겨울

4년 전 저는 저의 첫 영화가 될 스릴러 시나리오를 작업하고 있었습니다. 좀처럼 글이 풀리지 않았고 답답한 마음에 맥주를 사 들고 홍대 놀이터에 앉았습니다. 금요일 밤이었고 놀이터에는 술에 취한 사람들의 인파와 그들이 버린 술병들이 그득했습니다. 갑자기 고등학생으로 보이는 소녀가 빈 병을 땅에 던지기 시작했습니다. 놀란 사람들은 흩어졌고 소녀는 계속 땅바닥에 병을 던졌습니다. 자신들을 향해서 던지는 것이 아니라는 것을 알고 난 후 사람들은 '한 병 더'를 외치기 시작했습니다. 그 말을 듣는지 마는지 소녀가 병을 던지는 속도는 변함이 없었습니다. 사람들의 광기 어린 외침은 커져갔고 어떤 남자가 자신의 맥주를 꿀꺽 마시고는 비운 병을 소녀에게 건넸습니다. 소녀는 그 병을 무심히 던지고는 사라져버렸습니다. 저는 아무것도 못 한 채 그저 한없이 부끄러워졌습니다. 저는 준비하던 시나리오를 접고 집 없는 사람들에 대한 이야기를 쓰기 시작했습니다. 이후 만든 세 편의 영화는 각기 다른 모습이지만 모두 그 밤 혼자 병을 던지던 소녀에 대한 기억에서 자라난 이야기들입니다.

이제 그 마지막을 세상에 보냅니다.

너를 위로하고 싶었는데
오히려 네가 나를 구했어.
고마웠다. 진심으로.

유진 오닐 읽는 밤

| 손정섭 |

예술성과 대중성 두 마리 토끼를 모두 잡은 대히트작. 그러한 찬사가 얼마나 많은 시나리오 작가들의 가슴을 아프게 했던가. 예술을 하려던 작가는 그만 실의에 빠진다. 아예 돈 벌기로 작정하던 작가 또한 속된 말로 '골 때리게' 되고 만다. 원로 작가님들은 요즘 시나리오들이 너무 날아다녀 정신 못 차리겠다고 하신다. 그렇다고 그 말씀만 듣고 있을 수는 없다. 혹 시나리오 작가만의 독특한 생명력을 간과하는 우를 범할 수도 있는 것이다.

저명한 문학평론가 가라타니 고진은 〈근대문학의 종언〉에서 다음과 같이 말한다.

"근대문학이 끝났다고 해도 우리를 움직이고 있는 자본주의와 국가의 운동은 끝난 것이 아닙니다. 그것은 모든 인간적 환경을 파괴하더라도 계속될 것입니다. 우리는 그 한복판에서 대항해갈 필요가 있습니다."

영화 아닌 문학도 골 때리기는 마찬가지인가 보다. 골자는 문학이 근대문학의 관성을 유지해야 한다는 것일 게다. 문학이 그렇듯, 시나리오 또한 과연 근대적 관성을 유지할 수 있을까? 필자 생각엔 불가능해 보인다. 시나리오는 뒤돌아보지 않는다. 정말 달리는 말과도 같은 놈이다.

하여 한밤중에 책을 잡아본다. 극본으로 친다면 영화 시나리오가 있기 전엔 모두 연극 대본 즉 희곡이었다. 그래서 무조건 유진 오닐의 비극을 잡아본 바다. 비극의 즐거움 중 하나는 어긋나는 운명이거나 뒤늦게 깨닫게 되는 후회다. 그러한 일은 사실 현실에서도 비일비재하기 때문에 나름대로 미학을 갖게 된다. 잡은 책은 오닐의 영화화된 희곡이었다. 연극에서 영화로 넘어오며 시장 자체가 바뀌고, 공연과 상영이 혼재하던 시절, 그때의 작품들인 것이다.

미리 말씀드린다. 이 글을 다 쓰고 나서도 결론은 없다. 그저 새로운 사유가 필요하다는 것. 시나리오의 운명은 몽롱한 시대감만큼이나 더욱 복잡다단해져야 한다. 더 아파야 한다. 시나리오 작가가 예술이든 대중성이든 자기가 처해 있는 구조에 함몰되어갈 때, 그는 범용한 대본 작가나 풍속 작가의 범주를 크게 벗어나지 못한다. 말이 좀 길었다. 시나리오 사랑이라고 보아두자. 시름에 잠길 때, 작가가 할 일은 그저 읽는 일뿐이다.

***

〈느릅나무 밑의 욕망〉과 〈밤으로의 긴 여로〉를 쓴 유진 오닐을 미국 현대연극의 아버지, 특히나 비극의 아버지로 부른다. 위 두 작품의 근간은 모두 아버지에 대한 증오다. 프로이트의 말대로라면 아들은 어차피 아버지를 통해 거세 공포를 느끼게 되어 있다.

오닐은 해설과 지문을 문학적 문장으로 써 내려간 것으로도 유명하다. 참고로 희곡은 해설, 지문, 대사 세 가지로 이뤄진다. 해설은 희곡 처음이나 중간에 나오는 비교적 긴 설명문으로 극 전반에 대한 지시를 하며, 지문은 극 중에 짧게 넣어서 극 전체의 무드를 이끌어간다. 대사는 등장인물이 하는 '말'을 일컫는다. 해설과 지문에서 희곡 작가들은 대개 실연할 연출가나 배우들을 향한 협조 공문 형식으로 쓰게 된다. 그러나 오닐의 것은 그러한 구체적인 사항을 위해 썼다기보다 자신의 작품 전체를 끌어안고 신음하듯 내뱉는 어떤 부가적 결과물로 보는 게 어울린다.

"1850년, 모든 사건은 뉴잉글랜드에 있는 캐버트 농가의 집 안팎에서 일어난다. 이 집의 남쪽 끝이 앞쪽을 향하고 있으며, 그 앞에 돌담이 있고 그 중앙에 나무로 만든 대문이 있어 큰길로 통한다. 집은 낡지 않았으나, 페인트칠이 벗겨져 있다. 벽마다 칙칙한 잿빛인 데다 덧문의 녹색도 바랬다. 집 양쪽에 두 그루의 커다란 느릅나무가 있고, 지붕 위로 가지가 축 늘어져 있다. 마치 이 집을 보호하면서 억누르고 있는 것 같다. 겉으로 보아 어딘가 압도적이고, 잠시도 마음을 놓지 않는 지독한 모성애가 깃들어 있는 것 같다."

느릅나무 형태를 본 적 없는 사람이라도 쉽게 느릅나무의 자태를 알 수 있게 해주는 해설이다. 그리고 그 느릅나무의 극적 위치를 간곡하게 설명해놓은 모습이다. 이 느릅나무는 아버지에게 맞서는 어머니 존재의 힘을 말한다.

〈느릅나무 밑의 욕망〉은 1924년 발표되어 크게 물의를 일으킨 작품이다. 근친상간, 영아 살해 등 충격적인 이야기를 담고 있기 때문이다. 김기덕 감독의 〈섬〉이 상영될 때, 일부 관객들이 구역질을 하거나 극장을 박차고 나간 일이 있는데, 그때의 반응도 그러했던 모양이다. 그러나 태양 아래 새로운 것은 없다고, 근친상간과 영아 살해라는 소재는 이미 그리스 비극 시절부터 있던 이야기다. 근친상간에 관해서는 〈페드라〉를 들 수 있고 영아 살해는 〈메데이아〉를 들 수 있다.

아버지 캐버트에게 세 명의 자식이 있다. 첫째와 둘째는 첫째 부인에게서 얻은 아들이고, 셋째인 에번은 둘째 부인에게서 얻은 아들이다. 둘째 부인이 죽은 후, 캐버트는 또다시 여자를 데려온다. 세 번째 아내 애비다. 서른다섯 살 애비는 온 첫 날부터 20대 후반 에번을 유혹한다.

애비가 임신을 하자 캐버트는 자신의 정력에 감탄하며 마을 사람들에게 잔치를 베푼다. 하지만 그 아이는 사실 에번의 아이다. 그 아이는 비극의 씨다. 애비와 에번 사이를 이간질하는 사람들이 말을 만들었다. 애비가 농장을 독차지하기 위해 에번을 유혹해 아이를 가졌으며 그것은 처음부터 계획되었다는 것, 실로 재산을 위해서는 부자간을 위한 최소한 존엄성마저도 짓밟으며 일으킨 일이라는 것이다. 하지만 애비는 실로 에번을 사랑해 그의 아이를 가졌던 것이다. 에번이 애비의 말을 끝내 믿지 않자 애비는 자신의 진심을 증명하기 위해 아이를 죽인다. 재산을 위해 아기를 갖은 것이 아니란 것을 증명하기 위해서다.

애비는 아기 얼굴에 베개를 덮어 죽게 했다. 아이의 숨이 끊어진다. 영화 〈베티블루〉에서 사랑하는 사람을 침대에 눕혀놓고 베개로 눌러 숨을 거두게 하는 장면이 연상된다.

"그럴 생각은 없었어. 정말 내 자신이 원망스러웠어. 얼마나 아기가 귀여웠다고. 예뻤으니까. 당신을 꼭 닮았거든. 하지만 아기보다 당신을 더 사랑했어."

셰익스피어의 희곡 〈줄리어스 시저〉 중 부르투스도 말했다. "내가 시저를 죽인 것은 시저보다 로마를 더 사랑했기 때문입니다." 에번은 결국 마을 보안관에게 애비를 살인죄로 고발하고 애비는 체포되어 농장을 떠난다. 강력했던 캐버트도 늙어간다. 부드러웠던 둘째 부인, 즉 에번의 어머니를 그리워한다.

"에번의 어미가 그리워. 그녀는 정말 부드러웠거든. 이젠 나이가 뼛속으로 기어드는 것 같아."

알 수 없는 것이 봄 날씨와 늙은이의 건강이다. 그렇다. 낙엽처럼 지는 것이 인생이니 나이가 들면 다 멸한다.

"따뜻한 곳간으로 가는 거야. 암소하고 얘기해야지. 그 짐승들은 나를 알거든. 그것들은 농장이나 나를 안단 말야. 날 편안하게 해줄 거요."

따뜻한 곳간은 두말할 것 없이 자궁을 말한다. 모성이 실현된 후에는 '아버지 부재'를 외치며 사람들은 다시 부성을 고대한다. 그러한 역사적 반복으로 인해 아직도 철학은 흐르고 그것을 심각하게 표현하는 드라마 또한 흐르고 있는 것이다.

〈밤으로의 긴 여로〉는 유진 오닐 사후인 1956년에 초연되었다. 사후에 발표된 이유는 이 작품이 오닐 자신의 지독히도 불행했던 가정사를 적나라하게 다뤘기 때문이다. 그는 아내에게 이 작품이 자신이 죽은 20년 후에나 발표하라고 해놓았으나, 여러 사정으로 좀 빨리 발표되었다.

유진 오닐이 골방에서 희곡만 쓰던 백면서생이 아니었기에 위대한 작품들이 가능했다. 그는 극단 항만의 부두를 고쳐 만든 부두 극장에서 극단 생활을 한 사람이다. 희곡의 명작들은 그렇게 현장을 거친 사람들에 의해 탄생되는 것이다. 셰익스피어도 그랬고, 이탈리아 거장 다리오 포도 그랬다. 젊었을 때는 툭하면 바다로 나갔다. 그리하여 그가 좋아한 곳도 외항선을 타고 갔던 아르헨티나의 부에노스아이레스였다. 그러한 그에게 바다는 생명이자 희망이었다. 육지는 암울한 굴이자 불행의 처소였다. 그리하여 육지 이야기를 쓸 때는 거칠었으며 바다 이야기를 쓸 때는 향기로웠다.

그러한 바다와 육지가 화해하며 말년에는 자신 주변과 가족 모두를 끌어안는 눈물의 극을 쓰게 되는데 그것이 바로 〈밤으로의 긴 여로〉였다.

〈밤으로의 긴 여로〉는 제임스 티론이 아버지로 있는 가정의 이야기다. 두 아들이 있으며, 큰아들 제이미는 술을 좋아하는 마초이고, 둘째 아들 에드먼드는 시를 좋아하는 심약한 남자다. 이 집안의 가장인 티론은 연극배우로서 지방을 떠돌며 연기를 해 돈을 번다. 두 아들의 어머니 메리는 수녀원에 있다가 티론을 만나 수녀를 포기하고 결혼한 여자다. 가난한 연극배우 생활을 뒷바라지하며 살다가 결국 제때 치료를 못 받아 싸구려 마약으로 고통을 잊으며 산다. 이러한 불행한 가정의 지난 일들이 아침부터 자정까지 하루에 걸쳐 이야기되고, 결국 메리의 비참한 최후 모습이 극의 결말이 되고 만다.

〈느릅나무 밑의 욕망〉처럼 역시 가정 비극이라고 할 수 있는 이 극은 유진 오닐이 모든 현장 활동을 접고 시골로 낙향한 다음에나 뽑아낸 작품이다. 작업실에서 이 글을 쓰고 나올 때마다 유진 오닐의 눈은 울어서 퉁퉁 부어 있었다고 한다. 하도 울었기 때문이라고 오닐의 부인은 증언한다. 불우했던 가정사를 다 써낸다는 건 고통스러운 일이다. 무엇보다도 그 악몽의 순간들을 하나하나 다시 꺼내 해부하듯 늘어놓아야만 하기 때문이다. 자신의 창자를 꺼내 창가 책상에 가지런히 올려놓고 울고 또 우는 것이다.

아침 식사를 막 끝낸 아침 8시 반부터 극이 시작된다. 별장의 식당과 거실이 주 무대로 무대는 이후 변하지 않는다. (여기서 잠시 한 마디. 영상 시대에 당면해 사실 현재 연극계에서도 영상 기법이 난무한다. 그러나 생존법은 연극의 고유성인 공간이 재삼 부각될 때 가능하다. 공간이 없는 연극은 관객 없는 레제 드라마일 뿐이며, 영상 기법의 연극은 영화적 연극일 뿐이다. 현재의 연극이 스스로도 힘들어하는 이유는, 멀티미디어 차용이 포화 상태를 넘어섰기 때문이다. 영상과의 경쟁에 집착하다 보니, 영화적 클리셰에 함몰되고 있는 것이다. 그러한 몽롱한 자기 복제에 빠진 연극은 더욱 힘들기만 할 뿐이다.)

〈밤으로의 긴 여로〉 희곡 초반부에 달아놓은 오닐의 해설이다.

"여주인공 메리는 쉰네 살, 중간 키. 지금도 젊고 우아한 모습이며 좀 통통한 편이지만, 코르셋을 그다지 단단히 매지 않았는데도 몸매나 허리에 중년 부인의 티가 보이지 않는다. 얼굴은 아일랜드 타입. 젊었을 때 굉장한 미인이었을 것이 분명하며 지금도 매혹적이다."

다음은 집안의 아버지 티론에 대한 묘사다.

"그의 옷은 아무리 보아도 로맨틱한 배우가 입는 의상과는 거리가 멀다. 해진 회색 기성복을 입고 닦지 않은 검은 구두에 칼라가 붙지 않은 와이셔츠를 입었으며, 희고 두꺼운 스카프를 목에 느슨히 매고 있다. 이러한 몸치장에는 사치스러움에 대한 무관심이라기보다 평범하다고나 할까."

그리고 맏아들 제이미와 에드먼드에 관한 해설.

"맏아들 제이미는 서른세 살. 아버지를 닮아 어깨가 넓고 가슴이 건장한 몸집이며 키는 아버지보다 1인치 크지만 체중은 적다. 그러나 아버지만큼 몸이 우아하지 않기 때문에 아버지보다 키가 작고 똥똥해 보인다. 에드먼드는 형보다 열 살 아래이며 키도 2인치 더 크고 말랐으나 탄력이 있다. 제이미가 어머니를 닮지 않고 아버지를 닮은 데 비해, 에드먼드는 부모를 다 닮았으나 어머니를 더 많이 닮았다."

메리는 가족들의 만류에도 몰래몰래 마약을 한다. 가족들은 어머니 메리의 마약 중지를 염원한다. 그러는 와중에 제이미와 에드먼드는 서로 참지 못하고 알코올중독에 빠져버린다. 아버지 티론은 부동산 매입에 몰두하는 부동산 환자다. 돈 없는 사람들은 의료 혜택을 못 받아 병이 악화되고 돈이 더 많이 들게 되는 악순환을 겪는다. 그 가운데 메리가 있고, 나중에 폐병으로까지 확산되는 에드먼드가 있다.

4막으로 이뤄진 이 극에서 필자가 특히 주목하는 곳은 4막에서 이뤄지는 유약한 아들 에드먼드와 강했지만 늙어가는 아비 티론 간 대화다. 아버지는 셰익스피어를 이해하는 연극배우요, 아들은 시인이다. 두 사람 간 오가는 오랜 시간 농담은 결국 에드먼드 또한 아버지를 닮아가고 있음을 자인하는 결과를 보여주고 만다. 시를 쓰는 아들과 연극 셰익스피어를 하는 아버지의 멋진 대화 장면을 그려낸 것만으로도 오닐은 아버지를 용서하고 있는 것이었다.

나머지 가족인 어머니 메리와 장남 제이미 간의 결말은 냉소적이면서도 이 극의 비극성을 가장 잘 나타내주는 절창이다. 어머니 메리가 마약에 취한 상태로 2층에서 계단을 통해 천천히 내려온다. 수녀원을 나와 결혼하며 입었던 웨딩드레스를 입은 모습으로. 아래층에는 술에 취한 세 남자 즉 남편, 큰아들, 작은아들이 있다. 그녀는 그들을 보는 듯 마는 듯, 상관없는 듯, 그저 혼자 뇌까리며 실성한 미녀처럼 두리번거린다. 절창이란, 이때 큰아들 제이미가 하는 대사를 두고 말한 것이다.

"(숨 막힐 듯한 침묵을 깨뜨리고 자신을 억누르듯이 통렬한 냉소를 품고) 광란의 장면. 오필리어의 등장!"

에드먼드와 아버지 사이에 셰익스피어가 나왔듯, 제이미도 어머니를 향해 셰익스피어를 등장시킨다. 오필리어는 〈햄릿〉에 나오는 미녀로 재상 폴로니어스의 딸이다. 햄릿은 오필리어를 사랑한다. 하지만 실수로 그녀의 아버지를 죽이게 되자 오필리어는 미치며 결국 물에 빠져 죽는다.

저 대사 '광란의 장면, 오필리어의 등장!'은 성녀 메리를 무너뜨린 아버지에 대한 저주이면서 치료를 못 받고 마약만 하다가 참혹하게 죽는 어머니 메리에 대한 헌사다. 가족은 그런 것이다. 우리 서로 연민하고 미워하는 것, 프로이트가 말한 가족 로맨스가 그것 아니던가. 그러나 오닐의 가족 로맨스는 결국 용서라는 것으로 귀결되는 로맨스다.

유진 오닐의 위대함은 근원적인 비극 정신을 미국 사회에서 발견하고 미국적으로 풀어낸 데에 있다. 그전에는 모두 유럽적이었으며 고전적이었다. 이러한 정신은 영화에도 영향을 미쳤는데 〈느릅나무 밑의 욕망〉은 1958년에 영화로 만들어진다. 소피아 로렌이 애비, 앤서니 퍼킨스가 에번 역을 맡았으며, 특히 앤서니 퍼킨스는 영화 〈페드라〉에서도 확고한 연기를 펼친 배우이니, 그리스 비극에 맞는 지독히 비극적 남우임에는 틀림없다.

〈밤으로의 긴 여로〉도 1962년에 영화로 만들어졌으며, 집안의 여주인 메리 역은 캐서린 헵번이 맡았다. 시나리오 속에서 주인공은 자기가 처해 있는 구조에 함몰되어 가지만, 역으로 시나리오를 체화하는 배우는 같이 함몰되어서는 절대 그 역을 해낼 수 없다. 근대 연극과 근대 영화를 거치거나 흠모하는 여배우들이 죽기 전 꼭 해보고 싶어 하는 역이 〈욕망의 이름의 전차〉의 블랑슈와 〈밤으로의 긴 여로〉의 메리 역이다. 배우의 운명만큼이나 좀 살아본 배우들만 할 수 있는 역이기 때문이다.

| 손정섭 |

현 한국시나리오작가협회 이사. 1994년 조선일보 신춘문예 희곡으로 등단했으며, 2011년 한국시나리오작가협회가 주최하고 서울신문사가 후원한 '2011년 자랑스러운 대한민국 시나리오 공모 대전'에서 수상했다. 개봉작으로 영화진흥공사 시나리오 당선작 〈노랑머리〉가 있다(1999년 제20회 청룡영화상 신인여우상, 2000년 제37회 대종상영화제 신인여우상을 수상).

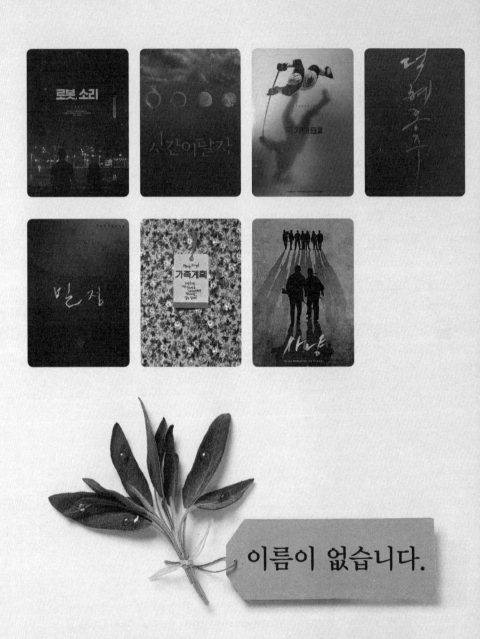

이름이 없습니다.

현장용 시나리오 제본고는 작가의 피와 땀이 담긴 책입니다.
표지에 작가의 이름이 명기돼야 합니다.

Korean
Scenario
Writers
Association

충무로
비사(祕史)
〈3〉

한유림

1941년 함경남도 함흥에서 태어났다. 대학 졸업 후, 영화
월간지였던 〈영화 세계〉에 근무하다 김기영 감독의 〈하녀〉 시
나리오를 접하고, 그 매력에 이끌렸다고 한다. 이후 시인이
자 시나리오 작가였던 김지헌의 집에서 3년 동안 머물며 사
사했다. 1965년 〈성난 얼굴로 돌아오라〉의 시나리오로 영
화계에 데뷔한 후, 1966년 이광수의 《유정》을 각색한다. 이
후 1970년대 중반까지 다양한 장르의 시나리오 작업을 하는
데, 그 가운데는 〈수절〉(1973)과 같은 공포물, 〈아빠하고 나
하고〉(1974) 같은 가족 멜로드라마, 〈금문의 결투〉(1971)
같은 무협물 등이 폭넓게 펼쳐져 있다. 1970년대 중반 이후
로는 방송극으로 주요 활동 무대를 옮기는데, 1980년대에는
특히 기업 관련 다큐멘터리 드라마에 집중하여 현대건설, 대
우그룹, 국제그룹 등의 기업사를 다룬 라디오 방송극은 단행
본으로 출간되기도 한다. 1989년에는 백시종, 김녕희, 전
범성 등의 작가들과 함께 기업문학협의회를 결성하여 기업사
를 문학 장르로 넓히려고 시도한다(매일경제).

| 각본 | 안개도시(1988), 동백꽃 신사(1979), 천하무적
(1975), 출세작전(1974), 연화(1974), 대형(1974),
아빠하고 나하고(1974), 위험한 사이(1974), 요화 배
정자(속)(1973), 여대생 또순이(1973), 협기(1973),
수절(1973), 금문의 결투(1971), 월남에서 돌아온
김상사(1971), 첫정 (1971), 현대인(1971), 지금은
남이지만(1971), 미워도 안녕(1971), 당나귀 무법
자(1970), 버림받은 여자(1970), 어느 소녀의 고백
(1970), 불개미 (1966)
| 각색 | 며느리(1972) - 윤색, 괴담(1968), 유정(1966)
| 원작 | 여대생 또순이(1973)

전자두뇌를 가진 사나이

| 한유림 |

전자두뇌 주동신 하면 영화계에서 모르는 사람이 없다. 충무로에서 〈호랑이 꼬리를 밟은 사나이〉란 영화를 만들어 제작자로 입봉한 사람이다.

머리에 이상한 캡을 눌러쓰고 부리부리한 눈을 굴리며 나타날 때마다 나는 그가 충무로 하늘에 날아다니는 '돈'을 붙잡으려고 덤비는 사내 같았다.

언젠가 그가 "이봐, 내가 왜 영화판에 뛰어든지 알아? 영화계가 사장되는 게 제일 쉽기 때문이야."

사장되는 게 너무 쉬워 영화를 시작한 주동진(朱東振)은 평양이 고향인데, 나중에 안 사실이지만 그의 형이 이북에 남아 공보상(문화공보부에 해당)을 했다고 한다. 그것 때문에 남산 중정에 끌려가서 조인트 까인 일도 있었다고 하니, 사람은 처음 봐서 잘 모르는 게 사실이다.

그를 처음 만난 건 선배 김강윤(金剛潤) 작가가 나를 천거해서였다. 마리안느 다방에서 인사했는데 첫마디가 "좋은 작품 없어?"였다.

"지금 오리지널은 없고 '유정'을 꼭 하고 싶어요."

나보다 연배이므로 존칭을 썼다.

"유정?"

"이광수 선생의 단편소설입니다. '무정(無情)'이 아니라 '유정(有情), 정'이 많다는 얘기죠."

"어떤 작품인데?"

"친구의 딸을 받아 기르는데 오해를 받아요. 양딸을 이성으로 사랑한다는 거죠. 주인공 최석은 학교에서도 쫓겨나고 가정에서도 배척을 당해 시베리아로 떠납니다."

"시베리아를 어떻게 찍어?"

당시 소련은 철의 장막, 중공은 죽의 장막이라서 여행도 가지 못하는 나라였다. 나는 평소에 구상한 대로 얘기했다.

"일본 홋카이도에 눈이 많이 오니까 거기 가서 찍으면 될 겁니다."

"돈이 많이 들 텐데…."

그때 영세한 제작자들은 해외 로케이션은 생각하지도 못할 때였다. 배우와 스태프의 항공료, 호텔비를 지불하면 타산이 맞지 않았기 때문이다. 신상옥 같은 거장이 아니면 해외 로케이션은 삼가던 시절이었다.

"주연 배우하고 촬영 기사만 가면 찍어올 수 있어요."

"감독이 좋아하겠어?"

"양해를 구해야죠. 그 대신 감독이 지시한 콘티대로 찍어오면…."

"됐어, 그 원작 소설 좀 구해줘."

"알았습니다."

이래서 시작됐다. 원작을 구해다 주고 두 달이 지나도 연락이 없었다. 원 싱거운 사람 다 있구나 하고 생각하고 있는데 주동진이 날 찾는다고 어느 제작부장이 전해줬다.

을지로4가 그의 사무실에 갔더니 '유정'의 초고가 이미 나와 있었다.

"아니, 이거 누가 쓴 원고입니까?"

나는 황당해서 물었다.

"자네가 좀 바쁘다고 해서 김용진 작가한테 쓰라고 했더니 엉망으로 나왔어."

"이걸 어쩌라고요?"

나는 심한 배신감을 느끼며 일어나려고 했다.

"아아, 우리 다시 시작하자고. 내가 일단 실수했네. 그러나 다시 쓰게나."

그가 간곡하게 부탁하는 바람에 다시 앉았다. 하긴 선배 김용진 작가가 쓴 초고는 원작 소설을 그대로 신으로 쪼개서 베낀 데 불과했기에 나는 그날로 분화농 주동진의 집 이층에서 밤을 새워 다시 각색(脚色) 작업에 들어갔다.

나는 이광수 선생이 최석 교장의 시선으로 쓴 소설을 양딸 남정임(南貞姙)의 시선으로 바꿔놓았다.

같은 이야기라도 어떤 각도와 시선으로 보느냐에 따라 감정이 180도 달라진다. 일주일간 철야 작업 끝에 탈고하여 다시 읽어보니 좀 참신한 맛이 있는 것 같았다.

주동진은 내 원고를 대충 훑어보더니 기획부와 영업부 직원을 다 불러 소위 독회(讀會)를 했다. 원고를 작가가 소리 내어 읽는데 스태프와 지방 흥행사들이 와서 듣는다. 여기서 통과되어야 원고가 영문사로 넘어갔다. 영문사(映文社)는 벤허다방 2층에 있는 영화대본 전문 인쇄소였다.

독회에 얽힌 에피소드가 많다.

한국에서 독회 제1인자라고 자타가 공인하는 장사공(張史公) 작가가 있었다. '대지의 지배자' '몽고의 동쪽' '태양은 늙지 않는다' 등 주로 대륙물(大陸物)을 쓴 작가인데, 유명한 정인숙(鄭仁淑) 여인 사건과도 깊은 관계가 있었다.

얼굴은 아나운서 임택근을 닮았다고 하고, 탤런트 김세윤을 닮았다

고 했다. 어쨌든 그가 충무로 먼발치에 나타나면 허연 떡 양푼이 오는
듯 흰했고, 목소리는 강한 바리톤이라 그가 원고를 읽으면 남성적인
울림이 있었다.

그의 원고는 대개 이렇게 시작한다.

신 완, 광야!
대지에 광풍이 인다.
멀리 쌍두마차가 모습을 드러내면,
태양은 빛을 잃고 서서히 기울어져 가는데
따가닥! 따가닥!
쌍두마차의 말발굽이 대지를 힘차게 찬다.
마차 위의 한 여자.
마쓰고이다.
그 고혹적인 얼굴.

이런 문장으로 잔뜩 힘을 주고 굵직한 바리톤으로 읊어대면 지방 흥
행사는 넋을 잃고 말았다.

"좋다 그 장면!"

저절로 탄성이 나오고 이것이 군중심리로 작용되어 너도나도 감동
하게 되면 아무리 감정이 메마른 제작자나 감독이 와도 합격점을 주지
않을 수 없었다.

감독 겸 작가 조긍하(趙肯夏)도 독회왕이요, 선배 곽일로(郭一路),
신봉승(辛奉承), 이봉래(李奉來) 등 독회로 점수를 많이 딴 작가들이
많았다.

이야기가 독회 쪽으로 빗나갔지만, 영화 〈유정〉은 이렇게 탄생했
다. 정임 이역으로 신인 배우 모집을 해서 남정임이란 배우가 만들어

지기도 했다.

전조명(田朝明) 촬영기사가 배우 김진규(金振奎)만 데리고 홋카이도 삼림 지역에 가서 도끼로 나무 찍는 장면을 찍어왔다. 나중에 김수용(金洙容) 감독이 시베리아 장면이 모자라 남정임과 부인(조미령 분)이 시베리아로 찾아오는 신을 보충 촬영했다. 홋카이도에 갈 수 없어 설악산에 가서 찍어 편집했는데 화조(畵照)가 튀었다. 홋카이도의 눈은 시베리아 벌판과 닮았지만 설악산의 눈은 좀 빈약해 보였다.

어쨌든 이 영화는 지금은 없어진 을지로4가 국도극장(國都劇場)에서 32만 관객을 동원, 주동진 시장을 부자로 만들었다.

주 사장도 개봉 첫날엔 자신이 없어서 극장 앞으로 나오지 못하고 문화동 집에서 내 전화를 기다렸다. 내가 을지로에 도착하니 〈유정〉을 보려는 관객이 극장 앞에서 을지로3가 파출소까지 장사진을 이루었다.

"사장님, 빨리 나오세요. 매진이에요, 매진!"

나는 전화통을 붙잡고 고함을 질렀다.

당시엔 대박이란 말이 없던 시절이라 겨우 대히트 아니면 매진이었다.

주 사장이 랜드로버를 타고 나타나더니 나는 거들떠보지도 않고 극장 사장실로 직행했다.

주동진은 원래 영화와는 인연이 먼 곳에서 일하고 있었다. 한양대학교 총장 비서였다. 때가 인물을 만든다고 하필이면 그 유명한 총장 식모 연애 사건을 해결하는 데 그 역량(?)을 발휘했다.

김연준 총장은 누구나 알다시피 작곡가로도 유명한 분이다. '청산에 살리라'는 너무나 아름다운 곡이다. 이 때문에 많은 작곡가, 성악가가 한양대에서 배출되었다. 아마 짐작하기로는 김연준 총장이 딸 같은 하녀 아이를 동정했던 모양이다. 마치 〈유정〉의 최석 교장이 양딸 정임이를 사랑하듯이.

그런데 남의 말 하기 좋아하는 사람들이 총장과 하녀의 간통을 퍼뜨렸다. 학생들이 우선 일어났고 신문에 대서특필, 한양대가 뿌리째 흔들리게 되었다.

이것을 주동진이 거뜬히 해결해냈다. 언변 좋은 주동진이 학생 대표들을 만나 설득하고 하녀 아이의 부모도 만나 간통은 사실이 아니며, 총장님이 특별히 따님을 귀여워해준 것일 뿐 모든 것이 오해이며, 인격자가 그런 치졸한 일을 벌일 리 없다고 자신 있게 피력, 결국 양쪽 입을 막아버렸다.

총장이 고마워서 주동진 비서에게 소원을 말하라고 했다. 당시 한양그룹은 시청 앞 대한일보 빌딩에서 한양영화사를 운영하고 있었다.

"한양영화사에서 일하고 싶습니다."

주동진도 형을 닮아 영화를 좋아했다. 영화광(映畵狂)이란 칭호도 얻을 정도였다.

"그렇게 하게."

이래서 주동진이 한양영화사 상무로 발령받았는데 그때 한양영화사에는 박민(朴珉)이란 걸출한 기획가(企劃家)가 상무로 총괄하고 있었기에 졸지에 상무 두 사람으로 불어 웃지 못할 난센스(?)를 연출하기도 했다.

한양에서 좋은 영화들이 많이 제작되었다. 〈말띠 여대생〉〈혈맥〉〈만리장성〉 등 굵직굵직한 영화를 만들어 흥행에도 성공을 거두었다. 두 걸출한 기획가가 선의의 경쟁을 벌여 성공했는지 모르지만 기획가 박민은 확실히 스케일이 큰 사내였다. 그는 함경도 사람인데 일찍이 소설가 겸 극작가 김영수 선생과 연극을 하기도 했다.

유명한 에피소드가 있다.

나는 한때 김영수 선생 문하에서 대사 공부를 한 일이 있었다. 그의 작품 〈혈맥〉과 〈박서방〉을 보고 그의 구수한 서민적인 대사에 반해 그를 찾아가 대사 공부 좀 하고 싶다고 프러포즈(?)했다. 남촌장 여관에서 TV 드라마 〈거북이〉를 쓰고 있던 김영수 선생은 대뜸 "난 제자 안 둬!" 하고 내뱉고 돌아앉아 원고만 썼다.

"제자가 되려고 온 게 아닙니다. 선생님께 대사를 공부하고 싶어서 왔으니 받아주십시오."

내가 움직일 기미를 보이지 않자 김영수 선생은 그 불편한 의족(義足)을 옮기며 말했다.

"그 짐 싸게. 우리 집으로 가자고!"

이래서 그의 북아현동 집에서 6개월을 지낸 일이 있었다. 그때 처음 본 이족은 그가 박민을 민나 〈혈맥〉을 쓰면서 다리를 절단했기 때문임을 나중에야 알았다.

김영수 선생은 군정 때 오사카 미 주둔군 극동방송에서 일했다. 그때 박민이 찾아와 "왜 이런 데서 썩느냐. 같이 연극하자!"고 설득했다.

김영수는 박민의 권고를 거절하지 못하고 귀국해서 희곡을 썼다. 그게 〈혈맥〉인데 서울 해방촌 판자촌에서 사는 이북 피난민 생활을 그린 것이었다.

승악한 함경도 사투리로 구사되는 이 희곡은 함경도 사내 박민이 도왔기에 가능한 것이었다. 쓰고 고치고 또 고치고 하는 작업이 3개월 지속되었는데, 하루는 하반신이 이상해서 일어났더니 한쪽 다리가 펴지지 않았다.

"어이쿠!"

김영수는 쓰러졌고 마침 여관방으로 찾아오던 박민이 발견, 병원에 갔는데 다리에 피가 통하지 않아 썩어 들어가는 이상한 병에 걸렸다.

"다리를 잘라야 합니다."

의사의 이 말은 청천벽력과 같았다. 며칠 고민하는 사이에 부종이 무릎뼈를 넘었다. 결단을 내리지 않으면 안 되었다.

무려 3시간의 수술 끝에 왼쪽 다리가 절단되었다. 오랜 마취에서 깨어난 김영수는 얼른 다리를 만져봤다. 이 허망함! 상실감!

"아아, 내 다리 내놔라! 내 다리!"

그는 병실에서 절규했다.

어려서부터 글짓기에 소질이 있었던 김영수.

그래서 글쓰기를 즐겼고, 한국전쟁 직후 한국인의 문제점을 그린 〈혈맥〉의 희곡을 쓰고 다리와 바꾸다니…. 한 곳에 골몰하면 그 일이 끝날 때까지 한순간도 쉬지 않고 집중해야 했던 그의 성격이 그를 불구로 만들 줄이야!

친구 박민이 원망스럽기도 했다. 그를 오사카에 그냥 두었으면 이런 일은 일어나지 않았을 것이다.

상실감으로 밤잠을 제대로 자지 못하고 자책하기 4개월, 그는 차츰 불구를 받아들이기 시작했다.

그가 원망했던 박민은 '해방촌 사람들'이라는 김영수 원고를 '혈맥(血脈)'으로 바꾸어 책을 만들었다. '혈맥'은 원래 '해방촌 사람들'이었으나 김영수의 다리와 바꾸었다고, 수술할 때 김영수의 혈맥에서 솟구치던 피를 보고 박민이 타이틀을 바꾼 터였다.

김영수의 다리와 바꾼 혈맥은 곧 무대에 올려졌고 피난민들의 심금을 울렸다. 나중에 영화화되었고, 신영균·신성일·엄앵란의 연기가 출중하여 상을 독차지했다.

그러니까 박민은 작가에게 영감을 주는 기획자였다. 임하(林河)에게는 '성난 능금', 김문엽(金文燁)에게는 '부두의 어린 별들', 김지헌(金志軒)에게는 '용서받기 싫다'를 쓰게 했다.

그런 기획자와 한양대의 영웅 주동진이 만났으니 불꽃이 튀지 않을 수 없다. 함경도와 평안도의 대결이기도 했다.

결국 두 사람의 팽팽한 대결 구도가 깨졌다. 주동진이 그때 사귄 여성의 모친에게 돈을 빌려 영화제작에 나섰기 때문이다. 그의 말대로 대영화사 상무로 만족할 수 없었기에 이강원(李岡原) 감독과 손잡고 코미디 영화 〈호랑이 꼬리를 밟은 사나이〉를 만들었다.

호랑이 꼬리를 밟으면 어떻게 되겠는가. 성난 호랑이와 싸워 이기든가, 잡아먹히든가? 둘 중 하나일 것이다. 주동진은 한국 영화를 호랑이에 비유하고 과감하게 도전장을 던진 것이었다.

흥행은 겨우 손해를 면했고, 주동진은 사장이 되었다. 말이 사장이지 변변한 사무실 하나 없는 공보부에 등록이 없는 무등록 회사의 풋내기 사장이었기에 그는 둥지를 틀 숙주(宿主)가 필요했는지 모른다.

다음 이야기는 필자가 온양 제일여관에서 김지헌과 '파도'를 쓸 때, 감독을 맡은 최훈(崔薰)에게 직접 들은 이야기다.

당시 최훈 감독은 한국을 대표하는 멜로드라마 거장이었다. 충무로 3가 벤허다방 뒤에 제일영화사가 있었는데 〈장마루촌의 이발사〉〈내 가슴에 그 노래를〉〈애수에 젖은 토요일〉 등을 만들어서 흥행 감독으로도 확고한 위치를 점하고 있었다. 최 감독은 꼭두새벽에 부인이 흔드는 바람에 잠에서 깨어났다.

"왜 그래? 아직 6시도 안 됐는데….."

"여보, 어제 왔던 사람이 또 왔어요."

"뭐?"

그러니까 어제 새벽에도 부인이 깨웠고 주동진이란 사람이 감독님을 좀 뵙고 싶어서 왔다고 해서, 잠이 많은 최감독은 그 전날 친구들과 마작(麻雀)을 해 피곤했으므로 귀찮으니 돌려보내라고 한 것인데, 그 주동진이 또 왔으니 일어나지 않을 수 없었다.

최 감독은 주동진이 누군가 생각했지만 기억에 없었다. 가운을 걸치고 응접실에 나갔더니 이마가 훤히 벗어진 주동진이 무릎을 꿇고 앉아 있었다.

"아니, 웬일이요?"

자기와 좀 비슷하게 생긴 사내가 무릎을 꿇고 앉아 있으니 놀랄 수밖에 없었다. 최 감독은 얼굴이 길어 영화계에서는 빠통(8통)이란 별명이 붙었다. 마작패 중에 팔통이 있는데 동그란 점이 여덟 개가 길게 찍혀 있어 최 감독 얼굴과 닮았다고 해서 그런 별명이 붙었다.

영화계에는 유난히 마작이 심했다. 방송계에는 카드놀이가 유행했고, 우리 영화인 선배들이 워낙 마작을 좋아해 그 전통을 이어받았던 모양이다. 마작할 줄 모르면 영화쟁이가 아니라는 극단적인 말까지 나올 정도였다.

배우 중에서도 장동휘, 황해, 독고성 등 액션 배우들이 마작을 잘했고 김지미, 도금봉 등도 마작 여왕들이었다. 감독 중에도 최훈, 임원식, 강범구, 정진우, 설봉 등이 잘했으며 숱한 촬영기사, 조명기사들도 협회 사무실에 아예 기계(마작패)를 차려놓고 촬영이 없을 때는 밤을 새워가며 마작을 했다.

그래서 영화인들은 패를 떠서 팔통이 나오면 '최 감독이 왔다' 이렇게 표현했다.

주동진도 얼굴이 좀 길다. 같은 평안도에다가 머리가 벗어진 모습이나 얼굴이 긴 것 등 자기를 많이 닮은 주동진을 보고 '이 사람, 이형표 감독이 언젠가 소개해준 그 사람이야' 하고 기억을 되살려냈다.

"어서 일어나시오. 왜 꿇어앉아서….'

최 감독은 나이도 어리지 않은 후배의 손목을 잡아끌어 일으켰다.

"아닙니다 감독님."

주동진은 일어나지 않고 고개를 더 푹 숙였다. 그의 손에는 그의 트레이드마크 도리웃지 모자가 쥐어져 있었다.

"나는 감독님을 존경합니다. 대한민국에서 멜로드라마로는 감독님을 따라올 자가 없지 않습니까?"

"아, 글쎄 알았으니 어서 바로 앉아요."

최 감독은 주동진을 억지로 일으켜 세웠다. 그제야 주동진은 응접소파에 가 앉았다. 부인이 차를 내와 차를 마신 후 최 감독이 물었다.

"그래, 무슨 용건으로 날 찾아왔소? 두 번씩이나."

"예, 저는 〈호랑이 꼬리를 밟은 사나이〉를 제작했지만 아직 영화에는 캄캄합니다. 감독님 밑에서 배우고 싶어서 이렇게 찾아뵈었습니다."

"제작 일을 배우고 싶다 이거요?"

"그렇습니다."

최 감독은 몇 달 전 심심풀이로 본 토정비결이 언뜻 떠올랐다고 했다.

(동남빙에서 귀인이 와서 크게 도울 괘라…)

"당신 집이 어디요?"

"문화동에 삽니다."

위치로는 동남방이 틀림없었다. 일이 잘 풀리려면 사람을 잘 만나야 하는데 키도 크고 얼굴도 잘생긴 믿음직한 주동진이 제 발로 와서 꼭두새벽에 인사까지 하니 기분이 나쁠 리가 없었다.

"오늘 사무실에 한번 들르시오. 위치 알지요?"

"알고말고요 감독님. 고맙습니다."

주동진은 몇 번이고 고개를 숙이며 물러갔다. 참으로 적극적인 행동인이라고 생각했다. 요즘 따라 게을러서 현장 작업이 늘 늦어지는 부장을 보니 '저런 일꾼이 와서 도와주면 얼마나 좋을까' 하고 생각했다. 어젯밤 조흔파(趙欣坡) 작가와 늦게까지 마작을 하고 명동에서 한잔했기에 최 감독은 다시 침실에 들어가 늦잠을 잤다.

오후 1시에 일어나 목욕하고 회사에 나오니 오후 3시가 넘었다. 그런데 사무실에 들어서니 회사 분위기가 싹 달라진 걸 느꼈다. 보통 영화사 사무실에는 조명 기구, 이동차 등이 어지럽게 놓여 있고 책상에는 늘 먼지와 대본, 광고지가 널브러져 있어 산만하기 짝이 없었는데 오늘 사무실은 이동차와 조명 기구는 한쪽에 질서 있게 치워져 있고 사무실은 깨끗하게 청소가 돼 있었다. 늦잠 자느라 주동진이란 존재를 까마득하게 잊은 최훈 감독은 노 부장더러 "야, 누가 이랬니?" 하고 물었다. 그래도 노 부장은 볼이 부어서 신문만 보고 있었다.

사장실에 들어서니 여기도 깨끗이 청소가 돼 있을 뿐 아니라 서류철도 정리돼 있고 벽에 못 보던 그림도 두 점 걸려 있었다.

"야, 누가 청소했어?"

최 감독은 밖에 대고 고함을 질렀다.

"주동진이란 사람이 와서 환경정리 한다고 한참 지랄 떨고 나갔습니다."

"나가다니? 어딜 가?"

"근처 다방에 있겠지요."

"데려와 어서!"

투덜거리며 나가는 노 부장의 뒷모습을 보며 최 감독은 '금년 토정비결이 틀림없이 맞구나' 생각했다.

처음부터 주동진은 최 감독 마음에 꼭 들었다. 일을 시켜도 딱 부러졌고 제일 골치 아픈 촬영 장소 빌리기에도 탁월한 솜씨를 발휘했다.

물론 영화 촬영은 세트 촬영이 많지만 경우에 따라서는 부잣집을 통째로 빌려 오픈 촬영을 해야 했다. 그런데 촬영 중에 집기가 파손되고 스태프들의 발 냄새가 진동해 대개 빌려주기를 꺼렸다.

이럴 때 설득력의 소유자가 필요했다. 노 부장이나 다른 사람들은 번번이 실패해서 할 수 없이 세트 촬영으로 바꾸는 경우가 많았다. 그러자니 화면에 윤기가 나지 않았다.

영화 필름은 아주 민감해서 1000만 원을 투자한 것은 1000만 원 가치가 났고 500만 원 투자하면 500만 원만큼의 빛밖에 나지 않았다. 감독은 소도구팀 대도구팀과 늘 갈등을 빚는데, 감독의 이미지는 도자기 하나라도 진품 500만 원짜리라야 분위기가 사는데, 소도구팀

사정이 여의치 않아 5만 원짜리 이미테이션을 갖다 놓고 찍으면 화면에 그대로 나타났다.

최 감독은 이번 작품을 장충동에 소재한 김xx 회장 댁에서 찍어야 했는데 노 부장, 김 부장은 보나마나 실패하기 십상이므로 이 일을 주동진에게 맡겼더니 단 10분 만의 회견으로 승낙을 받아냈다. 한국 영화계에서 이만한 설득가가 없었다.

큰소리로 이야기하는 것도 아니었다. 주인의 귀에 대고 마치 연인에게 하듯 몇 마디 속삭이는데 이내 미소가 나오고 오케이 사인이 떨어졌다.

이것뿐이 아니었다.

최 감독은 물론 아니라 다른 제작자들도 촬영 진행비 때문에 늘 골치를 썩었다. 제작부장들은 200이다 500이다 계산해서 전표를 끊어 나가면 늘 진행비가 모자란다. 남아도 한입에 쓱 닦고 제작비 전액이 다 소진됐다며 잔금을 돌려주는 법이 없었다.

그런데 주동진은 처음부터 달랐다. 그가 마음에 쏙 들자 최 감독은 진행비도 그에게 맡겼는데 계산서를 들고 와 56만 원이 남았다고 잔금을 경리부에 돌려줬다.

"그러면 그렇지! 내가 사람 보는 눈은 있다니까."

그날부터 주동진은 최 감독에게 동남방의 귀인이 되었다.

평소 놀기를 좋아하는 최 감독은 웬만한 일은 주동진에게 맡겼다. 마작에 미치면 사흘 밤을 꼬박 새워도 싫증이 나지 않았다. 처음엔 주동진이 마작판으로 결재 서류를 들고 왔지만 그것도 귀찮아 도장도 넘겨줬다. 나중에는 수표책, 어음책도 맡길 정도로 100퍼센트 주동진을 믿었다.

그럴 즈음 이성재라는 방송작가가 쓴 〈아빠 안녕!〉이란 연속극이 인기였다. 이 작품은 〈미워도 다시 한번〉의 원형으로 한 사나이가 부인과 연인 사이에서 번민하고 두 여인을 동시에 사랑한다는 한국적인 멜로드라마였다. 주동진의 부인이 이 연속극을 듣고 남편에게 말해주었다.

주말이라 최 감독이 집에서 쉬고 있는데 주동진이 찾아왔다.

"웬일이야? 오늘은 쉬지 않고."

"감독님, 기가 막힌 연속극이 지금 방송되고 있습니다."

"기가 막힌 연속극이라니?"

"〈아빠 안녕!〉이란 연속극인데 집사람은 물론 처갓집 식구 아니 대한민국에 사는 모든 여자가 열광하고 있습니다."

"어떤 이야긴데?"

"부인과 연인 사이에서… ."

그 말과 '아빠 안녕'이란 제목만 듣고도 최 감독은 감이 왔다.

"그 작품 당장 사게! 어느 작가야?"

"이성재라고… 저도 잘 아는 작가입니다."

"빨리 사. 다른 제작자가 손대기전에."

"알겠습니다."

주동진은 수소문해서 이성재 작가를 만났다. 다행스럽게도 딴 데 계약을 하지 않아 일사천리로 협상이 이루어졌다.

다음은 필자가 이성재 작가에게서 직접 들은 이야기다.

"충무로 아스토리아 호텔 커피숍에서 주동진과 만났어. 1000만 원짜리 보수를 내놓더군. 난 3000 아니면 절대 안 된다. 이 작품만은 자신 있다고 큰 소리쳤지. 2000으로 하자고 해서 2500에 선을 그었어."

그런데 의외로 작품 계약을 주동진 개인과 했다고 한다.

"아니, 제일영화사에서 왔다고 하지 않았소? 왜 대표인 최훈 씨와 계약해야지… ."

"아이고 염려 마십시오. 최 감독 도장, 어음, 수표책 내가 다 가지고 있습니다. 그만치 최 감독이 날 믿고….."

"알았소."

이래서 부랴부랴 〈아빠 안녕!〉이 기획되고 이성재 작가의 각색으로 시나리오도 나왔다. 지방 흥행사들은 서로 사겠다고 계약금을 보내왔고 촬영도 순조로웠다.

배역도 김진규, 엄앵란 당시 톱클래스였는데 최 감독은 기회 있을 때마다 "내가 사람 하나 잘 만나 요즘 최고로 행복하다"고 말하곤 했다.

사고 한 번 없이 촬영이 끝났고 후반 작업을 하고 당시의 서민극장 아시아극장에 개봉되었다.

개봉 첫날부터 오미리(만원사례)가 터졌다. 서울 장안의 모든 부인이 손수건을 들고 아시아극장으로 몰려들었다. 당시 20만 관객 동원은 히트 중의 대히트였다.

최 감독은 토정비결만 믿고 부산, 제주도로 여행하면서 기분을 만끽했다. 곁에는 항상 그의 오랜 친구 조흔파 작가가 따라붙었다.

두 달 반의 개봉관 수입만으로 최 감독은 돈방석에 앉게 되었다. 은행 융자도 갚고 집도 넓히고 골프채도 새로 장만했다.

그는 개봉이 끝나고 필름이 재개봉관인 지방으로 넘어가자 아시아극장을 방문했다. 부금을 찾기 위해서였다.

그런데 아시아극장 사장은 의외의 말을 했다.

"부금은 주동진이 찾아갔어요."

"네?"

"모든 계약이 주동진 이름으로 돼 있소이다."

예감이 이상해서 주동진을 찾았더니 연락이 되지 않았다. 당시에는 휴대폰은 물론 삐삐도 없던 시절이라 전화밖에는 달리 연락할 길이 없었다.

주동진의 집에 갔지만 사흘 전에 지방으로 여행 간다고 떠났다고 했다. 주동진만 사라진 게 아니라 그때 지방 흥행을 도맡았던 양은식 전무도 사흘째 집에 들어오지 않는다는 전갈이었다.

당황한 최 감독은 모든 스태프를 동원해 두 사람을 수배했다. 일주일이 지나도 그들은 감감무소식, 전화 한 통 없었다.

"네다바이 당했구나!"

최 감독은 청와대 경호실에 있던 최영, 탤런트 최정훈 등 두 동생도 동원해 주동진을 찾았다.

"이놈 잡히기만 해봐라…."

경호실에 근무하던 동생은 합기도 8단으로 5미터 거리에서 권총을 발사해도 몸을 뚫지 못한다는 강한 체력의 소유자였다. 박 대통령 시절 몇몇 영화인들이 술을 마시고 정부나 박통의 욕을 하다 남산에 걸려도 최 경호원의 힘으로 무사히 풀려나기도 했다.

그러나 계획하고 사라진 두 사람이 순순히 발견될 리 없었다.

주동진, 양은식 두 사람은 그때 온양온천에 몸을 담그고 느긋하게 휴식을 즐기고 있었다. 주동진이란 인간에게 반해버린 양 전무는 10년 이상 근무해도 제작자로 데뷔시켜 주지 않는 최 감독에게 불만을 품고 있었던 중 주동진이 소원을 풀어준다고 약속했으므로 주군을 바꿔버린 거였다.

어쨌든 최 감독은 두 사람을 고발하기 위해 변호사를 만나고 있었는데 사장실 문이 조용히 열리기에 쳐다봤더니 주동진이 재빨리 들어와 무조건 꿇어앉더라는 거였다.

"감독님, 죽을죄를 졌습니다. 이 기회에 나도 입봉시켜 주십시오. 이 은혜는 평생 잊지 않겠습니다" 하면서 닭똥 같은 눈물을 흘렸다.

"아니?!"

너무나 기가 막혀 최 감독은 벙어리가 되고 말았다.

"야, 너 〈호랑이 꼬리로〉 입봉했는데, 무슨 또 입봉이야?"

"그건 연습에 불과했습니다. 감독님과 같은 진짜 제작자가 되고 싶습니다. 좀 도와주십시오."

최 감독은 우선 질렸다고 했다. 그 유들유들한 배포에 질렸고, 그 재빠른 두뇌 회전과 양 전무까지 회유해 빼간 그 간계에 질렸다고 했다.

"야, 주동진, 꼴도 보기 싫으니 어서 나가!"

고함을 질렀다. 믿는 도끼에 발등 찍힌다고 시장 바닥에서 꼭 네다바이를 당한 기분이었다.

"죄송합니다. 죽을죄를…."

"어서 꺼지라니까! 도장, 어음, 수표책 다 내놓고 나가! 그 돈 가지고 잘 먹고 잘살라고!"

"감사합니다 감독님. 이 은혜 잊지 않겠습니다."

주동진은 큰절을 하고 나갔다. 물론 〈아빠 안녕!〉의 재상영권과 지방 흥행권은 최 감독이 되찾았다. 주동진은 아시아극장 부금 약 7억 원을 챙겼다. 당시로는 큰돈이었다.

주동진 사장은 그 돈으로 을지로4가에 사무실을 차리고 김기풍 감독을 시켜 〈여자가 더 좋아〉라는 코미디를 만들어 또 히트를 쳤다. 그에게는 흥행 감각이 있었다. 합동영화사의 곽정환 회장에게 누가 흥행의 비결을 물었더니 "난 40년을 영화 했지만 흥행작을 100퍼센트 맞힐 수가 없어. 흥행 알아맞히는 사람이 있으면 나와봐. 한 달 1억 월급 줘도 아깝지 않으니까…." 이렇게 말하더라고 했다. 그런데 주 사장은 내가 〈유정〉을 얘기할 때도 기민한 반응을 보였는데 이것이 흥행 감각이 아닌가 싶다. 〈여자가 더 좋아〉도 원제목은 '여자가 좋아'였다. 그런데 부인이 "거기다 '더' 자를 넣으면 더 좋겠어요" 해서 '여자 더 좋아'가 됐고 서영춘 코미디언이 여장을 하고 거리를 달리는 신이 압권이

어서 흥행으로 성공했다.

내가 연방영화사에 들를 때면 주 사장은 꼭 충무로 영화사가 어떤 작품을 기획하는가 묻곤 했다. 흥행에도 유행이 있어서 박노식류의 액션물이 잘된다 하면 너도나도 그런 아류의 작품을 했고, 〈미워도 다시 한번〉이 히트하면 비슷한 작품이 줄을 이었다.

주동진 사장은 충무로의 기획에 반하는 작품을 기획했다. 멜로가 잘되면 액션이나 코미디, 코미디가 잘되면 괴담 영화를 만들었다.

그 역시 3.8 따라지였다. 1.4 후퇴 때 평양에서 누나와 같이 월남했고 가끔 수사기관에서 북에 있는 형과 연락이 없나 해서 늘 체크를 당하곤 했다.

임원직 감독이 시나리오를 가지고 왔는데 제목이 판문점(板門店)이어서 그는 재빨리 계약했다. 남북 문제가 영화의 화두로는 좋았다고 생각했기 때문이었다. 그래서 신필름 등 큰 메이커에서는 컬러 영화가 유행하기 시작했다. 〈성춘향〉이니 〈사랑방 손님과 어머니〉 등 컬러가 아니면 명함을 내놓지 못하는 시절이었다.

임원직 감독은 〈판문점〉은 대작이니 시네스코 총천연색이 아니면 만들지 않겠다고 고집을 부렸다.

주동진은 며칠 동안 임 감독을 설득, 비스타비젼 흑백으로 영화를 찍게 했다. 제작비를 최대한 줄이기 위해서였다.

그때 아시아극장에는 최춘지라는 만만치 않은 사내가 선전부장을 맡고 있었다.

최춘지(崔春芝)는 동국대 총학생회장 출신으로 영어 웅변 대회에서 1등을 했고, 어린 시절을 중국 북경에서 지냈기에 북경 표준말로 홍콩 영화인들 기를 죽이는 그야말로 영화계에 꼭 필요한 인물이었는데 아시아극장 사장 아들이 적극 추천하여 선전부장 일을 하게 된 것이다. 최춘지의 뜻은 정계에 있었다. 우선 국회의원 보좌관으로 입문하여 정치인이 되는 게 꿈이었는데 마침 그가 아는 국회의원에게 보좌관이 있어 대기 상태였다고 한다.

"선배님, 막간으로 영화 일 한번 해봅시다"라고 아시아극장 사장 아들이 슬쩍 운을 띄운 게 최춘지가 영화계에 몸담아 수백억을 주무르는 영화사 사장이 된 계기였다.

최춘지 부장이 차기 작품 선전 광고를 살피다가 이상한 문구를 발견했다.

'판문점 총흑백색.'

얼른 봐서는 총천연색으로 잘못 볼 수 있는 어구였다. 총흑백색…흑백영화면 흑백이지, 어떻게 총흑백색이란 용어를 쓸 수 있을까?

영화에는 초년병이라 최 부장도 얼떨떨하여 부원에게 물었다.

"이봐, 총흑백색이란 것도 있나?"

"예?"

부원은 신문광고를 다시 찾아보더니 피식하고 실소를 터뜨렸다.

"도대체 이런 용어가 어딨어요? 연방 주동진 사장이 또 장난을 쳤군요."

"연방 주동진?"

"〈아빠 안녕!〉으로 히트 친 그 주 사장 말예요."

최춘지는 불의를 보고는 참지 못하는 성미였다. 즉시 연방영화사에 전화를 걸었다.

"네, 주동진입니다."

"주 사장, 나 아세아극장 최 부장올시다. 대관절 이런 법이 어디 있습니까?"

"아니, 무슨 말씀이신지…?"

주 사장은 만일에 대비해 응수할 말을 생각해놓고 있었다.

"이봐요, 총흑백색이 뭡니까? 이런 용어도 있어요? 이건 관객 모독입니다. 관객을 무시해도 분수가 있지….”

“아, 최 부장, 오해 마시오. 한국 관객이 하도 총천연색을 사랑해서 한번 시도해본 거외다. 총흑백색, 얼마나 멋있습니까?”

“뭐라고요?”

최춘지는 그때 이런 뻔뻔한 인간이 있나, 곁에 있었으면 한 대 치고 싶었다고 말했다. 필자는 한때 명동성당 앞 금성여관에 장기 투숙하면서 주로 연방영화사 작품을 쓰고 있었는데, 최춘지가 연방에 입사한 뒤 부인과 대판 싸우고 내 방에서 같이 합숙한 일이 있었다. 최춘지는 나에게 ‘드라마’가 무엇인지, ‘드라마’의 요체가 무엇인지 배우고 싶다고 하면서 합숙을 제의했던 것인데, 여관비도 절약되고 최춘지 상무를 통해 진행비를 지급받을 수 있어서 여러모로 편리했다.

그때 최춘지에게 직접 들은 이야기인 만큼 이 ‘총흑백색’ 소동과 최춘지의 연방영화사 입사는 틀림없는 사실인 셈이다.

“최 부장, 우리 만나서 얘기 나눕시다. 내가 쟁반 잘하는 집 알고 있는데 우리 저녁이나 같이 합시다.”

하도 간곡하기에 최춘지는 승낙했다. 주동진이란 인간이 대관절 어떻게 생겼나 궁금하기도 했다. 평양이 고향인 주동진 사장은 쟁반을 몹시 좋아했다. 영화사 회식 때는 주로 퇴계로5가에 있는 할머니 쟁반 집을 이용했다. 쟁반이란 평안도 전통 음식으로 소고기 육수에 고기와 채소, 두부 등을 넣어 시원하게 끓인 것인데, 쟁반에 담아 먹었다. 한 끼 음식으로도 충분했지만 술꾼들에겐 더할 나위 없는 안줏거리였다.

저녁 퇴근 무렵에 약속대로 승용차를 보내왔으므로 최춘지는 할머니 댁에 인도되었다. 주동진 사장이 싱글벙글 웃으며 맞았고 이내 술잔이 오고 갔다.

“첫인상은 그다지 나쁘지 않았습니다. 워낙 호남이었고 말솜씨가 좋아 그에게 말려들었지요.”

최춘지의 고백이었다. 전국 영어 웅변 대회에서 금상을 탄 최춘지가 말려들 정도였으니 주동진의 설득력은 옛 조선시대의 사신 못지않았다.

주동진은 열악한 한국 영화 제작자들의 고충을 그럴듯하게 개진해 나갔고, 총천연색만이 영화의 전부가 아니며, 진짜 예술성 있는 작품은 비스티비전 흑백영화라야 그 진가가 나타난다고 영화 예술론을 펼쳤다. 다 공감이 가는 얘기였다.

"최 부장, 나는 사흘 밤을 새우면서 고민했지요. 흑백영화를 좀 더 품위 있게 홍보할 수 없을까 하고요. 그러다가 번개같이 머리를 스치고 지나가더군요. 이걸 영감이라고 해야 합니까? 총천연색, 컬러 영화만 총자 붙일 이유가 없지 않느냐? 우리 사회에는 창의적인 새 용어를 개발해야 합니다. 그래야 풍성해지지요. 총흑백색! 한번 발음해보세요. 그럴 듯합니다."

"총흑백색? 으하하하."

그때 최춘지는 웃음밖에 나오지 않았다.

나중에 깨달은 거지만, 최춘지는 주동진의 최면에 걸려든 거였다.

"총흑백색! 으하하하."

주동진은 박장대소했다.

"으하하하 총흑백색!"

이래서 일주일 동안 도하신문에 '판문점, 총흑백색'으로 광고가 게재되었으나 대부분의 독자와 관객은 총천연색으로 착각했고 영화를 보고 나온 관객들은 "흑백이잖아?" 하고 투덜거렸다. 한국 영화이면서 한 페이지를 장식할 만한 대목이 아닐 수 없었다.

그로부터 3개월 후, 비록 영화 〈판문점〉은 흥행에 재미를 보지 못했지만 최춘지는 아세아극장 봉급의 두 배를 받고 연방영화사 상무로 승진해 오게 되었다. 주동진이나 최춘지나 사나이끼리 통하는 바가 있었기 때문이다.

먼저 자리 잡은 양은식 전무는 싫어했지만 주 사장의 인선이니 반대할 수도 없었다.

또 양은식 전무는 지방 흥행 파트였고 최춘지는 기획, 사실 말이 기획 상무지 모든 기획은 주동진이 했고 최춘지는 하루 종일 책상에 앉아 선전 문안(宣傳文案) 만들기에 골몰했다. 정치에 관심을 두고 주로 학생운동을 해오던 그는 '드라마'가 무엇인지 몰랐고, 작품을 볼 줄도 몰랐기에 항상 '흥행 감각'에 민감한 주 사장에게 한 수 접고 들어가곤 했다.

영화사에는 가끔 귀찮은 존재들이 찾아오곤 했다. 무슨 무슨 운동본부니, 상이군경회니, 퇴직 제작부장이니 재산을 날린 제작자들이 와서 일조를 부탁해 그들의 요구를 다 들어주다가는 거덜이 날 수밖에 없었다. 이들을 막는 역할을 노 부장(제작부장), 양 부장이 하다가 힘이 달려 최춘지 상무에게 넘어갔다.

최상무는 운동으로 단련된 튼튼한 몸과 특유한 배짱으로 이들을 물리쳤는데, 아주 곤란한 일이 발생했다.

이른바 '손도끼 사건'이란 게 있었다. 당시 조명기사 중에 손영철이란 특출한 사람이 주로 김수용 감독팀과 같이 일했고 그 덕에 연방 일도 자주 하게 되었다.

1960년대 후반에서 1970년대 초반에 한국 영화에는 '쿼터제'라는 게 있었다. 문화공보부에서 군소 영화사를 정리하여 10개 영화사를 등록시켰고 이들을 메이저 컴퍼니라고 해서 청룡상, 대종상에서 작품 상을 받거나 반공영화상을 수상한 작품에 외국 영화 수입권, 다시 말해 쿼터를 주었다.

다른 군소 영화사들은 울며 겨자 먹기로 메이저 컴퍼니의 이름을 빌려 영화제작을 해왔다.

김수용 감독 조감독이었던 조문진 감독이 옛날 최정희 소설가 문하에서 문학 공부를 하여 중앙일보 신춘문예에 당선되어 소설가 조감독으로 유명했는데, 당시 동인문학상 수상작 이청준의 '병신과 머저리'를 읽고 감명을 받았다. 그가 자금이 있었으면 제작을 했겠지만 속으로만 안타까워하던 차에 그 사정을 손영철 조명기사에게 털어놓았다.

손 기사는 집과 자금이 좀 있었다. 작가 이청준에게 원작권을 사서 조문진 각색으로 김수용 감독팀이 이 일을 맡게 되었다. 손 기사는 영화사 등록이 없으므로 연방 주동진 이름을 대명하여 제작 신고를 할 수밖에 없었는데, 이작품이 그해 대종상 작품상을 수상하게 되었다.

손영철은 찬스가 왔다고 생각했다. 주동진 사장은 주로 흥행물로 승부를 보지만 손 기사는 예술 지상주의로 정말 값진 작품만 만들 결심을 했다.

그런데 주동진 사장이 외화 쿼터를 받고 외국 작품을 들여와 재미를 보고도 6개월째 꿩 먹은 벙어리였다.

〈병신과 머저리〉의 실질 제작자는 손영철임으로 주동진은 당시 외화 쿼터 음성 가격 600만 원을 지불해야 마땅했다.

주동진이 계속 지불을 미루자 열이 날 대로 난 손영철은 남대문시장에서 군용 인디언 도끼 한 자루를 사서 가방에 넣었다. 한낮에 소주 몇 병을 병나발 불고 시뻘건 얼굴로 묵정동 연방영화사 빌딩으로 올라갔다.

"야, 주동진 나와!"

술에 만취되어 열이 날 대로 난 손영철을 누구도 말릴 수 없었다.

"주동진, 오늘 너 죽고 나 죽자! 어서 쿼터 내놔! 네가 〈병신과 머저리〉 만들었어?"

하고 고함을 지르며 사장실로 뛰어들려 하자 최춘지가 막았다.

충무로 참새들이 손영철더러 〈병신과 머저리〉를 만들고 병신, 머저리가 됐다고 입방아를 찧자 손 기사는 더 열을 받았다고 한다.

이 사실도 손영철 기사에게 직접 들은 이야기다.

영화인들 사이에는 영화 제목의 금기 사항이 있었다. '미'자, '밤'자, '놈'자, '불'자가 들어가는 제목은 다 망한다고 했다.

'미망인' '불한당' '밤차' '죽일 놈' 이런 타이틀을 쓴 제작자들은 부도가 나고 정말 불한당, 죽일 놈이 되어 영화계를 떠났다.

그런 판이라 병신과 머저리가 뭐냐? 그런 타이틀을 썼으니 주동진한테 쿼터 뺏기고 병신, 머저리가 되지 않았느냐고 비난을 받았으니 평소 성질 급한 손영철이 열 받지 않을 수 없었다.

힘 센 최춘지와 양 부장이 겨우 들소같이 날뛰는 손영철을 붙잡는 사이 주동진은 사장실을 나와 어디론가 피해버렸다.

혼이 난 주동진은 최춘지 상무를 시켜 손영철에게 600만 원을 지불해 이 사건은 일단락되었지만 이때부터 손영철 기사에게 '손도끼'라는 닉네임이 붙었다.

최근 미국에서 살다가 돌아온 이두형(李斗衡) 작가가 "주동진이 암으로 갔어!" 하기에 소스라치게 놀랐다. 그렇게 건강하고 인생에 자신을 가졌던 그가 갑자기 갈 줄은 생각하지도 못한 일이었다.

주동진에 관한 일화는 많다. 왜 주동진을 자꾸 거론하느냐고 묻는다면 1970년대 1980년대를 대표하는 영화인, 영화를 만들어 가장 성공한 그룹에 속했기 때문이라 할까. 어쨌든 충무로에서 가장 많이 회자되었던 영화인이기 때문이라. 그가 그렇게 영화를 좋아했는데 미국에 건너가 어떻게 주유소를 경영하고 모텔을 경영했는지 이해할 수가 없다. 영화를 만들고 싶어 좀이 쑤셨을 것이다. 그건 브라질로 간 이성구 감독도 마찬가지였을 것이다.

하긴 강대선 감독과 이두형 작가의 말을 종합해보면 주동진은 뉴욕에서 남북 영화인을 초청하여 남북 합작 영화를 기획했다고 한다. 북에 사는 형과 해후했다는 이야기도 전하지만 확실하지는 않다.

어쨌든 영화를 해서 성공한 사람이라면 곽정환(郭貞煥) 회장, 신영균(申榮均) 회장, 정진우(鄭鎭宇) 감독 그리고 주동진을 손꼽는다. 정진우 감독은 찍는 영화마다 성공하고 외화를 들여와 돈을 벌어 강남에 1000억짜리 빌딩을 세우고 시네하우스를 경영하다가 〈무궁화꽃이 피었습니다〉를 제작해 크게 실패하여 빌딩도 처분하고 지금 영화인 복지재단을 관리하고 있지만, 어쨌든 성공한 영화인 반열에 섰다.

그다음에 성공한 영화인이라면 최춘지 회장, 박찬욱 감독, 강우석 감독, 신상옥 감독 정도일 것이다.

나는 한동안 연방영화사 전속 작가로 일하면서 호텔비를 절약하기 위해 주동진 사장 집 2층에서 생활한 일이 있었다. 한 1년 살았다.

주동진만큼 부지런한 사람도 드물 것이다. 새벽 5시면 어김없이 일어나 간단한 운동을 하고 새벽 커피를 마신 후 여기저기 거래처에 전화를 했다.

소위 영화인은 인텔리라고 해서 밤늦도록 술 마시고 늦잠을 자며 오전 11시나 낮 12시에 일어나 사우나하고 늦은 점심을 토스트 정도로 때우고 충무로에 2시경에 출근해 사람을 만나고 계약도 하고 일도 하게 된다.

이런 타성에 젖어 있는 영화인들은 꼭두새벽에 걸려오는 주동진의 전화에 골머리를 앓았다. 처음엔 신경질도 부리고 귀찮아서 전화통을 던지기도 했지만 차츰 주동진은 새벽형 인간이라고 이해하게 됐고, 그의 전화를 받고 손해 본 적도 없었으므로 그의 전화를 은근히 기다리게 되었다.

새벽 5시에서 5시 30분 사이에 주동진은 하루의 스케줄을 확인하고 만날 사람들에게 일일이 전화를 걸어 약속을 잡아놓고 그대로 행동한다.

그가 하루는 내 방에 올라와 문화공보부에서 〈팔도강산〉이란 영화를 만들었는데 한번 시사를 보자고 했다. 나는 처음에 대한뉴스 같은 기록물인 줄 알고 따라가 봤더니 김희갑, 황정순 두 배우를 쓴 꽤 볼 만한 영화였다.

주동진은 이 영화를 불하받아 전국에 배급할 생각이었다.

영화는 짜임새 있었지만 라스트 반전이 없는 영화였다. 문화공보부에서 만든 〈팔도강산〉 1편에서는 황정순·김희갑 노부부가 휴전선에서 근무하는 막내아들을 면회하면서 끝나는 얘기였다. 나도 강력하게 라스트가 없는 영화라면서 보충 촬영을 하라고 권고했다.

"야, 라스트 어떻게 만들라는 거야?"

천하의 전자두뇌 주동진도 거기까지 머리가 돌아가지는 않는 모양이었다.

"어쨌든 한자리에 다 모아야 합니다. 황정순·김희갑 부부의 아들, 딸, 며느리, 사위, 손자, 손녀들까지 다 모아야 해요."

그 정도 나가니까 급기야 전자두뇌도 발동이 된 모양이었다.

"그거야 회갑 잔치 하면 다 모을 수 있잖아?"

"그렇죠. 회갑연을 해서 팔도에 흩어진 가족이 다 모이는 겁니다."

"모여서는? 모이기만 해서 뭘해?"

"가족 중에 제일 가난한 자식이 누구였죠?"

"그야 강릉에 사는 강미애(배우) 아니야?"

"그걸 이용합시다. 강미애 부부는 돈이 없어 못 오는 걸로요."

"영영 못 오면 재미없겠지."

"오긴 와야죠. 그것도 남편은 못 오고 강미애만 오는데 아이 업고 돈이 없어 막걸리 한 되 정도 들고 와서……."

"차마 집에 들어가지 못하고…."

"거기서 나미다(눈물)가 나오기 마련이죠."

"됐어! 돈 벌었다!"

주동진은 무릎을 탁 쳤다. 〈팔도강산〉은 주동진이 불하받아 라스트를 그대로 촬영해서 붙였다.

개봉하니 관객이 몰려들었다. 〈유정〉 때보다 더 몰려들었다. 50만 대홈런을 쳐 주동진의 눈이 누렇게 변했다.

나는 영화를 하면서 여러 번 느꼈지만 영화를 홈런 쳐서 돈 벌면 사장 눈이 누렇게 황금색을 띤다는 것을 발견했다. 나중에 최춘지 회장이 〈취권〉을 들여와 홈런을 치더니 갑자기 눈 색깔이 변했다. 말수도 갑자기 적어졌다.

아무튼 주동진은 〈국제간첩〉 〈국제금괴사건〉 〈하와이연정〉 등을 만들면서 영화에 자신을 가졌다.

하루는 2층에 올라와 이렇게 말했다.

"야, 나 제작자협회 회장 됐어."

당시만 해도 신상옥, 차태진(극동영화사 사장), 곽정환(합동영화사) 같은 사람들이 진을 치고 있어 제협 입성은 그다지 쉽지 않았는데 주동진이 어떻게 손을 썼는지 회장이 되었고, 얼마 안 되어 옥스퍼드 양복을 두 벌이나 장만해 내 앞에서 입어보이면서,

"야, 나 미 국무성 초청받았어"

라고 말하며 싱글벙글 웃었다.

"아이고, 축하합니다."

나는 진심으로 축하해주며 그의 재빠른 출세 행보에 약간 불안감을 느꼈다.

주동진은 미 국무성 초청으로 부부 동반해서 다녀온 뒤로 말수가 적어졌다. 그의 누님이 먼저 미국으로 이민을 떠났고 묵정동 8층 빌딩을 50억에 팔아치우더니 갑자기 이민을 떠나버렸다.

나에게는 인사도 없이 떠나 최춘지 전무(당시 양은식은 부사장, 최

춘지는 전무로 승진했다)를 만났더니 힘이 빠진 얼굴로 빚 1억5000만 원을 자신에게 떠맡기고 〈연방간판〉을 넘겨줬다는 거였다.

"아니, 빚을 왜 떠넘겨요? 그렇게 번 돈 다 어떡하고요?"

"누가 아니래. 현상소, 녹음실, 필름값 등 모두 외상진 거 나더러 벌어서 갚으라더군."

"지독하군요. 총흑백색도 인정해줬는데…."

그 말에 최춘지는 허탈하게 웃었다.

"그 돈 어떻게 미국 가져갔대요?"

나는 가장 궁금한 걸 물었다. 당시만 해도 외환관리법이 엄격해 5000달러이상 외국에 가져갈 수 없었기 때문이다.

"쉿! 나도 모르는 일이야…."

최춘지는 입술에 손가락을 갖다 댔다. 그건 비밀이라는 거였다. 나중에 안 사실이지만 주동진은 소위 '환치기' 수법으로 50억을 빼돌렸다. 그때는 수출드라이브 정책으로 대기업들이 종합상사를 통해 해외에 지사를 많이 개척해뒀기 때문에 서울에서 50억 입금하고 뉴욕지사에 가서 수수료 떼고 미화로 받으면 그만이었다. 주동진은 그 돈으로 하와이에 진을 치고 주유소를 차렸다고 했다.

어느 제작부장이 투덜거렸다.

"X팔! 밤을 새우며 일해서 돈 벌어줬더니 혼자만 잘살겠다고 돈 갖고 날러? 에이 죽일 놈!"

"어디 영화 해서 돈 벌어 영화를 위해 쓰는 사람 봤어?"

내가 이렇게 말했더니 그는 치사해서 영화계를 떠나겠다고 내뱉었지만 아직도 충무로에서 영화 하겠다고 동분서주하고 있다.

문제는 최춘지였다. 연방영화사 새 사장이 된 최춘지는 그래도 의리를 지킨다고 양은식 부사장과 손잡고 열심히 영화를 만들었는데 세 작품이나 죽을 쑤고 5억이나 빚을 졌다. 네 번째 작품은 기획도 하지 못

하고 연일 빚쟁이들에게 시달려 부인과도 불화해, 딱 죽고만 싶다고 했다.

내일이면 부도를 내고 영화계를 떠나겠다고 짐을 싸고 있는데 홍콩에서 잘 아는 제작자가 전화를 걸어왔다.

"〈취권〉이란 영화를 만들었는데 수입해서 개봉해봐라. 영화가 아주 웃긴다."

"〈취권〉이 뭔데?"

"술 마시면 더욱 세지는 권법이지."

"오케이, 한번 보자."

물에 빠진 자가 지푸라기라도 잡는다는 심정으로 〈취권〉을 봤는데 너무 웃겨서 배가 다 아플 지경이었다.

"드디어 나에게도 찬스가 오는구나!"

〈취권〉을 수입해 국도극장에서 개봉했는데 〈팔도강산〉 이상으로 손님이 터졌다. 서울 개봉관과 재개봉관, 변두리 극장, 지방 극장까지 흥행을 끝내고 나니 80억의 이익을 냈다. 최춘지는 그 돈으로 당시 강남 개발에 편승해 압구정동에 땅을 1000평 샀다.

이 땅이 노른자위가 될 줄 누가 알았겠는가. 지가가 30배로 뛰고 패션 거리가 되었다. 지금 학동사거리 근처 디자이너클럽 부지가 최춘지가 산 땅이었다. 나중에 그 땅을 넘겼는데 5000억을 받았다고 한다.

최춘지 회장은 취권 이후 〈애마부인〉 시리즈로 재미를 보았다. 그는 회장으로 취임하고 나서 말수가 적어지고 눈이 누렇게 되더니 병을 얻었다.

충무로 참새들은 이렇게 입방아를 찧었다.

"벼락부자가 되면 단명하다는구먼!"

필자가 영동고등학교 이사장 김영목(金永穆) 회장을 인터뷰하려고 여러모로 노력하고 있을 때였다. 해청(海靑) 김영목 회장은 재계에서 유명한 사람이다. 박정희 대통령이 정주영 회장을 헬리콥터에 태우고 경부고속도로를 뚫는 청사진을 그리고 있을 때 배나무, 잡목으로 우거진 강남땅 개발을 염두에 두었다. 그때 김영목은 허가 건으로 광주군청에 자주 가게 되었는데 쓸모없이 버려진 강남땅이 언젠가는 각광받을 때가 온다고 확신하고 50만 평을 사둔 것이 나중에 큰 재산이 되었다. 당시 평당 50원에 산 것이 500만 원으로 뛰었으니 지가가 1만 배로 올라간 것이다.

해청은 교육을 못 받아 초등학교도 겨우 나왔다. 그는 땅값이 오르고 강남이 개발을 시작하자 아예 8만 평을 뚝 떼어 서울시에 기증해버렸다. 서울시는 이곳에 강남구청을 지었는데 이것 때문에 지가가 더 상승했으니 해청의 단수도 보통이 아니었다. 해청은 강남구청 뒤 10만 평에 해청아파트를 지어 분양했고, 강남구청 건너편에 영동백화점을 지어 아들을 사장으로 앉히는 일방, 그 건너편 10만 평에 영동중고등학교를 지었다. 젊었을 때 공부 못 한 것이 한이 되었던 모양이다. 그는 시간이 날 때마다 뒷짐을 지고 아이들이 공부하는 교실을 기웃거리며 행복해했다. 당시 해청은 한국에서 현금 동원력 1위였고, 대기업도 구정이나 추석 때 사원들에게 상여금을 지불하기 위해 해청에게 돈을 꿔가기도 해 그의 집에는 늘 대기업 자금 담당 전무가 대기하고 있을 정도였다.

해청은 자신을 세상에 알리기를 꺼려 기자나 작가들의 인터뷰를 허락하지 않았기에 나도 그와 만나지 못하고 그의 집이 있는 골목으로 걸어 나오는데 마주 오는 최춘지 회장과 덜컥 마주쳤다. 명동 금성여관에서 몇 달 같이 지내던 최춘지는 나에게는 형뻘이나 다름없었다.

"아니, 여기 어떻게 오셨습니까?"

그의 안색이 좋지 않았다. 더구나 풍을 맞은 사람처럼 행보가 불편했고 양은식 부회장이 긴스틱을 쥐고 그 끝자락을 잡은 어눌한 최춘지

회장을 끌고오는 중이었다. 그 변모된 모습에도 놀라 나는 눈을 동그
랗게 떴다.

"아, 여기 누구 만날 사람이 있어서…."

아마 김영목 회장에게 큰돈을 빌리러 온 모양이었다.

"예, 그럼 또 뵙겠습니다."

황망히 그들과 헤어졌지만 스틱을 집고 어기적어기적 걸음을 옮기
던 최 회장의 모습이 오랫동안 망막에서 떠나지 않았다.

몇 년 전 〈취권〉이 히트한다는 소식을 듣고 나는 최 회장을 찾아가
진심으로 축하해주었다. 그때 최 회장은 좀 먼눈으로 날 바라봤다.

"어, 왔어?"

그러고는 흥미 없다는 듯이 회장실로 들어가 버려 나는 따라 들어가
금성여관에서 사나이끼리 약속한 그 건을 내놓았다.

금성여관 시절, 그는 저녁이면 늘 불콰하게 취해 삶은 오리 알을 잔
뜩 사와서 까먹곤 했다. 저녁 대용이었는데 나더러도 먹어보라고 해서
몇 개 먹었지만 워낙 달걀을 싫어했기에 손도 안 댔더니 그걸 다 까먹
고 잠이 들곤 했다.

어떤 땐 주동진 욕을 하면서 "아, 피곤해! 나 영화 괜히 시작했어.
정계에 갔으면 주동진도 만나지 않고 이 지긋지긋한 영화를 안 봐도 되
는데…."

이렇게 푸념을 늘어놓기도 했다.

"그렇게 피곤해요?"

"응, 죽을 지경이야."

나는 애처롭기도 해서 발로 그의 등을 꾹꾹 밟아주었다.

"어, 시원해!"

학교 때 운동깨나 했는지 차돌 같은 다리를 가지고 있었다. 그 다리
도 주물러줬더니,

"야, 우리 의형제 하자!"

최춘지는 눈을 가늘게 뜨고 씩 웃었다.

"최 상무님, 주동진이 그렇게 지겨우면 빨리 독립하지 그래요. 제작 하나 하란 말입니다."

내가 이렇게 말하면 자조하듯 웃으며,

"지금은 때가 아니야. 한 작가, 나 언젠가는 주동진을 꼭 누를 거야. 두고봐. 난 주동진을 능가하는 제작자가 될 거야."

하고 팔뚝에 힘을 주며 알통을 보여주곤 했다.

"대제작자가 되면 나한테 뭘 해줄 건데요?"

나는 농담 삼아 이렇게 던져봤더니 그는 벌떡 일어나 정색을 하며 나의 손을 굳게 잡았다.

"야, 내가 대제작자 되면 너 제작자로 입봉시켜 줄게. 이건 사나이 대 사나이의 약속이야. 솔직히 영화 한 편 제작비 얼마나 든다고 그래? 3억, 5억이면 너끈하지?"

그때는 그 정도면 평작은 만들 수 있었다.

왜냐하면 시나리오와 기획으로 입도선매해 지방 흥행사들에서 계약금 중도금을 받아 후반 작업을 하면 되었기 때문이다.

"꼭 약속합니다."

"그래 인마. 내가 너 제작하면 못 밀어주겠어?"

이런 일이 있었기에 나는 〈취권〉으로 성공한 그에게 그때 그 약속이 농담인지 진실인지 알아보고 싶었던 터였다.

"최 회장, 이번에 성공했으니 나도 조그만 거 하나 밀어주시오."

하고 솔직히 털어놓았다.

"야, 아직 멀었어. 이제 시작인데… 주동진을 능가하려면 열 작품은 히트 쳐야 돼."

하고 기다리라고 암시를 줬다. 그러나 그 이후 〈애마부인〉 시리즈로 재미를 보고 섹시한 영화를 계속 만들어 주동진 사장 못지않은 부를 누려 세 작품을 한꺼번에 제작할 때도 나를 찾지 않았다.

그리고 한 10년이 지나 88올림픽 땐가 느닷없이 그의 이름으로 청첩장이 날아왔다. 아들이 결혼하니 강남 어느 예식장으로 오라는 거였다.

예식장에 가서 축의금을 내고 그를 만났더니 건강은 어느 정도 회복된 듯했다. 그때도 일언반구 없었다. 회사에 놀러 오라는 말도 없었다.

1990년대 후반에 영화인들이 광화문에서 '영화상영일수 지키기' 데모를 할 때였는데 내 곁에 왕년의 코미디 감독 심우섭(沈雨燮) 감독이 오더니 전번 영화인협회 총회 때 찍은 사진을 내밀었다.

"아, 고맙습니다."

심 감독은 카메라를 들고 영화인들을 잘 찍어줬다. 그때 심 감독은 지나가는 말로,

"최춘지 회장이 갔어."

하고 작가 이두형이 "주동진이 갔어" 하던 때처럼 알려주고 데모대 속으로 걸어갔다.

나는 머리가 띵했다. 내가 알던 사람들이 하나둘 가는 것도 허망하려니와 영화에 그렇게 몰입하던 영화광(映畵狂)들을 다시 만날 수 없다는 게 여간 섭섭하지 않았다.

최춘지와 심우섭은 한 작품도 같이하지 않았지만 옛날 1970년대 최춘지 부인이 저동 극동극장 근처에서 '아테네'란 의상실을 했을 때 같은 동네에서 살았기에 부인들끼리도 잘 알고 있었다.

광화문 데모 후 충무로 쪽에서 심 감독을 다시 만났을 때 나는 궁금해서 물었다.

"그 많은 재산 다 어떻게 됐답디까?"

"재산?"

신 감독은 시니컬하게 웃었다.

"이봐, 한 작가 재산 별거 아니더라고… 10억 가진 놈은 10억짜리 걱정 근심, 100억 가진 놈은 100억짜리 근심 걱정이 있더라고."

"갑자기 철학자가 됐습니까?"

"최춘지 강남땅 팔아 지나간 빚 청산하고 친척이나 가족들이 서로 찢어갔다더군. 영화인들 피땀 흘려 벌어주면 허망하게 쓰고 가버리더라고…."

"그래도 자손들이 덕을 보지 않습니까?"

"돈 많으면 씀씀이도 커져서 만족을 모르더라고. 100억 가진 놈은 100억 빚은 지기 마련이야. 우리같이 하루 벌어 하루 먹는 인생이 배짱 편한 거야. 돈 벌면 왜 병에 걸리겠어? 그만치 스트레스 부자가 되기 때문이지."

심 감독은 코미디 감독답지 않게 의미심장한 말을 남기고 진고개 쪽으로 사라졌다.

祝

영상작가전문교육원 출신 **윤현호** 작가(39기)
제1회 화책연합 시나리오 공모대전
웹영화 시나리오 부문

우수상 수상 '엄마의 남친'

Congratulations!

걸작의 탄생

젊은 시나리오 작가들이 그룹을 결성, 공동 작업 과정을 통해 서로의 장단점을 보완하여 작품성 있는 오리지널 시나리오를 완성시키는 창작 프로젝트. 공동 집필 프로젝트에 참여한 각 작가의 스토리는 다른 작가들이 서로에게 객관적 감상평을 전해준다. 그리고 토론을 통해 새로운 아이디어를 제공하거나, 보완, 수정 과정을 거쳐 참여 작가 스토리 모두를 오리지널 시나리오로 완성할 수 있게 한다. 참여 작가들의 스토리가 오리지널 시나리오로 창작, 완성되어 가는 공동 집필 전 과정을 〈시나리오〉에 공개 연재하고 완성된 시나리오는 저작권위원회와 협의하여 각 작가가 작품의 저작권을 소유한다.

1. 밀사 – 귀신 들린 변호사_김효민
2. 엄마의 남자친구_윤현호

밀사_귀신 들린 변호사

| 김효민 |

#1. 타워팰리스. 전경. 밤

심한 비바람이 몰아치는 검은 하늘.

꽝음과 함께 이어지는 천둥 번개,

드러나는 타워팰리스 전경.

하늘에 닿을 듯 홀로 높이 솟아 있는 모습.

중세 성처럼 견고한 자태가 번개 불빛에 드러났다 사라졌다를 반복한다.

점점 괴기스럽게 보이는 거대한 건물.

#2. 동. 63층 내부. 집 안.

활짝 열린 거실 베란다 창문.

천둥 번개와 함께 들이치는 비바람에 리넨의 백색 커튼이 펄럭이고 있다.

흔들리는 화면이 심상치 않은 분위기의 집 안 상황을 차례로 보여준다.

비바람에 섞여 흩어진 핏물들… 뚝뚝 떨어진 핏자국들.

조금 더 안쪽으로 들어가자… 스멀스멀 번져가고 있는 검붉은 피.

점점 집 안으로 따라가보면, 시체다.

현관문 가까이, 입에서 피를 흘리며 죽어 있는 50대 여자 시체,

옆에 20대 여자는 눈을 뜬 채 칼에 난자되어 있고 다시 그 앞에, 10대 후

반의 남자 시체. 머리에서 피가 흐르고 있는데, 두개골까지 파열돼 있다.

시체들에서 흘러나온 검붉은 피가 온 거실을 뒤덮고 천천히 현관문 밑으

로 흘러나가고 있다.

집 안 곳곳. 온 창이 열려 비바람이 격렬하게 들이치는데

현관문만은 굳게 닫혀 있다.

괴괴한 집 안 가운데 울리는 인터폰, 경비실에서 주인을 찾는다.

#3. 동. 단지 앞 화단

여전히 강한 빗줄기,

우산을 쓰고 화단 앞을 지나가던 누군가의 비명이 강하게 울린다.

보면, 화단에 죽어 있는 50대 남자의 시체.

어딘가 위층 베란다에서 떨어진 듯한 시체의 위치, 파열된 몸과 두개골,

형체를 알아볼 수 없는 뒤를 잇는 경찰차의 사이렌.

(사설 경비업체의 사이렌일 수도)

#4. 동. 63층 내부. 집 안.

세 구의 시체가 있는 63층에도 사이렌 소리가 울려온다.

생존자라고는 없을 것 같은 끔직한 장면 속에서

조심스럽게 떨리는 숨소리가 들려온다.

식탁 밑에 정신을 잃고 쓰러져 있던 민시나(22세)가 일어나 이 처참한 광

경을 보고 있는 것.

넘어갈 듯, 가쁜 숨소리, 사시나무 떨듯 떨며 주위를 둘러보던 민시나

두려움에 질린 얼굴로 천천히 자신의 손을 들어 눈앞에서 확인하면 새빨간 피가 범벅이 된 두 손.

민시나 안 돼… 안 돼…

충격으로 정신이 나간 듯한 민시나. 천천히 흐느껴 울다 괴로움에 오열을 한다. 울부짖음으로 변해가는 울음소리가 점점 멀어지며

현관 앞.
현관문 밑으로 새어나온 피가 복도까지 흘러나와 있다.

다시 내리치는 천둥 번개.

집 안.
쿵! 하고 발로 문을 차는 소리가 들리며

경찰 경찰이다. 문 열어!!

동시에 도어록 열리는 소리가 들리며 안으로 몰려 들어오는 순경들.

집 안으로 들어오는 구둣발 소리.
시나에게 가까워지는데
아무것도 하지 못하고 그대로 떨고 있는 민시나. 가빠지는 호흡.
이 모든 상황을 믿지 못하는 듯, 현실감이 없는 민시나의 눈동자.
총을 겨눈 채 민시나에게 다가오는 경찰들.
시나, 체념한 듯 눈을 감아버린다.

타이틀 밀사(密使) : 귀신 들린 변호사

#5. 패스트푸드점.

햄버거를 크게 한입 베어 무는 천기명(38세). 배가 고픈지 허겁지겁이다.
넥타이 매고 양복을 입긴 했는데 위아래가 다른 약식이고 신발도 컴포트화.
옆자리에 떡하니 자리를 차지하고 있는 넉넉한 가방은 멋도 없이 낡고 묵직
하기만 한 게 보따리장수가 따로 없다.
우물우물하며 무릎에 올려놓았던 서류를 집어서 보는
페이지를 넘기는 손가락.
엄지와 약지에 낀 골무는 낡아서 실밥이 터져나와 있다.
서류를 찬찬히 읽는 기명의 표정이 심각해진다.
무릎에 다시 서류를 덮어놓고 잠시 생각에 잠기는 듯.
하아… 한숨 쉬며 답답한지 콜라를 쭉쭉 빨아 마시는 기명.
표정 펴고, 다시 크게 햄버거를 베어 무는데
꽉 찬 속이 터져나오며 우수수 서류 위로 떨어진다.

천기명 에이~ 일진 참…

낭패한 듯 테이블 위에 휴지 찾아서 서류를 닦아내며 허둥대는 기명,
휴지를 집는다는 것이 손을 잘못 뻗어 테이블 위의 콜라까지 다 쏟아버리는

천기명 (쓰러지는 콜라 컵을 잡아보려 하지만 실패) 어…어…

서류와 바지를 다 적시고 만다.
바닥으로 줄줄 흐르는 콜라를 보며 크게 한숨 쉬는 기명.

콜라 때문만은 아닌 듯 잠시 멍해 있다.

#6. 서울중앙지방법원. 형사단독2과. 복도

법정 앞. 복도.
기다란 대기 의자에다 젖은 서류를 펼쳐 말리고 있는 기명.
지나가는 사람들이 힐끔힐끔 쳐다본다. 그러거나 말거나 펼쳐놓은 서류를
보며 작은 수첩에 메모를 하고 아주 바쁜 기명.

(off) 천기명!

돌아보는 기명.
슈트를 깔끔하게 차려입은 서윤도(38세)가 서 있다.

천기명 어… 윤도야. (약간 어색한 듯)

서윤도 (늘어놓은 서류를 훑으며) 요즘도 계속 국선 하니?

천기명 그럼. 요즘 같은 시대에 나랏밥 먹어야지.

서윤도 (재미있어 하며) 나랏밥이 다 같은 나랏밥이니

천기명 아…하하하 그렇긴 그렇지.

서윤도 난 이번에 기획처로 왔다.

천기명 이야, 인제 아는 척도 못 하겠네. 하하하

서윤도 지금 하고 있잖아.

천기명 아…그러네. 고맙다.

슬쩍 말리고 있는 서류를 만지작거리며 외면하고픈 기명.
그래도 안 가는

서윤도 펼쳐 말리고 있는 서류를 보며) 야 근데 너 너무 막하는 거 아니냐?

천기명 (젖은 서류가 부끄럽다) 어…이게 참. 오늘 일진이 왜 이러니.

서윤도 하긴 뭐 국선재판에 서류가 중요하냐. 운이 중요하지.

천기명 ……

서윤도 간다. 연락해라. 밥이나 한끼 살게.

천기명 그래. 고맙다 윤도야.

돌아서는 윤도의 고급 구두가 눈에 띈다.

자신의 컴포트화를 내려다보는 기명. 한참을 본다.

진행 사건번호 100091435. 재판 시작합니다.

정신이 번쩍 든 듯 서둘러 서류를 챙기는 기명. 허겁지겁.

보다 못한 진행, 기명이 서류 챙기는 것을 도와준다.

고개를 꾸벅이며 고마워하는 기명,

방금 전 불쾌한 일은 잊은 듯 사람 좋은 표정이다.

#7. 동. 재판정

사건 번호와 피고인, 사건 내용을 다시 훑어보는 기명.

서류에 나와 있는 피고인 '민시나, 951006-2xxxxxx'

구금실로 통하는 문이 열린다.

양옆의 여순경에게 이끌려 포승줄에 묶인 민시나가 재판정으로 들어온다.

시나를 보는 기명, 움찔한다.

앳되고 아름다운 시나, 스무 살이나 돼 보일까 하다. 그러나 표정이 없는

송장 같은 느낌. 섬뜩함을 느끼게 하는 어둠이 얼굴에 서려 있다.

두 명의 검사가 민시나의 일거수일투족을 주시한다.
'기립' 소리와 함께 판사가 들어오고, 일어난 전원 인사한다.

판사 앉으세요.

전 일동 착석한다.
시나의 기운에 뭔지 불편함을 느끼는 기명,
식은땀이 흐르는지 손수건을 꺼낸다.
손수건을 꺼내고, 땀을 닦고 분주한 기명
그사이 검사가 기소 내용을 말한다.

검사 피고 민시나는 사망한 오세팔의 집 거실에서 현행범으로 검거되었습니다.
현장에는 오세팔의 부인을 비롯해서 20세 딸과 18세 아들이 살해되어 있었고,
CCTV 판독 결과 다른 침입자가 없었던 점. 민시나가 현장에서 검거된 점을 비
추어봤을 때 살인혐의를 부인하기 어려운 상황입니다.

무표정하게 검사의 말을 듣고 있는 시나의 표정.
눈동자에 붉은빛이 휙 지나간다.
몸을 작게 부르르 떠는 시나, 기명은 시나를 본다.
식은땀을 흘리며 몸을 떠는 모습.

판사 피고 측 발언하세요.

시나에게 집중되어 있는 기명.

판사 피고 측!!

그제야 판사를 보는 기명

기명　(서류를 보며)네. 민시나는 16세부터 오세팔의 가족과 함께 살아왔으며 20세가 된 (손상된 서류라 잘 안 보인다)

2014년 3월, OO대학교 의예과에 입학하면서 2014년 2월에 거주지 변경을 신고하였습니다. 5년 동안이나 가족같이 살아온 오세팔 일가를 살해할 동기와 목적이 뚜렷하지 않고 현재의 피고인 상황도 쉽게 살인을 저지를 만한 상황이 아닌 것이 객관적인 상황입니다. 정황상의 근거만을 가지고 피고인은 용의자로 지목되었습니다.

서류를 훑어보다 시나를 유심히 보는 판사.
앳된 얼굴의 시나는 식은땀까지 흘리고 있어서 더욱 안쓰러워 보인다.
치고 들어오는 검사

검사1　건당일 CCTV에 따르면 민시나는 오세팔의 집에 있었던 유일한 외부인입니다.

서류를 보고 있는 기명.
젖어서 잘 보이지 않는 서류를 판독하느라 애를 먹고 있는데
시나의 눈에 다시 붉은빛이 들어왔다 나간다.
떨리던 몸이 멈추며 평정을 찾는 시나.
냉랭한 눈빛으로 바뀌며 마네킹처럼 감정이 없어진 것처럼 보인다.
서류를 보던 기명, 눈을 비빈다.
젖어 있던 서류가 눈에 안 보일 정도로 순식간에 마르면서 서서히 정상으로 돌아온다. 점점 뚜렷해지는 글씨.
이게 무슨일이지? 하며 자꾸 눈을 비비는 기명.

판사 피고 측 발언하세요.

기명, 판사를 본다. 혼이 빠진 표정

판사 발언하세요.

자료를 보고 발언하는 기명

기명 사건 당일 CCTV에 나온, 오세팔의 집으로 들어간 외부인은 피고인 한 명이었던 것이 아닙니다… 그날 CCTV 기록은 에러인 채로 남겨져 있어 누가 드나들었는지 알 수 없게 된 것입니다.

판사, 자료를 넘기며 CCTV 부분을 유심히 본다.

판사 검사 측, 당일 CCTV 화면을 증거로 제출하세요.

검사, 기명을 쏘아본다.

판사 다음 재판은 CCTV 자료를 보고 하겠습니다.

탕탕!! 의사봉을 치고 일어나서 나가는 판사.
검사 측도 재빨리 자리를 뜬다.

시나의 눈빛이 갑자기 풀리며 고개를 푹 숙인다. 정신을 잃은 것.
기명과 여순경이 동시에 쓰러지려는 시나를 붙잡는다.

기명 민시나 씨. 괜찮으세요?

교도관 두세 명이 급박하게 들어와 민시나를 부축해서 나간다.
천기명, 나가는 시나가 없어질 때까지 본다.
법정에 홀로 남은 천기명. 무슨 일이 생겼는지 멍해서 나갈 수가 없다.
자리에 털썩 앉는다.

#8. 기명의 개인 사무실. 밤

서류가 가득 쌓인 책상.
늦은 시간까지 민시나 관련 서류를 검토하고 소장을 작성하고 있는 기명.
컴퓨터 모니터 옆에는 구겨진 맥주 캔 두어 개가 보인다.
몰입하고 있는 기명, 문득 손목시계를 보니 밤 12시가 가까워오고 있다.
'벌써 시간이 이렇게 됐나' 다른 사건 파일들을 뒤적이는 기명.
민시나 사건 말고도 여러 건을 동시에 처리하고 있는 듯.
'정진아 위증사건' '고효필 절도사건' 등의 서류를 펼친다.
내일 재판 준비다.
낡고 단출한 기명의 개인 사무실 내부.
책상과 책장들, 의자 몇 개, 낡은 소파가 하나 있다.
열린 창문에서 강한 바람이 들어오며 책상 위의 서류를 날린다.
창문을 보며 스르르 일어서는 기명. 이상하다는 듯

기명 (혼잣말) 창문… 안 열어놨는데…

창문 밖은 벌써 어두컴컴하다.
떨어진 서류를 줍고, 정리하는데

이번에는 책장이 조금씩 떨리더니 책이 몇 개 투두둑 떨어진다.
지진인가!! 잠시 멈추고 가만히 있는 기명, 겁먹은 듯. 얼음.
조심스럽게 바닥에 얼굴도 갖다 대보고…
그때 울리는 휴대폰 벨소리.

#10. 병원. 응급실. 밤

종합병원 전경.
빨간불을 환하게 밝히고 있는 응급실.

cut to.
황급하게 응급실로 뛰어 들어가는 기명.
응급실 안으로 들어와 주위를 두리번거리는데
급한 마음에 찾는 아들은 보이지 않고,
카운터로 뛰어가서 아들 찾는.

기명 여기, 천수민이라고, 아홉 살 아인데…

뒤에서 부르는
기명 부인 아빠!

기명, 돌아보며 옷도 제대로 못 챙겨 입고 나온 부인, 윤희. 울듯한.

cut to.
커튼을 걷어보면 베드에 누워 고열에 시달리고 있는 기명 아들, 천수민

기명 수민 이마 짚으며) 수민아, 괜찮아?

수민 (가쁜 숨) 아빠…

기명 아빠 여깄어. 여깄어.

수민 엄마…

수민 손 꼭 잡는 윤희.

수액 맞으며 고열을 앓고 있는 수민 보며 답답한

기명 열이 이렇게 나는데, 빨리 검사해보고 손을 써야지.

윤희 어떻게… 검사는 아침에야 할 수 있다는데

기명 병원에 좀 빨리 오지 그랬어.

윤희 갑자기 저녁부터 열이 나는데 이렇게 심해질 줄 몰랐지.

자기는 전화 받지도 않고, 캄캄한데 애 데리고 병원 오느라 얼마나 힘들었는 줄

알아?

기명 전화를 했었다고…? (휴대폰 보는데)

휴대폰 액정 화면. 통화기록에 찍혀 있는 '수민엄마' 부재 중 10통.

기명 (혼잣말) 모를 수가 없는데…

윤희 평소에 일찍 일찍 들어오면 얼마나 좋아. 그럼, 이런 일도 없었을 거 아니

야. 애는 어떻게 크는지, 어디가 안 좋은지 자기 관심이나 있어?

기명 야! 그럼, 내가 하나밖에 없는 아들인데!

윤희 돈 버는 게 전부가 아니야. 애 키우는 게 쉬운 줄 알아?

매일 들여다보고 있어도 한순간을 모르는 게 아이라고.

기명 (약간 기죽은 듯) 아, 그러니까… (목소리 높이며) 엄마가 잘 봤어야지! 어

디가 아픈지.

윤희 지금까지 한 말, 뭘로 들은 거야?

할 말 없으니 괜히 화내는 기명. 윤희와의 대화가 싸움으로 번질 기세.
그때, 커튼 걷고 얼굴 내미는 간호사며) 돈이 얼만데.

기명 야! 야! 들어가! 이러려고 돈 버는 거지.

저 인간 또 저런다 하는 얼굴로 보는 윤희,

간호사 6인실은 자리가 없어서 아침까지 기다려보셔야겠어요.

윤희 아, 네.

간호사 2인실은 지금 바로 들어갈 수 있는데 어떠세요?

기명 2인실 들어가면 되겠네.

윤희 (기명에게 눈치 주안 들리게 '많이나 벌면…' 하며 혼잣말.

기명 (간호사에게) 2인실, 지금 수속해주세요.

간호사 네. (커튼 닫고 가는)

#9. 동. 수민의 병실. 밤

가습기에서 뿜어져 나오는 수증기가 은은히 퍼지고 있는 2인 병실.
쾌적하고 널찍한 병실은 운 좋게도 수민 혼자 쓰고 있다.
잠들어 있는 수민, 열이 한풀 꺾였는지, 새근새근 깊게 잠들어 있다.
수민 옆에서 쭈그린 채 잠들어 있는 윤희. 선잠을 자는 듯
반대로 옆 침대에 편하게 뻗어서 자고 있는 기명.
드르륵- 창문 열리는 소리가 들리며
창가 블라인드를 치며 강하게 들어오는 바람.

수민에게 연결된 수액 줄이 흔들린다.

가습기가 꺼지며 수증기도 사라진다.

스르르 눈을 뜨는 수민. 눈동자에 붉은빛이 스쳐 지나간다.

cut to.

복도.

어둑어둑한 긴 복도를 걸어가는 수민의 뒷모습.

어딘가로 향하는지 엘리베이터를 탄다.

cut to.

병실.

한기에 눈을 뜨는 윤희.

수민이 없다.

윤희 수민 아빠!! 수민 아빠!! 수민이가 없어졌어!!

눈을 뜨는 기명, 황급하게 수민 자리로 오는데, 정말 없다…

병실 밖으로 뛰쳐나가는 윤희

기명의 시선으로 열린 창문이 들어온다.

주위를 둘러보는데, 꺼진 가습기.

불길한 예감에 창가로 달려가 창문 밖, 아래를 내려다보는 기명.

다행히 눈에 들어오는 화단에는 아무것도 없다.

#9. 동. 복도-민시나의 병실.

엘리베이터에서 내린 수민이 카운터를 지나간다.

웬일인지 꾸벅꾸벅 졸고 있는 당직 간호사 수민을 보지 못하고.

cut in 〉 CCTV 화면. 수민이 간호사실을 지나 특실 쪽으로 간다.

수민이 멈춰 선 곳은 특실 앞
경찰 두 명이 입구를 지키고 앉아 있는데, 모두 잠들어 있다.
조심스럽게 병실 문을 열고 들어가는 수민.
당연한 일을 하듯, 자연스럽고, 능숙한 모습.
가습기 수증기가 은은히 퍼지고 있는 특실 안.
문 앞, 의자에 앉아 있는 여경이 꾸벅꾸벅 졸고 있다.
침대를 향해 다가가는 수민.
가습기가 꺼지며 수증기가 사라지고…
수민은 침대 앞에 멈춰 서, 환자를 보고 있는데,
침대에 누워 있는 환자는, 민시나다.
도망가지 못하도록 다리 부분이 결박된 상태.
연결된 수액 줄이 흔들리고… 한기를 느껴 눈을 뜨는 시나.
돌아보면, 수민이 자신을 보고 있다. 무표정한 얼굴.
소스라치게 놀라는데

수민 (성인 남자 목소리) 내가 시키는 대로 하라고 했지!

목소리가 변한 수민.
사시나무 떨듯 떨며 몸을 움직이지 못하는 시나.

수민 (성인 남자 목소리) 계획대로 되지 않으면, 이 아이는 죽는다.

수민에게서 눈을 떼지 못하는 시나. 공포에 질려 가쁜 숨을 몰아쉬는.

무표정한 수민. 혼이 나간 듯. 멍한 얼굴.

복도에서 소란한 소리가 들려온다.

잠에서 깨어나는 여순경.

스스로 깜짝 놀라 둘러보면, 수민이 병실에 들어와 있다.

소스라치게 놀라는 순간 열리는 병실 문.

윤희와 기명이 뛰어 들어온다.

윤희/ 기명 수민아!!

수민을 발견하고 감싸 안는 윤희.

놀란 가슴을 쓸어내리며 아이를 다시 꼭 끌어안는다.

침대에 누워 있는 시나를 보는 기명. 놀란다.

시나도 기명을 본다. 역시 불안해하며 당황하는

밖에 있던 경찰들 들어와 민시나가 잘 묶여 있는지 확인한다.

여순경 일단 아이 데리고 빨리 나가주세요! 여긴 통제구역입니다.

수민을 안은 기명과 윤희가 병실을 나간다.

몸을 일으켜 기명 품안의 수민 보는 시나.

수민의 눈빛에 붉은빛이 스쳐 지나간다.

순간, 덜컥 마음이 내려앉은 듯 손을 떨어뜨리며 시나. 절망한 듯, 망연한
얼굴.

엄마의 남친

제1회 화책연합시나리오공모대전 웹영화시나리오 부문 우수상 수상
'공조'의 윤현호 작가와는 동명이인임을 밝힙니다 | 윤현호 |

S#0. 프롤로그 (분위기 좋은 카페) / 낮

화면 열리면, 천장에 달려 있는 실링 팬이 천천히 돌아가는 모습.

카메라 서서히 내려가면,

창가 자리에 나란히 앉아 있는 커플 한 쌍이 보인다.

천진난만한 얼굴로 스마트폰을 만지작거리는 광수와 달리,

표정이 썩 좋지 않은 광수의 애인 예지. 뭔가 말하기로 결심한 듯한데….

예지 나 임신한 것 같아.

스마트폰 게임에 푹 빠져 있어, 아무 말이 없는 광수.

예지 이광수.

광수 미안. 뭐라고 했어?

예지 임신한 것 같다고.

광수 생뚱맞은 소리야. 갑자기.

예지 생리를 안 해.

광수 하겠지.

예지 진짜 임신이면 어쩔 건데?

광수 그럼 같이 살아야지. 그냥 결혼도 하고.

예지 그냥 결혼… 돈은 있고?

광수 오늘 왜 그러냐? 자주 보는 것도 아닌데.

예지 그래. 결혼하든지, 애 지우고 헤어지든지 하면 되지.

광수 야 서예지. 무슨 얘기를 그렇게 하냐?

우리 2년 만난 게 이 정도밖에 안 돼?

예지 (시치미 뚝 떼고)

오늘 뭐하기로 했지? 영화 보기로 했나?

S#1. 빌라 단지 내 놀이터 / 낮

그네에 걸터앉아 자신의 발끝을 멍하니 바라보고 있는 광수.
교복에 책가방을 멘 보영(광수의 여동생)이 다가와 광수의 발을 툭 찬다.

보영 뭐하냐?

광수 학교 갔다 오냐?

보영 응. 뭐하고 있어, 여기서? 집에 들어가 있지.

광수 내 집이냐? 막 들어가게?

보영 말 이상하게 한다? 엄마랑 나랑 사는 집이니까 당연히 오빠 집도 되지.

광수 이혼한 지가 언젠데. 각자 집이지.

보영 우리가 이혼했냐?

광수 엄마, 퇴근 안 했지?

보영 응. 저녁이나 먹고 가.

광수 다음에 먹자.

그네에서 일어나 기지개를 크게 켜는 광수.

광수 들어가서 쉬어.

보영 아빠 집으로 가는 거야?

광수 그럼 어딜 가겠냐.

보영 무슨 할 말 있는 거 아냐?

광수 그냥 들른 거야.

광수가 놀이터를 가로질러 터벅터벅 걸어 나가면,
광수의 뒷모습을 바라보던 보영도 그제야 놀이터를 빠져나간다.
두 사람의 모습이 사라진 텅 빈 놀이터.
화면 암전, 그리고 이어지는 광수의 내레이션과 타이틀.

광수 이건 분명 나의 러브 스토리다.

엄마의 남친

S#2. 거리, 버스 정류장 / 낮

입 냄새를 맡으며 누군가를 기다리는 호준
(프랜차이즈 베이커리 파티시에, 27세).
곱게 치장한 성령(광수의 엄마, 백화점 여성복 매니저, 47세)이
버스에서 내린다.
미소 지으며 호준에게 다가오는 성령.
그 모습을 보고 호준도 활짝 미소 짓는다.

호준 차로 데리러 간다니까.

성령 나도 차 있거든? 걷고 싶었어.

호준 오늘 유난히 예쁘네요.

성령 너야말로. 정말 40대 맞긴 해?

호준 (어색한 웃음) 갈까요?

호준이 성령의 손을 덥석 잡는다. 당황한 기색이 역력한 성령.
누가 봐도 나이 차가 너무 많이 나는,
흡사 엄마와 아들 같은 두 사람의 모습.
오가는 사람들의 시선을 의식했는지, 손을 슥– 빼는 성령.
호준이 '왜 그러느냐'는 표정으로 쳐다보면,

성령 좀 창피하네.

호준 우리만 괜찮으면 된 거예요.

다시 성령의 손을 잡고 걷기 시작하는 호준.
못 이기는 척 따라가는 성령의 모습이 사뭇 귀엽다.

S#3. 스마트폰 가게 / 낮

스마트폰 가게 점원이 성령에게 새로 나온 스마트폰이라며 샘플을 보여
준다.
스마트폰을 이리저리 만져보며 좋아하던 성령.

성령 (점원에게 스마트폰을 돌려주며) 이걸로 할게요.

호준 그렇게 바꾸고 싶었어요?

성령 벼르고 있었어.

호준 내가⋯바꿔줄까요?

성령 무슨 소리야. 내 건데.

스마트폰 가입서를 준비하던 점원이 사이좋아 보이는 두 사람을 보고는,

점원 아드님이 효자시네.

성령, 당황한 기색을 감추려는 듯 고개를 떨어뜨리는데⋯

호준 아들 아니에요.

점원 네?

그만 얘기하라는 듯 호준의 팔을 툭툭 잡아끄는 성령. 그러나

호준 남자 친구예요. 연상 연하. 일곱 살 차이.

점원 (당황한 듯) 아⋯ 네, 죄송합니다.

S#4. 거리, 버스 정류장 / 낮

나란히 서서 버스를 기다리는 호준과 성령.

호준 저녁 먹고 들어가지.

성령 미안. 오늘은 애들이랑 먹기로 약속했거든.

호준 대신 다음에는 길~게 놀다 들어가요.

성령 알았어.

슬쩍 호준의 손을 잡아주는 성령.

피식하고 웃는 호준. 다정한 눈길로 성령을 바라본다.

성령이 기다리던 버스가 오고-

성령 버스 왔다.

호준 아쉽다. 아쉬워.

붙잡고 있던 성령의 손등에 가볍게 뽀뽀를 하는 호준.

호준에게 방긋 웃어 보인 뒤, 버스로 뛰어가는 성령.

S#5. 성령의 빌라 / 저녁

식탁에 둘러앉아 밥을 먹는 광수, 보영 그리고 성령.

성령 요새… 글 써?

광수 응. 열심히.

성령 걱정이 많아 엄마는. 자기 앞가림 정도는 해야 되는데.

광수 (식탁에 올려놓은 성령의 스마트폰을 보고는) 폰 바꿨어?

성령 엄마가 가서 바꿨어. 백날 얘기해도 같이 안 가주니까.

광수 잘했네.

성령 난 네가 다른 일하면 안 될까 싶어.

4년제 공대 잘 나와서, 취직 안 하고 영화 하겠다 하니까.

혹시 안 됐을 때, 실망하면 어쩌나…

보영 엄마도 참. 내비 둬. 지 인생.

갑자기 옆에 앉은 보영의 뱃살을 잡고 익살스러운 표정을 짓는 광수.

황급히 광수의 손을 떨쳐내며, 엄청 화를 내는 보영.

성령 밥 먹을 때 장난치지 말라니까.
보영 내가 아니라 오빠가 먼저 건드리잖아!

그때 성령의 스마트폰이 울린다.
황급히 전화를 받으며 방 안으로 들어가는 성령.
방문이 닫히고, 방 안에서 성령의 웃음소리가 새어나온다.
삼시 후, 외투를 가지고 방에서 나오는 성령.

광수 어디 가?
성령 요 앞에 잠깐. 금방 올 거야.

현관문을 열고 밖으로 나가는 성령.
현관문 쪽을 의심스러운 눈초리로 바라보는 광수.

S#6. 성령의 빌라 단지, 주차장 / 저녁

비상등 깜박이를 켜놓은 검은색 그랜저.
성령이 다가와 그랜저에 오르면, 그랜저가 어디론가 출발한다.

S#7. 성령의 빌라, 거실 / 밤

소파에 나란히 앉아 TV를 보는 광수와 보영.
심기가 불편해 보이는 광수가 TV 위에 걸려 있는 시계를 바라본다.
밤 12시를 향해 가고 있는 시계.

그러고는 광수가 부엌 쪽 식탁을 바라보면,
식탁 위에 먹다 남은 성령의 밥과 반찬들.

광수 보영아.

보영 응.

광수 엄마…늦네?

보영 그러네.

광수 이상하지 않아?

보영 뭐가.

광수 …아니다.

S#8. 동, 성령의 방 안 / 밤

몰래 성령의 가방을 뒤지는 광수의 모습이 문틈 사이로 보인다.
갑자기 '내가 뭘 잘 못 본 건가'란 표정으로 눈을 크게 뜨더니,
가방 안 물건을 황급히 자신의 주머니에 쑤셔 넣는 광수.

S#9. 동, 거실 / 밤

TV를 보며 배꼽 잡고 웃는 보영의 모습.
갑자기 쾅-! 하고 문이 세게 닫히는 소리가 나더니-
광수가 상기된 얼굴로 성령의 방에서 걸어나와,
현관에서 급히 신발을 신는다.
그 모습을 의아하다는 듯 바라보는 보영.

보영 어디 가?

허나, 아무런 대꾸도 하지 않은 채 현관문을 나서는 광수.

S#10. 동, 복도 / 밤

계단을 빠른 걸음으로 도망치듯 내려가던 광수.
몸보다 맘이 급했는지, 발을 헛디뎌 넘어진다.
복도 바닥에 쓰러져, 한 손으로 자신의 발목을 붙잡고 고통스러워하며–
그 와중에 다른 손으로 주머니에서 쏟아져 나온 무언가를 집어넣으려 하는데….
복도 바닥에 널브러져 있는 콘돔들의 모습.

S#11. 거리, 달리는 택시 안 / 낮

머리가 희끗하고 수염이 지저분하게 나 있는
택시 기사 이강호(49세, 광수의 아버지).
운전을 하며 라디오에서 흘러나오는 트로트를 콧노래로 따라 한다.

S#12. 거리 / 낮

햇살이 따갑게 비치는 하늘을 눈살 찌푸리고 바라보는 광수.
택시 한 대가 광수 앞에 서더니, 클랙슨을 울린다.
인상을 잔뜩 쓴 채로 택시에 오르는 광수.

S#13. 거리, 달리는 택시 안 / 낮

백미러로 광수의 표정을 살피는 강호.

강호 어디로 모실까요. 손님?

광수 뭐야… 만날.

강호 (히죽거리며) 뭐 먹고 싶나?

광수 맘대로 해.

(혼잣말처럼) 돈도 없는 사람이 사먹는 건 잘 사먹어.

강호 둘이 먹어봐야 2만 원도 안 든다. 아들아.

강호, 능청스럽게 웃으며 차를 출발시킨다.

S#14. 중국집 / 낮

마주 앉아 서로 아무런 대화도 없이 스마트폰만 만지작거리는
강호와 광수.
종업원이 두 사람 앞에 밑반찬과 물을 퉁명스럽게 내려놓는다.

종업원 뭘로 드릴까요.

강호 잡탕밥 두 개요.

광수 난 짜장밥 먹을래.

강호 여기 잡탕밥이 끝내준다니까.

(종업원에게) 잡탕밥 두 개요.

종업원 여기 잡탕밥 두 개 있어요~.

종업원 돌아가고,

광수 짜장밥 먹는다니까.

강호 니 엄마한테 연락 왔어. 전화 안 받는다고. 뭔 일 있냐?

광수 그냥 좀 바빠서. 조만간 전화할 거야.

강호 니가 얼마나 바빠. 지금 전화해봐.

광수 이혼했는데 뭘 그렇게 신경 써?

강호 내가 니 엄마 신경 쓰냐? 너 신경 쓰는 거지.

그때 광수에게 문자 하나가 온다.

광수, 문자 확인하면… '동네 치킨집에서 만나자'는 성령의 문자.

드라마
시나리오
작법〈5〉

신봉승 작가/석좌교수

1933년, 강원도 강릉 출생. 경희대학교 대학원 국문학 석
사. 1960년 현대문학 시외문학평론 추천 등단. 2009년 추
계예술대학교 문화예술경영대학원 영상시나리오학과 석좌교
수. 한국방송대상, 대종상 아시아 영화제 각본상, 한국펜문
학상, 서울시문화상, 대한민국예술원상, 위암 장지연 상 등
수상. 《영상적 사고》《신봉승 텔레비전 시나리오 선집》(5권)
《양식과 오만》《시인 연산군》《국보가 된 조선 막사발》등 다
수. 대하소설 《조선왕조 500년》(48권)《소설 한명회》(7권)
《조선의 정쟁》(5권) 등 다수.

제5장 표현 방법

| 신봉승 |

I. 영상문장(映像文章)의 다른 점

시나리오나 TV 드라마의 극본에서 사용하고 있는 문장을 소설이나 희곡 또는 서사시와 비교해볼 때 문자를 표현 수단으로 하고 있다는 점과 산문적인 표현 방식을 취하고 있다는 점에서는 서로 다른 것이 하나도 없다.

그러나 엄연히 다른 점이 있다.

소설이나 희곡은 문장으로 표현되는 것으로 일단 작가의 소임을 다하는 것이지만, 시나리오나 TV 드라마의 극본에서 구사되는 문장은 어떠한 경우에도 영상(그림)으로 변형되기 때문에 영상화한다는 조건으로 쓰인다는 점이 전혀 다르다. 소설에서는 '배가 고프다'는 상태를 자유자재로 구사할 수 있지만, 시나리오나 TV 드라마의 극본에서는 '배가 고픈 상황'을 그려놓아야 한다는 점은 엄청난 차이점이 있다. 그러면 소설적인 문장과 시나리오적인 문장을 비교해보기로 한다.

■ 소설

김가는 피가 돋은 이빨 자국을 누르면서 솥뚜껑을 들어봤다. 토낀가 했다. 물까마귀 같기도 했다.

덕이는 어느새 김가의 다리를 감싸 안고 마구 이빨질을 했다.

김가는 덕이를 냉큼 들어다가 삭정이 위에 처박듯이 하고는 다시 보아 하니 그것은 아이였다.

오영수(吳永壽)의 소설 〈은냇골 이야기〉의 한 대목이다. 눈 쌓인 은냇골에 갇혀 있던 덕이가 굶주림과 외로움과 무서움을 견디지 못하여 정신이상을 일으켜 자신이 낳은 아기를 가마솥에 넣고 삶고 있는데, 눈 녹기를 기다리고 있던 김가가 나타나서 그 엄청난 광경을 목격하는 장면이다.

소설가 오영수의 문장이 훈훈하고 너그러운 것은 누구나 다 아는 바지만, 앞에 인용한 부분은 나무랄 데 없는 소설적인 문장이라고 하겠다. 방점으로 강조한 부분의 표현이 특히 그렇다. 가마솥에 들어 있는 아기를 그렇게 묘사한 것이다. 참으로 끔찍한 상황이지만 작가의 부드러운 문장으로 전혀 혐오감을 느낄 수 없다. 그러나 이 장면을 그대로 시나리오 문장으로 옮겨놓을 수는 없다. 앞서 지적한 대로 시나리오 문장은 영상 조건으로 쓰이기 때문이다.

다행히 오영수의 소설 〈은냇골 이야기〉는 내가 시나리오로 각색했다. 시나리오적인 문장으로 바뀐 해당 부분을 살펴보기로 한다.

이윽고 김가는 솥뚜껑을 연다.

김가 "……!"

사색이 되듯 일그러지는 김가의 얼굴!
그 순간 솥뚜껑이 떨어지면서,

E 짜잉! 귀청을 찢는 쇳소리로 들린다.

마침내 그것은 쇠와 쇠가 맞부딪히는 소리가 아니라, 쇼킹한 아기 울음소리로 환청(幻聽)되는 것이다.

여기서 우리는 소설과 시나리오가 같은 언어를 사용하고, 같은 문자로 문장을 표현하지만 그 구사 방법에서는 엄청나게 다르다는 사실을 확인할 수 있다. 어디가 다른가 하는 점은 영상이 되도록 묘사하는 대목이라고 생각하면 될 것이다.

이번에는 〈일기〉의 문장과 시나리오의 문장을 비교해보기로 한다.

■ 일기

저녁때입니다. 나는 일기를 쓰고 있는데 윤식이가 밥을 얻어가지고 방 안으로 들어오고 있었습니다.

깡통을 옆에 끼고 들어오는 것을 보니 꼭 거지 같았습니다.

"윤식아 밥 많이 얻었나?"

하니, 윤식이는 아무 대답도 하지 않고 깡통을 다리 사이에 끼고 앉아 밥을 먹고 있었습니다. 태순이는 웃으면서 깡통을 바라보고 다가왔습니다. 아마 밥을 보니 반가워서 웃고 있는 모양입니다.

나는 가만히 누워 앞으로 살아갈 일을 생각하니 기가 막혔습니다.

윤식이와 태순인 밥을 먹으면서도 나보고는 '밥 좀 먹자' 소리도 하지 않았습니다. 나는 일어나서 숟가락을 찾아 같이 떠먹었습니다.

몇 숟가락 뜨고서 숟가락을 놓았습니다. 다 먹어가려고 할 때 윤식이와 태순이가 서로 많이 먹으려고 깡통을 서로 당기고 밀고 야단이었습니다.

나는 윤식이를 한참 때려주고서

"큰 게 좀 적게 먹으면 안 되나?"

하니, 윤식이는 찔찔거리고 울었습니다.

나는 한숨이 절로 나왔습니다.

1964년에 간행된 베스트셀러, 이윤복(李潤福)의 일기 '저 하늘에도 슬픔이'의 8월 4일분이다. 일기를 쓰는 방법이야 여러 가지 있겠지만,

이윤복의 일기는 소설적인 표현 방법을 쓰고 있다. 대사가 섞여 있다든가, 어떤 사건(에피소드)을 묘사하고 있어 오영수의 〈은냇골 이야기〉와 흐름은 다르지만, 그 표현 방식만은 같다. 이것도 시나리오적인 표현과는 거리가 먼 것임에는 틀림없다.

나는 이윤복의〈일기〉가 간행되자 곧바로 대구로 달려가 영화권을 입수했고, 그대로 대구의 여관방에 묵으면서 각색 작업에 돌입했다. 그야말로 현장 사정에 흠뻑 젖어들면서 집필에 임했던 것이다. 그렇게 쓴 시나리오 〈저 하늘에도 슬픔이〉에서 위의 대목이 어떻게 표현되었는가를 비교해보기 바란다.

S#42 · 윤복의 집 마당
양지 쪽에 쪼그리고 앉아 있는 태순.
깡통 속에 있는 김치를 꺼내 씹으며 윤식이 들어와서 방으로 들어간다.

태순 "오빠야 밥 많이 얻었나?"

하며, 방 안으로 따라 들어간다.

S#43 · 방 안
들어온 윤식은 깡통을 무릎에 끼고 앉아 밥을 먹는다.
숟가락을 들고 온 태순은 깡통 가까이로 간다.
윤식은 깡통을 낀 채 돌아앉아 버린다.
따라서 돌아앉는 태순이지만, 그러나 먹으란 말은 하지 않는다.

태순 "……"

울먹울먹해지는 태순.
이때 윤복이가 들어온다.

태순 "(윤복이를 보자) 오빠아…앙."

울음을 터뜨린다.

윤복 "식아 같이 먹지 와 그러노…."

윤식은 급해지자 마구 처넣는다.

윤복 "니만 묵으면 우야노…. 이리 도…."

빼앗기지 않으려는 윤식을 밀치며 깡통을 뺏는다.

윤식 "내가 얻은 밥이다, 놔라…."
윤복 "(몇 차례 갈겨주고) 큰 게 좀 적게 먹으면 안 되나?"

윤식이가 훌쩍거리고 우는 동안 윤복은 태순의 눈물을 닦아주며,

윤복 "태순아…밥 묵자…."

한술 한술 떠서 먹여준다.
이 애처럽기 그지없는 화면에

윤복의 NA "아무리 일할 줄 모르는 아버지지만 아버지가 없는 날이면 먹는 걸 가지고 싸웁니다…. 나는 생각해봅니다. 앞으로 살아갈 일이 기가 막힙니다."

시나리오가 표현해야 하는 문장과 소설 또는 일기에 표현된 문장이 어떻게 다른가를 짐작할 수 있다. 이 점은 뒤에서 다시 구체적으로 설명할 것이다. 그렇다면 '희곡'의 경우는 어떤가.

■ 희곡

    햄릿 사느냐 죽느냐, 이게 문제로군. 어느 쪽이 더 사나이다울까. 가혹한 운명의 화살을 받아도 참고 견딜 것인가? 아니면 밀려드는 재앙을 힘으로 싸워 없앨 것인가? 죽어버리고 잠든다, 그것뿐이겠지. 잠들어 만사가 끝나 가슴 쓰린 온갖 번뇌와 육체가 받는 모든 고통이 사라진다면, 그런 바라 마지 않는 생의 극치, 죽어 잠을 잔다. 잠이 들면 꿈을 꿀 테지. 이승의 번뇌를 벗어나 영원히 잠이 들었을 때, 그때 어떤 꿈을 꿀 것인지, 망설임을 준단 말이야. 그러니까 이 고해 같은 인생에 집착이 남는 법. 그렇지만 않다면야 그 누가 이 세상의 사나운 비난의 채찍을 견디며, 폭군의 횡포와 세도가의 멸시, 버림을 받는 사람의 고민이며, 재판의 지연, 관리의 오만, 유덕 인사에 가하는 저 노인네의 불손, 이 모든 것을 참고 지낼 것인가? 한 자루의 단도면 쉽게 끝낼 수 있는 일. 그 누가 이 지루한 인생길을 무거운 짐을 지고 진땀을 뺄 것인가? 다만 한 가지 죽은 뒤에 불안이 남아 있으니까. 나그네 한번 가서 돌아온 적 없는 저 미지의 세계, 결심을 망설이게 하는 것도 당연한 노릇이지. 알지도 못하는 저승으로 날아가느니 차라리 현재의 재앙을 받는 게 낫다는 결론. 이러한 조심 때문에 우리는 더 겁쟁이가 되고, 결의의 저 생생한 혈색도, 우울의 파리한 병색에 그늘져 흥청대던 의기도 흐름을 잘못 타 마침내는 실행의 힘을 잃고 마는 것이 오작 아닌가…쉿, 어여쁜 오필리어! 숲 속의 요정이여, 기도하거들랑 이 몸의 죄도 함께 용서를 빌어주오.

    인용이 길어졌지만 한 사람(햄릿)의 다이얼로그이기 때문에 전부 옮겨 놓았다. 누구나 알고 있는 셰익스피어의 〈햄릿〉 제3막 중에서 제1장 궁중의 한 방에서 벌어지는 대목에서의 햄릿의 독백이다.

    읽어보면 쉬이 알 수 있듯이 약 800자의 대사를 한 번에 말해야 하는 것으로 되어 있지만, 이 대사의 내용에 햄릿의 내면 의식이 모두 담겨 있으므로 끊어서 설명할 수가 없다. 물론 희곡은 제한된 공간 때문에 사건의 진행까지도 디렉션에서보다도 대사에 함축되어 있다.

    희곡과 시나리오는 무대극과 영화를 위하여 쓰인 것이다. 희곡은 연극의, 시나리오는 영화의 극본이지만, 희곡은 무대라는 장소의 제약 때문에 자유로운 장면 전환이 불가능하게 되어 인물은 동일 장소에 집중되고 많은 사건이 다이얼로그에 포함되기 때문에 대사의 리얼리티(일상성)가 없어지기 쉬우며, 다분히 인위적인 것이 되어도 할 수 없는 경우가 많다.

앞에 인용한 〈햄릿〉의 대사도 길고 관념적이다. 이같이 관념적인 대사는 시나리오에서는 도저히 용납되지 않는다. 그러나 시나리오에서는 상영 시간이라는 시간적 제약만은 희곡의 경우와 다를 것이 없지만, 상면은 얼마는지 바꾸어서 설정할 수 있으며, 아무리 어려운 사건도 자유롭게 표현할 수 있기 때문에 길고 관념적인 대사는 필요 없다.

그러므로 시나리오의 대사는 일상적이고 사실성이 살아 있는 자연스러운 대사가 요망된다. 때문에 희곡 〈햄릿〉을 각색하여 시나리오화한다면 길고 관념적인 위와 같은 대사에 담긴 여러 가지 극적 요인을 때로는 장면으로 또 때로는 영화적인 다이얼로그로 고치지 않으면 안된다.

시나리오에 구사되는 문장이 다른 여타의 예술 표현과 어떻게 다른지를 얼마간 짐작했을 것이다. 그러나 아직 시작에 불과하다는 사실을 믿고 더 열심히, 진지한 마음가짐으로 따라와 주기를 바란다.

그러니까 시나리오 문장은 다음과 같은 특성을 살려야만 윤택함을 찾아서 유지할 수 있다.

1. 시각적으로 표현될 것.
2. 간결하고 적확하게 표현될 것.
3. 필요에 따라서 카메라의 위치도 지정할 것.
4. 풍부한 이미지를 담을 것.
5. 가능하면 문장의 리듬과 템포까지 내포하게 할 것.

이상의 다섯 가지는 시나리오 문장을 구사하는 데 가장 유의해야 할 기본이 되는 것이지만, 그중에서도 시각적(視覺的)으로 표현해야 한다는 점은 시나리오 문장의 생명과 같은 것이다. 누가 쓴 것이든, 그 시나리오를 읽으면서 마치 영화를 보는 듯한 스크린 이미지가 떠오르지 않으면, 우선 시나리오적인 문장이 되어 있지 않다고 보아도 무방하다.

내게 읽어주기를 청하는 신인 작가들의 시나리오를 읽어보노라면 문장이 제대로 구사되어 있지 않은 경우를 많이 보게 된다. 이 점은 애초부터 착각했거나 뭔가를 잘못 생각하고 있었기에 저지르는 잘못일 것이다. 아무리 시나리오적이며 시각적인 문장이라 하더라도 문학적인 기본 요건은 갖추고 있어야 한다.

미술대학에 진학하려면 수천 장의 데생을 그려야 하고, 음악대학 기악과에 들어가려면 얼마나 많은 개인 연습을 해야 하는가. 그런데도 시나리오를 쓰고 TV 드라마를 쓰려는 작가 지망생들이 문장 수련을 소홀히 했다면 어찌 부끄럽지 않겠는가.

그러면 시나리오에 구사되는 문장은 어떤 종류가 있을까. 구태여 문장의 종류라 하여 각각 다른 것으로 생각할 것까지는 없겠으나, 대개 다음 세 가지로 구분하여 생각할 수 있다.

1. 지문(Direction)
2. 대사(Dialogue)
3. 해설 (Narration)

이제 위의 세 가지 항목을 구체적으로 설명하면서, 시나리오 문장을 좀 더 세세하게 살펴보기로 하자.

II. 지문(誌文)은 시각적인 표현으로

　시나리오에서 지문은 필름에 옮겨지지 않는다는 이유로 중요시하지 않는 경향이 있다. 이러한 생각은 대단히 위험한 것이라고 아니할 수 없다. 왜냐하면 시나리오는 연극과 달라서 120, 130신의 각 신마다 독자적인 의미가 있고, 성격이 있는 것으로서 이미지를 창조하기 위해 때로는 대사보다 훨씬 더 중요시할 때가 있기 때문이다. 어떤 사람은 '지문'이란 읽는 사람의 편의를 위해 존재한다고 하지만, 그것은 근본직으로 잘못된 생각이다.

　지문을 설명하기 전에 몇 마디 부기해둘 일이 있다.

　시나리오를 공부하는 젊은 작가들이 간혹 지문을 '도가키'라고 말하는데, 이는 일본말임을 알아두기 바란다. 일본에서는 지문을 'ㅏ書'라고 쓰고 '도가키'라고 읽는다. '도가키'란 일본의 가부키(歌舞伎)에서 쓰던 말로 배우의 동작이나 음곡을 밝혀두는 어휘다. 그럼에도 젊은 작가들이 뜻도 모르고 지문을 '도가키'라고 읽는 것도 부족해 심지어 '도가께'라고 발음까지 잘못하고 있는 것을 듣고 있노라면 말할 수 없는 비감에 젖을 때도 있다.

　또 많은 작법서(作法書)에서 지문을 '지문(地文)'이라고 쓰고 있지만, 이 또한 바탕글이라는 뜻의 일본식 표현이다. 지문이란 direction에서 적용된 말이다. direction을 영한사전에서 찾아보면 '지시' '지금(指令)', 또는 '지시서' '사용법' 등으로 되어 있고, 영화용어일 때는 지시로 나와 있다. 그렇다면 '디렉션'이 연기자의 동작을 지시하고, 때로 카메라의 위치를 지시하는 것이므로 당연히 '지문(指文)'이란 한자 표기가 옳다고 생각된다. 따라서 이 책에서는 모든 지문을 '지시하는 글'이라는 뜻의 '지문(指文)'으로 통일하여 쓰는 것임도 밝혀두는 바다.

먼저 지문이 가진 기능을 알아보자. 앞에서도 설명했듯이 지문은 인물의 행동을 지시하는 것이 많고, 나아가서 심리나 성격까지 묘사·설명할 수 있으며, 어떤 장소의 정경을 묘사하는 데 쓰이기도 한다. 이것을 정리해보면 다음과 같다.

가. 정경의 묘사나 설명.
나. 인물의 동작, 심리, 성격의 묘사나 설명.

■ 묘사 방법

우선 간결하고 시각적으로 표현되어야 한다는 점은 앞에서도 누누이 설명했다. 간결한 표현이란 다분히 시적(詩的)이고, 상징성이 강조된다는 점을 의미하며, 시각적인 표현은 화면이 눈에 보이는 듯 쓰라는 얘기다. 가령 다음과 같은 지문이 있다고 하자.

① 달려오는 김 군!
② 김 군이 달려온다.

이 두 가지의 지문은 똑같은 상태를 묘사하고 있다. 그러나 이미지는 전혀 다르다는 것을 알 수 있다. '김 군이 달려온다'라는 ②는 보통의 상태로밖에 느껴지지 않는다. 이러한 지문을 감독이 받아들인다면 화면에서 볼 때, 김 군의 전신이 달려오는 것이 되겠지만…, ①의 경우는 무엇인가 긴박한 상태가 가미되어 있기 때문에 김 군의 묘사가 화면으로 옮겨질 때는 가슴 이상(B·S)의 크기로 카메라에 잡히는 화면이 될 것이다.

간단한 이 한 줄의 지문이 이렇게 다르게 받아들여지는 것만 보아도 지문의 묘사가 얼마나 정확해야 하는가를 보여주는 단적인 예라고 하겠다. 구로사와 아키라(黑澤明)라는 이름을 들어보았는가. 물론 일본의 영화감독으로 세계적인 명성을 얻은 예술가이며, 우리나라에도 그의 영화 〈카게부샤(影武士)〉가 개봉된 바 있어 이젠 낯선 이름이 아닐 것이다. 그는 유능한 시나리오 작가들을 두세 명씩 동원해 자신과 공동으로 시나리오를 쓰는 것으로도 유명하다.

그렇게 쓰인 사무라이 영화의 시나리오 '쓰바키 산주우로우(椿三十郎)'를 읽어보면 다음과 같은 참으로 놀라운 지문과 만나게 된다.

S# 108, 가도(街道)의 장면인데, 산주우로우가 무로토와 최후의 칼싸움을 하기 직전의 묘사다.

- 전략.
산주우로우와 무로토 한길에 나가 대치한다.
이제부터 두 사람의 결투는 도저히 붓으로 표현할 수 없다.
오랜 무시무시한 시간이 경과한 후 승부는 번득!
칼이 한 번 번득이자 결판이 난다.
- 후략.

강조한 부분을 읽어보면 참으로 무책임하게 묘사된 지문임을 알 수 있을 것이다. 대체 어쩌라는 말인가. '이제부터 두 사람의 결투는 도저히 붓으로 표현할 수 없다'는 것이 무엇을 의미하는가. 감독인 자신이 시나리오 작업에 참여하고 있기 때문에 그 대목의 연출 플랜이 서 있었다고 볼 수밖에 없을 것이다. 실제로 이 장면을 영화로 보면, 산주우로우와 무로토가 눈을 부릅뜨고, 한 1분간 마주 보고 있는 것으로 묘사되어 있으며, 효과음도 음악도 없다. 감독의 역량에서 오는 것이겠지만, 숨 막히는 장면임은 분명했다.

그렇다고 모든 시나리오 작가가 '도저히 붓으로 표현할 수 없다'는 지문에 매달린다면 좋은 시나리오가 써질 까닭이 없을 것이다. 그러므로 작가는 영상을 만들어내는 감독의 작업과는 별도로 시각적인 지문을 써서 작가의 영상을 만들어가야 한다.

시인 출신의 시나리오 작가 김지헌(金志軒)의 〈구름은 흘러도〉(유현목 감독)의 마지막 지문을 보면, 간결하고 시각적인 표현을 찾아볼 수가 있다.

> **S# 100 · 색도탑이 있는 다릿목(아침)**
> – 전략
> 말숙, 기쁨에 못 견디어 목에 걸었던 꽃다발을 벗어
> 하늘 높이 던져 올린다.
> 그 꽃다발이 때마침 색도를 타고 흐르는 바케츠에 담겨져
> 하늘로 치달아 오른다.
> 그것을 행복에 찬 얼굴로 쳐다보며 동석과 선희,
> 지그시 손길을 마주 잡는다.
> 바케츠를 우러르는 기쁜 얼굴들,
>
> **선희의 소리** "말숙아! 저 꽃 웃고 있지?"
>
> 바케츠에 방긋거리는 꽃다발이 실려 가는 하늘 위로 아침 볕에 빛나는 흰 구름이 한 송이 한가롭게 흘러간다.

한 폭의 그림 같은 표현이 아닐 수 없다. 이것은 정경을 묘사한 지문이다. 같은 것으로 몇 가지 더 찾아본다면, 오영수의 소설 〈갯마을〉을 김수용 감독이 영화화하고 필자가 각색한 시나리오에서, 실신한 순임이가 물에 빠져 죽고 난 다음의 바닷가 정경을 묘사한 대목은 아래와 같다.

S# 108 · 모래 위(밤)

– 크게 밀려오는 파도!

그 파도가 밀려가면 모래밭에는 순임의 고무신 한 짝이 남는다.

순임의 고혼일까. 바닷가 여인들의 운명일까….

조용하고 무더운 한여름의 바닷가엔 달빛만이 조용히 쏟아지고 있다.

인물의 동작과 심리를 묘사하고 있는 장면은 김강윤(金剛潤)이 박서림의 라디오 드라마를 각색한…'장마루촌의 이발사'에서도 찾아볼 수 있다.

S# 92 · 야전 병원 앞

앰뷸런스가 와서 선다.

간호병들이 우르르 몰려든다.

미애와 순영이도 나와서 달려온다.

앰뷸런스에서 부상병들이 하차된다.

그 속에 한 대위가 있다.

순영 (먼저 보고) "아! 한 대위님!"

미애 "응? 아, 오빠!"

한 대위, 그 소리에 부스스 눈을 뜨고 본다.

눈언저리에 웃음을 띠고 고개를 끄덕인다. 다시 눈을 감는다.

이런 경우 순영의 대사 앞에 쓰여 있는 '먼저 보고'와 같은 것도 지문이 된다. 가령 어떤 대사 도중에 '수화기를 놓으면서'라든가…, '따귀를 때리고'와 같은 것도 모두 지문이란 점도 알아두기 바란다.

시나리오 문장에서 특히 지문은 읽기 위해서 쓰는 것보다 보기 위해서 쓴다는 말이 더 실감 나게 해야 한다. 그러니까 더욱 시각적이며 구상적으로 묘사되어야 한다는 것이다. 물론 '레제 시나리오'와 같은 문학적인 표현도 있겠으나, 시나리오란 영화를 전제로 한 문장이기 때문에 직접적인 관련이 많은 감독에게도 또는 연기자에게도 시각적인 이미지를 선명하게 전달해야 한다. 그러나 지문을 많이 쓸 필요는 없다. 지문이 설명적이거나 서술 형식이 되면 영상으로 옮겨지기 전에 시나리오가 산만해지기 때문이다.

　　설명이 많은 시나리오는 대단히 곤란하다. 영화는 부단히 흐르고 있는 것이므로 설명하기엔 부적당한 형식이다. 설명에 의지하고 있는 시나리오는 결국 감독을 죽이는 것이다.

베니스 영화제에서 〈라쇼몽(羅生門)〉으로 그랑프리를 수상한 바 있는 구로사와 아키라 감독은 자신도 시나리오를 쓰면서 이같이 말하고 있다는 사실을 미루어보아 간결한 지문의 중요성은 알 수가 있을 것이다.

앞서 잠깐 언급했지만 지문이란 작가가 감독(또는 연기자)에게 주는 '영상의 개념'이 되는 것이므로, 읽는 사람으로 하여금 커트를 연상시켜 '이 장면은 이런 화면으로 나타날 것이다'라는 정도의 암시를 줄 수 있다면 그보다 더 바람직한 일은 없을 것이다. 그러니까 지문의 행을 바꾸는 것까지 신경을 써야 하는 것이다.

나는 지문을 쓸 때 악센트를 준다든가 독립된 커트로 처리해주었으면 하는 바람이 있을 때는 꼭 행을 바꾸고, 행(行) 머리에 '―'와 같은 줄표를 그어놓는다.

S# 2 · 어떤 집 앞

허술한 양기와집 앞이다.
윤복의 아버지 이정희는 환자의 모습으로 이불을 쓴 채 리어카에 실려 있고,

- 윤복이가 앞에서 끈다.
- 순나와 윤식은 뒤에서 민다.
- 동냥 깡통 세 개를 양손에 든 태순이가 리어카 뒤를 아장아장 따라
  간다.

나와 콤비가 되어 많은 작품을 함께했던 김수용 감독은 이런 경우 작가인 나의 이미지를 존중해주곤 했다.

Ⅲ. 대사는 매력 있는 언어로

신상옥 감독과 함께 일할 때, 그는 내게 다음과 같은 말을 했다.

신형의 대사가 아름답고 유창한 것은 좋은데 말야, 그 영화가 시골의 삼류 극장에서 상영된다고 생각해 봐…. 토키가 신통치 않거나 필름이 낡으면 대사는 전혀 전달되지 않거든. 그러니 영화를 보는 손님은 그림을 보면서 줄거리를 따라간다는 사실을 알아야지.

물론 영화가 영상 예술이지만, 지금과 같이 디지털 방식의 사운드 (음향)가 채용되리라고는 아무도 짐작하지 못할 때의 얘기다. 그러면서도 신상옥 감독의 말을 무턱대고 거부할 수 없었던 건 좋은 영상 예술의 경지에 이르려면 다이얼로그는 되도록 줄여야 하기 때문일 것이다. 그러나 분명한 것은 아무리 좋은 영상 예술이라 하더라도 대사는 대사대로 중요한 기능을 가지고 있다는 사실도 간과할 수는 없다.

시각적 표현을 생명으로 하는 시나리오나 TV 드라마 극본이라 하더라도 대사가 영상 표현의 보조물이라고 생각해서는 안 된다. 시나리오의 플롯이나 구성을 작품의 골격이라고 본다면 대사는 마치 피와 살 같

은 것이어서 영상과 함께 중요시해야 한다.

　물론 대사 한 마디 없는 영화가 존재하지 않는 것은 아니다. 일본의 시나리오 작가이자 예술파 감독의 한 사람인 신도오 가네토는 자신의 시나리오 '벌거벗은 섬(裸の島)'을 영화화하여 모스크바 영화제에서 그랑프리를 수상하기도 했다. 바로 이 '벌거벗은 섬'은 대사 한 마디도 없는 영화다. 그러나 대사만 없다뿐이지 음향효과나 음악은 있다. 그러면서도 인간 본연의 감동을 자극하고 끌어내는 탁월한 영상을 보여주었다. 문자 그대로 영화가 영상 예술임을 입증해 보인 셈이다.

　나는 30대에 시나리오와 라디오 드라마를 함께 썼던 탓으로 모든 플롯의 흐름을 다이얼로그에 의존해야 하는 라디오 드라마와 되도록 다이얼로그를 줄여야 하는 시나리오를 쓸 때의 고통을 일찍이 경험한 적 있었고, 40대에 접어들면서 본격적으로 TV 드라마를 썼던 탓에 라디오 드라마와 시나리오의 중간을 택하기 위해 고심하던 기억이 지금도 생생하다.

　여기서 꼭 한 가지 부연하고 싶은 말이 있다. 우리나라 TV 드라마에는 다이얼로그가 지나치게 많다. 다시 말하면 화면을 보지 않고서도 스토리 흐름을 확연히 알 수 있다. 이렇게 되면 TV 드라마가 아니라 라디오 드라마와 구별이 되지 않는다는 사실을 왜 모르는가. 그 실례로 어느 TV 드라마를 막론하고 온 가족이 식탁 앞에 모여 앉으면 밥보다 얘기 장단에 팔려 있는 장면은 우리 정서로 보아도 꼴불견일 수밖에 없다.

　영상을 위주로 하는 장르는 되도록 영상 위주로 플롯을 끌고 가는 것이 원칙이며, 다만 영상만의 표현으로는 전달하는 데 부족할 경우 다이얼로그로 보완하는 것이 가장 이상적이다. 시나리오 작가가 구사한 길고 장황한 다이얼로그보다 감독이 창출한 단 하나의 커트가 더 감동적인 경우가 얼마든지 있기 때문이다. 그러기에 영상 예술은 간결하고 짧은 대사 또는 최소한의 대사를 요구하고 있다고 생각하면 별로 틀리지 않을 것이다. 이는 대사의 소멸을 의미하는 것이 아니라 불필요한 논설을 제거하자는 것일 뿐이다.

그러면 우리는 가부리로 위치의 다음과 같은 주의 사항을 기억해두어야 한다.

젊은 시나리오 라이터 제군! 다이얼로그라는 무기를 쓸 수 없다고 가정하고 한 신 한 신을 써가라. 사일런트의 여러 가지 방법에 따라 그 신을 써라. 그래서 언어가 아니면 도저히 표현할 수 없다고 생각이 드는 곳에만 다이얼로그를 넣어보아라.

시나리오 작법이든, 무슨 작법이든 작업은 몸으로 익혀야 한다. 경기에 임한 운동선수는 자신이 출전하는 경기의 룰(규칙)쯤은 완벽하게 몸으로 익히고 있다. 모두가 경기의 흐름을 끊지 않고 소기의 성과를 올리기 위해서일 것이다. 그러므로 시나리오나 TV 드라마 극본을 쓰고자 하는 젊은 작가들도 일단 작법의 기본 이론을 정복하겠다는 노력을 선행해야만 좋은 작품을 쓸 수 있다.

1. 다이얼로그의 세 가지 기능

다이얼로그를 필요로 하는 소설, 희곡, 시나리오, TV 드라마, 라디오 드라마에서 대사의 기능을 설명한 사람은 많지만, 그중에서도 클라라 베란저의 얘기에 귀를 기울일 필요가 있다. 베란저는 다음과 같은 여섯 가지 기능으로 나누어 설명했다.

1. 때와 장소에 대하여 필요한 지식을 준다.
2. 등장인물을 분명히 한다.

3. 관객에 대한 반응과 관능을 환기시킨다.

4. 액션을 수반한다.

5. 극적인 흥미를 보여주면서 스토리를 발전시킨다.

6. 듣는 사람을 즐겁게 한다.

그러면서도 명석, 간결, 조화, 감정적 내용, 단순 등에 이어 어필 (듣기 좋고 말하기 쉽게), 컬러, 특히 현실성이 있어야 한다고 주장한다. 이어 베란저는 습작기에 있는 젊은 작가들에게 다이얼로그 구사에 유의할 점을 다음과 같이 환기시켰다.

1. 화려한 문체로 쓰지 말 것.

2. 지나치게 쓰지 말 것.

3. 시각적인 흥미가 없는 한 길게 쓰지 말 것.

4. 등장인물들에게 그들 멋대로 지껄이게 하지 말 것.

5. 특별한 극적 효과 외엔 불완전한 문장을 쓰지 말 것.

6. 친근미가 없는 방언을 쓰지 말 것.

7. 강조하는 것 외엔 반복을 하지 말 것.

8. 감정적인 의미를 대사 대신 지문에 쓰지 말 것.

9. 무의미한 말을 쓰지 말 것.

10. 대사 끝에 고유명사를 쓰지 말 것.

11. 강조를 하기 위해 검열에 저촉되는 대사를 쓰지 말 것.

12. 절대로 필요하지 않은 한 독백을 삼갈 것.

상당히 애써 작성한 유의 사항이므로 구구절절 옳은 말이지만, 꼭 그대로 믿고 따를 필요는 없다. 다이얼로그는 작가의 사상이나 감정을 표현하는 수단인 까닭으로 때로 문학적인 표현도 구사할 수 있고, 필요하다면 긴 대사를 쓸 수도 있으며, 또 독백이 필요하다면 독백의 방법을 택해도 무방하기 때문이다. 다만 습작하는 젊은 작가들이 꼭 한 번 읽어두는 것이 좋을 것 같아 이런 기회에 소개해두는 것이다.

이상과 같은 베란저의 의견을 참고한다면 대사의 기능을 다음 세 가지로 간추릴 수 있다.

1. 사실을 알려준다.
2. 인물의 심리, 감정을 표현한다.
3. 스도리를 빌진시킨다.

이 세 가지 기능을 이해하는 것은 대사를 구사하는 중요한 포인트가 된다. 그렇다고 한 줄, 한 줄의 다이얼로그를 쓸 때마다 이 세 가지 기능을 일일이 확인하면서 쓸 수는 없다. 그러므로 습작하는 과정에서 기필코 몸에 익혀둔다면, 자신이 구사하는 다이얼로그에 위의 세 가지 기능이 용해되어 작용할 것이다. 그것이 좋은 다이얼로그를 구사하는 데 큰 힘이 될 것임은 말할 나위도 없다.

그 다이얼로그의 세 가지 기능을 예를 들어 설명하면 다음과 같다.

예 ①
A "지금 몇 시냐?"
B "여덟 시 삼십 분이다."

예 ②
A "야…, 이거 야단인데…."
B "왜 무슨 일 있니?"
A "아홉 시부터 시험인데…, 차가 없어 큰일이다."
B "……."

예 ③

B "그날 시험 본다더니 어떻게 됐니?"

A "차를 못 잡아서 못 봤어…."

이상과 같은 다이얼로그가 구사되었다고 가정하자. ①에서는 여덟 시 삼십 분이라는 '사실'을 알려주는 기능을 다 했고, ②에서는 A의 초조한 심리와 B의 동정감을 나타낸 것이므로 '인물의 심리와 감정'을 표현했으며, ③의 경우는 다음 날, 또는 며칠 뒤에 만나서 '시험을 보지 못했다'는 결과에서 야기되는 스토리의 발전을 시사하고 있음을 알 수 있다.

그러나 위의 세 가지 기능을 나타나기 위해 자의적인 다이얼로그를 만들어 사용하라는 것은 결코 아니다. 아주 자연스러운 일상의 얘기에 모든 기능이 용해되어 있어야 한다는 사실을 명심하라는 것이다. 그러므로 다이얼로그의 내용이 재미있거나 재치가 있다 하여 매양 그것을 반복하는 말장난을 거듭한다면 스토리가 흘러가지 않는 것은 너무도 당연하다. 그러므로 우리나라 TV 드라마의 가장 큰 단점이 바로 말장난이라는 사실도 함께 알아두면 큰 자성(自省)의 계기가 될 것이다.

다이얼로그의 세 가지 기능을 소홀히 하면 안 된다. 더구나 위의 예문을 단순하게 읽어 넘겨서는 절대로 안 된다. 모든 다이얼로그는 이 같은 세 가지 기능을 가지고 출발한다는 사실을 명심하기를 바라는 마음 간절하다.

2. 다이얼로그의 네 가지 조건

앞에서 설명한 다이얼로그의 세 가지 기능이 대사를 구사하는 데 가장 기본이 되는 것이라면, 훌륭한 다이얼로그가 되기 위한 조건도 있다. 그 네 가지 조건을 세세히 살펴보는 것도 실제로 작품을 쓰는 데 큰 도움이 될 것이다.

1. 대사는 항상 스토리의 방향으로 흘러가야 한다.

시나리오 작가가 가장 신경 쓰는 대사는 아무래도 발단부에서 구사되는 다이얼로그가 아닌가 싶다. 극적인 시추에이션을 명시하면서 중요 인물들의 첫선을 보이고, 그들 하나하나의 성격을 창조하면서 환경, 직업, 또는 휴먼리레이션을 보여주어야 하는 복잡한 양상이면 자연히 스토리의 방향과 상반되는 대사를 쓰는 경우가 생기며, 또 뭔가 보여주어야 한다는 강박관념 때문에 붓에 힘이 들어가는 경우도 허다하다. 그러면서도 드라마(스토리)는 이미 시작되었기 때문에 어물어물 넘어갈 수도 없고…, 이래서 신인 작가들이 발단 부분의 다이얼로그가 쓰기 어렵다고 토해내는 고민이다.

그렇다고 발단부의 대사를 스토리의 진행과 벗어나게 쓸 수는 더욱 없는 일이다.

우선 알기 쉽게 임희재(任熙宰)와 나의 공동 각본(원작 孫昌涉)인 '잉여인간(剩餘人間)'의 발단 부분을 예로 들어보자.

'잉여인간'은 치과 의사인 서만기와 뒷골목 정객(실업자)인 채익준, 그리고 실의의 인간(시인) 천봉수 등 세 사람의 밑바닥 인생을 그린 사회성 짙은 영화라고 평가되고 있다. 이 작품의 발단 부분은 채익준이 살고 있는 청계천의 판잣집에서 시작된다.

첫 신은 똥물이 흐르는 청계천 변에 게딱지처럼 붙어 있는 판잣집이 소개되고, 둘째 신이 익준의 집 대문 앞에서 시작된다.

S# 2 · 익준의 집 대문 앞
그래도 대문이랍시고 앞을 가린 판잣집이다.

요란한 소리와 함께 대문이 떨어져나갈 듯이 열리며 우당탕 뛰어나오는 가방을 든 갑성(11).
울음을 터뜨리며 도망을 친다.
때리려고 뒤따라 나온 김씨가 갑성을 향해 고래고래 소리를 지른다.

김씨 "망할 놈의 새끼, 너의 선생은 없는 돈 훔쳐오라더냐!"

갑성 "(돌아가며) 엄마가 뭘 알앗! 오늘까지 안 가져가문 또 쫓겨난단 말야."

김씨 "요게 아직도 말대꾸냐!"

때리려고 달려들자 냅다 도망치는 갑성.

김씨 "무슨 놈의 학교가 만날 돈만 가져오라지…."

푸념하듯 중얼거리며 들어간다.

이것만으로도 갑성의 집은 초등학교 어린이의 교납금이 없을 만큼 가난한 집이며, 그 가난으로 인해 애 어른이 모두 신경질적인 성격의 인간이 되어가고 있음을 알 수가 있다. 여기서 세 번째 신으로 넘어가면, 게딱지만 한 익준의 집 마당에서 먹고살기 위한 방편으로 어처구니없는 일을 하고 있는 것이 소개된다.
말라 비틀어진 생선 배때기에 비닐 파이프를 꽂고 바람을 넣고 있는 것이다.

김씨 "(들어오며) 다 됐어요?"

우씨 "아직도 댓 마리 남았다."

김씨 "빨리 해야지, 애 아버지 보면 큰일 나겠어요…."

바로 '애 아버지가 보면 큰일 나겠어요'라는 다이얼로그에 함축된 내용의 크기를 짐작하게 한다. 비록 처절하게 가난한 환경에서 살고 있으면서도 부정을 용납하지 않는 갑성 아버지의 곧은 성격을 단적으로 표현해주고 있으며, 그가 생선 배때기에 바람을 넣고 있는 광경을 목격한다면 심상치 않은 일이 일어날 것임을 암시하고 있다. 그러면 갑성의 아버지란 대체 어떤 사람일까. 다시 네 번째 신으로 연결된다.

S#4 · 대문 앞
가마니를 걸친 변소에서 힌 손으로 허리춤을 잡고, 한 손으로 신분지를 든 익준이 기고만장하게 나오면서

익준 "이런 옘병 삼 년에 똥줄이 말라 뒈질 놈의 새끼들을 봤나…, 아마이싱에 물을 타서 팔아 처먹어?"

나오다가 찡그리고 서 있는 갑성을 본다.

익준 "인마, 학교는 안 가고 뭘 꾸물거리고 있어. 어서 못 가!"
갑성 "(뒷걸음치며) 돈 가져오라는 걸, 뭐….."
익준 "뭐? 돈? 의무교육이 헌법에 보장돼 있는 데두 돈을 가져오래? 어떤 놈의 선생이냐, 그런 소릴 하는 놈이…. 헌법이 개정되기 전엔 절대로 못 내겠다고 그래!"
갑성 "씨이, 그건 아버지 사정이지 내 사정이야?"
익준 "이놈의 새끼가 쥐뿔도 모르면서 말대꾸냐? 당장 집어쳐. 그까짓 날도둑놈의 학교!   …!"

여기까지 오면 세상 물정이 불평스럽게만 느껴지는 익준의 성격이 잘 묘사되어 있고, 그로 인해 우여곡절이 예상되는 스토리의 방향까지

암시함을 알 수 있다. 그러니까 다이얼로그가 끊임없이 구사되고 진행되면서 인물의 성격, 환경 등을 거느리고 스토리의 방향으로 흘러가고 있는 것이다.

2. 대사는 말하는 인물에 동화(同化)되어야 한다.

내가 봐주기를 원하는 신인 작가들의 시나리오를 읽노라면, 모든 다이얼로그가 작자의 육성으로 들리는 경우가 대단히 많다. 무슨 얘기냐 하면 등장인물의 직업, 학식, 교양은 불문에 부친 채, 작가가 하고 싶은 소리만 적당히 나누어서 늘어놓았다는 뜻이다. 대단히 곤란한 일이다.

특히 시나리오나 TV 드라마에 등장하는 아역(兒役)들이 뱉어내는 다이얼로그를 듣고 있으면 아인지 어른인지 구별되지 않는 경우가 허다하다. 아이는 아이다운 대사를 해야만 귀엽고 순진하며, 군인은 군인다운 대사를 해야 용감성이 드러나지 않겠는가. 그러므로 다이얼로그의 구사는 등장하는 인물의 성격과 밀접한 관계가 있어야 한다.

다시 말하면, 다이얼로그는 어떤 경우에도 말하는 사람의 지식, 직업에 정비례해야 한다. 5, 6세 된 어린애가 식어가는 어머니의 시신을 앞에 두고 온갖 넋두리를 모두 토해내는 장면은 보고 있노라면 역겹고 소름 끼친다. 무학(無學)까지는 아니더라도 지식이 모자라는 사람이 신분에 어울리지 않게 학술적인 용어를 구사하는 것도 위에서 설명한 어린아이의 경우와 조금도 다름이 없다. 훌륭한 다이얼로그는 작가의 가슴에서 걸러지고, 등장인물의 성격에 동화된 것을 말한다.

물론 다이얼로그는 작자의 내면 의식이나 사상을 드러내게 하는 무기로 쓰이기도 한다. 그렇다고 등장인물에 동화되지 않는 작자의 육성을 그대로 토해놓는다면 그것은 드라마의 다이얼로그가 아닌 웅변 원고에 더 가깝다. 그러니까 작자는 아무리 자기가 외치고 싶고, 하고 싶은 말이라 하더라도 일단 등장인물의 마음으로 들어가서 그 인물의 체질이나 식견에 맞게 자연스레 다시 나오도록 해야 한다. 가령 검사의 방에 잡혀온 무식한 도둑이 법이론을 검사보다 더 유창하게 말한다든가, 초등학교 학생이 선생님보다 더 성숙한 말을 한다면 듣는 사람이 얼마나 민망해하겠는가.

인간은 성별, 연령, 직업, 또는 교양, 지위, 신분에 따라 그들 특유의 말을 쓰기 마련이고, 때로는 독특한 어투를 쓰는 경우도 허다하다. 그러기에 작가는 신분별, 취미별, 혹은 성별, 직업별의 각양각색 인물들을 담구하고 이해하는 취재도 게을리해서는 안 된다. 시나리오란 발로 쓰는 문학임은 이런 경우에도 해당될 것이다.

그러면 인물과 대사가 성격과 어떤 관계를 갖고 있는가를 김용진(金龍鎭) 각본 '병사는 죽어서 말한다'에서 살펴보기로 하자.

학도병인 손 일병은 대학에서 식물학을 전공했다. 손 일병은 특공대에 끼어 전선에 나가 전우들의 끼니 걱정을 해야 한다. 무식한 전쟁광인 김 준위는 손 일병에게 먹을 수 있는 풀을 뜯어오라고 했고, 김 준위 이하 모든 전우는 손 일병이 제공하는 풀을 씹으며 연명하게 되었다.

> **김 준위** "손 일병!"
>
> **손 일병** "넷!"
>
> **김 준위** "난 네가 식물과 전공이라구 해서 풀뿌리 주는 걸 안심하고 먹었는데…, 그런데 이 새끼야 오줌소태가 나서 이거 어디 살간?"
>
> **손 일병** "걱정 마십시오. 이뇨제에 쓰는 풀이라 오줌은 나오지만 혈액순환이 왕성해집니 다."
>
> **김준위** "듣기 싫어! 냉중에 설사 나는 풀까지 먹게 됐다가 정말 전쟁 다 한다…."

보는 바와 같이 김 준위의 억센 사투리와 우악스러운 맛에 비해 손 일병의 말은 교양 있고 논리적이어서 두 사람의 성격 차가 잘 그려지고 있음을 알 수 있다. 이와 같이 정확한 대사를 쓰면 그 인물의 인간성이 작자의 이미지 속에서 확실하게 부각되어야만 한다. 그러기에 프랑세스 마리언도 그의 역저 〈시나리오의 강의〉에서 다음과 같이 말했다.

작가는 플롯과 등장인물에 관하여 될 수 있는 대로 많은 것을 알고 있지 않으면, 그들 인물의 다이얼로그를 자연스럽게 이끌어 갈 수가 없다.

시나리오 작가는 그가 설정한 인물에게 대사를 주고자 할 때, 마치 자기가 그러한 인물이 되어 있을 때를 가정하여 정확한 행위와 감정을 포착한 다음 거기에 합당한 다이얼로그를 주어야만 정확성을 기할 수 있다. 바로 이 같은 다이얼로그가 등장인물에 동화된 것이며, 또 성격이나 심리 묘사에 성공했다고 할 것이다.

그러나 아랑 레네(Alain Resnais) 감독의 〈24시간의 정사 · Hiroshima mon amour〉 같은 실험적인 성격을 띤 영화는 다를 수 있다. 이 작품에서는 등장인물이 그들 스스로 지니고 있어야 할 리얼하고 합리적인 다이얼로그를 고의로 부정하면서 작자의 주관적인 대사로, 또는 지나치게 관념적인 대사로 발산되고 있음을 볼 수 있다.

제일 첫 장면에서 프랑스 여자와 일본인 남자가 온몸에 모래를 묻히면서 포옹하고 있을 때, 여자는 다음과 같이 말한다.

"난 병원도 보고 박물관도 보았어요. 그리고 뉴스, 영화도 보았어요…."

이것은 원자폭탄으로 인한 처참한 광경을 모두 보았다는 얘기다. 이와 반면에 일본인 남자는.

"당신은 아무것도 본 게 없다."

라고, 지루하게 되풀이하고 있다. 그 여인은 가해자의 시각으로 히로시마(廣島) '사건'을 여러 각도에서 또 여러모로 살펴보았다고 착각하고 있을 뿐, 실제로는 히로시마의 진실(피폭참경을 포함해)은 하나도 보지 못했던 것이다. 결국 여인은 히로시마라는 것을 단지 외형적으로 '보는 것'의 누적이라고만 생각했으며, 더욱이 히로시마의 참변을 자기의 외측에 두고 공포와 동정의 대상으로만 보았다. 그러한 까닭으로 피해자인 일본인 남자는 당신은 아무것도 본 것이 없다면서 여인의 말을 부정했다.

이상과 같은 스타일의 대사는 말하는 사람의 성격이나 인물에 관계없이 작가의 내면 의식이 그대로 반영된 것이라 하겠다. 이런 경우 포옹하고 있는 프랑스 여인이나 일본인 남자는 이 영화의 테마나 다름없는 원폭(原爆)으로 인한 참상을 반전사상(反戰思想)으로까지 승화하고 있기에 드라마 속 인물은 성격인(性格人)이 아니라 보편적인 전쟁 반대 의지…, 다시 말하면 작가의 분신으로 존재하는 것이다.

얘기를 다시 제자리로 돌려서 대사와 말하는 인물과의 동화를 정리해보자. 이것을 쉽게 간추리면 깡패는 깡패의 대사를…, 의사에게는 의사의 다이얼로그를… 그리고 NGO(비정부기구)에 종사하는 여성들에게는 이성적인 대사를 주어 모든 상황에 현실성을 부여하자는 뜻이된다.

학식에 맞고, 체질에 맞는 다이얼로그가 등장인물의 성격을 창조할수 있다는 사실을 안다면 말하는 인물에 동화된 대사의 중요성도 쉽게알 수 있을 것이라고 믿는다.

3. 대사는 매력이 있어야 한다.

대사가 지녀야 할 네 가지 조건 중에서도 이 매력에 관한 부분이 가장 중요한 것임은 두말할 나위 없다. 다이얼로그의 '매력'은 소설에서도 마찬가지 조건이 된다. 이 매력이라는 말은 여러 가지 뜻을 갖는다. 감각적인 멋 그리고 맛, 뉘앙스, 메타포적인 함축성, 건강한 유머. 이러한 것의 구사가 모두 대사의 매력이 된다.

우선 소설의 대사에서 매력 있는 것을 하나 읽어보자.

> 선생님, 지금 말에서 떨어졌지예. 저것 말임더, 안 죽심더, 인자 보이소, 저 말 뺏어 타고 달아납니더, 자알 합니더….

오영수의 〈후조(候鳥)〉에 나오는 구두닦이 소년의 대사다. 존경하는 선생님(민우)에게 공짜로 영화 구경을 시켜주며, 귀엣말로 이미 본 화면을 설명하고 있는 대목이다. 거무튀튀한 구칠(구두닦이 소년)의 손, 닦지 않은 이 그리고 티 없이 순박한 구칠의 얼굴이 눈에 선하게 떠오를 만큼 매력 넘치는 대사라, 읽는 사람의 입가에 미소까지 번지게 한다.

같은 오영수의 소설 〈명암(明暗)〉의 한 대목을 보자.

> 이날 밤 감방장은 또 훈시를 했다.
> "네 놈들은 정신이 그래 가지고는 절대로 사람이 안 되는기라. 여기서는 침묵적으로 머이든지 지 혼자만 비밀적으로 하는 거는 용서할 수 없는 기라. 알았나?
> "예…."

죄수들이 수감되어 있는 감옥에서 일어나는 에피소드의 한 토막이다.

위의 두 가지 대사를 눈여겨 살펴보면 서로 다르다는 것을 알 수가 있다. 앞에 예시한 '구칠'의 대사는 우리가 늘 쓰고 있는 용어임을 알 수 있고, 뒤에 예시한 '감방장'의 대사는 적(的)자를 되풀이해 감방자의 무지를 드러내면서 대사의 매력을 발산하고 있지만, 우리가 항상 쓰는 일상 용어가 아닌, '구성적인 대사'임을 알 수 있다.

여기서 우리는 다이얼로그 구사의 두 가지 방법을 찾게 된다. 그것을 요약하면 다음과 같이 정리할 수 있다.

	일상적 용어 → 자연적인 대사(설명하는)
	↓
용어(用語)	재구성하여(표현하는)
	↓
	표현적 용어 → 구성적인 대사

일상적인 용어만으로 구사되는 자연적인 대사는 대개 설명적이기 쉬우므로 매력을 잃기 쉽다. '학교 가니?' '공부해라'와 같은 일상적인 말로만 이어지는 다이얼로그는 아무래도 싱겁고 매력이 없어지기가 십상이다.

그러한 자연적인 용어가 재구성(再構成)이라는 과정을 거치면 설명적이라기보다는 표현적이라는 매력을 발산하면서 생동감을 얻게 된다. 이것은 또 언어의 생성과 관계가 깊다. 언어는 부단히 생성하는 것이므로 쓰지 않는 말(死語)은 소멸되어 가는 것이다. 그러므로 김주영의 장편소설 《객주》의 경우나 최명희의 소설 《혼불》에서처럼 사라져 가는 순수한 우리말을 다시 살려놓으면서 지문과 다이얼로그의 수준을 높이는 경우도 있다. 그런가 하면 옛말보다는 디지털, 인터넷, 그린피스와 같이 오늘 우리의 현실을 드러내는 용어를 구사하는 경우도 있다. 오늘을 사는 사람들에게는 어제의 말보다 오늘의 말이 한층 더 유동미가 있고 씹히는 맛이 있기 때문이다. 물론 여기서 말하는 오늘의 말이 꼭 유행어나 은어·속어만을 의미하는 것은 아니다.

그러기에 작가는 '두 개 이상의 말의 촉매에서 맺어지는 언어의 함수성(函數性)', 즉 은유(隱喩:metaphor)나 직유(直喩:simile)의 이론 정도는 터득해두는 것이 좋다.

시인이 쓴 시나리오 대사가 항상 깊은 뉘앙스를 갖는 것은 그들은 시작(詩作)을 하면서 메타포어의 이론을 도입하고 있기 때문이다. 이쯤에서 매력 있는 대사를 예로 들어 이른바 '구성적인 대사'를 알아보기로 하자.

S# 7 · 東大門 밖

— 前略

할머니 "(따라 웃다가) 아니 너 이게 왜 뜯어졌니?"

복남, 반쯤 뜯어진 자기의 어깨를 내려다본다.

복남 "짜식들이 내 바질 벗기구선 자지도 깜둥이라고 놀려 먹잖아?"

할머니 "뭐? 바질 벗겼어? 어느 놈들이?"

복남 "할머니! 나 어머니가 까마귀 고기 먹구 낳아서 까맣지? 정말이지?"

할머니 "(괴롭게) 응…, 널 배에 넣구서 까마귀 고기를 먹었단다."

복남 "에이, 하필 어머닌 왜 까마귀 고길 먹었담! 흰 닭고기나 먹지."

할머니 "좀 검으면 어떠냐? 사내자식 살갗이 계집애 같아서야 쓰나? 무쇠처럼 좀 거무튀튀해야 볼품도 나지…."

시인 출신의 시나리오 작가 김지헌의 오리지널 시나리오 '내 고향으로 날 보내주'에서 흑인 2세인 복남이와 할머니의 대사다. 설명할 필요도 없이 유머러스하면서도 매력이 넘치는 다이얼로그가 아닐 수 없다. 까마귀 고기를 먹어서 깜둥이가 되었다는 복남의 말에는 천진스러운 맛도 있지만, 그보다는 그 속에 담긴 페이소스가 훨씬 더 우리를 가슴 아프게 한다.

역시 유머가 있는 다이얼로그를 살펴보기로 한다.

S# 19 · 주 여사의 방

주 여사가 스튜어디스의 사진을 들고 와서 할머니 앞에 앉는다.

할머니 "대체 이 사진이 어쨌다는 거냐?"

주 여사 "(수선스럽게) 글쎄 이게 요 밑에 있지 뭐예요."

할머니 "원, 사진을 깔구 자? 호호… 되게 좋은가 보구나…."

주 여사 "집에서 하는 결혼 얘기라면 모두 다 귓등으로 들으면서…. 뒤에 가서는 이따위 짓을 하니…, 한국인 우리 집 장손이 아니에요? 어머니…."

할머니 "말인즉슨 옳다마는 결혼이야 자기 의사가 중요하지 않니?"

주 여사 "아니 부모도 모르는 여잘 사귀고…, 아, 사진을 요 밑에 깔고 자는 걸 보고만 있어야 하나요?"

할머니 "원, 애두 오죽 좋으면 깔고 자겠니? (사진을 보며)…내가 보기에는 얼굴도 그럴듯하다만, 스타일도 늘씬하질 않니…. "

주 여사 "스타일이 문제가 아니에요, 어머니!"

약간 퉁명스럽다.

할머니 "그럼 사느냐, 죽느냐가 문제야…?"

주 여사 "(짜증이 난다) 농담할 때가 아니에요, 어머님!"

할머니 "(능글맞게) 딱하구나. 셰익스피어도 농담이야?"

— 後略

내가 쓴 시나리오 '신식 할머니'에 나오는 대목이다. 여기에 나오는 할머니는 〈타임지〉를 읽는 노인으로 설정되었고, 주 여사는 고등학교 졸업 정도의 지식이라 언제나 나이 든 시어머니에게 끌려다니는 모습이다. 그러자니 다이얼로그의 경우도 할머니 쪽이 언제나 현대적이면서도 고급 용어를 구사하고 있다. 물론 관객들의 반응도 좋았다. '사느냐 죽느냐 문제'를 농담이라고 생각하고 있는 주 여사에게 '셰익스피어도 농담이냐?'라는 대목이 '구성적'인 다이얼로그가 된다. 또 그것은 당시의 현실 분위기를 반영한 것으로 기억된다.

같은 맥락으로 역시 필자의 작품인 '말띠 여대생'에는 왈가닥 여대생들의 익살에 섞은 현실의 반영도 많았다. 특히 여대생들의 반응이 좋았던 것은 그녀들이 애용하는 캠퍼스 용어가 대거 동원된 탓도 있었을 것이다.

S# 99 · 기숙사(7호실)

침대에 비스듬히 누워 벽에 걸린 마리아 상을 발끝으로 민다.
사진들이 흔들릴 때마다 근호와 숙자의 키스 신이 드러나곤 한다.

수인 "(언짢게) 그래서 어쩌자는 거니?"

숙자 "(자신 있게) 케이오승이지 뭐꼬? 세계 프로권투의 KO승 기록 안 있나. 그 2분 10초를 단축할 수 있는 통쾌한 승리가 앙이가?"

수인 "니가 먼저 페어플레이를 선언했다면서?"

숙자 "와 니가 신경질이고? 페어플레이 뒤에는 계략과 부정이 있는 건 상식이 앙이가? 니는 정치학도 안 배웠나?"

수인 "그게 비겁하다는 거야… 만일 이 쇼크로 미혜가 죽는다면 넌 그 책임을 질 수 있니?"

숙자 "뭐라꼬? (벌떡 일어나며) …죽음에 대한 책임?"

수인 "그래!"

숙자 (일어서서 수인에게 가며) 생명이란 게 그렇게 버리는 기가? 니는 실연하면 죽나? 말 아끼구마….

수인 "어쨌든 너같이 위선하는 게 지식인 구실을 한다는 데 환멸을 느낄 뿐이야…

(싸울 듯이)… 가서 미혜를 찾아와!"

숙자 "문딩이 같은 가시나가 와 이래 쌌노? 미혜가 나간 걸 우예 내가 찾노? 어이 우예 내가 찾는가 말이다….

수인 "너 때문이니까 네 책임이지!"

— 이때 스피커가 울린다.

소리 "칠호 실… 칠호 실의 백미혜 면횝니다. 면회실로 오십시오."

수인 "양숙아 빨리 나가봐."

이 한 신에는 그 당시의 시대상과 사회 풍조가 여러 가지 풍자되어 있다. 프로권투의 2분 10초는 당시 전 세계에서 화제를 모았던 리스턴과 패터슨의 KO 기록을 말하는 것이고, '페어플레이 뒤에는 계략과 부정이 있는 건 상식이 앙이가, 니는 정치학도 안 배웠나'에는 대통령후보 조병옥 박사가 병든 몸을 끌고 미국으로 떠날 때, 이승만 대통령과 나눈 말에 이어 3·15 부정선거가 있었음을 상시시켰던 것이며, '어쨌든 너같이 위선하는 게 지식인 구실을 한다는 데 환멸을 느낄 뿐이야'는 당시의 인텔리들과 정치 풍토를 꼬집은 내용이었다.

지금도 잊을 수 없는 것은 '2분 10초…' '페어플레이…' 운운할 때 극장이 떠나갈 듯한 관객의 폭소, 그리고 '위선자가 지식인 행세…' 운운할 때의 고소하던 호흡은 아직도 귀에 쟁쟁하다. 대사에 담긴 매력과 페이소스가 발산할 때의 관객의 반응은 면도날처럼 예리하다는 걸 기억해야 한다.

그러나 한 편의 시나리오에 담긴 모든 다이얼로그가 구성적인 대사가 될 수는 없다. 왜냐하면 모든 대사가 표현적 용어로 쓰인다면 일상성을 상실하기 때문이다. 화면이 리얼한 것도 중요하지만, 등장인물들이 구사하는 다이얼로그는 일상적이면서도 매력을 갖추어야 하는 것이 최선이다.

그러므로 나는 대사의 총체적인 분량을 100이라고 했을 때, 적어도 30~40퍼센트의 다이얼로그는 표현적인 용어에 의한 구성적 대사로 구사하고, 나머지를 일상용어로 설명하면 리얼한 대사 속에 매력 있는 대사가 고루 섞인다고 본다.

4. 대사는 명확하고 간결해야 한다.

이 지적은 거의 상식에 속해 있는 듯하면서도 우리 영화에서 지켜지지 않은 가장 두드러진 병폐라고 하겠다. 1960년대식 우리의 멜로드라마에서는 이른바 '된장을 푼다'고 하면서 울고 싶지 않은 관객에게 강제로 눈물을 흘리게 하는 방편으로 굉장히 긴 대사를 쓰는 것이 관례로 되어 있었다.

신세타령 같기도 하고 무슨 넋두리 같기도 한 '된장을 푸는' 일련의 대사는 영화나 TV 드라마의 수준을 신파극(新派劇) 시대로 후퇴하게 했다.

예끼! 고얀 사람들, 당신네들 피는 붉고 우리네 피는 검답디까? 돈냥이나 있다고 없는 사람 괄세 너무 하지 마오. 돈이란 건 없다가도 있는 거, 있다가도 없는 것, 비록 당신네들은 있다 해서 자식을 귀엽게 길러 대학까지 보냈지만…, 내 자식도 당신들 못지않게 누구보다도 귀엽게 기른 나요. 그런 자식을 죽여놓고 뭘 잘했다고 큰소리요?

이런 류의 다이얼로그가 필요하다면 스토리에 구체적으로 드러나 있을 것이 분명한 까닭으로 구태여 긴 대사로 다시 설명할 필요가 없을 것이다. 비통하고 슬픈 시추에이션은 되도록 영상으로 처리하고, 영상만으로 부족할 때 대사로 보완하는 것이 극작술이라는 것을 다시 한번 강조한다. 그러나 길지 않으면 안 되는 경우가 있다. 교수의 강의 장면이라든가, 전쟁영화의 작전 명령 같은 것이 그런 경우에 해당된다. 이 점에 대해 프랜시스 매리언 '언어의 경제론'을 펼치며 다음과 같이 재미있게 설명했다.

일반적으로 짧은 대사는 긴 대사보다 더 많은 극적 가치를 갖는다. 언어의 경제는 예리한 다이얼로그를 만든다.

재미있으면서도 우리가 귀담아들어야 할 충고가 아닐 수 없다. 명확하고 간결하다는 것은 불필요한 말을 제거하라는 충고일 것이다. 예를 들면 책가방을 메고 대문을 나서는 초등학교 어린이에게 '너 학교에 가니?' 하고 묻는 다이얼로그는 불필요하다. 이미 화면이 설명하고 있기 때문이다. 그러나 때로 분위기 조성을 위해 불가피한 경우도 있다. 가령 어떤 농가에서 늦게 저녁 식사를 하고 있는데 동네 아낙이 들어오며 '에이구 인제들 식사하시는군요?'라고 한다면 '늦었다'는 구실로 가능한 것이다. 하지만 '오늘은 늦으셨군요'라고 해도 상관없는 일일 것이다. 역시 앞의 것보다는 뒤의 것이 짧기 때문이다.

앞서 말한 바도 있지만 열 마디의 대사보다 클로즈업(C.U)으로 잡힌 단 한 커트가 더 강렬한 묘사가 될 수 있다는 것을 생각한다면, 행동이나 동작 같은 시각적인 묘사가 가능한 것은 영상으로 처리해도 되는 것이므로, 다이얼로그는 행동만으로 설명되지 않을 때 쓰이는 것이 이상적이다.

S# 6 · 장의(掌議)의 방

고개를 숙인 채 옷을 벗질 못하고 있던 점례, 급기야 문을 박차고 나가버린다.

동시에 옆방에서 점례 모가 나오며

점례 모 "아니 어찌 된 거요?"

장의 "알았소."

점례 모 "······?"

장의 "이건 병이 아니고··· 태상이구려."

점례 모 "네? 태상?"

장의 "벌써 여러 달짼걸···."

점례 모, 기가 막힌다. 그러나 싹 표정이 변하면서

점례 모 "여보시오! 그런 경솔한 소리 함부로 하지 마세요. 아니 처녀가 아이를 배다니 원 기가 막혀서···."

장의 "틀림없소!"

점례 모 "이 양반이 사람 잡겠네, 아 팔목만 만져보구서 뱃속에 뭐가 들었는지를 안단 말예요? 내 딸은 처녀예요. 처녀 중에서도 숫처녀예요."

— 이하 생략

김지헌이 이성재의 라디오 드라마를 각색한 '서울의 지붕 밑'에 있는 대목이다. 한약방 의원과 아기 밴 처녀 어머니와의 대사다. 우선 내용이 명확하다. 군더더기가 없이 S#6에서 필요한 내용만 담고 있다. 또 두 사람의 말투가 대단히 간결하게 처리되었음에도 말하려고 하는 내용을 완벽하게 전달했다. 다이얼로그가 명확하고 간결해야 한다는 네 번째 조건이란 바로 이러한 신을 두고 말하는 것이다.

끝으로 방언(사투리)의 사용에 대해서도 부기해둔다.

넓은 의미에서 보면 모든 드라마는 현실을 묘사하고 있고, 현실 속의 인간을 그리고 있는 것이기에 그들 인간이 쓰고 있는 현실적인 언어를 쓸 수밖에 없다. 내가 쓴 작품에서 〈저 하늘에도 슬픔이〉와 〈갯마을〉에서 구사되는 모든 다이얼로그는 경상도 방언으로 이루어진다. 영화의 무대가 되는 환경도, 거기에 등장하는 인물도 모두 경상도 사람들이기 때문이다.

방언은 사람의 기질, 생활, 습관을 묘사하는 데 필요 불가결한 경우가 얼마든지 있을 것이다. 우리 영화에서 방언을 구사하여 인간 묘사의 뉘앙스를 높이기 시작한 것은 오래되었다. 물론 옛날에도 조금씩은 방언을 썼지만 성격 창조에까지 영향을 주는 것은 아니었다. 그러나 청취율이 좋았던 드라마 중에서 한운사의 〈현해탄은 알고 있다〉에서 구사된 경상도 사투리, 김희창의 〈또순이〉에서 구사된 함경도 방언은 등장인물의 독특한 성격을 부각하는 데 크게 성공한 예가 되었고, 영화에서도 〈나 혼자만이〉에서 이대엽(李大燁)이 구사한 경상도 사투리는 그의 성격 창조에 크게 이바지했다. 박노식(朴魯植)이 등장해 종횡무진으로 활약한 이른바 〈용팔이〉 시리즈에서의 전라도 사투리는 표준말보다 훨씬 더한 매력을 발산했다.

그러나 아무리 매력 있고 뉘앙스가 깊은 방언이라도 내용이 전달되지 않는 특수한 단어나 악센트는 가급적 쓰지 않는 것이 좋다. 왜냐하면 사투리가 특수하면 스토리 전달이나 성격 창조를 방해하기 쉽기 때문이다. 제주도의 토착 노인 두 사람이 빠른 속도로 그 지방 사투리로 대사를 한다면 아무도 알아듣지 못할 것이며, 따라서 스토리가 진행될 까닭이 없다는 점에서 영어나 불어를 쓰는 것과 조금도 다름없다. 그러니까 아무리 매력 있는 방언이라도 그 악센트는 원형과 꼭 같지 않아도 무방하다는 얘기다. 잘 다듬어진 방언은 원산지의 억양을 카타르시스한 것이 더 매력적일 때가 있는 것도 이 때문이다.

특히 유념할 점은 방언의 유형적인 사용이다. 예컨대 등장인물이 가정부일 경우에는 충청도 사투리, 깡패일 때는 전라도 사투리, 우악스러운 대폿집 여주인은 평안도 사투리, 물건이나 돈을 헤프게 쓰지 않는 깍쟁일 때는 함경도 사투리 등으로 유형화하는 것은 대단히 잘못된 것이므로 그런 전철에 말려들어서는 안 된다.

다만 어느 지방의 사투리가 지닌 뉘앙스의 리듬을 참작하여 특수한 인간 묘사의 방법을 삼는 경우라면 아무도 나무라지 않을 것이다. 그러므로 다이얼로그는 가급적 표준어를 사용하는 것이 좋고, 따라서 작가에게는 모국어(母國語)를 아름답게 닦고 길들이는 책무가 부여되었다는 자부심을 잊어서도 안 된다.

지금까지 다이얼로그의 올바른 구사에 관해 꽤 많은 지면을 할애했다.

되풀이되는 감이 없지 않지만, 시나리오에서 다이얼로그는 영상과 함께 대단히 중요한 전달의 매체임은 누구도 부인하지 못할 것이다. 명확한 다이얼로그의 구사는 작가의 문장 수련과 깊은 관계가 있다. 문장 수련이야말로 작가 수업의 핵심이나 다를 바 없다. 아무리 훌륭한 사상이나 작가 의식도 좋은 문장으로 표현되지 않으면 쓸모없을 때가 허다하다. 또 훌륭한 다이얼로그를 구사하기 위해서는 등장인물의 직업, 환경 등에 관해 확실하면서도 광범위하게 고찰해야 하는 것은 물론이다.

가령 야구, 바둑, 등산, 낚시, 경마, 미술, 음악, 건축 또는 연애, 음주(바, 요정, 카바레), 심지어는 도박에 이르기까지 알아둘 만한 것은 모두 배워둔다 하여 손해 될 것은 없다. 그런 경우에도 경험이 으뜸일 것이며, 경험이 부족하면 관련 서적을 탐구하는 간접경험을 쌓아가야 한다. 역시 시나리오는 발로 쓰는 문학임을 여기서도 실감하게 될 것이다. 직접경험은 말할 것도 없고, 간접경험마저 모자란다면 도저히 시나리오를 쓸 수 없다. 얼마 전 신인 작가 한 사람이 내게 시나리오 한 편을 읽어달라고 간곡히 청한 일이 있다. 나는 그 시나리오를 읽어 내려가다가 단 한 마디의 다이얼로그 때문에 대경실색하고 말았다. 그 한 마디의 다이얼로그는 다음과 같았다.

주인공 청년이 바에 들어서면서 소리친다.

"헤이 미담, 여기 진피스 두 빙반 줘요…!"

다이얼로그는 즉흥적으로 구사되는 장난이 아니다. 문제는 진피스에 있다. 진피스가 술 이름임을 아는 사람은 병으로 따지는 술이 아니라 잔으로 마시는 칵테일 명칭임도 알아야 하지 않겠는가. 병술과 칵테일을 구별하지 못하는 같은 맥락이 되겠지만, 사람들은 곧잘 GMC가 달린다고 말하고, 더러는 그렇게 표기하기도 한다. 물론 관행에 따른 것이지만, 엄격한 의미에서 보면 GMC는 자동차 회사의 이름이지 자동차 이름은 아니다. 그러므로 'GMC가 달린다'라는 다이얼로그는 '제너럴 모터스 컴퍼니가 달린다'는 말이 되지 않겠는가.

다시 한번 강조하지만, 좋은 문장, 좋은 다이얼로그를 구사하기 위해서는 평소 철저한 문장 수련에 임해야 하며, 많은 간접경험으로 지식 범위를 착실하게 넓혀가는 것이 무엇보다 중요하다는 사실도 명심하길 바란다.

Ⅳ. 내레이션의 사용법

영화 언어라는 말을 엄밀하게 따진다면 '영상(Screen image)'이 된다. 그러나 나는 앞장에서 영상의 보조물로서가 아니라 영상과 대등한 위치로서의 다이얼로그의 중요성을 힘주어 설명했다. 물론 대사는 언어에 의해 성립된다. 어떤 작품에 등장하는 인물은 모두 동작과 언어로써 자신의 의지와 성격, 나아가서는 심리를 묘사한다. 여기서 언어는 회화, 즉 다이얼로그를 의미한다. 그런데 영화의 표현 방법에는 회화가 아니고서도 다음의 세 가지, 즉 같은 언어적인 표현이지만, 사용하는 수법이 다른 세 가지 문장이 쓰이고 있다는 사실도 알아두어야한다.

① Narration
② Monologue
③ Narratage

①과 ②는 언어에 의한 표현이고, ③은 ①②의 언어 표현에서 착안한 심리 묘사의 수법이 다. 이제 위의 세 가지를 구체적으로 살펴보기로 하자.

■ Narration

내레이션을 우리말로 옮기면 '해설(解說)'이 된다. 말하자면, 화면 밖에서 들리는 소리의 일종으로 극적인 상황이라든가, 인물의 심리 상태 또는 시대(사극일 경우)를 설명하는 것과 같은 경우를 말한다.

이와 같은 내레이션의 사용법을 크게 몇 가지로 구분하면, 다음 세 가지가 될 것이다.

첫째, 비인격적 해설

이것은 극 중의 인물과 전혀 관계가 없는 제3자가 내레이터(해설자)로 등장하여 설명하는 경우를 말한다.

둘째, 인격적 해설

이것은 비인격적인 해설과는 달리 극 중의 주요 인물이 해설을 겸하면서 극의 어려운 대목을 해설로 넘긴다든가, 그 자신의 심리 상태를 해설로 표현하는 경우를 말한다.

셋째, 절충안

절충안을 무슨 해설이라고 붙여야 할 것인지에 대해 아직 확실한 이름을 달아보지는 못했지만, 라디오 드라마 〈회전의자〉를 쓰면서 내가 사용한 것이 지금은 일반화된 것으로 비인격적인 해설자에게 인격을 부여하는 방법이라 하겠다. 좀 더 구체적으로 말하면 비록 역 중인물이 아닌 해설자라 할지라도 등장인물과 얘기를 주고받을 수 있게 한 방법이다.

① 비인격적 해설

첫 설명에서 잠시 언급한 바와 같이 극 중의 인물과 전혀 관계가 없는 별개의 내레이터(해설자)가 극적인 상황이라든가 시대 상황을 해설하는 방법을 말한다.

> **S# 1 · 〈F · I〉 북악산**
> **해설** "단종 임금이 가신 지 40년…, 왕손은 다시 돌아올 기약이 묘연하니 염량세태에 흔들리는 사람들의 마음이야 다시 누가 있어 옛일을 생각이나 하랴. 왕궁의 진산인 북악은 천의 원한을 간직한 채 말이 없고…."

S# 2 · 한강

해설 "노들뜰 남쪽 기슭에 임자 없는 사육신의 무덤을 굽이쳐 흐르는 한강도 그저 무심히 흐르기만 한다."

S# 3 · 근정전

해설 "당신의 조카를 죽이면서까지 빼앗아 만년이나 영화를 누릴 듯 하던…."

S# 4 · 왕관

해설 "왕관! 그러나 세조도 겨우 열세 해 만에 한 줌 흙을 보태었을 뿐…."

S# 5 · 왕실계보(성종을 전후하여)

해설 "그의 원자 덕종은 세조 생전에 돌아가시고 둘째이신 예종이 또 한 왕위에 오르신 지 1년 만에 세상을 버리시니, 장성한 왕자가 없는 지라 세조비 정희왕후의 명을 받들어 덕종의 둘째 아들이신 자산군을 왕위에 뫼시니 이분이 곧 성종 임금이시다."

박종화(朴鍾和)의 역사 소설 〈금삼의 피〉를 임희재가 각색하여 신상 옥이 감독한 〈연산군〉의 발단 부분이다. 간단명료하면서도 애절한 해 설은 극 중 인물과는 아무런 상관이 없는 제3자에 의해 세조에서 성종 에 이르기까지의 왕실 흐름을 설명하고 있다. 이런 방법의 해설을 '비 인격적인 해설'이라고 한다.

그렇다고 꼭 사극에서만 쓰이는 것은 물론 아니다. 현대극에서도 많 이 쓰이고 있되 그 방법은 다양하다.

S# 2 · 번화한 상가의 보도(낮)

각양각색의 사람들이 내왕하고 있다.

NA "좀 더 재미있는 이야길 할 생각입니다. 어쨌든 이 많은 사람들은 다 제각기의 역사 한 토막을 꾸며보느라고 이렇게 열심히 움직이고 있습니다. 마치 연극을 꾸미듯이…, 인생은 산 연극이라는 말이 있지 않아요?"

뒤룩뒤룩 살찐, 일견 계 마담풍의 중년 부인이 카메라 앞으로 다가온다.

NA "이러한 종류의 인간에게 재미있는 연극이 결코 있을 수 없습니다. 하루 종일 24시간을 돈 생각만 하겠으니 까딱하면 우리들도 쇳물이 들 위험성이 있습니다."

인파에 휩쓸려 초라한 모습의 촌 노파가 걸어온다.

NA "이 노인 양반에게도 별 흥미는 없습니다. 양로원의 이야기는 너무도 서글퍼집니다. 이야기를 하기도 전에 눈물부터 나올 것 같아 아예 그만두겠습니다."

노파 비틀비틀하는 발걸음으로 카메라 앞을 지나간다.
카메라, 노파의 뒷모습을 잡았을 때 앗! 노파는 무엇엔가 걸려 팍 쓰러진다.
쓰러진 노파의 옆을 지나가는 무심한 군중들의 발, 발.
이때 군중들을 헤치고 노파를 껴안아 일으켜준 사람이 있었다.
젊은 여자다. 그녀는 노파의 팔을 부축하여 같이 걷는다.

NA "우리가 살고 있는 세상엔 아직도 미담이 남아 있습니다."

젊은 여자는 노파의 몸에 묻은 흙을 털어주고 생긋 웃어 보이며 자기의 발걸음을 재촉한다.

NA "젊고 아름다운 여성, 이 여성 같으면 재미있는 이야기가 얼마든지 있을 것 같습니다."

S# 3 · 시장
앞 신의 젊은 여자-남미옥이다. 걸어온다. 시장 특유의 복잡한 길을 헤치면서.

NA "연령은 23세 전후, 이름은 모릅니다. 호적등본을 아직 못 보았으니까요. 아마 무슨 물건을 사려는 모양입니다."

미옥은 남자 내의를 이것저것 만져보다가 하나를 들고, 돈을 꺼내주고 물건을 소중히 받아 들고 간다.

NA "어여쁜 여자치고는 굉장히 구두쇠 아가씹니다. 그보다도 남자의 내복을 산다는 것은 심상한 일이 아닐 것 같은데, 분명히 무슨 사연이 있을 것 같지 않습니까? 이 구두쇠 아가씨를 좇아가 보기로 합시다."

정비석(鄭飛石)의 소설 〈사랑의 십자가〉를 유두연(劉斗演)이 각색한 발단 부다. 좀 특이한 방법으로 관객의 심리를 주인공(남미옥)에게 고착시켜 가는 수법인데 상당히 효과적으로 구사되고 있음을 알 수 있다. 해설이 흐르는 동안 카메라는 줄곧 해설의 내용과 같은 장면을 묘사하고 있기 때문에 관객의 동화가 쉽게 이루어지는 것이다.

② 인격적 해설

앞에서 설명한 대로 등장하는 인물이 직접 해설을 겸하는 경우를 말한다. 이봉래 감독이 연출한 〈새댁〉이라는 영화를 보면 가정부 소녀가 이웃집 가정부에게 수다스러운 전화를 하고 있는 것이 발단 부분으로 되어 있다. 그 수다스러운 전화 내용은 주인집 식구들의 흉을 보는 과정으로 되어 있다. 할아버지, 아주머니, 아저씨, 아들, 딸 등의 흉을 차례로 얘기하는 동안 화면 옆으로는 그들 주인집 인물들이 환등(幻燈) 사진으로 나타나곤 한다. 이런 경우는 해설이 다이얼로그로 변형되었다고 해야 할 것이다. 대단히 독특하고 실감 있는 인물 소개였다.

이와 비슷한 경우지만, 다음 해설을 읽어보자.

S# 1 · 〈F · I〉 어느 한읍(寒邑)의 소묘(素描)

산 위에 해가 떠 있고 산 밑으로 교회가 보이는 한읍의 집들.

이 한읍을 열기를 뿜으며 빠져나가는 긴 기차.

이런 동화(童畵)의 커트에 W되어

옥희의 소리(NA) "우리 마을입니다. 교회도 있고, 유치원도 있고, 중학교도 있고, 소꿉장난감 같은 집들이 많이 있습니다. 그 속에 우리가 사는 집도 끼어 있지요."

S# 2 · 그 한읍

동화가 실제의 한읍으로 변하며

기적을 울리며 떠나는 기차.

S# 3 · 옥희의 집 소묘

지붕 위에 해가 반쯤 떠 있는 집의 소묘.

그 동화 위에 '과부집'이라고 쓰여 있다.

옥희의 소리 "우리 집입니다. 동네 사람들이 과부집이라고 부른답니다. 과부가 뭣인지 나는 몰라요."

S# 4 · 옥희의 집(외경)

아담한 기와집.
뒤뜰엔 아름다운 살구꽃.

옥희의 소리 "그래 하루는 할머니한테 물어보았더니 남들은 아버지가 있는데 나는 아버지가 없다구요, 그래서 과부집이라고 부른다나 봐요."

S# 5 · 할머니의 소묘

안경 쓴 할머니의 얼굴 소묘. 그 위에 '할머니'라고 쓰여 있다.

옥희의 소리 "큰아버지 댁에 사시는 우리 할머니랍니다. 사납게 생겼죠. 후후후 어머니가 이 세상에서 제일 무서워하는 사람이 바로….."

S# 6 · 할머니 얼굴

안경을 쓰고 성경을 읽던 할머니, 얼굴을 든다.

옥희의 소리 "우리 할머니시래요. 그렇지만 난 무섭지 않아요. 교회 집사님이신데, 할머니가 무서운 얼굴을 하시면 난 웃으며 찬송가를 부르거든요….."

주요섭의 단편소설 〈사랑방 손님과 어머니〉를 임희재가 각색했고, 신상옥 감독이 영화화하여 당시 서울에서 개최된 제9회 아시아영화제에서 그랑프리 격인 '세종풍작상(世宗豊作賞)'을 받은 수작이다.

이 영화를 본 사람은 지금도 기억에 새로울 것이다. 당시 인기 절정의 아역 배우였던 전영선(全暎旋 · 옥희 분)의 앳된 목소리와 서투른 동화와 실경을 교차하게 하는 해설적인 대사는 모든 관객을 미소 짓게 했다.

이런 경우는 아무리 훌륭한 제3의 내레이터가 어떠한 방법으로 해설을 했다 하더라도 옥희의 해설보다 귀엽고 명확하지는 못했을 것이다. 이와 같이 해설하는 방법은 다르더라도 등장인물이 내레이터를 겸하는 경우를 인격적 해설이라고 한다.

③ 절충안

내가 한양대학 영화과에서 '시나리오의 작법'을 처음으로 강의한 것은 1965년이었다.

그때 내 나이 33세, 게다가 〈저 하늘에도 슬픔이〉〈갯마을〉 등의 화제작을 쓰고 있을 때였으므로 내 강의는 살아 있는 현장의 냄새가 물씬 풍겼다.

그때의 생생한 기억이지만, 이 내레이션을 강의할 때마다 비인격적인 것과 인격적인 해설만으로는 무언가가 부족하다는 것을 느꼈다. 더 구체적으로는 비인격적이건, 인격적인 해설이건 간에 움직이지 않는 등장인물의 심리 상태를 끌어내기는 어렵다는 것이었다. 물론 독백을 활용하는 방법이 있지만, 잘못하면 그 독백으로 드라마의 구조가 산만해질 수도 있겠기에, 비인격적인 내레이터에다 인격을 부여할 수는 없을까 하고 생각하게 되었다. 다시 말하자면, 비인격적인 내레이터가 등장인물과 대화를 하게 한다면 등장인물의 숨겨진 심리 상태를 표출해낼 것이라는 생각을 한 것이다.

그런 고민이 진행 중일 때, KBS에서 라디오 연속극을 쓰지 않겠느냐는 제의를 받았다. 나는 비인격적인 내레이터에 인격을 부여해보는 절호의 기회라고 생각하면서 라디오 드라마 〈회전의자〉를 쓰게 되었다. 드라마의 첫 회에 해설자가 나와서 등장인물과 얘기를 주고받게 했는데, 새롭게 시도된 방법이라 하여 모두들 좋게 평가해주었다. 더구나 라디오 드라마는 인물의 움직임이 보이지 않기 때문에 내레이터가 해설과 등장인물의 심리 유발을 겸하기가 안성맞춤이기도 했다.

라디오 드라마 〈회전의자〉의 1회분 발단 부분을 소개한다.

E · 서너 곡의 음악이 섞여서 들린다(B · G)

NA "아이 시끄러워… 이건 음악도 아니고… 어머, 저기서 나는군요. 가슴에다 크고 작은 트랜지스터를 세 개나 걸었는데 모두 스위치를 틀어놓았어요. 손에는 선풍기, 등에는 전자시계, 어휴… 무겁겠네요… 좀 불러볼까요? 여보세요, 여보세요…."

정수 "왜 그러슈?"

NA "그 음악 좀 작게 틀어주실 수 없어요?"

정수 "뭐요? 남의 장사를 망쳐놓을 생각이슈?"

NA "장사를 망치다뇨?"

정수 "보면 몰라요? 보시다시피 난 트랜지스터 라디오나 전자시계, 선풍기를 일부나 월부를 놓아 먹고 사람 아뇨…. 이렇게 소리를 크게 틀어놔야 내가 왔는지 알 게 아뇨. 말하자면 엿장수 가위 소리나 마찬가지란 말이요…."

NA "아, 미안해요…. 세일즈맨이시군요."

정수 "아니까 다행이군…. 이래 봬도 학교 다닐 건 다아 다녔수다. 누군 뭐 장난 삼아 이 짓 하는 줄 아슈?"

NA "죄송합니다… 죄송합니다. 바쁘실 텐데 어서 가보세요."

정수 "(멀어지며) 트랜지스터, 선풍기, 전자시계 일부나 월부 놓으

슈….ˮ

NA ˮ바로 저분이에요. 이름은 강정수. 직업은 들으신 대로 광성전업
의 세일즈맨… 얘기는 바로 강정수라는 사나이의 주변에서 시작되는
것이에요… 자 그럼 <u>흐흐흐</u>….ˮ

M · 좀 격정적이다.

이렇게 되면 강정수라는 인물과 상관없이 내레이터만이 드라마를
끌고 가는 것보다 훨씬 부느럽게 진행되는 것은 말할 나위도 없고, 강
정수가 어떤 고민에 부닥쳤을 때, 내레이터와 자기의 속내를 주고받으
면 청취자는 강정수의 심리 상태까지 들여다볼 수 있게 된다.

이럴 때 내레이터의 위치를 각 가정의 라디오 앞에 앉아 있는 것으
로 가정을 하면 등장인물과의 완벽한 유대를 갖추는 것은 물론 청취자
와의 친근감도 살아나게 될 것이다.

물론 이 〈회전의자〉는 영화화되었다. 각색은 원작자인 내가 했고,
영화에서도 이때 시도된 비인격적인 내레이터에 인격을 부여하는 '절
충형'을 적용했으나 관객은 조금도 어색해하지 않았다. 그 후부터 나
의 모든 저작에서 이 항목을 설명하게 되었음을 아울러 밝힌다.

■ Monologue

모놀로그는 독백(獨白)이라고 불리는 연극용어에서 온 것이다. 등장 인물이 자기 자신의 소리를 듣는 경우다. 이것을 우리는 심리적 독백 이라고 한다. 이와 같은 수법은 연극에서 더 많이 활용되고 있음은 물론이다. '자기'와 '제2의 자기'가 함께 등장해 선과 악에서 파생되는 심리적인 갈등을 함께 고조하는 방법으로 적절하게 쓰이고 있다.

물론 영화에서도 유용하게 쓰이고 있다.

　　A가 B를 마구 후려치고 있다.
　　B는 쓰러진 채 꿈틀거린다.

　　A "반항하는 놈에게는 오직 죽음이 있을 뿐이다!"
　　B의 소리 "죽어서는 안 된다…, 난 죽을 수 없다. 살아야 한다… ."

이런 경우 'B의 소리'는 마음에서 우러나오는 소리이기에 관객은 들을 수 있지만, A에게는 들리지 않는 것이 약속이다. 그러므로 아예 '마음의 소리'라고 표기하는 작가들도 많다.

　　명숙의 마음의 소리 "내가 저분을 사랑해야 되는 것일까? 아니다. 난 저분을 사랑할 수가 없어. 사랑할 수가 없을 거야… ."

이 같은 경우도 자기 자신의 갈등을 노출하는 것이 된다. 이러한 종류의 독백은 때로 '필터'로 처리하는 경우도 있다. 심리적 독백에는 외향성 독백과 내향성 독백이 있다. 전자는 사건을 향한 심리 반사의 소리를 말하는 것이고, 후자는 자기 자신의 심리 갈등, 즉 자기 사고의 비평적인 반사를 말하는 것이다.

▪ Narratage

나라타즈라는 것은 쉽게 말하면 어떤 인물의 회상(回想)을 말한다. 이 때문에 시나리오의 문장에서 설명할 것이 아니라 심리 묘사에서 논의해야 하겠지만, 용어의 어원이 내레이션과 몽타주에서 나왔기 때문에 여기에서 설명하고자 하는 것이다.

Narratage는 Narration과 Montage의 합성어다. 이 합성어의 뜻이 회상 형식을 의미한다는 것은 앞서 말한 대로다.

회상 형식의 방법론은 뒤에 '시나리오의 시간적 구조'에서 상세히 언급할 테니 여기서는 나라타즈로 들어가는 부분의 묘사를 약술하는 것으로 설명을 마치고자 한다.

회상으로 들어가는 스타일은 작가에 따라 다르게 묘사된다. 신의 이름 바로 밑에 그냥 '회상'이라고 적어만 놓고, 감독에게 처리를 맡기는 경우도 있으며,

'××의 얼굴이 흔들리면서…'

또는

'××의 얼굴에 파문이 일면서…'

혹은

'호수에 던지는 ×××…'

'호수에 비쳐진 ××그림자가 파문에 흔들리면서 회상에 잠긴다'라고 써서 화면상의 처리까지 암시하는 경우도 있다. 아무튼 이러한 테크닉은 작가의 취향에 따른 것이지 특별히 결정된 방법은 없다. 또 '…제가 열네 살 때였죠… 그때 우리 집은 아버지가 돌아가시자 도산 직전에 다다랐습니다…' 들의 대사에 붙여 회상이 시작되는 경우도 있다.

이 대목을 읽고 있을 독자들이여!

한 가지 충고한다. 내레이션이란 어떤 경우에도 있는 것보다 없는

것이 더 잘 쓴 시나리오라는 점을 명심하길 바란다. 이리 얽히고 저리 얽힌 플롯의 흐름을 내레이터의 해설로 처리하는 것은 가장 안일한 방법이기 때문이다. 결단코 내레이션은 무능한 작가가 쓰는 도피구가 될 가능성이 높다.

신인 작가들이여, 내레이션에 의지하지 마라!
아주 특별한 경우가 아니면 내레이션은 쓰지 않는 것이 좋다. 만에 하나라도 불가피하게 써야 한다면 그 분량과 사용 장소에 각별히 유의할 필요가 있다. 예컨대 어느 한 장면에 불쑥 내레이션이 튀어나온다든가, 쓸데없이 많이 나오는 무분별한 사용은 내레이션으로 모든 것을 해결하려는 작가의 무능이라는 사실을 다시 한번 상기하기 바란다.

구분	번호	제작연도	영화명	장르	감독	프로듀서	각본	캐스팅	크랭크인	크랭크업	제공	배급	제작사	개봉(예정)	비고
후반작업	13	2016	임금님의 사건수첩	드라마/사극	문현성	윤홍준	강현성	이선균, 안재홍	2016-05-04	2016-09-06	CJ E&M 영화사업부문	CJ E&M 영화사업부문	영화사 람/CJ E&M 영화사업부문/타워픽쳐스	2017	허윤미 동명 웹툰 원작/2016 영진위 영화현장응급의료지원작
	14	2016	특별시민	드라마	박인제	정병욱	박인제	최민식, 곽도원, 심은경	2016-04-28	2016-08-16	쇼박스	쇼박스	팔레드픽쳐스	2017	2016 영진위 영화현장응급의료지원작
	15	2016	메이드 인 코리아	스릴러	허준형	이종석	허준형	김무열, 박희순, 이경영	2016-05-29	2016-07-25	리틀빅픽쳐스	리틀빅픽쳐스	젠트로메션	2017-하반기	
	16	2016	유리정원	미스터리/드라마	신수원	임충근	신수원	문근영, 김태훈, 서태화	2016-05-27	2016-07-24	리틀빅픽쳐스	리틀빅픽쳐스	준필름	2017-상반기	2015 영진위 예술영화제작지원작
	17	2016	소녀의 세계(가제)	로맨스	안정민	윤기진	안정민	노정의, 조수향, 권나라	2016-05-23	2016-07-17	아이야스플러스		빅온픽쳐스/영화사 날개	2016 서울독립영화제 특별초청작
	18	2016	환절기	드라마	이동은	김지영	이동은	배종옥, 이원근, 지윤호	2016-05-29	2016-07-14			명필름영화학교	2017-상반기	이동은, 장미율 동명 그래픽 노블 원작/2016 BIFF KNN 관객상 수상
	19	2016	용순	드라마	신준	김지혜, 이진희	신준	이수경, 최덕문, 박근록	2016-06-08	2016-07-01			아토	2017	2016 BIFF 대명컬처웨이브상 수상
	20	2016	리얼	액션	이사랑	김미혜, 이정석	이정섭	김수현, 성동일, 이경영	2016-01-03	2016-06-30	리얼SPC	CJ E&M 영화사업부문	리얼SPC	2017	2016 영진위 영화현장응급의료지원작
	21	2016	더 테이블	옴니버스/드라마	김종관	구정아	김종관	임수정, 정유미, 정은채, 한예리	2016-05-21	2016-06			볼미디어	2017	2016 BIFF 한국영화의 오늘 파노라마 부문 초청작
	22	2016	원라인	범죄	양경오	김유경	양경오	임시완, 진구, 박병은	2016-01-30	2016-05-30	NEW	NEW	마인픽쳐스/곽픽쳐스	2017-상반기	2016 영진위 영화현장응급의료지원작
	23	2016	거언의 방	드라마/스릴러	추창민	안은미, 윤경화	추창민	류승룡, 장동건	2015-11-19	2016-05-22	CJ E&M 영화사업부문		롤러스피쳐스	2017-상반기	정유정 동명 소설 원작/2016 영진위 영화현장응급의료지원작
	24	2016	더 프리즌	범죄/액션	나현	최지웅	나현	한석규, 김래원	2016-02-14	2016-05-25	쇼박스	쇼박스	영화사 나인	2017	
	25	2016	싱글라이더	미스터리	이주영	최원기	이주영	이병헌, 공효진, 안소희	2016-03-21	2016-05-07	워너브러더스코리아	워너브러더스코리아	피벡스온필름	2017-상반기	2015 사나리오마켓 1분기 공모전 우수작
	26	2016	그대 이름은 장미(가제)	뮤지컬/코미디	조석현	조문익	홍은미	유호정, 박인영, 하연수	2016-01-29	2016-04-30	미시간벤처캐피탈		영화영비	2017-상반기	2015 영진위 가족영화제작지원작
	27	2016	소중한 여인(가제)	누아르	이안규	김미화	이안규	김혜수, 이선균	2016-01-28	2016-04-28	싸토그루에이커(다리이)엔티	싸토그루에이커(다리이)엔티	영화사 소중한	2017-상반기	
	28	2016	아빠는 말	코미디/드라마	김형협	김운석, 황정임		윤제문, 정소민, 신구	2015-11-01	2016-02-16			영화사 김치	2017	이가라시 다카히시 '아빠와 딸의 7일간' 원작
	29	2016	눈발	드라마	조재민	채효영	조재민	박진영, 지우	2016-01-01	2016-02-03	리틀빅픽쳐스		명필름영화학교	2017-상반기	2016 JIFF 전주 시네마 프로젝트
	30	2016	살인자의 기억법	스릴러/드라마	원신연	구태진	황조윤, 원신연	설경구, 김남길, 설현	2015-10-30	2016-01-01	쇼박스		더블유픽쳐스/그린피쉬	2017-상반기	김영하 동명 소설 원작/2015 영진위 영화현장응급의료지원작
	31	2015	궁합	드라마	홍창표	이강진	이소이	심은경, 이승기, 김상경	2015-09-09	2015-12-23	CJ E&M 영화사업부문	CJ E&M 영화사업부문	주피터필름	2017-상반기	역학 3부작 중 두 번째 작품
	32	2015	부활(가제)	스릴러	곽경택	연영식	곽경택	김래원, 김해숙, 성동일	2015-09-30	2015-12-21	쇼박스	쇼박스	영화사 신세계/바른손E&A	2017	박하익 소설 '종료되었습니다' 원작
	33	2015	장산범	공포/스릴러	허정	김의성	허정	염정아, 박혁권	2015-10-11	2015-11-02	NEW	NEW	드림캡처	2017-상반기	2015 영진위 영화현장응급의료지원작
	34	2015	해빙	스릴러	이수연	조정준	이수연	조진웅, 김대명, 신구	2015-07-20	2015-10-07	롯데엔터테인먼트	롯데엔터테인먼트	(유)대명문화산업전문회사	2017-상반기	2012 CJ문화재단 프로젝트S 선정작
	35	2016	루디스 드림	스릴러	김준성	홍용수	김준성	설경구, 고수, 강해정	2015-04-06	2015-06-29	NEW	NEW	로드픽쳐스	2017-상반기	2015 영진위 영화현장응급의료지원작
	36	2016	아티스트: 다시 태어나다	드라마/범죄/미스터리	김경원	장진호	김경원	류현경, 박정민, 이수재	2015-04-26	2015-05-31	콘텐츠판다	콘텐츠판다	영화사 소요	2017-상반기	A.K.A. 지젤, 다시 태어나다/2016 서울독립영화제 특별초청작
	37	2014	중독노래방	판타지/코미디	김상찬	나현준	박지홍	이문식, 배소은, 강나미	2014-07-28	2014-09-01	영화사 아랑	리틀빅픽쳐스	영화사 아랑	2017-상반기	2016 BiFan 코리아 판타스틱 장편 부문 작품상 · 여우주연상 수상
	38	2014	플라이 하이	드라마	한경락	김용		선연희, 한경락	2014-06-14	2014-07-30			분홍돌고래/다세포클럽	2017-상반기	2013 영진위 상반기 한국영화기획개발지원작
촬영진행	1	2016	트루 픽션 *	미스터리/스릴러	김진묵	최호준	김진묵	지현우, 오연서, 이은우	2016-12-07		제이민트앤컴퍼니	리틀빅픽쳐스/페퍼민트앤컴퍼니	리리의랩그린	2017-상반기	
	2	2016	곤지암	공포/스릴러	정범식	김진우		위하준, 이승욱, 박성훈	2016-12-02		쇼박스	쇼박스	하이브리드여코프	2017	
	3	2016	남한산성	사극	황동혁	한흥석	황동혁	이병헌, 김윤석, 박해일	2016-11-21		CJ E&M 영화사업부문	CJ E&M 영화사업부문	싸이런픽쳐스	2017	김훈 동명 소설 원작
	4	2016	청년경찰	액션	김주환	이준우	김주환	박서준, 강하늘	2016-11-21		롯데엔터테인먼트	롯데엔터테인먼트	무비락/도서관엑스스튜디오/베리굿스튜디오	2017-상반기	
	5	2016	대장 김창수	드라마	이원태	김경호	이원태	조진웅, 송승헌, 정만식	2016-11-07		키위컴퍼니	싸토그루에이커(다리이)엔티/키위컴퍼니	바위앤터테인먼트/무비스웨어/위픽	2017-하반기	
	6	2016	아리동네(가제)	스릴러	김흥선	황상길		박원진, 유갑열, 이찬영	2016-10-24		NEW	NEW	AD406	2017	제미규어 웹툰 '아리동 라스트 카우보이' 원작
	7	2016	V.I.P.	액션/누아르/범죄	박훈정	연명수	박훈정	장동건, 김명민, 최욱순	2016-10-22		워너브러더스코리아	워너브러더스코리아	영화사 금월/페퍼민트앤컴퍼니	2017	
	8	2016	침묵(가제)	범죄/스릴러	정지우	박준	정지우	최민식, 박신혜, 류준열	2016-10-17		CJ E&M 영화사업부문	CJ E&M 영화사업부문	용필름	2017	A.K.A. 침묵의 목격자/중국영화 (침묵의 목격자) 리메이크작
	9	2016	꾼	액션	정병길	문영화	정병길, 정범식	김우빈, 신하균, 성준	2016-10-16		NEW	NEW	알에미다	2017	
	10	2016	꾼	범죄	장창원	성창연	장창원	현빈, 유지태					영화사두 두웅	2017	
	11	2016	대립군(가제)	사극	정윤철	정문구	신도영	이정재, 여진구, 김무열	2016-09-05		폭스 인터내셔널 프로덕션(코리아)	이십세기폭스코리아	리얼라이즈픽쳐스/폭스 인터내셔널 프로덕션(코리아)	2017	
	12	2016	신과함께	판타지/드라마	김용화	최지선	김용화	하정우, 차태현, 주지훈	2016-05-26		롯데엔터테인먼트/덱스터스튜디오	롯데엔터테인먼트	리얼라이즈픽쳐스/덱스터스튜디오	2017	주호민 동명 웹툰 원작/2016 영진위 영화현장응급의료지원작
	13	2016	이와 손톱	스릴러	정식	이승경	정식	고수, 김주혁, 문성근	2015-10-10		싸토그루에이커(다리이)엔티	싸토그루에이커(다리이)엔티	영화사 다	2017	빌 밸린저 동명 소설 원작
촬영준비	1	2017	7호실 *	블랙코미디	이용승	문용춘	이용승	신하균, 도경수	2017-01-02		롯데엔터테인먼트	롯데엔터테인먼트	명필름	2017	
	2	2317	골든 슬럼버(가제) *	스릴러	노동석	송대찬	이해종, 노동석, 조의석	류승룡, 한효주, 김의성	2017-상반기		CJ E&M 영화사업부문	CJ E&M 영화사업부문	영화사 집	2017	이사카 코타로 동명 소설 원작
	3	2317	염력 *	드라마/액션	연상호	김연호	연상호	류승룡, 심은경	2017-상반기		NEW	NEW	영화사 레드피터	2017	
	4	2017	증거불충분	미스터리/스릴러	윤홍석	김지홍	김재환		2017-상반기		쇼박스	쇼박스	리얼라이즈픽쳐스	2017	
	5	2017	독고	학원액션/누아르	우선호	유승명	오영식, 우선호		2017-상반기		오피스픽쳐스	오피스픽쳐스	마인픽쳐스/투유드림	2017	백승훈, 오영식 동명 웹툰 원작
	6	2017	바람바람바람	코미디	장규성	강가미	장규성		2017-상반기				공작픽쳐스	2017	
	7	2017	제압열	액션/스릴러	원신연	정주근		송강호, 류승룡, 정우	2017		쇼박스	쇼박스	와인드업필름	2017	
	8	2017	마약왕 *	범죄/사회/드라마	우민호			송강호	2017		쇼박스	쇼박스	하이브미디어코프	2017	

2016.12.25 기준 / ● 신규 등록 작품 / 한국영화제작가협회 회원사 보유 추가·변경·영화명 한국영화업, 02-6261-6577/mmdc@unfic.or.kr

구분	번호	제작연도	영화명	상영	감독	프로듀서	각본	캐스팅	크랭크인	크랭크업	제공	배급	개봉(예정)	비고
개봉 12월	1	2016	멜로디	제비	박경배	김혜경	박경배, 김혜경	김채원, 강하나, 정수안	2015-05-07	2015-07-21	NEW	NEW	2016-12-07	
	2	2016	커튼콜	휴먼/코미디	류훈	나현구		류훈, 김제강, 양은혜, 황여원	2015-10-14	2015-11-20	영화사 사람	오렌지픽쳐스	2016-12-08	
	3	2016	우리 손자 베스트	코미디	김수현	김남균, 최성호			2016-01-10	2016-02-04	한국영화아카데미		2016-12-08	
	4	2016	탱크	가족/드라마	이수연	김미			2016-01-15	2016-02-15	리틀빅	리틀빅	2016-12-08	
	5	2016	바시르의생일●	로맨스	장기영				2015-12-28	2015-12-31			2016-12-08	
	6	2016	오빠, 거기 있어요?	판타지/드라마		홍지영			2016-03-12	2016-03-27			2016-12-14	
	7	2016	판도라	블록버스터	송기한	홍의미			2015-09-05	2015-12-05			2016-12-15	
	8	2016	당신, 거기 있어줄래요	미스터리/판타지	이용주	김용화			2011-11-10	2016-06-20			2016-12-21	
	9	2016	기억의 소리	판타지	조석현				2016-04-23	2016-09-22				
	10	2016	미스터리	액션/범죄	이종필	백지나			2013-05	2016-05				
	11	2016	위대한 ●	드라마	고봉수	이종환			2013-08					
개봉 1월	1	2016	피아퐁	로맨스/코미디	주나원	임채수			2015-07-27	2015-10-22	NEW	NEW	2017-01-04	
	2	2015	사랑하기 때문에	드라마	주지홍	오재현			2015-08-01	2015-09-20	엘린엔터테인먼트		2017-01-04	
	3	2015	여교사	드라마	김태용	오현미			2013-10	2014-09	레진엔터테인먼트	AD406	2017-01-05	
	4	2015	죽은말하는이야기 ●	블랙코미디	박창익				2014-11-05	2014-11-30			2017-01-04	
	5	2015	소시민	드라마	오영두				2009	2010	영화사 세월	엣나인필름	2017-01-12	
	6	2015	누르, 내 생애 최고의 여행●	드라마	김인선				2013-02	2013-02	플러스엔터테인먼트	KT&G 상상마당	2017-01-12	
	7	2015	분장●	드라마	김경천				2013-02	2013-02			2017-01-12	
	8	2014	우도-그림이 없는 마을●	다큐멘터리	고영재				2014-03	2016-03	인디플러그	인디플러그	2017-01-12	
	9	2016	더 킹	범죄드라마	한재림	한재림			2016-02-04	2016-07-03	우주필름	우주필름	2017-01-18	
	10	2016	공조	액션	주성호	주성호			2016-07-15	2016-11-04	JK필름/CJ E&M 영화사업부/한국영화산업	JK필름/CJ E&M 영화사업부	2017-01-18	
개봉	1	2016	다른길이 있다	드라마	조창호	이춘연			2015-01-18	2015-02-03	Riverun(Movement)/영화사춘	영화사 춘	2017-01-19	
	2	2016	재심	드라마	김태윤	김영옥			2016-01-17	2016-04-03	CJ엔터테인먼트	CJ엔터테인먼트	2017-02	
	3	2016	조작된 도시	액션/범죄	박광현	정광덕			2015-07-01	2015-12-29	CJ E&M 영화사업부	CJ E&M 영화사업부	2017-상반기	
	4	2016	아수라	범죄	이흥기	김순이			2015-07-01	2016-01-08	CJ엔터테인먼트	CJ엔터테인먼트	2017-상반기	
	5	2016	커넥티드	액션드라마	김성훈	이진희			2016-03-17	2016-10-15	CJ E&M 영화사업부	CJ E&M 영화사업부	2017-상반기	
	6	2016	이웃사람 가는 길 ●	스릴러	최병인				2016-02-15	2016-03-02	에스앤비비즈	리틀빅픽쳐스	2017-상반기	
	7	2015	로봇툰	노욕식 범죄	최락원	노욕식			2016-10-16	2015-11-15			2017-상반기	
	8	2015	한국의 발라 안개	다큐멘터리	정영화	노욕식			2009-12-01	2014-02-25			2017-상반기	
	9	2014	엘레지매니	멜로/로맨스	박영민	이광모			2014-11-09	2015-02-01			2017-상반기	
	10	2016	수리남스	영화사	이용환				2016-01-08	2016-01-26			2017	
후반작업	1	2016	수리남스	드라마	김영옥	송수환, 이춘연			2016-01	2016-01	이리엔	비에이엔터테인먼트	2017	
	2	2016	군함도	시대극 휴먼	조성희	조성환, 아유현, 류승완			2016-06-17	2016-12-20	외유내강/영화사월광	외유내강/필름케이	2017	
	3	2016	시간위의 집	미스터리/스릴러	임대형				2016-07-01	2016-12-15	페퍼민트앤컴퍼니	페퍼민트앤컴퍼니	2017-상반기	
	4	2016	블랙머니	누아르	정연원				2016-12-10	2016-12-10	CJ E&M 영화사업부/필로소피스	리틀빅픽쳐스	2017	
	5	2016	실질무정	액션드라마	최무성 박정훈				2016-09-24	2016-12-09	리틀빅픽쳐스	리틀빅픽쳐스	2017	
	6	2016	순정	드라마	한영석				2016-08-24	2016-11-27	마지컴퍼니/미디어로그	마지컴퍼니/미디어로그	2017	
	7	2016	나쁜나라	다큐멘터리	박기옥, 김철민, 장애진				2016-11-24	오퍼스픽쳐스	오퍼스픽쳐스	2017	
	8	2016	괴물들	드라마	조사일병				2016-11-14	리틀빅픽쳐스	리틀빅픽쳐스	2017	
	9	2016	비정규직 특수요원	코미디/액션	김덕수	유영수			2016-08-22	2016-11-03	스튜디오드림캡쳐아이	케이알씨엔	2017-상반기	
	9	2016	택시운전사	드라마	장훈	서강호			2016-06-05	2016-10-24	쇼박스	쇼박스	2017	

시나리오

1판 1쇄 인쇄 2017년 4월 10일
1판 1쇄 발행 2017년 4월 15일

발행인 문상훈

편집주간 송길한
편집고문 최석규
편 집 장 최종현

자문위원 지상학, 신정숙, 이영재
편집위원 강철수, 이환경, 정대성, 한유림, 이미정

홍보마케팅 본부장 강영우
홍보마케팅 팀장 최종인

취재팀장 이승환
취재기자 김효민, 함동국

편집부 강윤주, 전수영
교 정 박소영

표지디자인 정인화
본문디자인 김민정

인쇄처 가연출판사 (서울시 마포구 월드컵북로 4길 77, 3층 (동교동, ANT빌딩))
전 화 02-858-2217 I 팩 스 02-858-2219

펴낸곳 (사) 한국시나리오작가협회
주 소 서울시 중구 필동 3가 28-1 캐피탈빌딩 202호
전 화 02-2275-0566 I 홈페이지 www.moviegle.com

구입 문의 02-858-2217
내용 문의 02-2275-0566

이름이 없습니다.

현장용 시나리오 제본고는 작가의 피와 땀이 담긴 책입니다.
표지에 작가의 이름이 명기돼야 합니다.

Korean
Scenario
Writers
Association

18th

Jeonju Intl. Film Festival

**2017
0427
–
0506**

한국미술협회

1961년 12월 18일,
민족미술의 향상발전을 도모하고, 미술가의 권익을 옹호하며,
국제 교류와 미술가 상호간의 협조를 목적으로 발족한 단체입니다.
이후, 문화교육부의 사단법인체로 설립 허가되었고,
목적에 걸맞게 국제조형예술협회(International Association Art)
회원국으로도 가입하게 되었습니다.

이미지 저작권 관리, 가 하면 다릅니다.

KORRA이미지(www.korraimage.com)는 미술·사진 디지털 데이터베이스(DB)입니다.
`17.4월 현재 약 170만 건의 이미지 DB가 구축되어 관리 및 유통되고 있습니다.

이미지 정책	이미지 제공	주요 이용처	주요 제공처
‣ 합리적 수준의 수수료 공제 ‣ 이용자 부담 없는 사용료 제시 ‣ 신탁 받거나, 권리처리 확실한 저작물 유통 ‣ 저작자가 분명한 이미지 유통	‣ 이미지 권리자와 신탁관리 계약체결 ‣ 단체회원 소장작품 이미지DB 구축 및 서비스 제공 중	‣ 일반목적 이용 (출판, 온라인, 인쇄, 디자인, 뉴스 등) ‣ 학교 교육목적 이용 (교과용도서 게재 등 저작권법 제25조에 따른 학교 교육목적 보상금제도 내 이용)	‣ 한국미술협회 ‣ 한국사진작가협회 ‣ 아트앤페어 ‣ 환기미술관 등 갤러리 ‣ 유니버설뮤직 ‣ 스포츠코리아 ‣ 누룩미디어(웹툰)

건전하고 투명한 이미지 저작권 시장을 열겠습니다.

권리자/이용자 권리 침해 사례	「KORRA이미지」의 정책
‣ 불법 저작물 이용에 따른 무분별한 소송 ‣ 저작권/초상권 침해 ‣ 불법 저작물 유통 ‣ 저작자 불명 이미지 유통	‣ 합리적 수준의 수수료 공제 ‣ 이용자 부담 없는 사용료 제시 ‣ 신탁 받거나, 권리처리 확실한 저작물 유통 ‣ 저작자 분명한 이미지 유통

KORRA 신탁회원 및 관리저작물(이미지 분야)

개인	단체
· 박수근 화백("빨래터", "골목안", "나무와여인" 등) · 장욱진 화백("나무", "자동차가 있는 풍경" 등) · 김환기 화백("론도" "14-Ⅲ-72 #223" 등) · 이왈종 화백("제주생활속의 중도" 등) · 황주리 화백("날씨가 너무 좋아요", "세월" 등) · 한성필 작가("마그리트의 빛", "나란한 연속" 등) · 이이남 화백("신-인왕제색도신세한도" 등) · 권인경 화백("기억의 풍경", "동시적 공간" 등)	· 한국미술협회(www.kfaa.or.kr) · 한국사진작가협회(www.pask.net) · 아트앤페어(www.artnfair.com) · 스포츠코리아(www.isportskorea.com) · 누룩미디어(www.nulookmedia.co.kr) · 환기재단·환기미술관(whankimuseum.org) · 장욱진미술문화재단(www.ucchinchang.org) · 유니버설뮤직(www.universalmusic.co.kr) 등

이 외 분야별 많은 권리자분들이 KORRA에 저작권 관리를 맡겨주고 계십니다.

‣ **문의처 : KORRA 신탁사업팀 ☎ 02-2608-2039(이미지), 2097(어문)**

Korra 한국복제전송저작권협회
Korea Reproduction and Transmission Rights Association

모든 길은 인천으로 통한다
all_ways_Incheon

300만 인천시대, 최초를 넘어 최고가 됩니다

인천광역시
Incheon Metropolitan City

STORY ACADEMY

영화 시나리오
애니메이션각본

드라마극본
(웹 드라마)

스토리원형
(소설, 웹소설,
트리트먼트)

정규반

부산 스토리아카데미

- 정규반 < 매년 3월, 9월 개강 >
- 작문반 < 상시모집 >

입시&작문반

문예창작
극작과 실기

-문학 특기자시험
-각 관련학과 실기
-각 관련 공모전
 대비

작가입문

-소설가, 영상작가
(드라마, 영화)가
되고 싶지만 어떻
게 써야하는지?

영화 연출과 실기

-시나리오 작법
-스토리텔링
-각 학교별 실기준비

영상작가전문교육원 051. 610. 1230
http://www.busanstoryacademy.co.kr/

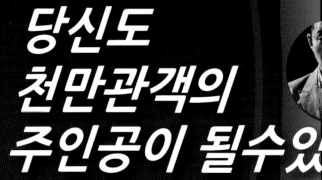

영화처럼 소설처럼 즐거운 세상을 꿈꾸는
가연 컬처클래식 시리즈

경성 탐정 이상 2

【고종황제의 면류관】 김재희 지음

京城 探偵 LEESANG

시공사

그리고 4년, 낭만과 욕망의 도시 경성이 또다시 열린다

암호와 추리에 능한 천재 시인 이상과
생계형 소설가 구보의 두 번째 경성 활약극

– 영상작가교육원 16기 연구반 수료 –

당신의 **떳떳한** 음악구매,
대한민국을 **문화강국**으로
키웁니다!

그들의 노력과 땀으로 만들어진 소중한 음악–
올바른 구매가 국가 문화 경쟁력 강화는 물론
우리의 성숙된 문화의식을 키웁니다.

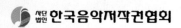 사단법인 **한국음악저작권협회**